도미노 in 상하이

온다 리쿠 장편소설

최고은 옮김

도미노
in
상하이

ドミノ in 上海

비채

인생에서 우연은 필연이다

차 례

등장인물 한마디

호조 가즈미(33)
간토생명 야에스 지사 사무직원
모두가 의지하는 중견사원.
"요즘은 무릎보다 허리가 더 신경 쓰여."

다가미 유코(27)
간토생명 야에스 지사 사무직원
유도 검은 띠. 단것에 정신을 못 차림.
"편의점 디저트가 점점 맛있어져서, 뭘 살지 갈등하게 되는 게 고민."

이치하시 에리코(28)
초밥 배달 회사 '스시 구이네이' 부사장
"저희 목표는 상하이에서 가장 맛있는 배달 초밥입니다."

이치하시 겐지(29)
초밥 배달 회사 '스시 구이네이' 사장
"저희 목표는 상하이에서 가장 빠른 초밥 배달입니다."

모리카와 야스오(28)
게임 어플 회사 '업업' 상하이 지부장
"내 흑역사는 도쿄에 두고 왔습니다. 지금의 내가 진짜 납니다."

미야코시 신이치로(54)
저널리스트
"으음, 이 나이에 중국어를 배우는 건 쉽지 않은 일이군."

마오쩌산(72)
조각가, 현대미술가
"젠장, 거기서 멈췄으면……."

오치아이 미에(35)

아틀리에 근무

"예술은 어렵지 않아요. 일상생활에 예술을 활용해보세요."

맥스 창(33)

골드드래곤 갤러리 사장

"예술은 어렵지 않아요. 자산 형성에 예술을 활용해보세요."

차이창원(31)

현대미술가

"도쿄도 현대미술관이나 가나자와 21세기 미술관이 내 작품을 구입해줬으면."

아베 구미코(32)

영화배급회사 근무, 간사이 지역 모 신사 신관의 딸

"지치면 신사에 가. 신사가 있는 곳은 대부분 좋은 '기'가 흐르거든."

오즈누 다다시(31)

영화배급회사 근무, 선조는 야마부시

"지쳤을 때는 등산을 하지."

루창싱(55)

선조 대대 풍수사

"최근 도시에서는 제 주변 '기'의 흐름에 둔감한 사람들이 너무 많아."

필립 크레이븐(42)

호러영화 감독

"역시 지금도 존경하는 감독은 알프레드 히치콕, 존 카펜터, 다리오 아르젠토."

다리오(?)

필립의 반려동물

"……."

팀 폴란스키(48)

영화 프로듀서

"존경하는 영화감독은 샘 페킨파, 마틴 스콜세지, 클린트 이스트우드."

존 실버(41)

조감독

"존경하는 영화감독은 빌리 와일더, 스티븐 스필버그, 로버트 올트먼."

웨이잉더(52)

상하이 동물공원 판다 주임 사육사

"판다는 중국의 보물. 위험하니 가까이 가지 마세요."

예차이궈(23)

상하이 동물공원 판다 신입 사육사

"판다는 나라의 보물. 다 함께 따뜻하게 지켜봐요."

찬찬(3)

상하이 동물공원에서 수색견으로 활약하는 미니어처 닥스훈트

"찾았다."

강강(?)

상하이 동물공원에서 탈출을 열망하는 무법자 판다

"판다 우리의 인구밀도에 강력하게 항의한다."

류화렌(26)

상하이경찰서 직원

"좋아하는 영화는 <무간도>."

가오칭제(35)

상하이경찰서 서장

"좋아하는 영화는 <미션 임파서블>."

린쳥룬(25)

상하이경찰서 직원

"좋아하는 영화는 <스피드>."

왕탕위안(36)

청룡반점 메인 레스토랑 요리장

"도구를 귀하게 다루지 않는 녀석은 프로가 아니지."

동웨이위안(72)

골동품점 주인

"좋아하는 요리는 제비집이나 상어지느러미처럼 희귀한 재료로 만든 것."

동웨이쳔(25)

골동품점 점원

"좋아하는 요리는 매콤한 고기채소볶음."

매기 리 로버트슨(29)

홍콩경찰 형사

"예원상성의 모비딕 커피, 너무 바빠."

5

구름 한 점 없이 푸른 하늘이 펼쳐져 있었다.

하지만 투명한 푸르름은 아니었고, 왠지 희미한 막을 씌워놓은 듯 거슬거슬한 인상을 주는 하늘이었다. 시야를 차단하는 건 아무것도 없는, 탁 트인 대평원이었다. 멀리 지평선이 보였고, 먼지 같은 모래 알갱이를 머금은 바람이 지면을 훑고 지나갔다.

돌아보자 고층 건축물들의 그림자가 신기루처럼 우뚝 서 있었다. 그저 광막한 곳이었지만, 어느 도시 교외 같은 느낌이 들기도 했다. 하지만 그곳에는 무수한 그림자가 있었다.

수백 명의 카키색 군복 차림의 청년들이 일사불란하게 늘어서 있었는데, 지나는 바람에 그들의 군복 자락이 슬며시 나부꼈다. 그리고 그들 앞에 그들의 상관으로 보이는 매서운 낯을 한 군복 차림의 동양인 남자와, 작달막하고 통통한 중년 남자, 가지런한 7 대 3 가르마에 양복을 차려입은 젊은 남자, 벌레를 씹은 듯 불퉁한 얼굴의 덩치 큰 백인 남자와, 마찬가지로 당혹스러운 표정의 작고 통통한 백인 남자, 무표정으로 서 있는 하얀 낯의 동양인 여성과 보통 체구의 동양인 남성이 서 있었다. 일곱 명의 시선 끝에는 얼굴을 가리고 엎드려 있는 금발의 백인 남성이 있었다.

코를 훌쩍거리는 소리가 났다. 아무래도 오열하는 것 같았다. 뭔가 중얼거리는 소리도 들렸다.

"으으, 다리오. 가엾은 것, 다리오…… 용서하거라, 으으으."

그리고 남자 앞에는 작은 십자가가 꽂힌 무덤이 있었다. 아무래도 그곳에 묻힌 이가 그가 아까부터 이름을 불러대는 다리오 같았다. 작달막한 중년 남자가 빠른 말투로 뭐라고 쏘아대자 양복 차림의 젊은 남자가 유창한 영어로 통역을 했다.

"중국 정부 및 상하이 공산당 간부를 대표해 조의를 표합니다."

"그것참 고맙군." 백인 남자는 더욱더 벌레 씹은 표정이 되었다.

군복을 입은 매서운 낯의 남자도 뭐라고 말했다. 다시 젠체하는 낯의 젊은 남자가 통역을 했다.

"인민해방군 제237사단을 대표해 애도를 표합니다."

"그래, 고맙네."

역시 석연치 않은 듯 대꾸하던 덩치 큰 백인 남자는, 더는 못 참겠다는 듯 부르르 어깨를 떨며 폭발했다.

"XXXX!" 남자는 하늘을 향해 자막으로는 내보낼 수 없는 네 글자를 외쳤다.

다른 여섯 명은 그 말을 못 들은 척했다. 그렇지 않아도 2미터에 육박하는 덩치라, 시뻘건 얼굴로 분노하는 모습에서는 제법 박력이 느껴졌다.

"정말이지, 이번에는 대체 어떻게 반입한 거지? 어? 존, 너 정말 몰랐던 거냐? 앞으로 일본에서 입국 허가를 안 내줄 가능성도 있단 말이다. 가까이 하기도 싫은 높으신 분들 연줄까지 끌어다가, 억지로 머리를 조아렸다고. 이번만 도와달라고 했는데. 여기가 어디인 줄 아나? 뭐? 이 멍청이가 그 망할 짐승을 반입한 덕에 사흘치 스케줄이 날아갔어. 하루 늦어질 때마다 10만 달러가 먼지처럼 사라진다고!"

"수입, 한 겁니다." 통통한 체격의 남자가 지친 목소리로 중얼거렸다. "SARS로 난리일 때는 흰코사향고양이가 원인이니 뭐니 해서 일단 중지됐지만, 이러쿵저러쿵해도 네발 달린 건 책상 빼고 다 먹는다는 나라 아닙니까. 갖가지 수단을 동원해 전 세계에서 '식재료'를 들여오죠. 필은 그 점을 이용해 '식재료'로 수입한 모양입니다."

"흐음, 정말 조리됐으니 원래 용도대로 쓰인 거 아닌가."

"쉿, 자극하지 마시죠. 지금 제정신이 아니니까."

통통한 남자는 황급히 집게손가락으로 입을 막으며 금발 남자를 바라보았다. 그는 여전히 작은 묘비에 눈물을 쏟고 있었다.

"……필, 괜찮을까? 저렇게 울어대다니."

그 옆에서 보통 체구의 동양인 남성이 옆에 있는 여성을 향해 소곤거렸다. "다리오의 극락왕생을 위해 영화 촬영을 해야 한다고 설득할 수밖에요."

여성은 정면에 시선을 고정한 채 나지막이 대꾸했다. "그래도 역시, 눈앞에서 그런 장면을 봤으니…… 트라우마로 남겠군."

남성은 부르르 온몸을 떨었다.

그 사건은 사흘 전 밤, 미중일 삼국 합작인 호러 액션 영화 〈영환호성의 사투, 강시 대 좀비〉의 촬영 스태프가 머무는 숙소인 청룡반점_{반점은 중국에서 통상적으로 호텔을 지칭한다}에서 일어났다.

저녁 식사 여섯 시간 전.

호텔 청룡반점의 요리장인 왕탕위안(36)은 신진기예의 요리사였다. 외증조부가 자금성에서 요리사로 일했던 집안 출신답게 그는 요리 연구에 무척 열심이었고, 새 식재료와 메뉴 개발에도 여념이 없었다. 그런 노력 덕에 청룡반점은 최근 식사가 맛있다는 입소문이 돌며 평판이 수직 상승했다. 국내뿐 아니라 해외에서도 왕의 요리를 먹으러 손님들이 찾아들었다.

뛰어난 요리사들이 으레 그렇듯, 일찌감치 나와 꼼꼼하게 식재료를 점검하고 있는데 불현듯 시야 한구석을 뭔가가 가로질렀다.

닭이 도망친 건가? 그렇게 생각했지만 웬걸, 처음 보는 커다란 도마뱀 같은 동물이 주방 바닥을 두리번거리고 있었다. 황갈색의 피부에는 윤기가 흘렀고, 거니는 모습은 자못 우아했다. 그 동물은 영화감독 필립 크레이븐(42)의 반려동물인 이구아나 다리오였다. 필립 크레이븐은 평소에도 다리오를 끔찍이 아꼈지만, 특히 촬영 기간에는 고독해지는 까닭인지 더욱더 다리오를 떼어놓지 못하고, 미국 국내든 해외든 현장에 데리고 다니는 나쁜 버릇이 있었다. 이번에도 교묘한 수법으로 중국 내에 들여오기는 했지만, 이동시간이 긴 탓도 있어서 다리오는 이런 때면 늘 도망을 쳐버린다. 그리고 오늘 그는 불행하게도 맛있는 냄새의 유혹을 이기지 못했는지 왕의 주방에 발을 들여놓은 것이다.

흠, 이 식재료는 무엇일까. 왕은 고개를 갸웃거렸다.

최근에는 영업에 열을 올리는 농가에서 새 식재료를 날마다 들고 오는데 그중 하나일지도 모른다. 왕은 찬찬히 이 생물을 관찰했다. 이 고운 피부와 기민한 움직임을 보면 병든 것 같지는 않다. 그는 2년 전쯤에 동료 요리인과 전 세계의 식재료를 맛보는 여행을 떠났는데, 여행지 중 한 곳이었던 호주에서 악어를 먹어본 적이 있었다. 딱딱한 가죽에 싸인 속살이 의외로 담백하고 고급스러운 맛이었던 게 떠올랐다.

오늘 밤에는 멀리서 찾아온 손님들도 많으니, 이 희귀한 식재료를 선보이는 것도 좋겠지. 고온에서 푹 우리면 맛있는 육수가 나올 것이다. 아니, 시간을 들여 천천히 튀긴 뒤에 향신료를 넣은 달콤한 식초 소스를 끼얹는 건 어떨까?

왕은 장인 정신이 불타오르는 걸 느꼈다.

맛있는 수프 냄새에 정신이 팔렸던 다리오는 순간 살기를 느꼈다. 무의식적으로 돌아보자 눈을 번뜩이는 남자와 눈이 맞았고, 그 손에 들린 네모난 칼에 제 모습이 희미하게 비친 걸 알아챘다. 다리오가 주인이 만든 호러영화의 등장인물처럼 비명을 질렀는지는 알 수 없다.

이리하여 저녁 연회 시간, 다리오가 보이지 않아 안절부절못하던 필립 크레이븐 감독의 눈앞에 요리장의 특별 요리가 거대한 은쟁반에 담겨 서서히 모습을 드러냈다.

"흑흑흑." 필립의 오열은 멎을 줄을 몰랐다.

"느껴져." 일본의 영화배급회사에 근무하는 아베 구미코(32)는 눈을 감고 중얼거렸다.

그러자 옆에 있던 일본 측 프로듀서인 오즈누 다다시(31)가 되물었다. "네?"

"다리오의 영혼이 감독 주변을 떠돌고 있어. 음, 주인을 위로하려는 거구나."

"네? 뭐라고요?" 다다시는 눈을 껌뻑거리며 필립과 구미코를 번갈아 쳐다보았다.

상하이 교외의 드넓은 촬영장. 질서정연하게 서 있는 엑스트라 인민해방군 제237사단 사이를 건조한 봄바람이 스치고 지나갔다.

◦4

덥수룩한 하얀 털로 뒤덮인 입이 오물거리고 있었다. 입이 떡 벌어지더니 날카로운 이와 회색빛을 띤 혀가 보였다. 와그작와그작 소리를 내며 푸른 대나무가 그 입속으로 빨려 들어갔다.

하얗다, 고 하기에는 다소 지저분한 하얀 털이 다시 위아래로 움직이자 입속의 대나무가 조각났다. 그 입 위로 까만 강낭콩 모양의 부분에 에워싸인 한 쌍의 눈. 권태와 허무가 밴 눈동자였지만, 이따금 감출 수 없는 불온한 빛이 번뜩였다.

"우아, 판다다!"
"세 마리나 있어!"
"귀엽다!"
"대나무 먹네?"
"우에노처럼 안 붐벼."

갑자기 쏟아지는 감탄사에 무기질적인 눈동자가 힐끗 움직였다.

유리 너머에서 작은 동물 같은 여자아이들이 폴짝폴짝 뛰며 일제히 손에 든 휴대전화를 들이대고 있었다. 그 옆에는 환호성에 화답하려는 듯 젊은 판다 두 마리가 열심히 대나무를 먹고 있었다. 한 마리는 최근 다소 신경과민 상태라 과식하는 경향이 있던 녀석이다. 무슨 생각을 하는지, 갑자기 드러누워 와그작와그작 대나무를 먹기 시작했다. 환경에 적응하려 애쓴 나머지, 저도 모르게 관람객에게 과도한 서비스 정신을 발휘하다 자신을 잃어버리는 젊은이들을 지금까지 몇 마리나 보아왔다. 웬만한 내공이 없으면, 이곳에서는 자연스러운 모습으로 시간을 보내기 어려웠다.

우리 속 벽에 기댄 채 홀로 묵묵히 대나무 잎을 먹는 이는 이 우리의 주인이자 최연장자인 판다, 강강(연령 미상)이었다.

곧 저 녀석도 배탈이 나겠군. 강강은 후, 한숨을 내쉬었다.

그야 그럴 법도 하다. 1년 내내 저런 인간들의 카메라 세례를 받으며, 시선에 노출되어 있어야 하니까. 애초에 야생동물은 사람의 시선에 익숙하지 않다. 자연계에서는 몸을 숨기지 않으면 살아남을 수 없고, 몸을 숨기고 있는 상태가 일반적이다. 시선이란 말하자면 싸움의 전조다. 중인환시衆人環視, 많은 사람들이 둘러서서 볼란 엄청난 스트레스인 것이다.

아아, 허무하다. 강강의 눈빛이 아련해졌다. 이놈이든 저놈이든 하는 짓은 똑같다. 지금, 눈알을 까뒤집으며 입을 헤 벌린 너희 인간들 낯짝을 구경하는 게 훨씬 재미있을 텐데.

강강은 대나무 줄기를 이쑤시개 삼아 이빨 청소를 시작했다.

산을 지나는 바람 소리를 들으며 혼자 있고 싶다. 나 같은 늙은이에게 이 도시는 어울리지 않아.

불현듯 시선이 느껴져 조용히 돌아보니 철문에 달린 작은 창문으로 이쪽을 바라보는 베테랑 사육사 웨이잉더와 눈이 맞았다. 강강은 은근슬쩍 눈을 피했다.

쳇, 저 녀석, 경계하고 있군.

강강은 웨이의 의심에 찬 눈초리에 내심 혀를 찼다.

웨이잉더(52)는 아까부터 강강의 태도가 마음에 들지 않았다.

설마 또 사고를 치려는 건 아니겠지.

뜰로 나가는 통로를 물청소하며, 아까 본 불온한 옆모습을 떠올렸다. 새끼 때부터 동물원에서 자란 다른 판다들과 달리, 어느 정도 나이가 들어서, 거의 우연히 포획된 까닭인지도 모른다. 원래 방랑벽이 있고, 아웃사이더에 야성미 넘치는(한마디로 다소 난폭한) 강강은 이름처럼 무법자 판다였다.

무엇보다 손끝이 야무지고 머리도 잘 돌아갔다. 게다가 원래 곰의 억센 앞다리 힘에 더해, 산속에서 살며 단련되었고, 체력이 떨어지지 않도록 우리 안에서 남몰래 앞다리 트레이닝을 하는 낌새가 보였다. 과거에도 사육사가 방심한 틈이나 허점을 노려 우리에서 탈출한 전력이 두 번이나 있었다. 특히 두 번째 탈출은, 잠금장치를 늘리고 쇠창살도 하나 더 추가한 상태에서 일어난 터라, 사육사들의 충격이 이만저만이 아니었다. 덤으로 구정을 맞이하는 불꽃놀이 소리가 울려 퍼지는 타이밍에 맞추어 우리를 파괴하는 섬세함까지, 놀라울 따름이었다.

두 번 다 드넓은 동물원 안에 숨어 있을 때 발견해서 망정이지, 만일 바깥으로 도망쳤다면, 상상만 해도 온몸에 소름이 돋았다. 잉더가 보기에 강강은 탈주를 계획할 때 평소보다 조용해졌다. 지난번 탈주에서 벌써 두 달 가까이 지났다. 어쩌면 다시 시도하려는 걸지도 모른다. 잉더는 그런 확신을 가지고 여느 때보다 꼼꼼하게 문단속을 했다.

─③

뭔가 말이지.

오치아이 미에(35)는 쓸데없이 넓고 화려한 연회장을 걸어 다니는 동안 피로를 느꼈다.

아무래도 이런 건 내 취향이 아니란 말이야. 무의식적으로 어깨를 주물렀다. 최근에는 뭘 붙여도 효과가 없었다.

상하이의 가장 번화한 도심에서는 다소 떨어져 있지만, 그 점이 오히려 고급스러운 분위기를 자아내는 데 일조한, 최근 음식이 맛있다고 소문난 4성급의 중간 규모 호텔, 청룡반점.

이곳은 그 최상층에 있는 대형 연회장이었다. 눈부신 샹들리에, 눈이 번쩍 뜨이는 에메랄드그린의 카펫, 비단실이 들어간 화려한 벽지에 나란히 걸린 그림들. 거기에 화사하게 단장한 많은 신사숙녀, 그야말로 돈이라면 차고 넘칠 것 같은 대단한 면면들이 모여 있었다. 보이는 고급 샴페인 잔을 들고 이리저리 분주하게 움직였고, 중화요리를 현대적으로 해석한 한 입 사이즈의 안주들도 호화로웠다. 그 가운데, 아름다운 외모와 늘씬한 몸매를 자랑하는 일본인 여성이 고급스러운 카멜 빛깔의 정장 차림으로 천천히 연회장을 돌아보고 있었다. 긴자에서 3대를 이어 갤러리를 운영하고 있는 집안 출신이었다. 하지만 굳이 따지자면 데생이나 동판화를 좋아하는 그녀의 취향과는 맞지 않았다.

그림을 걸어두는 곳에 이렇게 밝은 샹들리에라니. 벽지도 지나치게 튀고.

미에는 연회장의 화려한 조명에 무의식적으로 눈을 깜빡거렸다.

요즘 아시아 현대미술은 연일 최고가를 갱신하고 있었다. 중국의 젊은 예술가들 중에서는 한 점에 100만 달러를 호가하는 이들이 속출했고, 지금도 가격은 우상향하는 상태였지만, 그에 아랑곳하지 않고 구매력이 있는 국내 부유층과, 지금이라면 아직 새 컬렉션의 시작을 함께할 수 있으니 이득이라 생각하는 해외 부유층이 구입하는 것이다.

도쿄나 상하이, 홍콩이나 싱가포르 같은 대도시에서는 고급 호텔 한 층을 통째로 빌려, 한정된 고객 상대로 그런 신인 예술가의 작품 판매전을 개최하는 것이 요즘 유행이었다. 미에도 단골 고객의 의뢰로, 그들의 취향에 맞는 작품을 물색하고 있었다.

하지만 역시 대륙의 기상이라고 할까, 일본과는 스케일이 완전히 다르네. 전시회장을 둘러보며 압도된 미에는 그런 생각을 했다.

좌우지간 그림 호號가 컸다. 적어도 일본 가정집에 걸어놓을 사이즈의 그림은 아니었다. 게다가 하나같이 색채가 강렬하고, 윤곽이 뚜렷하며, 한없이 난해한 구상화具象画였다. 벽 한 면을 채운 거대한 캔버스에 이를 드러내고 웃고 있는 남자가 빼곡히 늘어선 그림이 눈에 들어왔을 때는 "난 이 그림 보면서 밥은 못 먹겠네"라고 중얼거렸다.

하지만 그림이란 수요와 공급. 원하는 사람이 있으면 거래는 성립된다. 제 취향은 중요하지 않다. 우리 고객들 취향은 아니지만, 치약 제조 회사에 판매해보면 어떨까? 가오나 라이언, 또는 일본치과의사회관 로비에 걸어두면 제법…….

"미에 씨!"

그 순간, 짧은 머리에 검은 금속 소재의 사각테 안경을 낀, 뚜렷한 이목구비의 남자가 불쑥 얼굴을 들이미는 걸 보고 미에는 저도 모르게 "헉!" 하고 뒷걸음질을 쳤다.

"미안, 미안. 놀랐어? 내 그림을 열심히 보는 미에 씨 보니까 기분이 좋아서."

싱글벙글하며 손을 흔드는 건 분명 이 '웃는 남자' 시리즈로 100만 달러 아티스트의 반열에 오른, 현재 아시아 현대 예술계에서 각광받고 있는 차이창원(31)이었다. 태생이 부족한 것 없는 유복한 집안의 자제로 도쿄, 뉴욕에도 유학했으며 건장한 체격에 세련되고 잘생기기까지 한, 그야말로 '최강의 행운아'였다.

"미에 씨네서 살 생각이 있으면 교섭권은 넘길게."

"말은 고마운데, 쉽지 않잖아. 골드드래곤 갤러리가 대리인 아냐? 우리 예산 가지고는 문전박대나 당할걸."

미에는 고객들을 제 주변으로 불러 모으고 있는 중국계 미국인 맥스 창에게 살며시 눈길을 주었다. 그 역시 차이창원에 뒤지지 않는 훤칠한 키에 스마트한 인물이었지만, 날카로운 눈빛에서는 빈틈을 찾아볼 수 없었다. 그가 최근 유명세를 떨치는 아시아의 100만 달러 아티스트 여러 명과 계약을 맺고, 중국 미술의 몸값을 끌어올린 신흥 화상畵商, 골드드래곤 갤러리의 경영자였다. 이번 아트페어의 주최자이기도 했다.

"맥스는 천상 장사꾼이야. 우린 상부상조하는 사이지." 차이창원은 힐끗 맥스를 보더니 어깨를 으쓱했다. "독단으로 스위스 미술관하고 담판을 짓고 왔더라고. 이거하고 같은 사이즈의 신작을 200만 달러에 구입하겠대."

"200만 달러?" 미에는 무심코 비명을 질렀다.

가격이 무섭게 치솟고 있었다.

차이창원은 고개를 저었다. "난 뜸을 들일 작정이었어. 시키는 대로 그리면 안 되지. 고가 상품의 과잉 공급은 좋지 않아. 좀 굶어봐야 귀한 줄 알지."

일본의 현대 미술계에서도 요즘은 작품을 보지도 않고 계약하는 일이 빈번했다. 서브컬처와 나이브 아트전문적인 예술교육을 받지 않은 일부 작가들이 그린 작품 경향의 경계선에 있는 작품들을 참신하게 여기는 유행 덕에, 아직 작풍이나 기술도 정립하지 못한 햇병아리 예술가들에게 점점 고가의 주문이 들어오는 추세였다. 그들이 예술로 생계를 이을 수 있다는 건 분명 멋진 일이지만, 단순히 투기 목적으로 구입하는 컬렉터만 붙는다면 예술가로서 성장하기 전에 다작으로 사장될 테고, 순식간에 대중의 관심을 잃고 업계에서 방출될 것이다. 그러면 넘쳐나는 작품 가격은 폭락해 눈 깜짝할 사이에 사라지겠지.

"그런데 저기 제일 좋은 자리는 왜 비어 있는 거래?" 미에는 차이창원의 작품 옆 횅한 공간을 보며 물었다. 아까부터 궁금했다.

"우후후." 차이창원은 의미심장한 웃음을 지었다. "저기는 이 전시회를 위해 특별히 준비한 작품 자리야. 곧 등장할 거야."

"정말? 당신 작품이야?"

미에가 휘둥그레진 눈으로 차이창원의 얼굴을 보자, 그는 상난스럽게 눈을 찡긋했다.

"글쎄, 기다려보면 알겠지."

-2

상하이 도심 대로에서 몇 블록 안쪽으로 들어간 뒷골목 한 모퉁이에, 빨간 케이스가 달린 개조 오토바이 여러 대가 늘어서 있었다. 가게 규모는 크지 않았지만, 아직 새것인 가게 간판에는 '스시 구이 네이'라는 글자가 감각적인 서체로 적혀 있었다. 빨간 챙 모자를 쓴 청년들의 행동거지도 빠릿빠릿하고 활기가 넘쳤다.

가게 안에서는 쉴 새 없이 전화벨이 울렸다. 주문을 받는 여자 종업원의 힘찬 억양의 중국어로 실내는 시끌벅적했다. 종업원들은 대형 냉장고에서 진공 포장된 초밥 세트를 차례로 꺼내 전용 레인지로 해동한 뒤, 특별 제작한 종이팩에 넣어 보냉 처리가 된 오토바이의 케이스에 차곡차곡 쌓아서 활기차게 출발했다.

가게 한쪽의 계산대 앞에 앉아 정산 업무를 보고 있는 건 역시 빨간 모자를 쓴 이치하시 겐지(29)였다. 일본 지바에서 경영하던 피자 배달 체인점을 정리하고, 상하이로 건너온 게 약 2년 전이다. 저출산이 심화되며 건강을 중시하는 문화가 확산되는 일본에서 피자 배달 전문점을 경영하는 데 한계를 느낀 것이다.

상하이를 택한 건 인구수와, 자택에서 요리하는 습관이 거의 없는 외식 중심 문화 때문이었다. 게다가 도시 쪽에서는 식품 안전성에 대한 관심이 높아서, 안심하고 먹을 수 있는 먹거리에는 조금 비싸더라도 기꺼이 제값을 지불한다고 했다. 고가 상품을 선호하면서 건강에도 관심이 있다면, 일본에서 직접 수입한 초밥 배달은 꽤 괜찮은 비즈니스가 될 거라 예측한 것이다.

겐지는 이곳에서 장사를 하기 전에 일본에서 최신 냉동 기술을 배웠다. 지금 일본의 냉동 기술은 장족의 발전을 이룩해서, 생물이 들어간 초밥이라도 갓 쥐었을 때의 풍미를 잃지 않고 냉동 보존할 수 있었다. 그렇기에 해동 기술이 더욱 중요해지고 초기 투자비용도 제법 들지만, 일본에서 냉동한 초밥을 바로 수입해 올바른 방법으로 해동하여 최상의 맛과 안전성을 이끌어냈다는 점을 소비자에게 선전하면 괜찮은 셀링포인트가 될 것이라 생각했다. 일본 회사와 라이선스 계약을 맺기 위해 중국에도 해동 기술과 전용 기계를 취급하는 회사를 설립해 새롭게 상품 등록까지 했다.

임시 오픈까지 조금씩 영업을 해본 결과 겐지는 충분히 승산이 있겠다고 생각했다. 재료 원산지가 확실해서 안심할 수 있고 맛도 좋다는 평가가 퍼지기 시작하자 기업체부터 일반 가정까지 착실히 주문이 늘고 있었다. 무엇보다 겐지를 불타오르게 한 것은 어떤 의미로는 거칠다고도 할 수 있는, 활기 넘치는 상하이의 교통 사정이었다.

도로를 질주한다, 질세라 경쟁한다, 욕설을 날린다. 잊고 지냈던, 피가 끓어오르고 심장이 뛰는 감각이었다.

겐지도 일주일에 한 번은 직접 배달을 나갔다. 상하이에 막 도착했을 즈음, 그는 밤마다 거리를 달리며 와이탄을 종횡무진 질주하는 젊은이들 중에서 직접 종업원을 스카우트했다. 겐지가 달리는 모습에 거친 성정의 상하이 젊은이들도 감명을 받았는지 종업원들 사이에서 서서히 일체감이 형성되어가고 있었다.

물론 이곳 상하이에서도 배달 시간은 반드시 엄수했다. 그는 상하이에서 가장 빠르게 배달하는 초밥집을 목표로 삼았다. 하지만 그의 활약상이 이곳 상하이의 음지에서 꿈틀거리는 특수한 세계에 쓸데없는 자극을 주었다는 것까지는 아직 알아채지 못하고 있었다.

□ 1

상하이 푸둥 국제공항의 도착 로비.

중국 굴지의 도시인구를 자랑하는, 1800만 명 도시가 해외와 연결되는 출입구이다. 드넓은 공항 속에서 오가는 사람들의 얼굴에는 저마다 희비가 교차하고 있었다. 이름을 쓴 보드를 들고 분주하게 오가는 사람들 사이에, 가죽 코트 차림에 갈색 선글라스를 쓴 긴 머리의 여자가 거대한 전광게시판을 올려다보고 있었다. 차례차례 표시가 바뀌는 가운데, 그녀의 시선이 나리타에서 출발한 ANA의 '도착' 표시에 닿았다. 저도 모르게 입가에 씩 웃음이 감돈다.

주변에서 대기하고 있는 사람들 사이로도 기대감이 스멀스멀 밀려드는 걸 느꼈다. 이내 비행기에서 내린 사람들이 로비로 쏟아져

나왔다. 여기저기서 환호성이 터져 나왔고, 사람들의 얼굴에는 기쁨과 긴장이 교차했다. 그녀는 가만히 서서 사람들의 흐름을 주시했다.

이윽고 낯익은 얼굴 둘이 통로 안쪽에서 나타났다. 잘못 볼려야 볼 수 없는 그리운 얼굴이었다. 몇 년 동안 같은 직장, 같은 팀에서 일해온 사이였기에. 그녀는 걸음걸이나 선 자세가 사람의 뇌리에 인상으로 남는구나 생각했다.

금방이라도 내달릴 것처럼 절도 있고 속도감 넘치는 걸음걸이로 다가오는 자그마한 여성은 열혈 유도소녀로 단것에 정신을 못 차리는 다가미 유코(27). 짧은 파마머리는 여전했다. 아니, 이제 소녀라 부를 나이는 아닌가. 조금은 어른스러워졌을까.

그 옆에서 천천히 걸어오는 건 모두에게 든든한 기둥이 되는 영원한 선배, 호조 가즈미(33)다. 늘 냉정하고 배짱도 있는 그녀에게 얼마나 도움을 받았는지 모른다. 서른이 넘었지만 아직 결혼은 하지 않은 듯했다.

그 두 사람이 뭔가 이야기를 나누며 이쪽으로 다가오고 있었다. 저 모습도 예전 그대로였다. 분명 이런 대화가 오가고 있으리라.

"네? 호조 선배는 파인애플 케이크(펑리수) 싫어한다고요?"

"싫은 건 아닌데, 난 과일은 과일로 먹고 싶어서."

"그래요? 과일이 들어간 과자는 과자이기도 하고 과일이기도 하니까, 다른 종류의 달달함을 한번에 맛볼 수 있어서 좋은 것 같은데."

"자기, 루크 초콜릿 좋아하지? 네 가지 맛이 들어 있는 초콜릿."

"완전 좋아하죠. 동아리 활동 끝나고 돌아오는 길에 매일 하나씩 먹었는걸요. 오늘도 가방에 있어요. 드실래요?"

"아니, 사양할게. 내가 좋은 거 알려주지. 서른 넘어서 초콜릿 너무 많이 먹으면 여드름 나."

그 모습을 상상하고 속으로 웃고 있는데, 다가미 유코가 휙 고개를 돌렸다. 한눈에 그녀를 알아봤는지 환한 얼굴로 크게 손을 흔들었다. 그 옆의 호조 가즈미도 유코의 시선 끝에 있는 인물을 알아채고 웃으며 손을 들었다.

"우아, 가토 선배. 정말 오랜만이에요."

유코가 쌩하고 달려왔다. 그대로 엎어치기 한판을 걸어도 이상하지 않은 기세를 보니 그립기도 하고 웃음이 나기도 했다.

"아, 이제 가토 선배가 아니구나." 유코가 천천히 다가온 가즈미를 돌아보며 말했다.

"에리코, 오랜만이야. 불러줘서 고마워. 좋아 보여. 이제 사장님 분위기가 물씬 풍기네." 가즈미가 씩 웃으며 말했다.

"잘 오셨어요, 환영합니다."

결혼 전 성은 가토. 에리코(28)는 선글라스를 벗고 전 동료들을 바라보며 미소를 지었다.

"다른 분들은 잘 지내시죠?"

"여전히 매달 옥신각신하고 있지, 뭐."

"귀중한 재충전 휴가인데 먼 길 오시라고 해서 죄송해요."

"아냐, 마침 잘됐어."

"전 호조 선배 짐 담당이에요." 다가미 유코는 어째서인지 가슴을 펴며 말했다.

"도심에서 조금 떨어져 있기는 하지만, 괜찮은 호텔을 잡아놨어요. 4성 호텔인데, 최근에 음식이 맛있다고 평이 좋더라고요." 에리코는 가즈미의 캐리어를 들더니 나란히 걸음을 옮겼다.

"알아서 다 준비해주고, 고마워."

"무슨 호텔이에요?"

"청룡반점이라고, 꽤 인기라서 도심의 5성 호텔보다 예약 잡기가 힘들다더라고."

"기대되네요, 중화요리 좋아하거든요."

이국에서의 재회를 기뻐하며, 여행에 대한 기대감으로 설레는 세 여자들이었다. 공항에서 나온 세 여자는 해맑은 얼굴로 초봄의 상하이 거리를 향해 걸음을 옮겼다.

이 장면이 새로운 도미노의 한 조각이며, 이미 여러 줄들이 쓰러지기 시작한 줄은 모른 채.

고민녀 in 상하이

ドミノ言上海

1

어스름한 통로 안쪽, 낡은 자단紫檀 테이블에 놓인 팩스 겸 전화기에서 묵직한 벨소리가 울려 퍼졌다. 그러고 나서 부르르하는 진동과 함께 새하얀 종이가 조금씩 출력되었다. 테이블 옆에서 채소볶음을 반찬으로 점심을 먹던 젊은 남자가 고개를 들어 팩스에 적힌 간략한 글자들을 보았다.

경로회 안내. 모르는 사람이 봤으면 단순한 행사 안내인 줄 알 것이다.

툭, 하고 팩스 용지가 끊어진 소리를 듣고 나서 젓가락을 놓고 종이를 집어 들었다.

동웨이췬(25)은 휴대전화를 들어 버튼을 눌렀다. 곧 통화가 연결되었다.

"박쥐, 가 상하이에 들어왔다고 양에게 연락이 왔어."

"바로 갈게."

동웨이췬은 남은 채소볶음을 허겁지겁 먹어치운 뒤 식기를 구석에 있는 싱크대로 치웠다. 뱀장어 둥지 같은 좁고 길쭉한 가게 현관 쪽에서 벨소리가 났다. 근처에 있던 모양이다.

불상이나 장식품, 거울이나 랜턴 같은 골동품이 잡다하게 놓인 통로를 작고 여윈 체격의 노인이 종종걸음으로 지나왔다. 꽤 나이를 먹었음 직한데도, 동작은 빠릿빠릿하고 안경 너머 눈빛이 형형했다.

동웨이췬은 팩스 용지를 노인에게 건넸다. 노인은 뚫어져라 글을 바라보았다. 무표정했지만 머릿속에서는 모든 수를 계산하고 있는 게 틀림없었다.

"어떡하죠?"

"예원豫園의 모비딕 커피에 다녀와. 첫 입찰이 끝났을 때가 됐어." 노인은 팩스 용지를 문서절단기에 넣으며 말했다.

동웨이췬은 말없이 일어나 가죽 재킷을 입었다. 할아버지가 그렇게 말하니 입찰은 이미 끝났겠지. 그가 할 일은 어디의 누가 얼마에 낙찰받았는지를 묻는 것뿐이다.

"할아버지는?"

"회수하러 가야지."

태연하게 말하는 노인을 보고 동웨이췬의 얼굴에 희미한 불안이 드리웠다.

"괜찮겠어요?"

"걱정 말거라."

노인은 우비를 걸친 뒤 머플러를 두르고 모자를 썼다. 초봄의 상하이는 아직 쌀쌀했다.

먼저 노인이 나가는 걸 보고, 동웨이촨도 문단속을 한 뒤에 가게를 나섰다. 입구에 자물쇠를 걸고 '외출 중' 팻말을 달았다. 몇 초밖에 걸리지 않았는데 고개를 들었을 때 이미 할아버지의 모습은 어디에도 없었다. 제 할아버지이지만, 이럴 때마다 가족에게도 보여준 적 없는 모습이 있다는 걸 새삼 실감했다.

할아버지가 시작한 골동품 가게는 상하이에서도 관광객들이 찾기로는 1, 2위를 다투는 중국식 대정원 예원의 동쪽에 자리하고 있었다. 예원까지 걸어서 5분도 걸리지 않는, 기념품 가게들이 늘어선 번화가였다. 오늘도 전 세계에서 찾아온 관광객들로 거리는 북적거렸다.

전통 양식으로 통일된 상점가 예원상성, 예원을 에워싼 이 상점가 일각에 미국 자본의 커피숍 체인점 모비딕 커피가 있다. 이곳도 주변 건축물에 맞춘 디자인이다. 자국의 체인점이라 친숙한 것인지, 미국인 손님이 유독 많았다. 때문에 이곳이 입찰 장소 중 한 곳으로 정해진 것이리라.

동웨이촨은 자연스레 커피를 주문하는 줄에 섰다. 금방 그의 순서가 되었다.

"니하오, 주문은 뭘로 하시겠습니까?"

늘씬한 몸매의 젊은 여성이 말을 걸었다. 재빨리 양쪽 귀에 걸린 비취 귀걸이를 확인했다. 상등품의 비취가 확실했다. 커피숍의 점원이 10만 달러의 비취 귀걸이를 하고 있다는 걸 꿰뚫어 볼 수 있는 이는 지극히 한정되어 있었다. 물론 그 귀걸이를 하고 있다는 사실 자체가 사인임은 말할 것도 없었다.

"음, 카푸치노로 주세요. '박쥐' 입찰은 어떻게 됐죠?"

"카푸치노, 사이즈는 어떻게 하시겠습니까?"

여성은 자연스러운 표정으로 카운터 위 메뉴판에 시선을 주며 나지막이 속삭였다. "첫 번째 입찰은 엎어졌어. 보스턴의 '부모'도 포함해, 네덜란드와 싱가포르의 '손님'이 제시한 금액도 비슷한 수준이라 최저 낙찰 가격에서 조금 높은 정도. '목소리'는 '손님'끼리 몰래 담합한 게 아닌가 의심하고 있어."

동웨이췬은 제 귀를 의심했다. "담합? '손님'끼리? 톨 사이즈로."

"'목소리'가 지금 증거를 찾고 있어. 두 번째 입찰은 여섯 시간 뒤. '목소리'는 오늘 밤 안에 처리할 작정이래. 카푸치노 톨 사이즈 한 잔. 감사합니다."

점원은 고개를 들고 카운터 안쪽 바리스타에게 주문을 전달했다.

동웨이췬은 카푸치노가 나오기를 기다리며 막연한 불안이 솟아오르는 걸 느꼈다.

'손님'끼리 담합하다니, 쉽사리 믿기 힘든 이야기였다. 하지만 '목소리'는 최근 가격을 과하게 올렸다. 물론 '목소리'가 감수하고 있는 위험이 반영된 가격이겠지만, '손님'들이 자위책을 궁리하기 시작해도 이상할 것은 없다. 최근에는 FBI도 본격적으로 수사를 강화하고 있고, 중국 정부가 어디까지 파악하고 있는지도 불분명해서 찜찜했다. 슬슬 이 방식도 한계에 달한 게 아닐까.

생각에 잠겨 있던 탓에 카푸치노를 받아서 돌아본 순간, 뒤에 멍하게 서 있던 통통한 외국인 남자와 부딪쳤다.

"쏘리."

미국인으로 보이는 남자는 사과를 건네면서도 어딘가 넋이 나간 듯 충혈된 눈에 초췌한 얼굴이었다. 관광객은 아닌 것 같은데 일이 잘 안 풀린 건가, 아니면 실연? 이 거리에 고민 많은 남자가 저 혼자만은 아닌 모양이라고 동웨이췬은 생각했다.

"네버마인드."

그렇게 대꾸한 뒤 카푸치노를 들고 밖으로 나간 동웨이췬은 할아버지에게 전화를 걸었다. 음성사서함으로 연결되었다.

"할아버지, 이번 시험은 망쳤어. 추가 시험 보려고. 다시 연락할게요."

할아버지는 음성사서함에 메시지를 녹음할 때에는 누가 들어도 무난한 은어를 사용하라고 엄포를 놓았다. '시험'은 이번 입찰, '추가 시험'은 다음 입찰을 뜻한다. 이렇게 조심할 일인가 싶기도 하지만, 전에 은어를 쓰지 않고 사실대로 메시지를 남겼을 때 할아버지가 대로하는 모습을 보고는 명령에 따르기로 했다.

일단 가게로 돌아가 정보 수집을 할까.

둥웨이췬은 할아버지처럼 빠른 걸음으로 온 길을 되돌아갔다.

"방금 그 애, 엄청 미소년이었지?"

"부딪쳤을 때 네버마인드라는 말이 자동으로 나오는 걸 보면 중국도 많이 달라졌네요."

오즈누 다다시와 아베 구미코는 가죽 재킷을 걸친 늘씬한 체형의 청년을 바라보며 캐러멜 마키아토를 들고 한숨을 내쉬는 존 실버(41)와 함께 자리에 앉았다.

"존, 당신은 잘하고 있어. 당신이 있기에 필립의 작품과 전 세계의 필립 팬들이 있는 거라고."

"팀은 금방 성질을 내지만, 말만 그렇게 하지 실제로는 그렇게 화난 건 아니더라고요."

필립 크레이븐의 반려동물인 이구아나 다리오가 비운의 죽음을 맞이한 탓에 미중일 합작영화 〈영환호성의 사투, 강시 대 좀비〉 촬영은 중지된 상태였다. 하루가 지날 때마다 10만 달러가 날아간다며 헤드 프로듀서 팀 폴란스키(48)는 말 그대로 머리에서 김이 날 정도로 격노하고 있었지만, 감독인 필립이 상승인데 어쩌겠는가. 소꿉친구이자 대학 동창, 인디 영화 시절부터 오랫동안 그를 도와온 존도 필립이 '다리오 대신'을 구해달라고 울부짖는 통에 난처하기 이를 데 없었다. 다리오는 이구아나 3형제의 막내였는데, 장남은 객사, 차남은 병으로 요양 중이었다.

"중국에서 이구아나를 구할 수 있을까? 구입할 수 있다 해도, 미국으로 데리고 돌아갈 수 있을지 모르겠네. 개나 고양이는 싫대?"

다다시는 컴퓨터를 켜고 '상하이 반려동물 이구아나'로 검색을 시작했다.

존은 힘없이 고개를 저었다. "필은 동물 털 알레르기야. 어렸을 때 고양이 여섯 마리를 키우던 보이스카우트 단장 집에서 호흡곤란으로 죽을 뻔한 적이 있어."

"그럼 판다도 안 되겠네."

"애초에 판다는 못 사잖아."

"필립이 촬영을 재개하지 않으면, 다리오의 영혼도 성불 못 해. 다리오도 난감하대."

다다시와 존은 뚫어져라 구미코의 얼굴을 보았다. 구미코는 더없이 진지했다.

존이 조심스레 물었다. "구미코, 진심으로 하는 소리야?"

구미코는 태연하게 고개를 끄덕이더니 가만히 존의 얼굴을 바라보았다. "촬영장에서는 필립 옆에 있었지만, 지금은 우리와 함께 있어. 존 머리 위에. 필립을 위로해줬으면 한대."

존은 화들짝 놀란 듯 자신의 머리 위를 보고 반사적으로 손을 휘둘렀다.

"어머, 난폭하게 굴지 마. 다리오도 필립을 걱정하는 거라고."

존은 굳은 듯 동작을 멈췄지만, 이내 빤히 커다란 눈을 휘둥그레 뜨고 "그거야" 하고 중얼거렸다. "영능력자한테 다리오의 영혼을 불러달라고 하자. 다리오의 영혼이 필립을 설득하면 돼."

다다시가 헛기침을 했다. "진심으로 하는 소리예요? 요즘 통 못 자더니 어디 아픈 거 아니고?"

존은 충혈된 눈으로 다다시를 노려봤다. "사기든 뭐든 상관없어. 필을 설득해서 그가 받아들이는 게 중요해. 그럴싸하게 말할 수 있으면 누구든 상관없어. 구미코는 영능력자 같은 건 못해?"

구미코는 느리게 고개를 저었다. "보는 거랑 부르는 건 전혀 다른 일이야. 난 못해."

"상하이에 그런 쪽으로 아는 사람 없어?"

"신도는 일본 독자적으로 발달한 종교라 중국에는 없지."

"맞다, 중국에는 풍수사라는 마법사가 있다면서."

"풍수는 토지나 지형 같은 걸 보는 거라, 영혼 쪽은 아닌 것 같은데요." 다다시가 머뭇거리며 말했다.

하지만 존은 자신의 아이디어에 정신이 팔린 것 같았다. "강시와 좀비 영화를 촬영 중이잖아. 역사고증 자문가에게 연락해봐야겠어. 분명 그런 쪽으로 지인이 있을 거야."

존은 뭐에 홀린 듯 휴대전화 연락처를 뒤지기 시작했다. 다다시와 구미코는 조용히 마주 봤다.

존은 나지막이 중얼거리고 있었다. "풍수다. 풍수사를 찾아!"

2

텔레비전 화면 속에서 코트 깃을 세운 초로의 남자가 이쪽을 노려보고 있었다. 그 등 뒤로는 익숙한 풍경이 보였다. 상하이의 우주적인 고층 빌딩들이었다. 보아하니 와이탄 인근 같았다.

"거룡은 완전히 눈을 떴습니다." 마이크를 들고 심각한 어조로 읊조렸다. "질주하는 상하이. 달리기 시작한 거대 도시는 이제 그 걸음을 멈추지 않습니다. 아니, 멈출 수 없다고 하는 편이 정확하겠군요. 중국은 어디로 가는가. 21세기의 세계를 어떻게 바꿀 것인가. 그리고 우리 일본인은 이 이웃과 어떻게 관계를 맺어야 할 것인가. 지금은 그 속도에 뒤처지지 않도록 같이 달리며 생각할 수밖에 없습니다."

"어, 미야코시 신이치로네. 녹화 방송이에요?" 텔레비전 리모컨을 누르던 다가미 유코가 언성을 높였다.

"아니, 생방송 같아." 짐을 풀며 호조 가즈미가 화면 구석의 'LIVE' 글자를 가리켰다.

"그럼 미야코시도 지금 여기 있는 거네."

"아사다TV 관두고 지금은 프리지?"

"네, 지금 나오는 채널은 NHK잖아요."

유코는 텔레비전을 껐다.

청룡반점의 객실. 짙은 녹색으로 통일된 실내는 세련되고 차분한 분위기였다. 천장도 높고 가구나 패브릭도 고급스러웠다.

유코는 한 바퀴 실내를 둘러보더니 차를 따르는 에리코에게 말했다. "분위기 좋네요. 생긴 지 얼마 안 된 느낌이라 산뜻하고. 좋은 호텔 예약해주셔서 감사해요. 가토……가 아니라……."

"이치하시 맞지? 이제 사모님이시잖아."

가즈미가 웃으면서 말하자 에리코도 미소로 답했다.

"놀리지 마세요. 그냥 가토라고 부르세요. 여기는 결혼해도 성 안 바뀌니까."

에리코는 겸연쩍게 웃으며 손사래를 치더니, 향긋한 우롱차가 든 찻잔을 내밀었다. 고마워, 라고 말하며 가즈미는 뜨거운 차를 마셨다.

"남편 사업은 어때? 고급 초밥 배달이라고 했지?"

"첫출발은 나쁘지 않은 것 같아요. 체인점을 내고 싶다는 제안도 많이 들어왔다고 하니까요." 에리코는 어깨를 으쓱하며 말했다. "하지만 곧 비슷한 업체들이 분명히 나타날 테고, 대형 유통업체나 일본 기업이 진출하면 경쟁에서 살아남을 수 있을지 모르겠어요. 대형 자본이 들어오면 가격 경쟁에서 질 게 뻔하니까요. 일본 기업이 차례로 진출하고 있긴 한데, 성공하는 경우는 정말 손에 꼽아요. 줄

줄이 망해 나가기 일쑤죠."

"흐음, 힘들겠네."

"그래도 가토 선배 행복해 보여요. 뭔가 생기가 넘치는 느낌? 부럽다."

솔직하게 부러움을 내비치는 유코를 보고 에리코는 후후, 웃었다. 자기주장이 강하고 자존심 센 사람들 사이에서 살다 보면 이렇게 겉과 속이 다르지 않은 순수한 사람들이 그리워진다.

에리코는 시계를 보았다. "오늘은 어떻게 하실래요? 밤에는 호텔 레스토랑을 예약해놨으니 배를 비우고 가는 편이 좋겠죠? 예원에서 딤섬 먹기도 그렇고, 좀 어중간한 시간이네요."

"판다 보고 싶어요!" 유코가 씩씩하게 말했다.

에리코는 고개를 끄덕였다. "아, 그거 괜찮네. 상하이 동물공원은 도심에서 좀 떨어져 있으니, 구경하고 오면 딱 저녁 시간이겠어."

"에리코도 같이 가면 우린 좋은데, 시간 괜찮겠어?"

가즈미가 넌지시 배려해주었다. 이런 마음 씀씀이도 그리웠다.

"괜찮아요, 이번 만남을 얼마나 기대했는데요. 실은 저도 아직 상하이 동물공원에 가본 적이 없거든요."

유코의 눈이 휘둥그레졌다. "아, 정말요? 여기 온 지 2년쯤 되지 않았어요?"

"그러니까 말이야. 경황이 없어서 관광할 짬도 없었어."

에리코는 머리를 긁적였다. 가즈미가 그 어깨를 토닥거렸다.

"역시 사업 초창기에는 여러모로 고생이 많지. 거기다 외국이잖아. 좋아, 판다 구경하러 가자."

"와!"

세 사람은 겉옷을 입고 방에서 나왔다. 느릿하게 움직이는 엘리베이터를 타고 1층으로 내려갔다. 복도로 나온 세 사람은 커다란 짐을 운반하는 작업복 차림의 남자들과 마주쳤다. 포장된 커다란 널빤지 같은 물건과 사람 형태의 물건. 둘 다 묵직해 보였다.

"저게 뭐지?"

"그림 아닐까? 그러고 보니 오늘 위층에서 아트페어가 열린다는 간판을 본 것 같아."

"흐음, 미술품인가? 그럼 저건 조각이겠네."

2미터쯤 되는 높다란 물건을 여러 개 밀차에 싣고 가는 모습을 유코는 디지털카메라로 촬영했다.

"저런 큰 물건을 걸어둘 집이 있다는 게 부럽네."

"여기 부유층은 규모가 다르니까요. 일본에서 부유층 소리를 듣는 사람들도 중국에서는 중산층쯤 될까요."

"그럼 생명보험 금액도 분명 엄청나겠네요." 불현듯 유코는 자신이 일하는 업계를 떠올린 모양이었다. "중국 보험 회사는 힘들겠어요."

가즈미는 얼굴도 모르는 동업자에게 동정을 표했다. "땅이 넓으니 조사하러 가는 것도 큰일일 테고."

"내륙부에서 교통사고가 나면 손해사정은 어떻게 하지? 내몽골

자치구 같은 데는."

"거의 원정 탐험대 수준이겠는데요. 왠지 전문 부서가 있을 것 같아요."

"운동부 출신 아니면 못 들어간다든지, 산악부 출신만 뽑을지도 모르지."

"채용할 때 체력 테스트도 보고."

"자기는 입사 가능할 것 같은데?"

에리코는 두 사람의 대화를 들으며 키득거렸다. 소소한 이야기를 나누며 세 사람은 호텔을 나왔다.

3

높은 천장에는 큼지막한 전구들이 줄줄이 달려 있었고, 살기에 가까운 소음이 주변을 에워싸고 있었다. 오가는 사람, 사람, 사람들. 차례차례 밀차가 비좁은 통로를 억지로 비집고 들어갔다.

입구 근처에는 빼곡히 자전거가 세워져 있었고 사람들이 쉴 새 없이 드나들었다.

예원에서 동쪽으로 수킬로미터 떨어진 곳에 있는 어느 신선식품 시장이었다. 원래는 영화관이었던 곳을 리모델링했다는 건물 내부는 미로처럼 복잡했고, 상품들이 여기저기 산더미처럼 쌓여 있었다.

빼곡하게 늘어선 채소. 바구니 밖으로 떨어질 것처럼 잔뜩 쌓인 과일들. 색색의 채소들이 질릴 줄 모르는 시민들의 위장으로 사라질 순간을 기다리고 있었다. 다른 모퉁이에는 신선한 수산물과 수조들이 늘어서 있었다. 코를 찌르는 바다 냄새. 호스에서 흘러나온 물이 발밑으로 졸졸 흘렀다. 손님이 수조에서 생선을 고르면 점원이 바닥에 패대기쳐 기절시켰다.

우비 차림의 왜소한 노인이 마치 축지법하는 듯한 걸음걸이로 열기에 찬 시장 속을 가로질렀다. 시장의 그 누구도 그가 거기 있다는 사실을 알아채지 못했다. 이곳은 시민의 부엌이라 관광객은 거의 찾지 않았다. 누구나 물품 구매에 정신이 팔려서 평범한 노인에게 눈길조차 주지 않았다.

통로 안쪽으로 들어가자 짐승 냄새가 조금씩 피어올랐다. 흡사 정글 속에 있는 듯, 귀를 찌르는 날카로운 울음소리가 지면을 타고 전해졌고 짐승들의 기척이 짙게 차올랐다.

정육을 취급하는 매장들이 모인 코너로 들어가자 고깃덩어리와 공중에 매달아놓은 고기들이 눈에 들어왔다. 신선한 빛깔의 고기들이 줄줄이 이어지는 광경은 압권이었다. 더 안쪽으로 들어가자, 질서정연하게 쌓인 바구니와 우리가 보였다. 그 안에는 닭, 메추라기 같은 동물들이 부산스럽게 돌아다니고 있었다.

회색 점퍼 차림의, 요리사처럼 보이는 남자가 쭈그리고 앉아 우리 속의 닭을 훑어보고 있었다. 사방에 전자계산기를 들고 소리 높여 흥정하는 남자들로 가득했다. 자세히 보니 주변에는 맹금류의 깃털 일부가 떠다니고 있었다. 이곳에 필립 크레이븐이 없어서 다행이었다. 보이스카우트 단장의 집과는 비교할 수 없을 정도로 털이 흩날리고 있으니, 몇 걸음 걷는 순간 바로 호흡곤란에 빠지겠지.

　노인의 걸음이 느려졌다. 그는 우리 안을 하나씩 들여다보고 있었다. 그저 우리 앞에 섰을 뿐인데, 그 즉시 우리 속은 고요해지거나, 혹은 신경질적으로 난동을 부리거나 둘 중 하나였다. 늘어선 우리들은 아무리 봐도 끝이 없었다. 진저리가 날 정도의 양이었지만, 노인은 한눈팔지 않고 모든 우리를 확인했다. 이내 그의 눈에 의아스러운 빛이 어른거렸다. 걷는 속도를 살짝 올려 빠르게 우리를 들여다본다. 잠시 뒤, 고요하지만 명확한 초조감이 드러나더니, 지금까지 둘러본 우리 사이를 이리저리 오가기 시작했다.

　때마침 그때였다. 절묘한 타이밍으로 검은 야구모자를 쓰고 고무장갑에 앞치마를 두른, 조금 전까지 정육을 해체하고 있었다 해도 이상하지 않을 다부진 체격의 남자가 노인에게 다가왔다. 앞치마에는 검붉은 얼룩이 묻어 있었다. 자연스레 옆에 선 남자는 담배에 불을 붙였다.

　"답지 않게 왜 그러시나. 당황한 티 내지 말라고, 눈에 띄잖아."
남자는 귓가에 속삭이며 숨을 들이마셨다 연기를 내뱉었다.

　노인은 움직임을 멈추더니 바구니에 시선을 고정한 채 나직하게 중얼거렸다. "물건은?"

대답은 없었다.

노인은 소름이 돋을 만큼 싸늘한 목소리로 말을 이었다. "없어. 찾아봐도 없잖아. 양 말로는 분명 상하이에 들어왔다고 했는데."

"실은 문제가 좀 생겼어." 남자는 주눅 든 기색도 없이 귀를 후비적거렸다.

"문제?"

"아무래도 저쪽 관계자가 찌른 것 같아. 종종 새 위장에 뭔가 멋진 물건을 넣어서 운반하는 것 같다고."

남자의 목소리는 어찌나 다정한지, 마치 사랑을 속삭이는 것처럼 부드러웠다. 요컨대 머리끝까지 화가 난 것이다. 머지않아 '저쪽 관계자'는 낱낱이 추궁당한 끝에 그의 애정에 찬 속삭임을 미치도록 듣게 되겠지.

"그래서?"

"물건을 넣을 때 문제가 생겨서, 순간적으로 평소와 다른 위장에 넣었다는군."

"평소와 다른 위장? 어디다 넣은 건데?" 노인은 언짢은 목소리로 물었다.

"나중에 알아보기 쉽게, 우연히 근처 우리에 있던 희귀한 동물의 위장에 넣었다고."

"맛있는 동물이면 좋겠군."

"맛있는지는 모르겠지만, 커다란 도마뱀이었다는군."

"도마뱀?" 노인은 인상을 찌푸렸다.

"악어는 먹어본 적 있는데, 도마뱀은 어떨지." 남자는 작게 킥킥 거리더니 곧 웃음기 없는 표정으로 말했다. "게다가 물건은 벌써 나흘 전에 도착했대."

"나흘 전? 그렇게 됐다고? 지금 어디 있지?"

노인은 더는 못 참겠다는 듯 언성을 높이며 남자를 돌아봤다. 하지만 남자는 여전히 가만히 앞을 보고 있었다.

"여기까지 알아내는 데 꼬박 이틀이나 걸렸어." 후, 하고 연기를 뱉는다. "그래서, 간신히 아까 추적이 끝났어. 보낸 사람은 미국인 남자인데, 자기가 묵을 호텔로 보냈다더군."

"도마뱀을 호텔로? 뭐에 쓰려고?"

"모르지. 영화감독인데 지금 상하이에서 촬영 중이라는군. 어쩌면 촬영에 쓰려는 걸지도. 어쨌든 한동안은 상하이에 있을 것 같으니, 도마뱀도 호텔이나 촬영장에 있겠지."

"도마뱀 영화를 상하이에서?" 노인은 당황한 기색이 역력했다. "미국 놈들 영화는 도무지 일관성이라고는 없군. 일전에는 판다가 쿵후를 하질 않나."

"이번에는 도마뱀이 쿵후를 할지도 모르지."

"그래서 그 호텔이 어딘데." 노인이 매서운 눈으로 일별했다.

"청룡반점." 남자는 느긋하게 담배 연기를 내뱉었다. "벌써 손 써 뒀어."

4

"동물원이라기보단 공원 같네요. 진짜 넓다."

"그러게."

"저기 보세요, 전부 숲이에요."

상하이 도심에서 다소 떨어진 교외에 광대한 상하이 동물공원이 자리하고 있다. 널찍한 공간을 가족 관람객들이 한껏 즐기고 있는 모습은 전 세계에서 공통적으로 볼 수 있는 동물원 풍경이었다.

"생각보다 사람이 없네요. 여유 있게 볼 수 있겠어요. 평일이라 그런가?" 에리코가 주변을 둘러보며 말했다.

유코가 조부모의 손을 잡고 뒤뚱뒤뚱 걷는 남자아이를 보고 걸음을 멈췄다. "좋겠다, 할머니 할아버지랑 동물원 구경이라니."

"유코는 할아버지 손에 컸지?"

가즈미는 유코가 할아버지에게 강하게 커야 한다는 말을 듣고 유도 검은 띠를 딴 걸 알고 있었다.

"네. 저도 예전에 자주 같이 다녔어요. 기억은 잘 안 나지만, 나중에 커서 들은 얘기로는 제가 곰 우리에 들어가서 난리가 났었다는 거예요."

"곰 우리?"

"네. 긴타로[일본 전래동화에 등장하는 괴력을 지닌 동자]가 곰하고 씨름하는 그림책을 보고 엄청 해보고 싶었던 모양이에요. 유코도 곰하고 씨름

할래, 하더니 정말 곰 우리에 들어갔대요. 몸집이 작으니까 철창 사이로 쓱 하고. 할머니랑 할아버지, 사육사까지 새하얗게 질려서 한바탕 소동이 일어났대요."

"그럴 법도 하지. 상상해보면 무섭지만 자기다워." 가즈미가 쓴웃음을 지었다.

"판다는 저쪽에 있어요." 에리코가 동물원 지도를 보며 가리켰다. "실은 판다도 야생동물이라 꽤 위험한가 봐요. 힘이 얼마나 센지 앞다리로 한 대 맞으면 즉사한다고 들었어요. 그래서 판다 사육사도 절대로 우리 안에서 판다와 단둘이 있지 않는대요."

"그렇구나."

에리코의 설명에 두 사람은 놀란 표정을 지었다.

"하지만 판다는 완전한 육식은 아니잖아요. 그런데도 인간을 공격해요?"

유코의 의문에 가즈미가 시원스레 대답했다.

"영역 의식 때문 아냐?"

"판다와 붙으면 지겠지?" 유코는 진지한 표정을 지으며 생각에 잠겼다.

가즈미가 유코를 쿡 찔렀다. "그러니까 동물과 겨룰 생각은 버리라니까. 판다 체중이 얼마나 되는지 알아?"

"부드러움이 강함을 이긴다잖아요. 상대의 체중을 이용해 자기보다 큰 사람에게 기술을 거는 게 일본 유도의 진수니까요. 점수제로 승패를 따지는 지금의 국제유도는 쪼잔해서 싫어요."

주변 건물들보다 커다란, 판다 그림이 그려진 콘크리트 건물로 가까이 가자 젊은 여자들이 휴대전화 카메라를 들고 환호성을 지르고 있었다. 일본어가 들리는 걸 봐서는 일본인들도 있는 모양이었다.

"와, 있다, 있어!" 유코도 환호성을 지르며 통유리로 된 판다 사육장으로 달려갔다.

건물 안은 꽤 넓었다. 방 한가운데에 대나무가 잔뜩 쌓여 있었는데, 판다 두 마리가 거기에 벌러덩 드러누워 묵묵히 대나무를 먹고 있었다.

"정말 크다. 몇 살쯤 됐을까?"

"몇 번을 봐도 신기하네. 왜 저런 무늬일까?"

"갓 태어났을 때는 온몸이 하얗고 까만 부분은 하나도 없대요."

"날마다 저렇게 먹고 자고, 먹고 자면 살이 찔 법도 하지. 판다가 앉아 있는 모습을 보면, 가기미모치신에게 공물로 바치는 정월 떡가 생각난다니까."

앞에서 대나무를 먹는 두 마리 판다는 어려 보였는데, 유리 근처까지 와서 애교를 부리고 있었다. 모두가 사진을 찍는 걸 보고 유코도 디지털카메라를 들었다.

음?

그때였다. 유코는 사육장 안쪽 어스름한 곳에 판다가 한 마리 더 있는 걸 깨달았다. 대나무 산 너머로, 마치 어둠에 잠긴 듯 숨죽이고 있어서 알아채지 못한 것이다.

유코는 그 판다를 빤히 바라보았다. 눈에 띄지 않게 기척을 지우고 있었지만, 상당히 큰 판다였다. 나이도 꽤 먹은 것 같았다. 유코는 사진 찍는 걸 관두고 유리에 두 손을 댄 채 빤히 사육장 안쪽의 판다를 관찰했다.

어둠 속에서 판다가 쓱 움직였다. 유코가 보는 걸 알아챘는지 이쪽을 힐끗 본 것이다. 다음 순간 눈이 맞았다.

날카로운 눈빛. 순간적이었지만, 분명히 시선이 맞부딪쳤다.

음음, 제법인걸(뭐가 제법인지는 모르겠지만).

유코는 직감했다. 저 판다, 제법 하겠어.

판다는 천천히 일어나 어슬렁어슬렁 사육장 반대편까지 걸어갔다. 빈틈없는 움직임이었다. 대범하게 여유를 보이면서도, 이쪽을 주의 깊게 살피고 있었다. 역시 보통내기가 아니다.

유코는 이동하는 판다를 눈으로 좇았다. 시치미를 떼고 있었지만, 유코의 시선도 알아챈 눈치였다. 옛 무사를 연상시키는 널찍한 등판이 말해주고 있었다.

"유코, 유리에 딱 붙어서 뭘 그렇게 봐?"

가즈미의 목소리에 유코는 정신을 차렸다.

"아니, 저 안쪽에 한 마리가 더 있잖아요. 저 판다가 마음에 걸려서요."

"아, 그러네. 뭔가 은둔형 외톨이 같은 판다네."

"뭔가 태도가 불량하죠?"

"눈매도 좀 사납고."

가즈미와 에리코는 가차 없는 평가를 내렸다.

"이름이 뭐지?"

벽에 붙은 설명서를 보았다.

厳厳 GUWANGUWAN

"이걸 뭐라고 읽지?"

"강강 아닐까요?"

"굉장한 이름이네. 어울리긴 하지만."

"나이 미상이래요. 대충이라도 써놓지."

"야생동물의 나이는 정확히 측정하기 어렵다고 들었어요."

강강이라……. 유코는 소리 없이 이름을 불러보았다.

강해 보이는 이름이네. 왠지 간류지마 일본의 전설적인 무사 미야모토 무사
시가 사사키 고지로와 결투를 벌인 곳으로 유명한 섬가 연상되었다. 이름을 들으니
더욱더 무사 같은데.

"유코, 그만 가자."

어째서인지 마음이 쓰였다.

발길이 채 떨어지지 않았지만 유코는 판다 사육장을 뒤로했다.

강강 역시 유코의 존재가 계속 마음에 걸렸다.

평소 유리벽 너머에서 호들갑을 떨어대는 인간들이 대상을 반드시 제대로 보는 건 아니었다. 유리 너머에, 동물원의 그 장소에 '있었다'는 것이 중요한 것이라, 강강 같은 판다의 내면이나 존재 의의에는 관심도 없는 것이다. 동물원에 갔다, 판다를 봤다, 그 사실만이 중요하고, 그것을 사진을 찍거나, 판다 만주를 사는 등 증거로 남기는 데 정신이 팔려서, 여기 있는 게 강강이든 다른 누구든, 심지어 판다 탈을 뒤집어쓴 곰이라도 상관없는 것이다. 게다가 그들의 시선은 나약하고 산만하다. 내가 안쪽에서 기척을 감추고 있으면 전혀 알아채지 못한다. 주체성이 없는 시선이라 여기까지 닿지 않는 것이다.

하지만 그 여자는……. 강강은 유리에 두 손을 올리고 꿈쩍도 하지 않은 채 자신을 응시하던 여자의 얼굴을 떠올렸다.

그 여자는 나를 보고 있었다. 오랜만에 살기를 느끼고 저도 모르게 뒤돌아봤다. 게다가 이렇게 어스름한 곳에 있었는데도, 분명히 시선이 맞부딪쳤다.

그 여자, 제법이야(뭐가 제법이라는 건지는 모르겠지만).

오랜만에 본능이 깨어나는 기분이었다. 강강은 가만히 있을 수가 없어서 실내를 이리저리 돌아다녔다. 별생각 없이 잠자리가 있는 통로 쪽으로 다가갔다.

그때 웨이잉더 사육사의 목소리가 들렸다. "안 돼! 안 된다고, 여기 들어오면. 위험하다고!"

살며시 들여다보니 어디가 열렸는지 사육사의 작업 공간에 뒤뚱거리며 걷는 남자아이가 들어와 있었다. 당황한 탓인지, 웨이가 들고 있던 청소도구가 떨어져서 강강이 있는 전시 공간 쪽으로 굴러오고 있었다.

강강의 바로 옆, 손이 닿는 문 밑으로. 가슴이 두근거렸다. 바로 저기에 도구가.

"에이에이!"

웨이가 아이를 안고 바깥으로 나가자, 두 노인이 대경실색한 표정으로 달려왔다.

"죄송합니다, 잠깐 눈을 뗀 사이에 없어져서."

"조심하셔야죠."

두 노인은 연신 고개를 숙였다. 아이는 놀란 얼굴로 어른들을 올려다보고 있었다.

강강은 살며시 앞다리를 뻗어 자루 달린 작은 브러시를 안쪽으로 밀었다. 자연스럽게 뒷걸음질 치며 브러시를 대나무 더미 밑으로 쓱 넣었다. 이러면 대나무에 섞여 알아채지 못하겠지.

그때 막내 사육사가 돌아왔다. "웨이 선배, 죄송합니다."

"간 떨어지는 줄 알았네. 어떤 상황에서도 다 열어놓으면 안 된다고 했잖아." 웨이는 쩌렁쩌렁 화를 냈다.

막내는 머리를 조아리고 빌었다. "죄송합니다, 죄송합니다. 금방 돌아올 줄 알고."

강강은 문 가까이 다가가 가만히 사육사들의 모습을 관찰했다.

"아, 얼마나 놀랐는지 수명이 줄어든 기분이라고."

웨이는 한숨을 내쉬며 바닥에 떨어진 다른 청소도구를 주워들더니 양동이를 들고 안쪽으로 걸어갔다.

됐어. 강강은 가슴을 쓸어내렸다. 웨이가 다른 브러시를 몇 자루 더 가지고 있는 걸 보고, 혹시나 해서 도박을 해본 것이다. 역시 녀석은 한 자루가 부족한 걸 알아채지 못했다.

강강은 천천히 대나무 더미 쪽으로 걸어가 바닥에 벌러덩 드러누웠다. 자, 이제 어쩌지.

강강은 대나무 사이로 보이는 자루 달린 브러시를 뚫어져라 바라보며 생각에 잠겼다. 아직 두근거림이 멈추지 않았다.

칫, 나도 약해졌군. 진정해. 아직 잠자리로 돌아갈 때까지는 시간이 있다. 생각을 하라고.

유리 너머에는 다시 새로운 무리가 몰려와 판에 박힌 듯 휴대전화로 사진을 찍어대고 있었다. 그 천진난만한 모습을 보고 있던 강강은 어느샌가 평정을 되찾았다.

천재일우의 기회다. 이번 탈주 타이밍은 조금 나중으로 잡았었지만, 이렇게 알아서 기회가 굴러 들어왔는데 모른 척할 수는 없지.

대나무를 하나 집어 천천히 씹었다.

지금은 녀석도 브러시가 하나 없어진 건 알아채지 못했을 테지만, 언제 알아채도 이상할 건 없다. 이렇게 대나무 밑에 숨겨뒀다간 내일 청소하고 식사를 가지고 들어왔을 때 발각되겠지. 내가 여기 숨긴 것도 금방 들킬 테고, 웨이의 경계심을 자극해서 좋을 건 없어.

그렇다면 오늘 밤밖에 없나.

강강은 물끄러미 어둠 너머 벽의 한 점을 바라보며 조용히 결심을 굳혔다.

5

"음……."

가느다란 눈이 살짝 커지더니 매섭게 주변을 둘러보았다.

조금 떨어진 곳에 서 있던 두 남자가 걱정스레 이쪽을 보고 있었다. 신축 오피스 빌딩 최상층이다.

문제로다.

루창싱(55)은 요란스레 꾸며놓은 현관과 안내 데스크를 빤히 바라보았다. 작지만 다부진 체구에 머리는 검었다. 수수한 양복 차림이었지만, 왠지 모를 독특한 존재감이 있어서 사람들의 눈길을 사로잡았다. 엘리베이터 홀에서 천천히 걸어온 창싱은 플로어 입구에서 걸음을 멈췄다.

천장에는 유난히 복잡한 커팅이 들어간 반짝이는 샹들리에.

너무 잘 자랐는지 천장까지 뻗은 관엽식물.

디자이너에게 돈 좀 쓴 느낌이 드는 요사스러운 회사 로고.

문제로다.

안내 데스크 안쪽에는 창업자로 보이는 인물의 큼지막한 석고 흉상이 놓여 있었다. 현관에 발을 들여놓은 순간 저 흉상과 마주하게 되는 위치다.

저 남자인가.

창싱은 조금 떨어진 곳에 있는 남자를 힐끗 보았다. 새 양복을 쭉 빼입은 덩치 좋은 남자였다. 이글거리는 눈빛에서 창업자다운 힘이 느껴지기도 했지만, 탄력이 없는 걸 보면 노화가 시작된 것 같았다. 흉상은 상당히 젊게 만들어놓은 걸 보면 미화한 건가.

안내 데스크 안에는 눈꺼풀이 새파란, 짙은 화장의 젊은 여성 둘이 앉아 무표정하게 제 손톱을 보고 있었다.

문제로다.

창싱은 미묘하게 의자를 움직여, 서로가 시야에 들어오지 않도록 등지고 앉은 두 사람을 보았다. 이 두 사람 모두 사장의 애인이다. 게다가 서로 그 사실을 모른다. 바닥을 내려다보니 화려한 카펫이 깔려 있었다. 보고 있으면 휘말릴 것 같은 보라색 소용돌이무늬였다.

"루 선생님, 어쩔까요?" 비서로 보이는, 사장 옆에 있던 훤칠한 남자가 불안한 듯 물었다.

창싱은 그에 답하지 않고 서둘러 걸음을 옮겼다. "사무실을 둘러봐야겠소."

"아, 이쪽으로 오시죠."

황급히 비서가 앞장서 걸었다. 사장도 따라왔다.

통로로 들어가 넓은 사무실에 발을 들여놓으려던 찰나, 창싱은 반사적으로 걸음을 멈췄다.

쉴 새 없이 전화벨이 울렸고, 큰 소리로 말하는 사원들의 목소리가 층 전체에 울려 퍼지고 있었다. 그런 점에서는 활기 넘친다고 표현할 수도 있겠지만, 목소리 톤이 묘하게 살벌해서 보이지 않는 곳에서 뭔가가 썩기 시작한 느낌이 들었다. 뭐라 형언할 수 없는 어두운 기운이 전체를 뒤덮고 있었다. 그 기운은 곳곳에 놓인 사람의 손길이 닿지 않아 무성하게 자란 관엽식물과, 눈에 거슬릴 정도로 튀는 용이나 사자 장식품에서도 배어나오고 있었다. 기법을 보아하니 안내 데스크에 있던 사장의 흉상을 만든 사람의 솜씨인 듯했다. 지난 5년 동안 급성장한 맨션 개발 회사라고 들었는데, 벌써부터 정체기에 들어선 것 같았다.

창싱은 창밖으로 시선을 돌렸다. 도로 너머로 기발한 형태의 빌딩이 자리하고 있었다. 저걸 무슨 모양이라 해야 할까. 눈물 모양이라고 해야 할지, 물방울을 눕혀놓은 것 같았다. 그 물방울 끝이 똑바로 이쪽을 향하고 있었는데, 마치 칼끝을 겨누는 듯한 모양새의 빌딩이었다.

큰일이로다.

창싱이 창밖을 내다보는 걸 알아챈 사장이 갑자기 씩씩거렸다.

"저기엔 내 어릴 적 친구가 있네. 아니, 지금은 사업상 경쟁 상대지. 하필이면 녀석도 나처럼 맨션 개발에 뛰어들었어. 이제껏 시시한 잡화점이나 하던 주제에, 내가 잘나가는 걸 보고 내 사업을 흉내낸 거야. 내 이름을 도용해 고객까지 빼돌리려고 했지. 녀석이 저 빌딩 28층에 사무실을 냈다고 해서, 반드시 녀석보다 높은 층에 사무실을 차려야겠다고 결심했어. 그래서 내려다볼 수 있는 이 빌딩 34층을 택했지. 1년 전에." 사장은 사무실이 있는 맞은편 빌딩의 한 점을 향해 거세게 손가락질을 했다. "그때부터 이 모양이야. 여기로 옮긴 뒤로 문제가 끊일 날이 없어. 어머니 건강도 나빠졌고, 사원여행에서는 단체 식중독에 걸리지 않나, 건설 현장에서 사고가 일어나지 않나. 이제 진절머리가 나. 돈을 얼마를 써가면서 옮긴 사무실인데. 왜지. 최고 노른자 땅이라고."

사장은 두 손을 펼치더니 하늘을 올려다보았다.

"그러던 와중에 루 선생님의 명성을 듣고 이렇게 모시게 됐습니다." 비서가 아첨하듯 말을 보탰다. 그 대상이 사장인지, 창싱인지는 알 수 없었지만. 어쩌면 둘 다일지도 모른다. "경영 상태가 좋지 않던 회사가 루 선생님의 조언으로 사무실을 개조한 뒤 재기에 성공했다는 소문을 여기저기서 듣고, 꼭 저희 회사에 와주십사 했지요."

"선생 보기엔 어떻소? 뭐가 문제인 거지?"

두 사람은 창싱과 거리를 좁혔다. 창싱은 까무잡잡한 얼굴에 묻힌 무표정한 눈으로 두 사람을 번갈아 보았다. 그의 얼굴을 처음 본 사람은 예외 없이 신기하다는 표정을 짓는다. 그리고 왜 신기하다는 인상을 받았는지 생각에 잠긴다. 애초에 그런 건 금방 잊어버리지만, 그 이유를 알아채는 사람은 거의 없다.

사실 창싱의 얼굴은 거의 좌우대칭을 이루고 있었다.

사람의 얼굴은 미묘하게 어긋나 있다. 얼굴 사진을 오른쪽에서 찍을지, 왼쪽에서 찍을지에 집착하는 배우의 예를 보면 알겠지만, 사람의 얼굴은 좌우대칭이 아니다. 하지만 창싱의 얼굴을 정면에서 찍은 뒤 중심선을 따라 반으로 접으면 거의 정확하게 겹쳐질 것이다. 그것이 순간적으로 기묘한 느낌을 주는 것이다.

균형과 조화. 유서 깊은 풍수사 집안에 태어난 루창싱은 풍수의 원리를 체현하고 있는 인물이었다.

창싱은 입을 열었다. "이 사무실은 누가 설계했습니까? 곳곳에 놓인 식물을 들여온 건 누구죠?"

사장이 순간 주눅 든 표정을 지었다. "처남이 사무실에 식물을 렌탈하는 회사를 시작해서…… 우리 연계 기업이고 워낙 찾는 데가 많아서 매출도 쑥쑥 오르고 있다네."

쑥쑥 오르고 있다. 말마따나 관리가 제대로 되지 않아 식물들은 모두 쑥쑥 자라고 있었다.

"안내 데스크의 석고상은? 사무실에도 장식품이 많던데요."

"그건 우리 장인어른 작품인데, 사무실 이전 기념으로 특별 제작해주신 거네. 장인어른이 예술가시거든."

사장의 말이 빨라졌다. 뭔가 켕기는 구석이 있는 것이다. 아마도 안내 데스크에 앉아 있는, 불륜의 상징이기도 한 두 여자의 존재 때문이겠지.

불현듯 사장 뒤로 사장을 바라보는 남녀의 모습이 보였다.

먼 듯하지만…… 아주 가까이 있다. 저기군.

창싱은 창밖을 힐끗 보았다.

두 사람은 창밖 너머로 보이는 눈물 형태의 빌딩 28층에서 이쪽을 올려다보며 의미심장한 미소를 짓고 있었다. 공범의 눈빛을 주고받으며 뭐라 소곤거리는 모양새를 보아하니 연인 관계임이 분명했다. 아, 일이 그렇게 된 건가.

사장 부인은 두 내연녀의 존재를 잘 알고 있으며, 그들을 안내 데스크에 앉혀놓은 것도 알고 있다. 남편에게 복수심을 불태우는 부인은 남편의 친구이자 경쟁 상대인 남자와 내통하고 있는 것이다. 두 사람은 다른 풍수사를 고용해 이 사무실에 '저주'를 걸고 있다. 이 사무실에 입주하도록 일을 꾸민 건 그들이겠지. 이 건물을 찌르는 구도로 지어진 저 빌딩이 이쪽에 피해를 주는 풍수적 위치라는 것도 모두 계산했으리라. 보란 듯 방치된 식물과 여기저기 운기를 차단하듯 배치된 장식품들도 상대방 풍수사의 조언임이 틀림없었다.

"그럼 조언을 드리겠습니다." 창싱은 말문을 열었다. "식물은 모조리 철거하십시오. 운기를 막는 데다, 시들면 기도 같이 빠져나가죠. 장식품들도 마찬가지입니다. 놓을 거면 여기와 여기와 여기. 다른 데는 안 됩니다."

창싱은 막힘 없이 자리를 가리켰다.

"뭐라고? 하지만 처남과 장인이……."

"제일 중요한 건 입구입니다." 창싱은 사장의 항의를 무시하고 현관으로 돌아갔다. 그러곤 천장을, 이어서 바닥을 보았다. "저 조명은 그냥 넘어가죠. 하지만 이 카펫은 안 됩니다. 바로 교체하세요. 색상은 붉은색 아니면 노란색. 이렇게 현기증 날 것 같은 무늬가 아니라 전통적인 길상문으로."

비서가 서둘러 메모를 했다.

창싱은 좌우대칭의 얼굴로 빤히 사장을 바라보았다. "사장님도 아시겠지만, 회사의 운기를 좌우하는 건 사장님 자신입니다. 내연녀 둘을 안내 데스크에 앉혀놓는 인사는 집어치우시죠. 입구에 상극인 두 여자를 앉혀놓았으니, 밖에서 운기가 전혀 들어오지 않습니다. 들어오기는커녕 고객도, 행운도 모두 달아나죠. 길게 말하지 않겠습니다. 바꾸십시오."

창싱이 단호하게 말하자, 사장의 낯빛이 붉으락푸르락해졌다.

그건 안내 데스크의 두 사람도 마찬가지였는데, 허리를 곧추세우더니 화들짝 놀라 서로 얼굴을 마주 봤다. 이내 두 여자의 얼굴이 벌게졌다. 경악과 질투, 그리고 굴욕과 격렬한 분노가 동시에 얼굴에 떠오르더니, 두 여자는 무시무시한 표정으로 사장을 노려봤다. 푸른 아이섀도를 바른 까닭에 그 얼굴은 마치 신호등을 방불케 했다.

사장은 "아니, 그럴 리가, 이 친구가 농담하는 거라고" 하며 더듬거렸지만 두 여자의 서슬에 잔뜩 겁을 먹고 금방이라도 도망칠 기세였다.

창싱은 태연하게 말을 이었다. "그리고 저 흉상은 바로 철거하십시오."

안내 데스크 뒤에 놓인 석고상을 가리키자 두 여자가 홱 돌아 석고상을 바라보았다. 모두의 시선이 실물보다 훨씬 젊고 잘생기게 미화된 사장의 석고상에 집중됐다.

"건너편 빌딩에서 저 석고상을 향해 나쁜 기운을 보내고 있습니다. 그 기운을 사장님을 본뜬 석고상이 전부 빨아들이고 있고요. 지난 1년 동안의 불행은 그 때문입니다. 저 상을 치우고 거울을 두십시오. 건너편에서 보내는 기운은 아주 강력합니다. 단단히 준비해서 되받아치지 않으면 당하고 말 테지요. 묵직하고 풍격 있는 팔괘 거울을 준비하십시오. 그럼 저는 다음 일정이 있어서 이만 가보겠습니다."

그때 창싱의 휴대전화가 기다렸다는 듯 울렸다.

"아, 선생님, 루 선생님."

비서의 부름을 무시하고 창싱은 걸음을 옮겼다.

시야 구석으로, 아마 태어나 처음으로 손을 잡았을 터인 두 여자가 동시에 석고상을 잡고 바닥에 패대기치는 모습이 언뜻 비쳤다. 석고상이 깨지는 소리, 비명과 찢어지는 소리. 무슨 일인가 싶어 밖으로 나오는 직원들의 기척. 한바탕 소동이 일어난 현관을 나와 창싱은 엘리베이터 홀에서 전화를 받았다.

홍콩에 있는 동생 창젠이었다. "형님? 지금 어디야? 왜 이렇게 시끄러워?"

"아무것도 아니다. 운기를 부르고 있는 중이야."

돌아보니 사장을 때리고 차며 폭력을 휘두르는 두 여자를 비서와 남자 직원이 말리느라 난투극이 벌어지고 있었다.

"그래? 지금 상하이지?"

"그래, 이틀 더 머물 예정이다."

그때 엘리베이터가 도착했다.

"형님, 부탁이 있는데."

창젠의 간드러지는 목소리를 듣고 창싱은 경계심이 들었다.

동생은 일찌감치 홍콩으로 건너가 기업 전문 풍수사로 부를 일 궜다. 대륙에 남아, 문화대혁명을 견디며 근근이 일반 가정 대상으로 풍수를 봐왔던 창싱과는 대조적인 행보였다. 애초에 풍수사란

국가의 치세를 행하기 위해 축복받은 터를 찾아 수도의 그랜드디자인을 설계하는 것이지, 운수대통 물건을 파는 장사치가 아니다. 그런 창싱의 사고방식은 풍수사의 기술을 사업에 적극 활용하는 창젠과는 근본적으로 상성이 맞지 않았다. 요즘 대륙에서도 풍수가 서서히 부활해, 수요가 증가함에 따라 창싱의 명성도 높아지고 있었다. 지금이 기회라며 동생도 대륙에서 사업을 전개하는 데 형의 도움을 바라는 눈치였지만, 형이 영 미적지근한 태도를 보여서 불만이 많은 것 같았다.

"내 지인 중에 영화 프로듀서가 있는데, 좀 도와달래. 배우 성룡하고도 오랜 친분이 있는 유명 프로듀서야. 홍콩에선 셀럽이지."

"유명한지 아닌지는 상관없다. 뭘 봐달라는데?"

창싱은 쓴웃음을 지었다. 유명인이나 연예인에 약한 동생은 입만 열면 '셀럽' 타령이다.

"미국 영화감독이 지금 청룡반점이라는 호텔에 묵고 있어. 상하이에서 영화를 찍는다는데, 계속 사고가 터져서 촬영이 전면 중단됐대. 감독이 신경쇠약에 걸려서, 저주받은 게 아니냐, 풍수상 뭐가 잘못된 게 아니냐고 고민 중인가 봐. 그래서 중국에서 유명한 풍수 마스터에게 호텔과 촬영 현장의 풍수를 좀 봐달라더라고."

"감독 이름이 뭔데?"

"어, 필립 뭐라고 하던데. 잠깐만."

옆에서 웅얼거리는 소리가 들렸다.

그사이에 택시를 잡았다. 자리에 앉아 목적지를 말했을 즈음 수화기 너머로 목소리가 들렸다.

"아, 이거다. 필립 크레이븐."

"모르는 감독이군."

"젊은 관객들이 좋아하는 영화를 찍는데, 미국에선 꽤 인기가 있는 모양이야. 할리우드 셀럽이래."

"급하대?"

"급하대. 듣자 하니 촬영이 중단된 지 벌써 5일째라는군. 하루에 10만 달러가 날아간다나. 셀럽의 시간은 비싸. 부탁인데 오늘 중에 봐주면 안 될까? 이다음 일정이 어떻게 돼?"

"선약이 두 건 더 있어. 끝나고도 괜찮다면."

한두 시간이면 끝날 것이다.

동생이 안도의 한숨을 내쉬었다. "고마워, 형님. 무리한 부탁해서 미안."

이러쿵저러쿵해도 역시 제 혈육에게는 약하군. 창싱은 쓴웃음을 지었다. 그리고 솔직히 영화 촬영 현장이라는 게 어떤 건지 직접 구경하고 싶기도 했다. 그런 곳에서 풍수를 보는 건 처음이었다.

"그럼 현지 스태프한테 연락하라고 할 테니 잘 부탁해."

"알았어."

통화를 끊자마자 바로 전화가 걸려왔다.

"땡큐, 땡큐, 소 머치. 셰셰."

울먹이는 남자 목소리가 귓가에 울려 퍼졌다. 아닌 게 아니라 상당히 절박한 상황인 것 같았다. 최근에는 해외에서 돌아온 2세, 3세가 경영하는 기업 의뢰도 많아서, 영어로 대화하는 데도 익숙해졌다. 호텔 위치를 설명하는 목소리를 들으며 창싱은 속으로 탄식했다. 창젠 이 녀석, 또 아는 사람이라고 마구잡이로 의뢰를 받았군. 방금 전 통화할 때에도 동생 옆에 그 '셀럽 프로듀서'가 있었을 것이다.

6

호텔 청룡반점 레스토랑 안쪽의 사무실.

차분한 분위기의 방이었다. 서재 느낌이 났는데, 한쪽 벽이 책장으로 되어 있고 철제 캐비닛이 늘어선 까닭이리라. 책상과 의자 말고도 십수 명이 앉을 수 있는 직사각형의 테이블이 있었다. 책상 위에는 화면이 켜진 하얀색의 노트북 컴퓨터가 놓여 있었다. 잠금 화면은 어째서인지 양을 정면에서 찍은 사진이었다.

노트북 옆의 작은 쟁반에는 찻주전자와 찻잔, 하얀 자기 그릇이 놓여 있었다. 반쯤 차가 든 찻잔과 먹다 만 가늘고 긴 과자. 보아하니 책상 주인은 차를 마시는 도중에 자리를 뜬 모양이었다. 등 뒤의 책장에는 서적이 빼곡히 꽂혀 있었는데, 제목으로 봐선 요리나 문화에 관한 것이 대부분이었다.

아무도 없던 방의 문손잡이가 조용히 돌아가며 살짝 문이 열렸다. 문틈으로 주의 깊게 실내를 살피는 눈이 보였다. 아무도 없는 것을 확인하더니, 조심스레 문을 열고 마른 몸에 하얀 조리복을 걸친 젊은 남자가 쓱 들어왔다. 남자는 실내를 대충 둘러보더니 일직선으로 책상으로 다가와 책상 위를 살펴보고 재빨리 서랍을 열었다. 익숙한 동작으로 하나씩 서랍을 열어 안을 뒤진 뒤 다시 닫는 행위를 반복했다.

하지만 찾는 물건이 없는 모양이었다. 남자는 인상을 찌푸리더니 다시 실내를 천천히 돌아봤다. 잠시 생각하다 철제 캐비닛으로 다가갔다. 이 역시 열어봤지만 안에는 질서정연하게 정리된 파일뿐이었다. 남자는 살펴보고 바로 문을 닫았다. 문이 잠긴 캐비닛이 하나 있었지만, 물론 열 수 없었다.

쳇, 하고 혀를 찬 남자는 가슴의 주머니에서 핀 모양의 물건을 꺼냈다. 몸을 숙이고 열쇠 구멍 정면에 얼굴을 대고 핀을 움직이려던 순간, 손을 멈추고 귀를 기울였다. 귀에 이어폰 같은 것이 꽂혀 있었다.

그때부터 남자의 움직임은 신속했다. 주저 없이 자리에서 일어나 들어왔을 때와 마찬가지로 소리 없이 문을 열고 재빨리 방에서 나갔다. 물론 자신이 머문 흔적은 아무것도 남기지 않았다. 이내 찰칵 소리와 함께 문이 열리더니 석연치 않은 표정의 남자가 들어왔다.

청룡반점의 주목받는 레스토랑 요리장, 왕탕위안이었다.

"뭐지?" 그가 고개를 갸웃거리며 책상으로 다가갔다.

호텔 직원에게 왕을 찾는 손님이 왔다는 연락을 받고 나갔는데, 그 손님이 그사이 자취를 감춘 것이다. 왕이 사람을 잘못 본 게 아니냐고 묻자, 직원은 방금 전까지 저기 있었는데 귀신이 곡할 노릇이라며 손님을 찾으러 돌아다녔다. 결국 왕을 지명했다는 그 손님은 찾지 못한 채 끝났다.

여느 때처럼 전쟁터를 방불케 하는 점심시간이 끝난 뒤였다. 저녁에 다시 전쟁이 시작되기까지의 짧은 휴식 시간을, 왕은 이 사무실에서 새 레시피를 고안하거나, 글을 쓰는 등 혼자만의 시간을 보냈다. 그런 귀중한 시간을 방해받아 기분이 좀 언짢았다.

정말이지, 이 시간에는 아무도 들이지 말라고 했는데.

왕은 흥, 하고 콧방귀를 뀌고 나서 호텔의 기념품으로 판매할 예정인 월병 샘플을 한 입 깨물었다. 그러고는 냄새를 맡거나 겉모양을 확인한 뒤 신경 쓰이는 점을 메모했다.

음? 왕은 순간 위화감을 느꼈다. 뭐지, 이 위화감은.

왕은 월병을 접시에 내려놓고 천천히 일어났다. 아까 방을 나갔을 때와 뭔가 다른데. 날카로운 시선으로 탐색하듯 주변을 둘러봤다.

왕은 어릴 적부터 기억력이 뛰어났다. 어릴 적 할아버지와 아버지가 만들어준 음식의 맛을 전부 기억해 그대로 재현할 수 있었고, 요리사가 된 뒤로도 지금까지 방문한 고객이 언제 와서 뭘 먹었는지, 어떤 걸 좋아하는지 모두 기억하고 있었다. 청룡반점의 왕에게 고객 명부는 필요치 않다는 소리를 듣는 건 그러한 까닭에서였다.

가만히 실내를 둘러보던 왕은 이내 위화감의 원인을 알아챘다. 철제 캐비닛의 서랍이 2밀리미터쯤 튀어나와 있었다. 이거다.

왕은 캐비닛으로 다가갔다. 이 캐비닛은 닫은 뒤 한 번 들어 올리지 않으면 서랍이 반동으로 튀어나온다. 그 사실을 아는 직원들은 이 서랍을 닫을 때 반드시 그렇게 한다. 모든 물건이 질서정연하게 정돈되지 않으면 질색하는 왕의 성격 때문이다.

왕은 몸을 돌려 문을 보았다.

내가 자리를 비운 동안 누가 이 캐비닛을 열었군. 그럼 아까 날 불러낸 손님도 여기 숨어든 녀석과 한패였던 건가.

왕은 고개를 갸웃했다. 레시피가 목적인가? 요식업계는 경쟁이 치열한 곳이고, 우리 음식 레시피를 욕심내는 녀석이 없지는 않겠지만, 설마 도둑질까지 할까?

캐비닛을 살펴봤지만 뭔가를 가져간 흔적은 없었다. 사진을 찍었는지 모르지만, 그리 오래 자리를 비운 건 아니었으니 그럴 만한 여유는 없었으리라.

노트북인가?

왕은 노트북을 보았다. 화면은 잠금 상태였고 누가 건드린 것 같지는 않았다.

그러면 혹시…… 그건가?

왕은 잠가둔 캐비닛을 보았다. 저걸 노렸는지도 모른다. 불현듯 그런 확신이 솟아올랐다. 왕은 빠른 걸음으로 잠가둔 캐비닛으로 다가가 주머니에서 열쇠를 꺼내 서둘러 문을 열었다.

있다.

안을 들여다본 왕은 안도의 한숨을 내쉬고는 구석에 둔 작은 가죽 주머니를 조심스레 집었다. 책상으로 돌아온 왕은 주머니 안의 물건을 꺼냈다.

6센티미터쯤 되는 도장이었다.

역시 아무리 봐도 이건 '옥'이다.

왕은 살며시 도장을 집어 구석구석 살펴보았다.

마블 무늬의 푸른색과 녹색의 그러데이션이 무척 아름다운 광물이었다. 싸구려 광물에서 흔히 보는 탁한 녹색이 아니다. 발색이 또렷해서 작지만 안쪽에서 빛을 발하는 것처럼 보였다. 게다가 세공이 탁월했다. 복을 불러오는 박쥐가 도장 전체에 에셔의 그림처럼 연속적으로 세밀하게 새겨져 있었는데, 장인의 솜씨가 엿보였다.

도장의 문자는 특수한 서체라 무슨 글자인지는 읽을 수 없었지만, 상당히 오래된 것 같았다.

왕은 증조부가 자금성에서 당시의 황제에게 하사받았다는 옥을 사진으로 본 적이 있었다. 옅은 보랏빛으로 신선상이 새겨져 있었다. 전후 혼란한 시기에 친척 누군가가 몰래 훔쳐다 팔아서 지금은 없었다. 중국에서 오래전부터 귀하게 여겨온 '옥'은 색이 들어간 광물의 총칭이다. 연옥과 경옥 두 종류가 있는데, 희귀한 경옥을 더 고급품으로 친다. 그중에서도 내륙부의 신장 위구르 자치구에 위치한 허톈에서 채굴된 옥이 최고급품이라고 한다.

왕은 갑자기 무서워졌다. 문외한의 눈으로 봐도, 그때 조부가 보여준 사진 속 옥보다 몇 배는 더 고급품이다. 어쩌면 유서 있는 물건일지도 모른다. 애초에 그런 데 들어 있던 것도 마음에 걸린다.

며칠 전, 주방에 있던 이구아나를 조리하던 왕은 위장과 장을 청소하던 중 작은 가죽 주머니가 위장에 들어 있는 걸 발견했다. 생선이나 동물은 별의별 걸 다 먹기 때문에 그 사실 자체에는 놀라지 않았지만, 안에 도장 같은 게 들어 있어서 뭐지, 나중에 자세히 봐야겠다고 생각하며 따로 챙겨두었다.

처음에는 그 이구아나가 삼킨 거라고 생각했지만, 어쩌면 누군가가 삼키게 한 게 아닐까. 왕은 가죽 주머니에 도장을 넣었다. 이구아나의 주인이 그런 걸까?

식탁에 오른 추천요리를 보고 세상의 종말을 맞이한 듯 비명을 지르던 백인 남자의 얼굴이 떠올랐다. 나중에 호텔 지배인이 입에 거품을 물고 달려와, 조리된 이구아나가 그 손님의 반려동물이었다는 이야기를 들었을 때는 놀랐다.

미안하게 됐다고 생각하긴 했지만, 기본적으로 왕은 그의 주방에 있는 건 모두 제 것이라 여기는 까닭에 잘못된 행동이라고는 생각하지 않았다. 반려동물이 주방에 들어오도록 방치한 주인 잘못이다. 그보다 손님이 먹지 않을 거라면 새로운 식재료로 솜씨를 발휘한 그 요리를 직원들과 다 같이 천천히 맛보고 싶었는데, 매장한다며 손님의 일행이 가지고 가버린 게 두고두고 아쉬웠다.

하지만 그 남자의 통곡은 진심에서 우러나온 것이었다. 그만큼 반려동물을 사랑하는 사람이 동물에게 이물질을 먹이는 걸 허락할 리 없다. 그리고 그 요리(아니, 반려동물인가)를 가지고 갔으니, 만일 그 남자가 위장에 든 물건의 존재를 알고 있었다면 없어진 걸 깨닫고 왕에게 물었겠지. 그 남자가 아닌 다른 누군가가 도장을 삼키게 했다고 생각하는 게 자연스러웠다. 그 인물이, 그 요리(아니, 반려동물인가)를 조리한 내가 위장에 든 물건의 행방을 알 것이라 생각하고 이 방에 숨어든 것이다.

이제 어떻게 하지. 왕은 실내를 둘러보았다. 계속 이 방에 두는 건 위험하겠군.

왕은 그릇 위의 월병을 집어 나머지를 와그작 씹어 먹었다. 그때 이 스틱형 월병 샘플을 보관하기 위해 만든 천주머니를 보았다.

딱 좋은 사이즈군. 여기에 넣자.

가죽 주머니에서 도장을 꺼낸 왕은 천주머니에 넣은 뒤 가슴의 포켓에 넣었다.

7

"굉장한 실력의 풍수사가 앞으로 한 시간 뒤에 도착한답니다."

휴대전화를 끊은 존은 안도의 한숨을 내쉬며 우리 속 곰처럼 호텔 방을 정신없이 돌아다니는 팀을 향해 고개를 끄덕였다.

"풍수사든 뭐든 상관없으니 빨리 해결하고 녀석을 일하게 만들라고." 팀은 부루퉁한 표정을 지은 채 걸음을 멈추지 않았다.

청룡반점의 상층, 스위트룸의 응접실이었다. 방 곳곳에 놓인 촛불이 미세하게 일렁거렸다. 맨틀피스벽난로 윗면에 설치한 장식용 선반 위에 있는 다리오의 영정 앞에는 월병과 국화꽃이 놓여 있었다. 호텔 종업원의 세심한 배려인지 향까지 피워져 있었다.

필립은 옆 침실에서 슬픔에 잠긴 채 나오지 않았다. '고인의 영혼을 기리고 싶으니 불은 켜지 말라'고 해서 이 방에도 촛불만 켜두었다. 낮이지만 방이 넓어서 커튼을 치니 어둑했다.

"화재경보기에 안 걸리나?" 아베 구미코가 오즈누 다다시에게 속삭였다.

"괜찮지 않을까요." 다다시가 나지막이 대답했다.

"팀." 존이 내키지 않는 듯 말문을 열었다. "실은 문제가 하나 더 있어요."

팀은 걸음을 멈추고 물어뜯을 듯한 얼굴로 존을 보았다. 일렁이는 촛불 빛을 아래에서 받아 박력 넘치는 표정이었다.

"또 뭔데?"

존은 진절머리 난다는 듯이 중얼거렸다. "필이 호텔을 고소하겠 대요."

"호오? 재미있군."

팀은 천천히 고개를 들어 핏발 선 눈을 부릅떴다. 그 모습을 본 존은 어째서인지 어릴 적 동생이 가지고 놀던 인형이 떠올랐다. 몸을 눕히면 눈을 감고, 일으키면 눈을 뜨고 '마미'라고 외치는 인형이었다. 어찌된 구조인지 알고 싶어서, 동생이 없는 사이에 몸을 분해했다. 기대했던 것만큼 대단한 장치는 아니었다. 나중에 안 동생은 울고불고 난리가 났고, 치고받고 싸웠던 기억이 난다. 당시부터 동생은 존보다 체격이 좋아서 훨씬 두들겨 맞았다.

"재판 비용은 누가 내고? 애초에 느긋하게 재판이나 하고 있을 여유가 어디 있다고?"

존은 힘없이 어깨를 으쓱했다. "글쎄요. 필이 한 말을 그대로 전했을 따름입니다."

"결론은?"

"달리 말하면, 호텔을 바꾸고 싶다는 소리입니다."

"뭐라고?"

"더 정확히 말하자면 그 레스토랑에 발 들이고 싶지 않다는 거죠."

"뭐라고?"

"요컨대 다리오를 조리한 레스토랑이 없는 호텔로 옮기고 싶다는 겁니다. 그때의 PTSD외상후스트레스장애로 중화요리를 먹지 못하게 됐답니다."

팀은 스읍 숨을 들이마셨다. 존은 반사적으로 귀를 막았다. 이 프로듀서 인형은 일으키면 방송금지 용어를 외치기 때문이다.

"헛소리 집어치워! XXXX!" 예상했던 말이 튀어나왔다. "PTSD? 헛소리 집어치우라고 해! 뭐? 호텔을 옮기겠다고? 옮기는 데 돈이 얼마나 드는지 알고 그딴 소리를 지껄이는 거야?"

천장을 향해 주먹을 휘두르는 거한은 악마 퇴치를 하는 엑소시스트 같았다. 촛불 빛을 받아 그림자가 벽 한 면을 가득 채웠다.

팀의 목이 한 바퀴 돌아가면 어쩌지? 주여, 저희를 지켜주시옵소서. 존은 속으로 성호를 그었다.

"솔직히 걱정입니다. 그 후로 필은 아무것도 먹지 않았다고요. 물도 제대로 안 마시고 계속 누워만 있습니다."

존이 중얼거리자 팀의 얼굴에 굳은 미소가 번졌다.

"말이 나온 김에 하나 더 도움되는 정보를 알려줄까? 지금 우리가 어디 있는지 아나? 중화인민공화국이야. 놀랍게도 중화요리의 발상지지. LA에서도 연중 볶은 소고기와 피망을 배달 주문해서 먹었던 거 기억나지? 그 원조가 여기라고. 어느 호텔로 옮겨도 중식 레스토랑밖에 없다는 건 알고 하는 소리야?"

팀은 십자가가 아니라 집게손가락을 내밀었다. 그나마 가운뎃손가락이 아니라 다행이었다.

"애초에 관객의 식욕을 뚝 떨어뜨리고, 레어스테이크는 쳐다도 못 보게 할 영화만 만들어온 주제에 한다는 소리가 PTSD? 웃기고 앉아 있군." 팀은 눈을 부라리며 실내를 둘러보았다. "젠장. 뭐야, 이 어두컴컴한 방은! 영혼이라도 부르려고? 안 돼, 심령물은 요새 안 팔려."

"햄버거 사 올까요? 모퉁이에 맥도날드가 있던데."

다다시가 엉거주춤 일어났다. 하지만 존이 손을 들어 만류했다.

"다다시, 미안한데." 존은 서글프게 고개를 저었다. "필이 당분간 고기는 못 먹겠대."

모두가 힘없이 고개를 떨구고 깊은 한숨을 내쉬었다.

"그럼 프라이드치킨도 안 되겠네요."

"피자는?"

"이탈리아 음식은 이탈리아 감독에게서 이름을 따온 게 생각난다고……."

"어쩌라는 거야."

어두운 실내가 더욱더 어두워진 것 같았다. 촛불을 에워싸고 고개를 숙이고 있는 모양새는 흡사 추모집회 같았다.

"아, 그럼 초밥은 어때?" 구미코가 고개를 들고 중얼거렸다. "생선이고, 중화요리도 아니고."

모두가 "오오" 하고 환호성을 터뜨렸다.

"그래. 필도 초밥은 좋아해."

"상하이니까 초밥집도 있겠지. 전화번호부 있나?"

"안내 데스크에 물어보면 되지 않을까?"

"잠깐만요."

다다시가 바로 컴퓨터로 검색했다. 모두 모여 같이 화면을 들여다보았다.

"음, 많네. 근처에도 있을 거야."

"제대로 된 데에서 시키자. 흉내만 낸 데가 아니라."

"아, 여기 좋아 보이네. 배달도 하고, 일본인이 하는 가게래."

"이름이 뭐지?"

"스시 구이네이."

구미코가 눈살을 찌푸렸다. "이름이 좀 그렇네."

"그래도 평은 좋은데요? 음식 사진만 봐도 제대로 된 초밥 같아요. 일본에서 냉동한 걸 가져와서 해동시킨다고."

"냉동이라고……?" 이번에는 존이 불만스러운 표정을 지었다.

구미코는 고개를 저었다. "괜찮아. 지금은 냉동 기술이 어마어마하게 발달해서, 냉동식품 같지 않다니까. 예전에 촬영 때문에 일본 크루즈에 탔는데, 거기 메뉴에도 냉동 초밥이 있었어. 먹어보니 전혀 모르겠더라고, 맛있었어."

"호오."

"흠, 맛있어 보이는군."

팀도 홈페이지의 나무 용기 사진을 보고 마음이 동한 것 같았다.

"좋아, 그럼 초밥 시키는 걸로."

다다시가 전화를 걸었다. "여보세요. 배달 주문하려고요. 그런데 호텔도 배달되나요? 네, 목단 세 개에 벚꽃 두 개. 아? 네, 청룡반점 XXXX호로 오시면 됩니다. 휴대전화 번호 불러드릴게요."

존의 연락처를 말한 뒤 전화를 끊은 다다시는 의아한 표정으로 고개를 갸웃거렸다.

"왜?"

"아니, 뭔가 에너지가 넘치네요. 한 시간 안에 도착 안 하면 할인 해준다고."

"상하이에도 그런 서비스가 있구나."

"꼭 피자 배달 같네."

"아, 그러게요, 옛날 생각난다."

"요 근래 계속 중국 음식만 먹어서 오랜만에 초밥 기대되네."

그제야 험악했던 분위기가 부드러워졌다. 역시 음식에 얽힌 원한 은 무섭다는 말은 사실이었다.

8

"목단 셋, 벚꽃 둘 주문이요!"

"셰셰!"

"셰셰!"

주문 담당 직원이 수화기를 내려놓고 외치자, 온 가게에서 힘차게 "셰셰" 소리가 울려 퍼졌다.

"위치는?"

이치하시 겐지의 물음에 "청룡반점입니다"라는 대답이 돌아왔다.

"호텔이라고? 별일이네. 배달 음식 반입 가능한가?" 겐지는 유니폼인 빨간 모자의 챙을 살짝 올리며 물었다.

"사장님, 그보다 말입니다."

챙 아래로 날카로운 눈매가 엿보이는 직원이 힐끗 시선을 던지며 다가오는 걸 보고, 겐지는 알았다는 의미로 고개를 끄덕였다.

가게 벽에는 상하이 도심의 지도가 큼지막하게 붙어 있었다. 한가운데에 크게 붙여놓은 빨간 점은 이곳 '스시 구이네이' 본점이다. 지금은 아직 1개 점포에 불과하지만, 조만간 교외의 가까운 지역에 2호점을 낼 예정이다.

지도는 세 가지 색깔로 나누어 칠해놓았는데, 그 외에도 '스시 구이네이' 체인과 경쟁할 것 같은 배달 시스템을 채택한 패스트푸드 체인의 지점 위치가 핀으로 표시되어 있었다. 엄청난 숫자의 핀이 상하이 외식업계의 치열한 경쟁을 한눈에 보여주고 있었다. 하지만 겐지의 시선은 핀보다 색깔로 나뉜 시역 쪽에 고정되어 있었다. 그러곤 청룡반점의 위치를 손가락으로 짚으며 톡 두드렸다.

"영 꺼림칙한 곳이네." 겐지는 혼잣말처럼 중얼거렸다.

세 가지 색깔로 나누어 칠해놓은 영역은, 간단히 말하면 각 그룹이 지배하는 구역을 뜻한다.

옛부터 마법의 도시라 불려온, 역사의 풍파를 온몸으로 견뎌온 대도시 상하이다. 당연히 그런 구역도 존재하리라 생각하고 연줄을 동원해 알아봤다. 업계 일은 업계인에게 물으라 했던가. 대략 세 조직이 구역을 나누어 관리하고 있다는 사실을 알아냈다. 게다가 최근에는 경제성장에 비례해 세력 다툼도 격렬해져서, 신흥세력들이 하나둘 대두하는 탓에 세력도는 날마다 바뀌어가고 있다고 했다.

당연히 경찰 단속도 심해졌지만, 대부분은 보여주기식이고 뒤에서는 유착 관계를 맺고 있었다. 중국은 풍문으로 들은 것보다 훨씬 심각한 연줄, 뇌물 사회인 데다 지하경제는 실물경제의 몇 배 규모라 하니, 경찰서장이나 교통경찰 담당이 얼마나 짭짤한 소득을 거두고 있을지는 슬쩍만 봐도 능히 짐작이 갔다. 때로는 적당히 봉투를 찔러주는 것이 필요하고 보고도 못 본 척하는 것도 중요했지만, 문제는 경찰과 지자체 내부의 파벌 다툼과 정치 싸움이 무시할 수 없는 수준이라는 것이었다. 연줄이 있으면 든든하지만, 줄을 댔던 간부가 파벌 다툼에서 패배하고 숙청당하는 경우도 왕왕 있었다. 그러면 그와 교류가 있던 업자들도 줄줄이 휘말려 피해를 보기도 하고, 재수가 없으면 한통속으로 엮여 처벌받을 수도 있었다. 때문에 적당히 거리를 두고 경찰과 지자체 내부의 권력관계를 늘 주시해야만 했다.

청룡반점의 위치를 보고 겐지가 인상을 찌푸린 건, 그곳이 현재 한창 세력 다툼 중인 3대 그룹의 경계선에 해당하는 곳이기 때문이었다. 중심지에서 조금 떨어져 있기는 했지만, 차분한 분위기에 고풍스러운 거리의 분위기가 남아 있어서 조금씩 화제가 되는 지역이었다. 이 일대를 재개발, 개보수하여 화제의 지역으로 만들기 위해 지자체며 기업, 외국자본이 돈을 쏟아붓고 있었다. 즉, 보이지 않는 곳에서의 이권 다툼도 날로 치열해지고 있다는 뜻이다.

겐지는 어느 조직의 산하에도 들어가지 않으려 최대한 거리를 두었고, 직원들도 조직과 관련 없는 인물로 채용했다. 배달 부대도 오토바이를 타는 걸 진심으로 좋아하는 아웃사이더들을 스카우트했고, 정말 위험한 일에 손을 대는 사람은 쓰지 않았다.

하지만 상하이 전체 경제 구조에서 보면 미미한 비율에 불과할 텐데, '스시 구이네이'가 맛있다는 입소문이 퍼지고 있는 까닭인지 요즈음은 악질적으로 영업을 방해하거나 클레임을 거는 일들이 늘어나고 있었다. 물론 배달 부대의 스피드 배달이 시끌벅적하다는 것도 부정할 수 없는 이유 중 하나였다.

그중에서도 상하이 최대의 마피아, 헤이유 그룹의 입김이 닿은 피자 배달 체인 '도레미파피자'는 '스시 구이네이'를 심하게 의식하는지 더는 보아 넘길 수 없는 수준의 과격한 위협 행위를 가해왔다.

"으음……."

겐지는 구멍이 나도록 지도를 뚫어지게 노려보았다. 이제 어떠한 형태로든 상황에 종지부를 찍어야 할 시점이긴 하지.

"게다가 요즈음 번화가에 가오칭제가 자주 순찰을 돕니다." 겐지의 배달 수제자이자, 오른팔로 의지하는 자오페이쑤(21)가 살며시 귀띔했다.

"가오칭제가? 왜?"

"실은 얼마 전에도 인푸 녀석들과 와이탄에서 한바탕했거든요." 자오는 머리를 긁적거리며 말했다.

인푸音符란 '도레미파피자'를 가리키는 말이다.

"와이탄에서? 거긴 보는 눈이 많으니 조심하라고 했잖아."

겐지가 나무라자 자오는 의미심장하게 말했다.

"녀석들이 먼저 시비를 걸어왔단 말입니다. 우리가 한 시간 안에 배달 못 하면 할인해주는 걸 알고 일부러 진로 방해를 하지 뭡니까."

"허, 그래서?"

"옥신각신하는데 복면을 쓴 녀석들이 갑자기 나타났습니다. 녀석들을 이끄는 건 가오칭제가 틀림없었습니다. 그 녀석, 이번에는 개조 바이크를 일제히 단속한다는 소문이 돌더군요. 아무래도 우리하고 인푸 녀석들 매장과 배달 바이크를 주시하는 모양입니다. 최근에 곳곳에서 문제를 일으킨다며, 가오칭제가 직접 나서서 우리를 단속할 타이밍을 노리고 있던 것 같습니다."

"개조 바이크라, 그 건으로 적발되면 골치 아프겠어." 겐지는 한껏 인상을 찌푸렸다.

물론 이곳 상하이에서도 겐지는 배달용 바이크의 성능을 끌어올리기 위해 비밀리에 업그레이드를 하고 있었다.

"젠장, 가오칭제라니. 성가시게 됐군."

가오칭제(35)는 2년 전쯤에 뇌물 사건으로 다수의 경찰 간부가 체포된 뒤, 대대적인 홍보와 함께 새로 부임한 경찰서장이다. 경찰이나 시 간부에 대한 시민의 감시가 강화된 작금의 상황에서, 경찰이 청렴성을 홍보하기 위한 인사임은 누가 봐도 분명했다.

경찰 측에서는 가오칭제의 미국 유학 경험과 FBI 연수 경험을 내세웠다. 외모도 훤칠해서 언뜻 보면 영화배우인 줄 알 정도로 잘생긴 청년이었다. 기회를 놓치지 않겠다는 양 가오칭제를 방송에 출연시켰고, 상하이 클린 작전이라는 일대 캠페인을 벌이며 교통 매너와 경찰 직업윤리 향상에 매진하는 모습을 대대적으로 홍보했다. 웃을 때마다 부자연스러울 정도로 하얗게 빛나는 치아가 인상적이었다.

딱히 외모 같은 건 어떻든 상관없었지만, 난감한 건 가오칭제가 상하이의 교통 매너와 경찰 직업윤리 향상에 '진심'이었다는 것이다.

미국 생활을 오래 했으니, 악덕 경찰의 전통도 배워왔을 거라는 모두의(경찰 간부들 포함) 예상과는 달리, 어찌된 영문인지 조지 워싱턴의 훈화에 감명이라도 받았는지 본인과 타인에게 모두 엄격한, 이 시대에 보기 드문 정의감 넘치는 열혈 남아였다.

처음에는 그저 홍보용 인사일 뿐이라 우습게 봤던 경찰 내부 인사들도 서서히 가오칭제가 진심이라는 걸 깨닫고 적잖이 당황해한다는 소문이었다. 주변에서는 경원시하는 눈치였지만, 시민들과 여성 경찰들의 절대적 지지 탓에 이러지도 저러지도 못하는 상황인 것 같았다.

"그런 타입이 제일 사람 미치게 한다니까." 겐지는 땅이 꺼져라 한숨을 내쉬었다.

오랫동안 숙적으로 지냈던, 직업윤리에 투철한 노인의 얼굴이 머릿속에 떠올랐다. 하지만 히가시야마 영감도 그렇게까지 성가시게 굴지는 않았다. 그 영감과는 그래도 미운 정이라는 게 있었지. 무사히 퇴직했다는 풍문을 들었는데 잘 지내려나. 불현듯 저답지 않게 향수에 젖어 있던 걸 깨닫고 겐지는 겸연쩍은 미소를 지었다.

이런, 고향을 그리워하기엔 아직 이르지. 여기서 한가하게 옛날 생각이나 하고 있으면 나중에 히가시야마 영감을 볼 낯이 없지. 일단은 상하이에 거점을 확립해야 한다.

"그래, 알았어." 겐지는 힘주어 고개를 끄덕이며 직원들을 둘러보았다. "가오칭제든 인푸든 슬슬 상황을 정리할 시기로군. 오늘 배달은 내가 한다."

겐지가 모자를 벗는 걸 본 직원들이 숨을 삼켰다. 요즈음 겐지는 배달은 직원들에게 일임하고 신규 출점 매장 준비에 대부분의 시간을 쏟고 있었다. 점장이 직접 배달에 나서는 건 오랜만이었다.

"그렇다는 건 역시……" 자오가 침을 꿀꺽 삼켰다. 오랜만에 보스의 애차를 보겠다 싶었다.

"너희가 좀 도와줘야겠어. 목단 셋에 벚꽃 둘이면 혼자선 좀 힘들 것 같네. 왠지 불길한 예감도 들고."

"당연히 도와야죠, 보스."

드르르릉, 우레와 같은 소리를 내며 매장 뒤 셔터가 올라갔다. 그 안쪽으로 일반 바이크보다 훨씬 거대한 머신의 모습이 보였다.

"나왔다. 상하이 맹우호."

배달원들이 환호성을 내질렀다.

9

많은 고객이 담소를 나누던 연회장의 조명이 순간 어두워졌다.

의아한 표정의 고객들이 술렁거리기 시작했다. 벽면의 빈 공간에 스포트라이트가 비치자 모두가 숨을 삼키며 입을 다물었다. 언제 나타났는지 현악사중주단이 우울한 음악을 연주하자, 그 선율에 맞춰 하얀 천으로 덮은 커다란 오브제 네 개가 연회장으로 들어왔다. 높이는 각각 3미터쯤 될까. 형태로 보아하니 인물상 같았다.

갑작스러운 퍼포먼스를 지켜보던 미에는 차이창원이 이야기했 던 게 이건가, 하고 생각했다.

"참석해주신 여러분께 오늘 세계 최초로 공개하는 작품을 선보이고자 합니다." 다소 과장한 어조의 목소리가 흘러나왔다. "전설의 아티스트 마오쩌산 선생이 쑤저우의 아틀리에에서 1년 9개월에 걸쳐 만들어낸 혼신의 대작, '진보의 대가代價입니다."

동시에 천을 걷어내자 오오, 탄성이 터져 나왔다.

다소 디테일을 과장한 네 점의 인물상이었다. 석고에 채색한 것 같았다. 몸을 비틀고, 목을 쥐어뜯고, 혀를 내밀고, 안구가 돌출된 형상으로 고통스러워하는 남녀의 조각상. 상상을 초월하는 고통을 형상화한 박진감 넘치는 인물상이었다.

미에는 미묘한 표정으로 작품을 보았다. 음, 진보의 대가라기보다는 집단 식중독이라고 해야 할 것 같은데.

"개혁, 개방, 부자가 될 수 있는 사람부터 부자가 되어라. 주문처럼 외워온 그 말들이 어떠한 것인지, 우리는 목도했습니다. 제 딸이 맨션 개발 회사를 경영하는 남자와 결혼한 게 불과 5년 전이었습니다. 사위의 회사가 눈 깜짝할 사이에 규모를 확장하고, 부부의 생활이 눈에 띄게 호화로워진 것도 직접 보았습니다. 하지만 제 눈에 그 부부는 결코 행복해 보이지 않았습니다. 더, 더, 핏발 선 눈으로 돈을 좇아 사방으로 뛰어다니는 모습은, 마치 피를 흘리고 비명을 지르는 것처럼 보였습니다."

어느샌가 조각상 사이에 민머리 남자가 서서 마이크를 손에 들고 엄숙한 목소리로 나지막이 연설하고 있었다. 작은 체구에 상당한 고령인 것 같았지만 건강해 보였다. 이 노인이 작가인 마오쩌산

⑺인 모양이었다.

"미에 씨가 보기엔 마오 선생님 작품이 어때?" 차이창원이 다가와 미에에게 말을 걸었다.

"박력 넘치네. 내가 잘 몰라서 그러는데, 마오 선생님이 유명한 분이셔?"

"그럼, 액션 페인팅이나 퍼포먼스 아트를 중국에 처음 선보이신 분이야. 본업은 조각가고. 인기는 있지만 활동이 뜸하고 이곳저곳을 전전해서 작품 수가 많지는 않아. 옛날부터 병적으로 도박을 좋아해서, 빚이 어느 정도 쌓이면 변제하려고 작품을 만들어내지. 이번에는 마카오에서 블랙잭으로 어마어마하게 잃었다고 들었어. 저런 거대한 작품을 네 점이나 제작한 걸 보면 상황이 상당히 좋지 않은가 봐. 만들라고 시켰겠지. 1년 9개월이라는 건 아마 거짓말일걸. 길어봤자 3주일까. 원체 손이 빠른 분이거든."

"만들라고 시켰다고? 누가?"

"마카오의 카지노가. 마피아지."

미에는 말문이 막혔다. 한마디로 저 오브제의 고통은 도박 빚의 고통이라는 건가. 그렇게 보니 실로 현실감이 넘쳤다.

"게다가 선생님이 직접 등장해서 작품을 해설하는 걸 보니 가격을 최대한 올리고 싶은가 봐. 아마 이 연회장 어딘가에서 마피아가 얼마에 팔릴지 감시하고 있겠지."

"헉." 미에는 무의식적으로 주변을 둘러봤다.

물론 내가 마피아입니다 하고 얼굴에 써 붙였을 리도 없었지만, 왠지 모든 사람이 수상쩍게 보였다.

"가격이 얼마나 될까?"

"글쎄, 오랜만의 신작이고 저 사이즈의 조각상이 네 점이나 되니까 꽤 비싸게 팔릴 것 같은데."

인기가 있다는 건 빈말이 아닌지 마오쩌산의 작품 해설이 끝나자 흥분한 낯의 손님들이 그 주변을 에워쌌다. 디지털카메라의 플래시를 연이어 터뜨리며 모두 차례로 작가와 작품을 사진에 담고 있었다.

그나저나 미술품이 자금 세탁에 이용되는 경우는 자주 봤어도, 애초에 채무 변제를 위해 작품을 만든다니. 아닌 게 아니라 절박한 상황에서 만든 작품이라 그만큼 생생했다.

"미에 씨, 마오쩌산 선생님한테 소개해줄게."

"아, 정말? 고마워."

어디서 무엇이 비즈니스로 연결될지 모를 일이니, 일단 안면을 터둬서 나쁠 건 없었다. 차이창원은 능숙하게 사람들을 헤치고 마오쩌산에게 다가가 일본의 화상이라고 미에를 소개했다.

"처음 뵙겠습니다. 멋지고 강렬한 작품에 감명을 받았습니다."

미에는 영업용 미소를 지으며 말을 건넸다. 차이창원이 곧바로 통역을 해주었다. 마오쩌산은 파안대소하며 미에의 손을 꼭 잡더니 열심히 뭐라고 호소했다. 무슨 말인지는 대충 짐작이 갔다. 아마도 그건…….

"내 예술을 진정으로 이해해주는 사람에게 이 작품을 판매하고 싶다고 하시네." 차이창원이 예상했던 말을 통역해주었다.

요컨대 가장 비싼 가격을 부르는 사람에게 팔고 싶다는 뜻이다. 차이창원이 마오쩌산의 귓가에 뭐라고 소곤거리자 그의 안색이 단번에 어두워졌다. 고개를 저으며 뭐라고 대꾸했다. 차이창원은 놀란 표정을 짓더니 되물었다. 마오쩌산의 표정은 더욱더 어두워졌다. 격려하듯 마오쩌산의 어깨를 두드린 차이창원은 악수를 나눈 뒤 자리를 떴다.

"무슨 얘기를 한 거야?"

미에의 질문에 차이창원은 어깨를 으쓱했다.

"선생님도 힘드시겠어. 조각 하나당 1억에 못 팔면, 황해에 수장시켜버린다고 했대."

"하나에? 네 점에 1억이 아니고?"

"지금까지 졌던 빚과는 차원이 다른가 봐."

"어쩌다 그렇게……."

"딸 부부의 돈 씀씀이에 자극을 받았나 봐."

그러고 보니 아까 딸 부부가 부동산 개발로 성공했다는 이야기를 했었다.

"딸 부부한테 도움을 받으면 안 되나?"

"지금까지 폐만 끼쳐서 면목이 없대."

"그렇구나."

도박 중독에 거주지도 일정치 않은 아버지. 지금까지 가족들도 고생이 이만저만이 아니었겠지.

"나도 산다는 사람 있을 때 팔아야겠어."

차이창원은 그 나름대로 또 다른 교훈을 얻은 모양이었다.

골드드래곤 갤러리의 맥스 창이 다가오는 모습이 보였다. 차이창원을 향해 손을 들어 보이는 걸 보면 사업 이야기를 하려는 모양이었다.

"당신 에이전트가 부르네."

"그러네."

"소개해줘서 고마워."

"별말씀을, 나중에 봐."

차이창원은 씩 웃으며 자리를 떴다.

미에는 다시 한번 마오쩌산의 작품을 가까이에서 자세히 보기로 했다. 미에와 그녀의 고객들 취향은 아니었지만, 강렬한 작품임은 틀림없었다. 다른 고객들도 마오의 작품을 올려다보며 이러쿵저러쿵 평하고 있었다. 대형 인물상은 가까이서 보니 더욱더 박력이 넘쳤다.

미에는 고개를 들어 작품에 표현된 고통스러운 표정을 자세히 관찰했다.

이 작품은 마카오의 카지노에서 사들여 현관에 장식해두는 게 좋지 않을까. 도박 빚 변제도 되고, 다른 손님들에게도 도박과 빚에 대한 경각심을 심어줄 수 있으니 일석이조일 텐데.

가장 끄트머리에 있는 남성 조각상을 한 바퀴 돌아봤다.

석고인가. 두께는 얼마나 되나. 손을 들어 상을 살짝 두드렸다. 감촉으로 보아하니 두께는 얼마 되지 않는 것 같았다.

다음 순간, 미에는 걸음을 멈추고 조각상에 얼굴을 가져다 대고 귀를 기울였다. 어? 채색된 조각상을 뚫어져라 바라봤다. 착각이었을까. 그래, 착각이었을 거야. 미에는 조각상에서 떨어졌다. 하지만 역시 걸음을 멈추고 상을 돌아봤다. 설마, 그럴 리 있겠어.

그렇게 스스로에게 말했지만, 신경이 쓰여 다시 조각상으로 다가가 귀를 기울였다. 정적. 아무것도 들리지 않았다.

그래, 역시 착각이었어. 안에서 뭔가가 움직인 것 같다니, 그럴 리가 있나.

미에는 작게 고개를 저으며 석고상에서 멀어져 연회장으로 발걸음을 옮겼다.

10

판다를 구경한 세 사람은 금방 상하이 동물공원을 뒤로했다. 부지가 너무 넓어서 다른 동물까지 구경하기에는 시간이 부족했던 까닭이기도 했다.

유코는 여전히 그 사나운 눈매의 판다를 잊지 못하는 모양이었지만, 가즈미와 에리코는 저녁 식사 전까지의 시간을 고려해 호텔로 돌아가는 길에 있는 예원에 들르기로 했다. 셋은 관광객들이 북적거리는 명나라 시대의 미로 같은 중국식 정원을 걸었다.

"중국 의자는 왜 저렇게 직각이지? 등하고 엉덩이도 아플 테고, 앉기 불편해 보여."

"일부러 앉기 불편하라고 저렇게 만들었다는 설도 있어요."

"자세 교정 때문인가?"

누각을 들여다보며 세 사람은 산책을 즐겼다. 3, 4미터는 됨 직한 높이의 기묘한 형태의 돌들이 늘어선 정원에 들어섰다.

"음, 이런 돌들은 누구 취향이지? 높은 사람?" 가즈미가 그로테스크한 돌을 올려다보며 말했다.

검은빛의 돌 표면 곳곳에는 구멍이 뚫려 있었는데, 울퉁불퉁한 기암괴석이 하늘로 뻗어 있는 모습은 마치 돌로 만든 스펀지 같았다.

"밤중에 보면 무서울 것 같지만, 타격 연습에 좋을 것 같기도 하고요." 유코가 중얼거렸다.

"타격 연습?"

"천을 감은 나무나 기둥을 대전 상대라고 생각하고 스파링하는 거죠."

"부탁이니까 제발 그러지 마. 부서지니까."

에리코가 키득거렸다. "중국 하면 돌이에요. 이런 괴상한 형태의 돌은 무척 귀중하게 여기죠. 옛부터 옥이라는 돌을 보물로 쳤고요."

"그러고 보니 어찌 됐을까, 지사장의 그림은."

가즈미가 뭔가 생각난 듯 유코를 돌아봤다.

"아, 그거요." 유코가 맞장구를 치는 걸 보고 에리코가 무슨 말이냐고 물었다. "올해 지사장이 바뀌었는데, 전 지사장 취미가 그림이었거든요. 지사장실에 자기 그림을 보란 듯이 걸어놨어요. 그것도 전부 자화상으로."

"직원들은 '데쓰오의 방'이라고 부른다니까. 아, 전 지사장 이름이 데쓰오야 일본의 장수 프로그램 '데쓰코의 방'을 패러디한 언어유희."

가즈미의 이야기에 유코가 말을 보탰다.

"인사이동하면서 같이 가져가면 좋을 텐데, 후임에게 물려주겠다고 두고 갔지 뭐예요."

에리코의 눈이 휘둥그레졌다. "그래서 어떻게 했어?"

가즈미는 손사래를 쳤다. "일단 지사장실에서 철거하긴 했는데, 자화상이라 버리기도 뭐하더라고."

"전 지사장에게 보내버리면 어때요?" 에리코가 대수롭지 않다는 듯 말했다.

가즈미는 떨떠름한 표정으로 고개를 갸웃했다. "그것도 좀…… 그래서 창고에 아직 데쓰오의 얼굴이 열 점쯤 있어. 유화는 액자가 커서 자리를 엄청 차지하거든."

"야근할 때 창고에 들어가면 그림 속 데쓰오가 웃고 있다는 소문이 돌아요."

"나도 그 소문 들었어. 이번 분기 실적이 나쁜 건 그 그림의 저주 때문이래."

"그림이 제일 처치 곤란이죠. 직접 그린 그림이면 처분할 수도 없고, 중고 물품 가게에서도 안 받아주죠. 일전에 다카 결혼식에 갔더니, 답례품에 고모님 그림이 들어 있는 거예요."

"그건 좀……."

"게다가 크기도 엄청 커요. A3의 배, 아니 더 큰 것 같아요. 우리 회사에 붙어 있는 〈에미〉 포스터쯤 돼요."

"그런 걸 어디다 둬. 그림은 괜찮아?"

"고모님 반려동물인 거북이 초상화였어요."

"호불호가 갈리는 소재네."

"결혼식 끝나고 집에 가는 길에 다들 난리였어요. 다카도 계속 미안하다고 하고. 싫다고 했는데 고모님이 워낙 완강하셨다고. 이시다는 택시 트렁크에 넣어두고 잊어버린 척 그냥 내렸대요."

"역시 다음 대청소할 때 버려야겠어." 에리코는 배를 잡고 낄낄거렸다.

"어머, 뭐가 그렇게 웃겨. 우리는 얼마나 힘든데."

가즈미가 쏘아보자 에리코는 황급히 입을 막고 헛기침을 했지만, 어깨는 여전히 들썩이고 있었다.

정원을 돌아보며 감상하고 있는데, 가즈미가 건물을 바라보며 중얼거렸다. "평소에 주변에서 이런 중국식 건물을 볼 일은 중화요릿집밖에 없잖아. 그래서 그런지 라멘이나 교자가 생각나네."

"샤오룽바오 먹고 싶어요." 유코도 잽싸게 동의했다.

"어쩔 수 없네. 그럼 조금만 먹고 가요." 에리코가 작게 한숨을 내쉬었다.

나머지 정원은 보는 둥 마는 둥 하고 일행은 예원상성의 점심 전문점으로 향했다. 널찍한 실내는 손님들로 북적였지만 음식 나오는 속도는 무척 빨랐다. 찜기를 열고 김이 피어오르는 샤오룽바오를 한 입 베어 물었다.

"육즙이 끝내줘요."

"맛있다."

주방은 통유리로 되어 있어서, 젊은 요리사들이 숙련된 손놀림으로 교자를 빚어내는 모습을 구경할 수 있었다.

"하루에 몇 개나 만들까요." 유코가 흥미진진한 눈빛으로 주방을 바라보며 말했다.

"셀 수 없는 양 아닐까."

"화과자 장인들은 손바닥 위의 앙금이 몇 그램인지 안다고 들었어요. 앙금을 집을 때 이미 무게가 얼마나 되는지 무의식적으로 판단한대요."

"아하."

가즈미는 뭔가 알아챈 듯 에리코의 얼굴을 보았다. 에리코도 웃으며 고개를 끄덕였다.

"네? 뭐가요?" 유코가 당황한 낯으로 두 사람을 보았다.

"유코, 단거 먹고 싶구나?"

"아, 들켜버렸네." 유코는 머리를 긁적였다.

"들키고 뭐고, 날마다 그렇게 먹어대는데 어떻게 몰라."

단것이라면 사족을 못 쓰는 유코의 식습관은 이미 사내에서 모르는 사람이 없었고, 에리코 역시 아주 잘 알고 있었다.

"지금도 그렇게 먹어요?"

에리코의 질문에 가즈미가 힘주어 고개를 끄덕였다.

"그럼, 최근 디저트 붐에 편승해서 날로 심해지고 있지."

"저는 유행을 따르는 게 아니에요. 오래된 습관이라고요. 퇴근 시간이 되면 반사적으로 단게 먹고 싶어요. 여기 디저트 있나요?"

에리코가 고개를 저었다. "있는데, 지금은 좀 참아. 여기서 디저트까지 먹으면 정말 저녁밥은 못 먹게 되니까."

"그건 그래요." 유코는 마지못해 고개를 끄덕였다.

바깥 상점가로 나왔다. 귀금속 전문점이나 천으로 된 제품을 판매하는 매장 등 기념품 가게들이 줄줄이 늘어서 있었다.

"월병 같은 것도 팔까요?"

아직도 디저트를 포기하지 못한 유코에게 에리코가 말했다. "살 거면 호텔 가서 사는 게 좋을 거야. 청룡반점에서 요새 디저트 부문에 신경을 쓰는지 월병도 호텔 매점에서 판매하거든. 현지 디저트 마니아들에게 인기더라고."

"그래요?" 유코의 얼굴에 화색이 돌더니 어째서인지 주먹을 높이 들어 보였다. "그럼 호텔로 가죠."

"저렇게 좋을까. 아, 이런 데 모비딕이 있네." 가즈미가 유코를 쿡 찌르더니 전방을 보며 말했다.

미국의 커피전문점 모비딕 커피였다.

"오, 중국이라 그런지 중화풍 매장이네요." 유코가 감탄한 표정으로 바라보았다.

가즈미는 물끄러미 가게를 바라보더니 에리코를 보며 손을 들었다. "미안한테 커피 한 잔 마셔도 될까? 아침부터 정신없어서 한 잔도 못 마셨네. 요새 커피 중독이거든."

"그럼요. 저도 여기 모비딕은 처음 와봐요."

"그럼 전 캐러멜 마키아토로." 유코가 신이 나 말했다.

"그건 안 돼."

세 여자는 깔깔거리며 가게로 들어갔다.

11

시장을 나선 노인은 휴대전화에 남겨진 부재중 전화 표시를 확인했다. 걸음을 늦추며 손자가 남긴 메시지를 들었다. 살기등등하던 눈빛이 차분해지더니 이내 생각에 잠긴 표정을 지었다.

첫 번째 입찰 실패는 그렇다 쳐도, '박쥐'가 사라진 건 오산이었다. 서둘러 입수해서 양도하기 전까지 찬찬히 살펴볼 작정이었다. 하지만 저우가 하는 일이다. 어떤 수단을 동원해서라도 오늘 밤 안으로 가져오겠지. 오랜만에 저우가 광분한 모습을 보았다. 일을 그르친 부하 놈이 어떤 처분을 받을지, 상상하기만 해도 약간 동정심이 생겼다.

노인은 가게로 돌아가기로 했다. 계획을 다시 세워야 한다.

가게 문을 열자 좁은 통로를 가로막은 덩치 큰 백인 남녀가 보였다. 보아하니 미국인 관광객 같았다. 손자인 동웨이쵠이 싹싹하게 상품 설명을 하고 있었다. 뒷문으로 들어가기로 했다. 비좁은 골목을 지나 가게 뒤쪽으로 갔다. 맨땅이 드러난 바닥은 어제저녁 내린 비로 흠뻑 젖어 있었다.

뒷문을 열려고 열쇠를 꺼낸 순간, 노인은 문 앞에 있는 발자국을 발견했다. 큼지막한 발자국이다. 게다가 깊이 패어 있다. 노인은 주의 깊게 주변을 살폈다. 아무도 없었다. 이 뒷골목에 몸을 숨길 만한 곳은 없으니, 이곳에 왔던 누군가는 이미 떠났다고 봐야겠지. 노인은 천천히 자세를 낮춰서 다시 찬찬히 발자국을 살펴보았다.

누군가가 이곳에 있었다. 게다가 한참 이곳에 가만히 서서 가게 안을 살피고 있던 것이다. 문 옆에는 쇠창살이 달린 창문이 있었다.

창문 앞에 선반이 있어서 가게 내부는 거의 보이지 않았을 터였다.

혹시 침입했나?

노인은 열쇠로 문을 열었다. 일단 이중으로 잠금장치를 달아놨지만 대단치는 않은 것이라, 마음만 먹으면 쉽게 열 수 있었다. 그보다 누가 이곳을 지나가면 알아챌 수 있도록 표시를 해두었는데, 그대로였다. 그 누군가는 문밖에서 실내를 들여다보기만 하고 안으로 들어가지는 않은 모양이었다.

그래도 일단 사무실 안을 훑어봤다. 물건을 뒤지거나 뭔가에 손댄 흔적은 없었다. 안도하며 벽을 파내 설치한 선반에 놓인 금고를 보았다. 노인은 선반 틈새에 끼워놓은 담뱃갑을 집었다. 두꺼운 종이로 만든 양담뱃갑이었다. 만에 하나 침입자가 들어오더라도, 금고에 정신이 팔려 이런 곳에 대충 끼워놓은 담뱃갑에는 신경도 쓰지 않겠지.

담뱃갑 안에는 천 재질의 인감 주머니 세 개가 들어 있었다. 노인은 주머니를 열어 안에 든 것을 꺼냈다.

마블 무늬의 돌로 만든 세 개의 도장.

노인은 도장을 책상에 내려놓고 서랍 속 파일을 꺼내 펼쳤다. 책상 위 물건과 유사한 도장 사진이 모습을 드러냈다.

최상급 옥에 새겨진 정교한 박쥐무늬.

벌써 30년 가까이 소유자를 제외하고는 아무도 실물을 본 적 없는 물건으로 사진으로만 존재했다. 컬러였지만 상당히 오래된 사진이었다. 그래도 선명한 마블 무늬의 빛깔은 이 도장이 최상급의 명품임을 주장하고 있었다.

노인은 사진과 손안의 도장을 번갈아 보았다. 벌써 해질 정도로 몇 번이나 보았던 사진이다. 이 사진을 견본 삼아 최대한 비슷한 돌을 찾아 제작한 모조품이다.

두 개는 사이즈만 비슷하고 아무것도 새겨지지 않은 도장.

나머지 하나는 세공까지 비슷하게 한 정교한 모조품이었다.

마블 무늬는 돌마다 모두 다르니, 언뜻 봐서 인상이 비슷한 돌을 구했다. 그래도 실물과 나란히 놓고 보면 바로 모조품이라는 걸 알아챌 것이다. 하지만 모르는 사람이 보면, 진품이라 착각할 만한 만듦새이기는 했다. 세공하지 않은 도장도 전용 상자를 열면 순간적으로 진품이라 착각할 정도는 될 것이다. 계획대로라면 지금 진품을 손에 넣어, 디테일을 참조해 모조품의 완성도를 높이고 있어야 하는데.

갑작스레 가게로 이어진 문이 벌컥 열렸다. 노인은 반사적으로 책상 위의 도장을 파일로 덮었다.

"어, 할아버지 언제 왔어요?" 동웨이쵠이 휘둥그레 눈을 뜨고 서 있었다.

"통로에 손님이 있길래 뒷문으로 들어왔다." 노인은 뒷문을 힐끗 보며 말했다.

동웨이췬은 고개를 끄덕이면서 물었다. "내가 남긴 메시지 들었어요?"

"들었다."

"입구의 사자상 팔렸어요."

"선편으로?"

"응. 경영하는 레스토랑 입구에 놓겠다네."

"잘됐구나."

계산기와 전표를 들고 다시 가게로 가는 동웨이췬을 보고 노인은 책상 위의 도장을 주머니에 넣고, 또 담뱃갑에 집어넣어 금고 위에 놓았다.

가게 쪽을 들여다보자 악수를 하며 미국인 손님을 배웅하는 손자의 모습이 보였다. 손님이 떠나자 서둘러 다시 들어왔다.

"두 번째 입찰은 여섯 시간 뒤래요."

왠지 불안해 보이는 표정을 짓는 손자의 모습을 노인은 빤히 바라보았다.

"그러냐. 오늘 밤 안으로 결판이 나겠지. 원래 그렇게 텀이 길지는 않으니까."

하지만 손자 녀석은 안절부절못하는 눈치였다.

"왜 그러냐. 무슨 걱정거리라도 있는 게냐?"

손자는 순간 입을 다물더니, 마음을 굳힌 듯 얼굴을 들이대며 나지막이 말했다. "'목소리'는 '손님'끼리 몰래 담합한 게 아닌가 의심하고 있대요."

"호오." 노인은 낯빛 하나 바뀌지 않았다.

동웨이췬은 흔들리는 시선으로 말했다. "왠지 불길한 예감이 들어요."

"구체적으로?"

노인은 손자의 표정과 가만히 있지 못하고 다리와 팔을 문지르는 손을 바라보았다. 나이는 어려도 동웨이췬은 감이 좋았다. 위험을 감지하는 데 능했다.

"기분 탓일지도 모르지만, 최근 들어 누가 지켜보는 것 같아요. 실제로 상대를 본 건 아니지만 왠지 느낌이 그래."

"잠깐 이리로 오거라."

노인은 집게손가락을 흔들며 가만히 뒷문으로 걸어가더니, 살짝 문을 열고 아까 발견한 발자국을 가리켰다.

"아무래도 좀 전까지 누가 여기 있었던 모양이다. 알고 있었냐?"

동웨이췬은 대번에 낯빛을 바꾸며 말없이 고개를 저었다.

"나갔다 언제 돌아왔지?"

"모비딕 커피에 들렀다가 바로 왔어요. 오니까 손님이 입구에서 기다리고 있었고요. 그 뒤에도 손님이 끊임없이 와서 계속 가게에 있었어요."

"그러냐……."

"키가 엄청 큰 녀석인가 봐요."

노인은 물끄러미 발자국을 바라보는 손자를 무시하고는 문을 닫았다.

동웨이췬은 고개를 들고 조금 진정된 표정으로 말문을 열었다. "FBI가 본격적으로 개입했다는 이야기는?"

"그래, 들었다."

아무래도 상대 관계자가 정보를 흘린 모양이었다. 분노에 찬 저우의 얼굴이 떠올랐다. 어쩌면 그쪽 조직도 예상보다 강도 있게 사법기관에 감시당하고 있는 건지도 모른다. 모르는 사이에 포위망을 좁혀오고 있을 가능성은 충분히 있다.

동웨이췬의 말이 빨라졌다. "공안 당국도 이 업계의 존재는 어렴풋이 알고 있겠죠. 아니, 모를 리가 없지. 알고서 우리를 풀어놓는 게 아닌가 하는 생각이 들어요."

"네 말이 맞다."

단번에 긍정하는 할아버지의 모습을 보고 손자는 적잖이 당황한 눈치였다.

"이 바닥을 뜰 때가 되었어." 노인은 사무실 안을 획 둘러보았다. "잘 듣거라. 이번 일에 나와 네 미래가 걸려 있다. 앞으로 24시간 안에 승패가 갈린다. 마음 단단히 먹고 지금부터 내가 말하는 대로 움직여라. 알겠느냐?"

동웨이췬은 새하얗게 질린 얼굴로 고개를 끄덕였다.

12

루창싱이 탄 차량이 청룡반점의 현관에 도착했다.

차분한 분위기의 멋진 호텔이었다. 일단 호텔 주변을 둘러봤다. 그는 풍수사의 필수 아이템이라 여겨지는 나침반은 쓰지 않는다. 오랜 경험으로, 현지를 둘러보면 대체로 상황을 파악할 수 있기 때문이다. 고객 중에 나침반을 보여주지 않으면 풍수를 보는 느낌이 안 난다는 이들도 있어서 일단 소지하고는 있다.

방위를 확인하고 간선도로와 주변 오피스 빌딩과의 위치 관계를 보았다. 호텔 입지는 대단히 좋았다. 일견 외진 곳처럼 보이지만, 절묘하게 주변의 좋은 기운이 모여드는 자리였고, 기의 흐름도 막힘 없이 활발했다. 실제로 번창한 건물 특유의 밝은 아우라가 흘러넘치고 있었다.

이 호텔에는 문제가 없다. 그렇다면 역시 문제는 촬영 현장일까. 아니면 객실 위치에 문제가?

창싱은 진득하게 건물 구조와 출입문을 관찰하며 로비로 들어갔다. 점퍼 차림의 남자들이 로비 구석의 테이블에 명부를 펼쳐놓고 넘기고 있었다. 테이블 앞에 붙은 종이에 '필립 크레이븐 신작 영화 보조출연자 접수처'라고 적혀 있었다. 차례차례 사람들이 들어와 줄을 섰다. 저들이 관계자인 모양이다.

창싱은 이런저런 지시를 내리는 남자에게 말을 붙이려 했지만,

그는 "줄을 서시오! 서라고요!" 하고 단번에 일축했다. 어수선한 분위기 속에서 바쁜 듯 신경이 곤두선 사람들을 보고 창싱은 하는 수 없이 줄을 섰다. 금방 그의 차례가 되었다.

"루창싱이라고 하는데, 감독이 불러서 왔네. 어디 가면 만날 수 있지?"

그의 말에 핏발 선 눈의 서양인이 "당신은 뭐지?" 하고 말을 끊으며 창싱을 쏘아봤다.

"뭐라니?"

창싱이 의아스레 되묻자 남자는 명부를 탁 치며 말했다.

"강시야, 좀비야? 둘 중에 뭐냐고?"

강시? 좀비? 창싱은 이 양자택일의 의미를 파악할 수 없었다.

"나는 풍수사인데⋯⋯."

"그럼 강시네. 자, 저쪽으로 가서 의상 갈아입고 봉황 홀로 가."

남자는 창싱의 가슴에 '156'이란 번호가 적힌 스티커를 붙이더니 통로 안쪽을 가리켰다. 그러더니 "다음!" 하고 창싱의 뒤를 보았다. 저쪽에서 점퍼 차림의 스태프가 손짓하는 것을 보고, 창싱은 영문도 모른 채 다가갔다. 떠밀리듯 들어간 곳은 커다란 방이었는데, 이곳 역시 북적거리기는 마찬가지였다. 다들 부산스럽게 옷을 갈아입고 있었다. 독특한 모자를 쓰고 파란 유성안료로 분장을 하는 이도 있었다.

찜통 같은 실내는 화장품과 나프탈렌, 땀 냄새로 숨 쉬기도 괴로

왔다. 창싱은 어찌해야 좋을지 모른 채 주변을 둘러봤다. 스태프들은 모두 이리저리 뛰어다니며 차례차례 등장하는 보조출연자들에게 의상을 건네고 있었다. 선명한 빛깔의 붉고 푸른 의상이 줄줄이 걸린 가동식 행거 앞에서 스태프가 사이즈를 묻고 있었다. 창싱이 다가가자, 스태프는 그를 위아래로 훑어보더니 "이 사이즈가 맞겠네"하고 의상 한 벌을 떠넘기듯 건넸다.

"저쪽에서 얼굴에 파란 분칠하시고. 안무가가 의상 착용한 상태로 대열을 확인하고 싶다고 하니, 서둘러 갈아입고 안쪽으로 가요."

한마디도 끼어들 틈을 주지 않아서, 창싱은 입을 다문 채 품 안의 의상을 보았다. 직업상 도교와 무관하지는 않지만, 강시는 그의 전문이 아니었다. 그대로 의상을 들고 방을 나가려 하자, 스태프가 불러 세웠다.

"이봐요! 의상 안 갈아입고 어딜 가려고. 벌써 연습 시작했단 말입니다."

"어떻게 입는지 알아요? 여기를 이렇게, 여기로 머리를 넣고, 여긴 잠그고."

"그건 하의예요. 신발은 그냥 그대로 신고."

"모자는 이렇게, 끈은 턱 밑에서 묶으면 되고."

저항할 틈도 없이 스태프들에게 에워싸여 갈아입혀졌다. 얼굴에 처덕처덕 파란 안료를 바르고, 하얀 분을 뒤집어쓴 창싱은 거대한 연회장으로 끌려갔다.

눈앞이 핑 돌았다. 상상을 초월하는 풍경이 펼쳐지고 있었다.

이게 뭐지.

사방을 둘러봐도 강시와 좀비뿐이었다. 빨갛고 파란 의상의 강시와 까맣고 하얀 정장 차림의 좀비가 연회장을 가득 메우고 있었다. 정면 무대 위에는 동양인 남자 둘이 서 있었다. 남자들은 인이어 마이크를 끼고 손을 휘두르며 뭐라고 지시를 내리고 있었다.

"자, 다시 처음부터. 촬영은 잠시 중단됐지만 이 시간을 전화위복의 기회로 삼자고요. 이 기회에 느낌 잘 살려서 클라이맥스 댄스 신을 연습해서 완벽하게 만들어요."

그렇게 말하며 손뼉을 치는 건 훤칠한 키에 여윈 체격의 남자였다. 베이징어가 부자연스럽고 영어 억양이 섞인 걸 보아하니 중국계 미국인이나 홍콩 출신인 듯했다. 이 녀석이 안무가인가.

"나중에 온 사람들도 얼른 들어와요!"

남자가 자신을 노려보는 시선에 창싱은 멈칫했다. 하지만 뒤에서 새로운 보조출연자들이 줄줄이 나타나는 바람에, 순식간에 연회장 한가운데로 떠밀렸다.

남자는 마이크에 대고 힘차게 외쳤다. "결코 어려운 동작이 아닙니다! 주변을 잘 보고! 단순한 동작의 반복이에요. 중요한 건 대열이에요. 전체의 통일감입니다! 전방과 좌우를 보고 동작을 맞춰야 해요. 강시들은 경쾌함이 생명입니다. 우아하면서도 우스꽝스러운 동작이 강시의 핵심이죠. 좀비들은 무겁게. 중력을 느끼면서도, 허공에서 내려온 긴 실이 자기 관절에 연결되어 있다고 생각하세요. 좀비들은 조종당하는 꼭두각시 인형입니다. 그러니 실이 끊어지면 그 즉시 무너집니다. 그런 이미지를 머릿속에 떠올리며 움직여요! 자, 처음부터 다시 갑니다. 전주 시작!"

귀가 멍멍해지는 음악 소리가 울려 퍼졌다. 항간에 유행하는, 몸의 중심을 뒤흔드는 시끄러운 음악이었다.

"박스 스텝!"

남자의 외침에 모두 일제히 전후좌우로 몸을 움직이기 시작했다. 쇠, 쇠, 둥, 둥, 발소리가 제각기 겹치며 엄청난 진동이 퍼져 나갔다. 창싱은 멍하니 서 있었지만, 양옆에서 오른쪽 왼쪽으로 밀어대는 통에 같이 움직일 수밖에 없었다. 사람들이 뿜어내는 열기 때문인지 진짜로 눈앞이 어지럽기 시작했다. 대체 난 여기 뭐하러 온 거지.

"강시 포즈!"

남자의 외침에 두 손을 앞으로 쭉 뻗으며 손바닥을 내렸다. 주변 보조출연자들도 일제히 두 손을 뻗었다.

"앞으로!"

두 다리를 모으고 모두가 한 발짝씩 앞으로 뛰었다. 창싱도 떠밀려 황급히 앞으로 걸음을 내디뎠다. 통, 통, 바닥이 흔들렸다.

"이번에는 뒤로!"

이번에는 모두가 다리를 모으고 뒤로 뛰었다. 창싱은 순간 전후좌우의 감각이 사라지는 걸 느꼈다.

"자, 다음은 좀비 포즈 갑니다!"

무대 위 남자는 좌우로 팔꿈치를 내밀더니 손을 축 떨구고 다리를 엑스자로 교차시켰다. 보조출연자들도 손을 떨구고 엑스자로 다리를 교차시켰다.

"오른쪽으로! 중력과 꼭두각시 인형!"

모두가 오른쪽을 향해 비틀거리듯 어색하게 걸음을 옮겼다.

"다음은 왼쪽! 허리 더 낮추고! 표정은 계속 멍하게!"

보조출연자들은 우르르 왼쪽으로 움직이기 시작했지만, 어디는 빽빽하고 어디는 널널해서, 곳곳에서 보조출연자들이 얽혀서 움직이지 못하는 상황이 발생했다.

"기다려요! 스톱! 스톱!" 남자가 새된 소리로 외쳤다.

소란스러운 음악이 멎자 주변은 정적에 휩싸였다. 피로를 모를 터인 좀비와 강시들이 쌕쌕 숨을 몰아쉬며 원망스럽게 무대를 올려다봤다.

"말했죠, 중요한 건 대열이에요! 항상 거리를 유지해야 해요! 전후좌우 주변 사람들의 존재를 의식하며 간격을 띄우는 게 중요하다고요!" 남자는 과장되게 머리를 싸안으며 기도하듯 두 손을 모았다. "우리 도전이 얼마나 획기적인 줄 알아요? 이건 단순한 호러영화의 댄스가 아니에요. 지금까지 강시나 좀비를 반 웃음거리 삼아 패러디했던 동작들을, 다시 원점으로 되돌아가 예술의 영역으로 격상시키는 겁니다."

"잠깐."

그때까지 옆에서 묵묵히 안무가의 지도를 보고 있던, 근육질의 덩치 좋은 남자가 말문을 열었다.

"뭐죠?" 안무가가 남자를 노려봤다.

하지만 남자는 물러서지 않고 쏘아붙였다. "그건 영화 방향성과 다르지. 이건 호러 액션 대작이야. 호쾌한 액션을 중심에 놓고, 강시와 좀비의 동작도 액션의 일환으로 짜 넣으면 된다고. 예술성이나 우아함 같은 건 필요 없어. 보조출연자들도, 현장도 혼란스러워지니까 당신 취향대로 안무를 만드는 건 그만둬."

"어머, 뭐라고요? 당신이 액션 감독이지 안무가예요? 감독님도 이 장면은 뮤지컬처럼 재미있는 댄스 신으로 만들고 싶다고 했어요. 이 장면은 액션이 아니라 어디까지나 댄스 신이라고요. 당신은 격투 신이나 잘 봐요."

"당신이 말하는 예술적인 댄스 신은 영화 전체의 속도감과 동떨어져 논다고. 여기만 다른 영화 같잖아. 관객들도 혼란스러울걸."

"뭐라고요?"

두 사람이 마이크 너머로 언성을 높이며 다투는 소리가 주변으로 퍼져 나가며 창싱의 귀를 찔렀다.

"하지만……." 액션 감독이 갑자기 입을 다물더니 연회장을 가득 채운 파랗고 하얀 얼굴의 엑스트라들을 둘러보았다. "지금 보면서 느낀 게 있는데."

"뭔데요?"

안무가도 덩달아 보조출연자들을 보았다.

"문제는 다른 데 있는 것 같아."

"문제?"

"한마디로 이 장면에는 핵심이 되는 게 없어."

"핵심이 되는 거?"

"분명히 댄스 신에서는 움직임이 중요하지만, 역시 관객 입장에서는 어딘가에 감정이입을 하며 댄스를 보게 되지. 등장인물의 한 사람이 되어 자신이 춤추는 기분을 느껴야 즐겁지 않겠어?"

"그건 그렇죠. 맞는 말이에요." 안무가는 순순히 인정했다.

액션 감독은 힘주어 고개를 끄덕였다. "그렇지? 그런 감정이입할 곳이 이 장면에는 없어."

"그러네요. 나도 그 생각은 들었어요. 아무리 예술적으로 찍어도, 영화의 일부니까 누군가 중심이 될 캐릭터가 필요하겠죠."

두 사람은 갑자기 진지한 표정으로 생각에 잠겼다.

보조출연자들이 웅성거리기 시작했다. 이 무슨 황당한 상황이란 말인가.

창싱은 머리에 쓴 작은 모자를 거칠게 벗으며 무대를 향해 성큼성큼 나아갔다. 더 이상 이런 광대놀음에 장단을 맞추고 싶지 않았다. 주변 사람들을 밀치고 일직선으로 무대 위의 두 사람을 향해 걸어갔다.

"거기 두 분." 무대 아래에서 창싱이 중후한 목소리로 외치자 주변은 단번에 조용해졌다. "이야기 중에 미안하네만, 나는 시간이 없네. 감독을 만나고 싶은데."

안무가와 액션 감독이 동시에 창싱의 얼굴을 보았다. 두 사람은 동시에 눈을 휘둥그레 뜨며 물었다. "당신 누구예요?"

"루창싱. 풍수사다."

"아, 배우시구나."

"배역이 아니라 진짜 풍수사다."

솟아오르는 짜증을 억누르며 창싱이 대답하자, 두 사람은 눈을 더 휘둥그레 뜨며 그의 얼굴을 빤히 들여다봤다.

"왠지 이 사람, 독특한 마스크네."

"기묘한 존재감이 있어. 이유가 뭐지?"

그것은 창싱의 얼굴이 거의 좌우대칭인 까닭이었지만, 그것을 설명하고 싶지는 않았다.

"절로 눈길이 가네. 신경이 쓰여."

두 사람은 무대에서 펄쩍 내려오더니 창싱의 어깨를 붙잡고 빤히 훑어봤다.

안무가의 눈이 번뜩였다. "이거야, 이 얼굴. 이 얼굴을 이 장면의 중심에 놓아야겠어. 스크린 한가운데에 놓고 관객의 마음을 사로잡아야지."

스크린 한가운데에 창싱의 얼굴을 놓으면, 이번에는 스크린 전체가 좌우대칭이 될 것이다.

액션 감독도 고개를 끄덕이며 동의했다. "재미있군. 반은 좀비로, 반은 강시로 분장하게 하면 어떨까? 얼굴을 반으로 나눠서 분장시키고, 의상도 반반…… 아수라 남작처럼. 너무 올드한가?"

"바로 그거예요."

"좋아, 한번 해보자고. 분장, 의상 담당 불러와!"

"나는 감독에게 볼일이……."

창싱의 항의는 깔끔하게 무시당했다. 안무가와 액션 감독에게 양 옆구리를 붙잡힌 창싱은 의상실로 질질 끌려갔다. 내면의 외침이 울려 퍼졌다.

이 막무가내 현장, 큰일이로다.

13

돌이켜 생각해보면, 이날 우연히도 강강에게 몇몇 행운이 기적적으로 겹쳐졌다. 바꿔 말하면 동물원 측, 특히 웨이잉더에게는 불행의 연속이었지만, 대체로 불행한 사고란 설마 하는 우연이 도미노처럼 연쇄한 결과 일어나는 것이다.

첫 번째로 이날 웨이잉더는 컨디션이 좋지 않았다. 건강한 신체의 소유자로, 평소에는 돌보는 동물들보다 더 날카로운 동물적 감을 구사해 만만치 않은 판다 사육장을 관리하던 잉더였다. 하지만 그날은 달랐다. 점심때까지는 여느 때와 다름없었지만, 오후가 될수록 점점 머리가 무거워지고 목이 따끔거렸다. 아들이 다니는 초등학교에서 유행성 감기가 돈다고 하던데, 아무래도 아이에게 감기가 옮은 모양이었다.

사육사의 컨디션 난조는 여러 의미에서 위험했다. 난폭한 야생동물은 약한 개체를 놓치지 않고 꿰뚫어 보았고, 그게 아니더라도 동물들에게 감기를 옮기거나, 또는 면역력이 약해져 병이 옮을 가능성도 있었다. 일찌감치 마무리하고 귀가하자. 잉더는 탁한 기침을 하며 생각했다.

누구나 컨디션이 나쁠 때면 감각이 둔해진다. 낮에는 강강의 태도에 수상쩍은 기운을 느끼고 경계하던 잉더였지만, 그런 그도 이때는 설마하니 오늘 일이 터질 줄은 몰랐던 것이다.

만일 그가 평소 컨디션으로 강강을 한 번 더 주의 깊게 들여다봤다면, 강강이 꺼림칙할 정도로 조용한 긴장감에 휩싸여 있다는 사실을 알아챘으리라. 하지만 저녁이 가까워진 이 시간, 그는 여유가 없었다. 애초에 청소도구가 하나 사라진 걸 알아채지 못한 것이 그의 컨디션 난조를 말해주고 있었다.

두 번째 우연은 이날 사무동에서 WWF세계자연보호기금가 참가하는 회의가 개최된 것이었다. WWF의 심볼 마크는 판다. 그래, 멸종위기종인 판다는 전 세계에 널리 알려진 보호받아야 할 야생동물이었다. 현재 동물들의 처우와 앞으로의 번식 계획을 포함해 논의해야 할 귀찮은 일들이 산더미처럼 쌓여 있는 데다, 판다는 정치나 경제와도 밀접하게 관련된 동물인 까닭에 정부 고위인사들도 참석하는 회의였다.

판다 사육의 책임자인 잉더도 이 회의에서 발언하기로 되어 있었다. 현장직들이 대개 그렇듯 잉더는 회의가 싫었다. 그런 데 시간을 빼앗길 바에야 판다의 출산을 기다리며 밤새 모니터를 들여다보는 게 나을 성싶었다. 하지만 WWF나 고위인사들의 면을 세워줄 보고는 해야 했다. 다시 한번 보고서를 확인해야겠군. 그 생각을 하자 더욱더 머리가 무거워졌다. 그러한 이유로 판다 사육장에서 그의 주의는 한층 멀어져갔다.

세 번째, 이 역시 중요한 우연이었다. 동물원 부지는 넓었고 길은 돌로 포장되어 있었지만, 개원한 뒤로 시간이 꽤 흘렀기에 포장이 깨지거나 울퉁불퉁한 곳들을 찾아볼 수 있었다. 체중 측정이나 정기 검사가 잦은 판다 사육장에는 밀차나 차량이 자주 출입했고, 판다의 체중 자체도 무겁기에 판다 사육장 주변 도로는 파손된 부분이 많았다. 한마디로 상당히 보기 흉하다는 말이다. 그런 모습을 WWF에 보일 수는 없었기에, 황급히 보수 공사를 하게 된 것이었다. 이날, 판다 사육장 뒤 포장도로 주변을 뒤집어엎기 위해 비계를 설치하고, 파란 비닐 시트로 도로 주변을 덮는 양생을 시행해서 저녁까지 시트가 덮여 있었다. 이 때문에 판다 사육장 주변에 광범위한 사각이 발생하게 된 것이다.

누군가에게는 행운이지만 누군가에게는 불행한 우연은 계속됐다. 잉더가 회의에 참석한 탓에 판다 사육장의 마지막 문단속은 중견 사육사 청년의 몫이 되었다. 이 청년은 여기에서만 등장하기 때문에 미안하지만 이름은 생략하겠다. 성실하고 자상한 성격에 조부모를 공경하는 요즘 보기 드문 참한 청년으로, 인도코뿔소를 연상케 하는 양순한 외모였다. 잉더의 부탁으로 뒷정리를 하던 중에 그의 휴대전화가 울렸다. 병원에 있는 어머니의 전화였다. 이번 달 초부터 입원 생활을 하던 할머니의 상태가 급변해 위독한 상황이라고 했다.

청년은 세차게 동요했다. 그는 다가미 유코가 할아버지를 따르는 만큼, 아니 그 이상으로 할머니를 사랑하고 존경했다. (아마 유코와는 그 방향성이 다를 것이다.) 맞벌이로 바쁜 부모를 대신해 할머니가 그를 키워주었기 때문이다. 어린 시절 몸이 약해서 천식을 앓던 그의 곁을 늘 떠나지 않고 돌봐주던 할머니. 발작은 늘 한밤중에 찾아왔기 때문에 할머니도 제대로 눈을 붙이지 못했을 것이다. 따뜻한 물과 한약을 먹이고 그가 잠들 때까지 등을 쓸어주던 손길을 지금도 잊을 수 없었다. 그런 까닭에 그랜마 보이였던 청년은 위독하다는 소식을 들은 순간 이미 눈물이 그렁그렁했다. 늘 발랄하고 명랑한 어머니의 목소리가 어두웠던 것도 그의 불안에 박차를 가했다. 그는 잉더가 아닌 다른 상사에게 뒷일을 부탁하고 병원으로 달려갔다. 이리하여 마지막 문단속은 올해 입사한 신입이 맡게 되었다.

아무튼 병원으로 달려간 그는 가족들과 함께 일희일비했고, 결과적으로 밤늦게 그의 할머니는 회복세에 들어서 모두 안도의 눈물을 흘렸지만, 이 역시 본건과는 상관없는 일이니 이쯤에서 마무리하겠다. 문제는 그랜마 보이였던 청년이 최종 점검을 지시했다는 점이다. 할머니 일로 제정신이 아니었던 그는 최소한의 사항만을 인계하고 떠났다.

인수인계를 받은 건 젊은 신입 사육사인 예차이귀(23)였다. 그녀 역시 인격적으로 아무 문제도 없고, 대학 축산과를 갓 졸업한 활기찬 신입 사육사였다. 게다가 동물원의 꽃인 판다 사육장에 배속되어 의욕도 충만했다. 참고로 외모도 꽤 예쁜 편이다. 비유하자면 다람쥐나 담비 같은 작은 동물과 비슷한 인상이었다. 하지만 예쁘고 총명하고 의욕이 있어도, 경험이 없으면 어찌할 수 없는 상황이 존재한다. 그녀는 이제 막 판다들의 성격을 조금씩 알아가고 있었는데, 아직은 어렴풋이 윤곽만 파악했을 뿐 그들의 자세한 이력까지는 알지 못했다.

물론 강강이 무법자에 다소 문제 있는 판다라는 이야기는 들었지만, 지금까지 시도한 탈주 수법의 치밀함이나, 놀라운 관찰력과 손재주에 대해서는 듣지 못했던 것이다.

무엇보다 판다다. 동물원의 스타다. 먹이는 배불리 급여되고, 대나무 잎은 물론 최근에는 영양제를 균형 있게 배합한 맛있는 만두까지(실은 몰래 먹어보았다) 나왔다. 설마 이런 풍족한 환경에서 도주하고 싶어 할 판다가 있을 거라고는 상상도 못 했다. 때문에 선배 사육사의 지시를 따르기는 했지만 세세한 곳에서 몇 가지 문제가 발생했다.

그녀는 지금까지 판다 사육장의 문단속을 해본 적이 없었다. 중요한 일이라 책임자가 직접 하는 작업이었기 때문이다. 그래서 우리를 잠근 뒤에 그 열쇠를 사무동으로 가져가야 하는 사실을 몰랐다. 우리 근처에 청소도구 등을 넣어두는 사물함 열쇠를 거는 후크가 있었는데, 선배가 거기다 열쇠를 거는 걸 본 기억이 있어서 문단속을 하고 나서 그곳에 열쇠를 걸어두었다.

판다의 몸이 의외로 유연하고 날렵하다는 사실을 알고는 있었다. 판다들은 능숙하게 나무를 타고 오르락내리락했고 상상 이상으로 비좁은 곳도 통과할 수 있었다. 개중에서도 강강은(몰래 단련했기 때문인지) 몸이 무척 유연해서, 잉더는 우리 밖 반경 3미터 안에는 물건을 놓아두지 않았지만, 예차이궈에게 업무를 인계한 청년은 우리 근처에 물건을 두지 말라고만 일렀다. 그래서 그녀는 크나큰 실책을 범하고 말았다. 우리 반경 2미터 안에 양동이를 방치하는 과실을. 물론 상식적인 범위에서 생각하면 제대로 문단속을 한 것처럼 보이겠지.

판다들은 저녁이 되면 통로를 지나 거주동으로 이동한다. 말하자면 영업장에서 집으로 돌아가는 것이다. 판다 우리는 견고하게 지어져 있었다. 이중 창살 밖에는 커다란 콘크리트로 뒤덮인 건물이 있다. 문만 잘 잠가놓으면 안에 있는 동물들이 바깥으로 나오는 건 불가능했다. 그러니 그녀가 마음을 놓은 것도 당연한 일이었으며 결코 작업 절차에 문제가 있던 건 아니다.

하지만 판다 강강은 모든 것을 보고 있었다. 그는 남몰래, 하지만 똑똑히 두 눈으로 사육사들의 행동을 관찰하고 있었다. 웨이잉더의 컨디션이 서서히 나빠지고 있다는 사실(인플루엔자라고 강강은 추측했고, 빨리 병원에 가라고 말하고 싶었지만 통할 리 없었다)과 밤에 뭔가 중요한 일정이 있어서 거기에 정신이 팔려 있다는 점을 알아챘다.

전화 통화를 하고 난 인도코뿔소를 닮은 사육사 청년의 얼굴이 새하얗게 질렸고, 그가 황급히 젊고 작은 인간(신입 사육사를 말한다)에게 이런저런 지시를 내렸지만 설명이 부실했던 것까지(역시 기억력 향상에 좋다는 시금치를 잘 먹어야 한다). 다람쥐를 닮은 젊고 작은 인간이 양동이를 우리 근처에 놓아두었다. 그리고 무엇보다 강강이 대나무 속에 숨겨둔 청소도구를 문단속 전에 발견하지 못했다.

강강은 가슴이 뛰는 걸 느꼈다.

평소의 웨이잉더였다면 마지막에 영업용 우리를 둘러본 뒤에 뭔가 이상한 점이 없는지 확인했으리라. 하지만 오늘의 담당 사육사들은 그러지 않았고, 강강을 비롯한 판다들을 거주동으로 이동시키고 바로 문단속을 했다. 그 멋진 도구는 아직도 대나무 밑에 숨겨져 있다.

오늘이 그날이다. 강강은 확신했다. 천재일우의 기회다. 이 기회를 놓치면 다음은 없다.

강강은 태연자약한 얼굴로 천천히 거주동으로 이동하면서도 우리와 양동이의 거리, 열쇠가 걸린 후크의 거리를 머릿속으로 가늠해보았다. 보아하니 다음 순찰까지는 충분히 시간이 있었다. 감시하는 인원도 오늘은 적은 데다 미숙한 녀석들뿐이었다. 이 천운을 내려준 하늘에 감사……했는지 아닌지는 모르지만, 강강은 이날 밤 드디어 탈주를 감행하기로 결심한 것이다.

14

모비딕 커피 상하이 예원상성점의 카운터 안쪽에서 10만 달러의 비취 귀걸이를 착용한 주문 담당 직원 매기 리 로버트슨(29)은 내심 속을 끓이고 있었다.

힐끗 가게 안의 시계를 보았다. '박쥐'의 두 번째 입찰 금액에 변동은 없었다. 손님은 끊임없이 들었지만 모두 관광객들이었다. 그녀가 기다리는 고객은 도무지 나타날 낌새를 보이지 않았다. 수사본부와 연락을 하고 싶었지만 쉴 새 없이 주문이 들어와서 꿈쩍도 할 수 없었다.

위험하다. 이대로라면 거래가 불발될 가능성도 있다. 지금까지 불발된 전례는 없다고 들었는데. 매기는 짜증을 감추듯 모자를 잡아당겼다.

녀석들은 거래를 오래 끌지 않는다. 오래 끌면 끌수록 역탐지를 당할 가능성이 커지기 때문이리라. 이대로 두 번째 입찰도 불발되면 '박쥐'가 어떻게 될지 모른다. 공든 탑이 무너질 판이었다.

카푸치노. 소이라테. 카푸치노. 캐러멜 마키아토. 커피. 커피.

주문을 읽으며 최대한 머리를 굴려 앞으로의 일을 생각했다. 그렇지 않아도 '목소리'는 최근 입찰 현황에 의구심을 가지고 있다. 앞으로도 계속될 것 같지 않았다. 금액도 너무 비싸졌다. 어쩌면 이러한 방식의 거래는 이번을 마지막으로 끝내려는 게 아닐까.

매기는 자신의 감을 믿었다. 마지막 순간에 자신을 구하는 건 직감이나 예감처럼 육체적인 감각밖에 없다. 늘씬한 체형, 주변에서 흔히 볼 수 있는 젊은 여성처럼 보이는 매기 리 로버트슨은 사실 홍콩경찰에 소속된 형사였다. 겉보기와 달리 형사부 형사정보과 최고의 실력파 수사관이었다.

그녀는 지난 몇 년 동안 홍콩과 미국에서 일어나는 중요 절도사건을 쫓고 있었다. 아니, 절도라기보다 유괴라고 해야겠지. 실제로 그들은 'GK'(고스트 키드내퍼)라고 불렸다. 어느 정도 규모의 그룹인지, 본거지와 국적은 어디인지, 오랫동안 전혀 꼬리를 잡지 못했다. 애초에 복수의 사건이 동일 인물의 범행이라는 사실을 판명하는 데도 한참이나 걸렸다.

사실 신문지상에 보도되는 미술품 절도 사건은 이 바닥에서는 빙산의 일각이고, 주류는 예전이나 지금이나 비밀리에 미술품을 훔쳐 몸값을 요구하는 범행이다.

'GK'는 범죄 전문가임이 분명했다. 꼼꼼하게 밑준비를 하는지, 그야말로 '고스트'처럼 쥐도 새도 모르게 미술품을 훔쳐냈다. 거래는 최대 두 번까지. '유괴'한 미술품은 몸값만 지불하면 즉시 돌려줬다. 때문에 사건이 연속해서 일어나는데도 대대적으로 보도되지 않는 것이다. 피해가 홍콩과 미국에 집중된 건, 용의주도한 범인 그룹이 자신들이 잘 아는 장소를 대상으로 택했기 때문이리라 추정됐다.

개인 미술관, 또는 개인 컬렉터를 노리는 수법도 교묘했다. 오늘날은 저명한 회화를 훔쳐도 판매 루트를 확보하기 쉽지 않았다. 대형 미술관에 몸값을 요구해도 거부하는 경우가 늘고 있기 때문이다. 작금의 미술품 구매자들은 대부분 자금 세탁이 목적이라 돈을 못 받는 미술품은 가치가 없다.

'GK'의 최대 특징은 해외에 있는 중국 미술품만을 유괴 대상으로 삼는다는 것이었다. 주로 공예품이나 서양회화 등 유지와 보존, 또는 운반에 품이 드는 물품보다는 이동이 쉬운 소품을 노리는 것도 교묘했다.

중국은 신해혁명이 일어난 1911년 이전에 제작된 문물, 이른바 골동품을 반출하는 것을 금지하고 있다. 과거에는 1795년(청조 건륭제) 이전의 문물로 한정되었지만, 2007년에 50년 만에 제한 기준이 개정되면서 규제가 심해졌다. 특히 만들어진 지 200년이 넘은 물건을 반출했을 경우나 반출 물품 수가 많은 경우에는 최대 사형까지 구형 가능했다. 절도 그룹은 그 점을 방패로 삼고 있었다. 중국 국외의 컬렉터가 소장한 미술품을 중국 국내로 반입하는 순간 반출 금지 품목이 되기 때문에, 중국 국내에서 발견되면 국가에 귀속되게 된다. 때문에 중국으로 반입해 비싼 몸값에 팔아치우는 것이 가능했다. 첫 거래가 난항하면, 다른 '손님'들을 참가시켜 비싼 몸값을 제시한 이에게 양도했다. 절도 그룹이 '부모'라 부르는 원소유자에게 요구하는 금액은 해마다 높아졌다. 그렇지 않아도 중국 국내의 부유층이 비약적으로 증가해 자국 골동품을 되찾으려는 움직임이 활발해지는 상황에서, 중산층에서까지 미술품 붐이 일어나 미술품 컬렉터의 수가 늘어났기 때문이었다.

2008년에 일본의 사립미술관이 신관 리모델링을 위한 자금을 조달하기 위해 소장하던 중국 궁정 시계 15점을 홍콩의 크리스티 경매에 출품한 적이 있다. 주로 18세기 청조 건륭제 시대에 영국이나 중국에서 제조된 물건으로, 보존 상태가 좋다고는 하나 예상 낙찰가는 합산해 3억에서 5억 엔이었다. 하지만 막상 뚜껑을 열어보니 놀랍게도 모두 37억 8000엔에 낙찰되었다. 낙찰자의 신분은 밝혀지지 않았지만, 복수의 중국계 신흥 부유층으로 추정되었다. 그고가 낙찰가가 미술품 업계에서 화제를 불러일으키며, 컬렉터 수의 증가와 그들의 재력을 똑똑히 증명해준 것이다.

이번에 '유괴된' 물품은 수개월 전에 도난당한 미국의 저명한 '옥' 컬렉터의 개인 소장품이었다. 그의 컬렉션 중에서도 명품 중의 명품으로 치는 것으로, 그 섬세한 세공으로 인해 '박쥐'라는 별명으로 불리는 도장이었다.

중국에서 '옥'이 지닌 의미와 무게는 일반 보석과는 달랐다. 그야말로 기독교도의 '성배'와도 같은 존재로, 권력의 상징이자 영적인 힘을 가진 것으로 여겨졌다. 권력자가 그 자격을 잃었을 때 옥의 빛깔이 변한다는 전설이 있을 정도로 고대부터 귀하게 여겨져왔다. 미국 FBI도 'GK'에 지대한 관심을 가지고 있었다.

앞서 언급한 컬렉터는 이 '옥' 컬렉션으로 유명한 인물이었는데, 'GK'의 정체를 파악하지 못한 FBI가 다음 예상 타깃으로 예의 주시하고 있었다. 단서를 얻으려면 다음 범행을 기다리는 수밖에 없는 상황이라 체면이 말이 아니었지만, 달리 접점이 없고 아무 흔적도 남기지 않으니 어쩔 수 없었다.

정식 수사 연계는 아니었지만, FBI와 홍콩경찰은 서로 정보를 교환하고 있었다. 그리고 비밀 루트를 통해 '박쥐'가 미국을 떠나는 현장을 덮쳤지만 실패했다는 연락이 왔다. 간발의 차로 놓쳤다고. '박쥐'가 본토로 반입되었다는 소식은 약 1년에 걸쳐 'GK'와 관련된 조직 말단에 연락책으로 잠입한 매기의 귀에도 들어왔다. 홍콩 경찰에게는 둘도 없는 기회였다. 이번에야말로 꼬리를 잡을 단서를 얻을 수 있다는 기대감이 높아지며 수사본부에 활기가 돌았다.

지금까지와는 단위부터 다른 최저가격으로 거래가 시작된 데다, 처음부터 다른 '손님'이 입찰한 전례 없는 전개였다. 이 역시 매기가 '승부에 나섰다'고 판단한 이유였다.

이번 연락 장소로 정해진 건 예원 근처의 커피숍이었다.

매기를 비롯한 수사관들은 지난 1년 동안 유괴된 '아이'를 맡겨두는 '호텔'을 수색해왔다. '목소리'가 '아이'를 맡긴다는 건 상당히 신뢰하고 있다는 증거이니, 중요 거점이라 봐도 무방하기 때문이었다. '호텔'이 복수 존재한다는 사실은 알았지만, 그 장소를 알아내는 데는 제법 애를 먹었다. 최근에 그중 한 곳이 예원 근처에 자리한 관광객 대상 골동품 가게라는 사실이 밝혀져서, 이번 입찰에 맞춰 감시를 붙였다.

귓가에서 희미하게 지지직거리는 소리가 났다.

"매기, 그쪽은 어때?"

귀 뒤에 붙인 소형 무선기에서 나지막한 목소리가 들렸다. 매기가 연락이 없자 동료는 기다리다 지친 모양이었다.

"캐러멜 마키아도 두 잔이요, 셰셰." 상대에게 들리도록 목소리를 높였다.

실제로 손님들이 줄을 서 있어서 주문은 끊이지 않았다. 동료도 그 사실은 파악하고 있을 것이다. 가게 내부가 보이는 곳에서 어슬 렁거리는 관광객을 가장해 감시하는 동료도 있었다.

"아직 '손님'에게 연락은 없어."

최대한 입술을 움직이지 않으려 애쓰며 재빨리 속삭였다. 상대방 이 순간 입을 다물었다. 역시 뭔가 이상하다는 건 눈치챈 것이리라. 하지만 다음 순간 곧바로 대답이 돌아왔다.

"매기, 바로 연락책을 보낼게. 미행 대상이 늘어난 탓에 인원이 부족해서 지원을 요청했어. 서른 살쯤 되는, 선글라스를 낀 긴 머리 여자가 갈 거야. 암호를 말하면 그 여자에게 데이터를 넘겨줘."

속사포처럼 쏟아내는 말이 귓가에 울려 퍼졌다. 매기가 대답하지 못하는 걸 알고 단숨에 요점만 말하는 것이다.

"네."

짧게 대답했지만 상대가 들었을지는 알 수 없었다. 바로 목소리 가 끊겼다.

데이터. 매기는 유니폼 주머니에 넣어둔 USB를 반사적으로 만지 작거렸다. 이걸 빨리 넘겨서 분석해야 한다. 이번 입찰을 승부처로 보고, 서둘러 모든 '호텔' 후보에 감시를 붙여놓았는데, 세세한 데이 터는 여기에 담겨 있다. 서두르지 않으면 안 될 일이 한가득인데 기 다리는 연락은 좀처럼 오지 않았다. 매기는 남몰래 속을 태우며 주 문을 처리했다.

순간, 자동문이 열리더니 세 여자가 들어오는 모습이 시야 한구석에 담겼다. 거의 무의식적으로 고개를 홱 들었다.

갈색 선글라스를 낀 긴 머리 여자. 서른 살쯤 되어 보였다. 매기는 재빨리 여자를 관찰했다. 빈틈없는 행동거지, 나이에 비해 차분한 분위기.

저 여자다. 연락책이 틀림없다. 같이 있는 건 동료일까, 아니면 위장용으로 동행한 요원일까. 지극히 평범한 관광객으로 보이는데. 선글라스의 여자가 이쪽을 향해 똑바로 걸어왔다.

기분 탓인지 매기의 귀에 순간 시선이 머문 것 같았다. 10만 달러의 비취 귀걸이. 이 귀걸이의 가치를 알아보는 이는 얼마 없었다.

"니하오."

매기는 여자의 얼굴을 똑바로 보았다. 여자도 선글라스 너머로 매기를 보았다. 순간 눈이 맞았다. 미묘한 긴장감.

여자는 잠시 의아스러운 표정이었지만, 이내 "니하오" 하고 대답하고 고개를 끄덕였다. 선글라스를 벗고 미소 짓더니 말을 이었다.

"커피 세 잔요. 귀걸이가 참 멋지네요, 매기."

15

비디오카메라 모니터 속 영상이 재생됐다.

고층 빌딩이 즐비한 시가지의 인도. 사람들로 북적거리는 길 한

가운데를 제복 차림의 한 남자가 절도 있게 걸어가고 있었다. 훤칠한 키에 잘생긴 청년이었다. 가볍게 손을 들더니 친근한 미소를 지으며 걸음을 멈췄다.

"상하이 시민 여러분, 안녕하십니까. 상하이경찰의 가오칭제입니다. 1년 365일 시민의 안전을 지키기 위해 조직 전체가 일치단결하여 노력하고 있습니다."

대사에 종지부를 찍는 산뜻한 미소. 반짝 빛나는 하얀 치아. 하지만 이내 그는 진지한 표정으로 빤히 이쪽을 바라보았다.

"지금 저는 상하이 도심 번화가에 있습니다. 오늘도 정력적으로 경제 활동이 이루어지는, 활기찬 우리의 상하이. 현재는 세계 최대의 상업 도시가 된 상하이의 기세는 꺾일 줄을 모릅니다. 잠들지 않는 용이라 불리는 상하이는 늘 전 세계를 상대로 싸우고 있습니다. 도시는 날로 확장되며 계속해서 발전해나가고 있지요. 하지만 한편으로 문제점도 있습니다."

가오는 어깨를 으쓱하더니 뭔가를 소개하듯 두 손을 움직였다. 카메라는 그의 손이 가리키는 곳을 쫓았다.

"지금 시각은 오후 5시가 지나려는 참입니다만, 퇴근길 혼잡이 시작되어 보시다시피 사방이 정체 중입니다."

귀를 찌르는 경적 소리, 빼곡하게 도로를 메운 트럭과 승용차. 신호가 바뀌어도 차량들은 움직일 기미를 보이지 않았다. 속 터지는 운전자들의 살기가 아지랑이처럼 여기저기서 피어올랐다.

"바쁜 현대인들에게 가장 중요한 건 무엇일까요?" 다시 카메라가 가오를 잡았다. 가오는 손목에 찬 시계를 가리키며 말했다. "바로 시간입니다."

손목시계 클로즈업. 스위스제 명품이었다.

"1분 1초라도 빨리. 그것이 시장경제의 규칙입니다. 하지만 매일 아침저녁으로 반복되는 이 광경은 우리가 수많은 사업 기회를 놓치고, 대기를 오염시키며, 물리적으로나 정신적으로나 수많은 피해를 입고 있음을 말해줍니다." 가오는 도로를 따라 걷기 시작했다. "그런 건 말하지 않아도 아신다고요? 타임 이즈 머니. 그걸 모르는 사람이 있느냐고요? 하지만 실제로 그 명제를 얼마나 실천에 옮기고 계십니까? 더욱 많은 사업 기회를 얻을 힌트는 어디에 있을까요? 시민들의 행동을 관찰해보죠."

가오의 시선이 도로 쪽으로 향했다.

"이런, 말마따나 누구나가 실천하고 있군요. 틈만 보이면 앞다투어 끼어들고, 신호가 바뀌지도 않았는데 먼저 가겠다고 급발진하네요. 좌우지간 밟고 보는 거죠. 조금 빠르다 싶은 차선으로 정신없이 이동하고요. 그 결과가 이겁니다."

아까부터 차량은 전혀 움직이지 못했다. 시끄러운 경적 소리가 한층 더 주변에 울려 퍼질 뿐이었다. 가오는 과장된 동작으로 귀를 막았다.

"이상하단 생각 안 드십니까? 급하지 않은 사람은 없습니다. 누구나가 시간을 효율적으로 쓰고 싶어 하죠. 하지만 바로 그래서 꼼짝도 못하게 되는 겁니다. 눈앞의 일에만 급급해 남을 제치고 앞서려 하죠. 실은 이게 가장 비효율적인 방법입니다." 가오는 흡사 교사처럼 틈을 주지 않고 말을 이었다. "그럼 가장 효율적인 방법은 무엇일까요?"

얼굴이 클로즈업됐다. 강렬한 시선을 보여주려는 것 같았다.

"간단합니다. 교통법규를 지킨다. 매너를 지킨다. 이것이 최선의 길입니다. 저희가 시도한 수많은 실험들에서도 서로 양보하고 협력하면 훨씬 거침없고 신속하게 이동할 수 있다는 사실이 증명되었습니다. 급할수록 양보하라. 이게 새로운 상하이의 교통법규입니다. 상하이 룰!"

가오는 주먹을 꾹 쥐고 파이팅 포즈를 취하며 외쳤다. 물론 하얀 치아도 아낌없이 보여주었다.

"이동할 때는 가급적 대중교통을 이용하시고, 자가용 출퇴근은 피해주십시오. 짝수 날에는 차량 번호 끝자리가 짝수인 차량만, 홀수인 날에는 끝자리가 홀수인 차량만 운행하고, 그 이외 번호의 차량은 도로로 나오지 않도록 부탁드리겠습니다. 정체 완화를 위해, 무엇보다 타임 이즈 머니의 정신으로 우리 상하이를 한층 더 발전시킵시다. 아시겠지요? 매너를 지킨다, 차량 십부제 운행을 한다. 상하이 룰! 시민 여러분의 협조를 부탁드립니다."

더욱 강력한 파이팅 포즈. 거기서 영상이 멈췄다.

침묵.

잡아먹을 듯 모니터를 들여다보던 가오가 고개를 꺾으며 신음했다. "음……."

그 모습을 지켜보던 스태프의 얼굴에서 살짝 핏기가 가셨다.

교통 매너 준수를 위한 캠페인의 일환으로 현재 시민들 사이에서 인기몰이를 하는 가오가 직접 나서서 CM을 제작하는 중이었는데, 완벽주의에 나르시시스트인 성격 탓에 좀처럼 오케이 사인이 나오지 않았다. 교통 정체가 제일 심한 시간대를 골라 홍보부와 외주제작회사의 스태프들이 오후 4시부터 계속 촬영 중임에도 도통 끝이 나지 않고 점점 해는 저물어갔다. 이번 주말에 TV 방영을 시작하기로 했는데, 이대로는 편집도 다 끝내지 못할 것 같았다.

촬영에 동원되어 촬영 현장의 주변 통행인들의 정리를 맡은 데다, 가오에게 조명을 비춰주기 위해 반사판까지 계속 들고 있어야 했던 교통경찰 류화렌(26)은 녹초가 되어 터져 나오는 하품을 참느라 고생 중이었다.

잘생긴 얼굴에 명랑하게 말을 걸어주는 성격 때문에 가오는 여성 경관들에게 절대적인 인기를 자랑했다. 처음 이 역을 맡았을 때에는 화렌도 이게 웬 복이냐 하며 뛰는 가슴을 주체할 수 없었다. 하지만 계속 같이 있다 보니 서서히 의구심이 솟아올랐다. 분명 잘생겼고 언변도 좋으며 집안도 좋고 공부도 잘했겠지만, 어쩌면 이 남자는 사실 아무 생각 없이 그저 남들의 관심을 끌고 싶은 멍청이가 아닐까. 촬영 내내 반사판을 들며, 화렌은 부서로 복귀했을 때 동료들에게 뭐라고 보고할지 고민했다. 불법 주차나 수상한 차량을 발견하는 능력은 단속반 제일인 화렌인지라, 수상한 인물을 골라내는 데는 자신이 있었다. 그런 화렌의 육감이 이 상사는 빛 좋은 개살구일지도 모른다고 연신 호소했다.

마찬가지로 옆에서 거울과 빗을 들고 대기하던 동료 린쥥룬(25)도 불만을 터뜨렸다. "대체 언제 끝나려나. 지금 급하게 작성해서 올려야 할 보고서가 산더미 같은데."

"가오 서장님, 저 시계 좀 위험하지 않아?" 화렌은 쥥룬에게 은근슬쩍 운을 띄웠다.

"아, 저거 죽이지. 부럽다. 나도 저런 시계 한번 차봤으면."

부러운 듯 대답하는 쥥룬을 보고 화렌은 기가 막혔다.

"그게 위험하다고. 경찰이 그런 명품 시계를 차고 있으면 어떡해. 게다가 여봐란듯이 클로즈업해서 찍기까지 하고. 대체 서장님은 무슨 생각이래?"

"서장님 집이 잘살잖아. 웬만한 부자 아니고서야 FBI에 연수 유학은 불가능하지. 말단부터 시작한 나는 그런 호사 꿈도 못 꿔."

화렌은 더욱더 어처구니가 없었다. "야, 지금 감탄할 때야? 최근에 사람들이 그런 데 얼마나 민감한데. 인터넷에 글도 많이 올리고. 뇌물 의혹이라도 터지면 어쩌려고 그래."

"화렌, 너 대단하다. 난 그런 건 생각도 못 했는데."

"생각 좀 하고 살아, 그렇게 되면 우리만 죽어나는 거야. 직접 싫은 소리 듣는 건 우리라고."

"그런데 어떻게 하면 저렇게 이가 하얘지? 같은 상하이 물 먹는 거 맞아?"

"들은 얘기로는 매주 치과에 가서 미백한대."

"돈깨나 들었겠네. 자랑하고 싶을 법도 하겠어."

두 경관이 수군거리는데, 가오가 "음" 하고 다시 한번 신음을 흘렸다.

"뭔가 평범해. 임팩트가 없어."

촬영 스태프가 진저리난다는 표정을 지었다. 애초에 초기 계획은 경찰서의 서장실에 앉아 있는 가오의 모습을 촬영하는 것이었지만, '임팩트가 없다'고 트집을 잡는 바람에 갑자기 밖으로 나와 거리에서 찍게 된 것이다. 이미 5테이크를 찍었는데, 그때마다 머리 손질에 이를 체크하는 데 시간을 들이고 있었다.

"뭔가, 한 번만 봐도 시민들의 눈길을 사로잡는 그런 걸 원하는데. 그래, 예를 들면……." 팔짱을 끼고 생각에 잠겨 있던 가오는 뭔가 떠오른 듯 낯빛이 확 밝아졌다. "그래, 비둘기 어때?"

주변 스태프들이 동시에 되물었다. "비둘기요?"

화롄과 쥥룬 역시 마찬가지였다.

"뭐? 지금 내가 잘못 들은 거 아니지?"

"방금 비둘기라고 했지?"

두 사람은 의아스레 서로를 마주 봤다.

하지만 주변의 얼어붙은 분위기와 상관없이 아이디어를 낸 가오는 흥분한 어조로 말을 이었다. "그래, 비둘기야. 새하얀 비둘기. 내가 이렇게 똑바로 걸어가면 그 뒤에서 하얀 비둘기가 푸드득 하늘로 날아오르는 거야. 너무 좋다. 영상미에 임팩트까지. 이걸로 시민들의 시선도 사로잡을 수 있을 거야."

"비둘기."

스태프들과 화렌, 쥥룬은 다 함께 말문이 막혔다.

가오는 손가락을 탁 튕기며 말했다. "그래, 그걸로 가자. 비둘기 좀 구해와. 한번은 해보고 싶었어. 비둘기를 배경으로 등장하는 거."

"……오우삼이냐." 화렌은 혼잣말처럼 중얼거렸다.

"아, 거기 자네들. 시장에 가서 비둘기 좀 구해오게. 서너 마리면 돼." 가오는 신이 나서 지갑을 꺼내더니 화렌과 쥥룬에게 손짓했다.

"서, 서장님." 화렌은 저도 모르게 말을 더듬었지만, 이내 진심으로 호소했다. "비둘기는 위험합니다. 요즘은 조류인플루엔자도 있고, 보건국에서 가금류를 시가지에서 방출하는 허가를 내주지는 않을 거예요."

"그래? 비둘기가 안 된다고?" 가오는 눈을 동그랗게 뜨며 물었다.

이 자식, 역시 멍청이네. 화렌은 속으로 내뱉었다. 촬영이 끝난 뒤 동료에게 보고할 내용은 점점 험한 말들로 바뀌어갔다.

"하긴, 조류인플루엔자면 뭐. 아쉽네. 이런 기회 잘 없으니까 꼭

시도해보고 싶었는데. 또 뭐 없을까? 개나 말은 어때? 미국이면 말도 있을 텐데."

"지금 영상도 충분히 훌륭한 것 같은데요." 지친 표정의 스태프가 조심스럽지만 강력한 의지를 담아 제안했다.

"그런가……." 가오는 회의적으로 반응했다. 비둘기에 미련이 남는 모양이었다.

"네. 가오 서장님이 화면에 등장하는 것만으로도 어마어마한 아우라와 임팩트가 발생하니까요, 심플하게 서장님만 비춰야 여성 팬들도 기뻐할 겁니다." 화렌도 열심히 설득했다.

영 싫지는 않은지 가오는 돌아보며 대꾸했다. "그런가?"

"그럼요."

가오 이외의 모든 사람이 힘주어 고개를 끄덕였다.

"좋아." 가오도 힘주어 고개를 끄덕였다. 모두가 안도하려던 찰나 그는 가슴을 펴고 선언했다. "그럼 마지막으로 한 번 더. 이번에야말로 완벽하게 연기하겠어."

가오를 제외한 모두가 힘없이 고개를 떨궜다.

"아무리 생각해도 아까는 너무 친근한 인상이었어. 역시 이 장면에서는 엄격하고 단호하게 말해야 해. 상하이 룰, 이라고."

스태프들은 무거운 걸음으로 이리저리 흩어졌다.

가오는 쥥룬에게 다가오더니 머리를 다시 손질하기 시작했다. 쥥룬은 싫은 내색 없이 거울을 들어 비추었고, 화렌도 의미가 있는지 없는지는 모르겠지만 반사판을 들었다.

"음……." 거울로 머리 모양을 살피며 가오는 다시 생각에 잠겼다. "그래. 자네들도 같이 찍는 게 어때?"

또 다른 아이디어가 떠올랐는지 고개를 홱 들고 화렌과 쥥룬을 번갈아 바라보았다.

"네?" 두 사람은 이구동성으로 되물었다.

"아니, 영화에 자주 나오잖아. 일직선으로 늘어선 수사관들이 정면으로 걸어가는 장면. 어때? 그것도 해보고 싶었거든. 내가 앞장서 걸어갈 테니까, 자네들은 조금 물러서서 양옆에서 나를 보좌하듯 걸어가는 거야. 그래, 이러는 게 다 같이 이 도시를 지키고 있다는 느낌이 물씬 나."

"……오션스 일레븐?" 화렌은 힘없이 웃었다.

그 순간이었다.

"뭐지?"

영문은 모르겠지만 모두가 뒤를 돌아봤다. 뭔가 심상치 않은 기척을 느꼈기 때문이었다. 모두 말없이 의아스레 그쪽을 보았다. 불온한 뭔가가 다가오고 있다. 그런 감각이 모두를 덮쳤고, 주변에 있는 사람들도 걸음을 멈추고 그쪽을 바라보고 있었다.

"뭐지?"

처음에는 멀리서 천둥이 치는 듯 우르릉하는 소리가 났다. 하지만 그 소리는 이내 몸 중심에 울려 퍼지는 중저음이 되었고, 곧이어

어마어마한 뇌성이 되었으며, 종국에는 전투기와 전차가 손에 손잡고 다가오는 듯한 진동으로 바뀌었다.

누구나가 동작을 멈추고 소리의 정체를 알아내려 눈을 부릅떴다. 하지만 소리의 정체를 목격한 사람은 극소수였고, 그 역시 찰나에 지나지 않았다. 엄청난 중량을 가진 쇠와 스피드 덩어리가 돌풍, 아니 혜성처럼 그들의 곁을 스쳐 지나갔다.

하나가 아니었다. 하나, 둘, 셋, 넷……

네 대의 검은 쇠와 스피드 덩어리가 도플러 효과의 굉음을 남긴 채 사람들의 뺨을 때리듯 눈 깜짝할 새에 사라졌다.

목격한 사람조차 자신이 무엇을 보았는지 제대로 파악하지 못했다. 뭔가 울퉁불퉁한 커다란 오토바이였다는 사실도, 잔상 같은 찰나의 실루엣으로밖에 기억하지 못한 것이다. 날마다 상하이의 거친 속도위반 차량을 질리게 봐온 교통경찰 화렌과 쥥룬조차 그 망막에 똑똑히 담지 못했을 정도로 무시무시한 속도로 눈앞을 지나쳐갔기 때문에 두 사람은 눈을 휘둥그레 뜨고 입을 떡 벌린 채 그 자리에 하릴없이 서 있을 뿐이었다.

"뭐." 쥥룬은 입을 뻐금거리며 핏기 없는 얼굴로 화렌을 보았다. "방금 그거, 뭐였어?"

"거짓말이지? 진짜 인도를, 에이, 설마."

모두가 꿈에서 막 깬 사람처럼 서로를 마주 보았다. 그것이 지나쳤다는 증거는 아무것도 없어서 헛것을 보았나 싶을 정도였다. 하지만 제일 먼저 꿈에서 깬 인물이 있었다.

가오 칭제였다.

그는 순간 말문이 막힌 듯했지만 이내 눈을 부릅뜨더니 시뻘게진 얼굴로 부들부들 떨기 시작했다.

"저 자식들이……."

나지막이 으르렁거리는 그 목소리는 그때까지 천진난만하게 비둘기를 사 오라며 보채던 남자의 것이 아니었다. 뒤에서는 하얀 이의 선전탑이라 수군거렸지만, 그의 직무 능력은 역시 우수했다. 동체 시력 역시 두 신입 교통경찰들에 비할 바가 아니었다.

그의 눈은 지나친 네 대의 오토바이가 불법으로 개조되었다는 사실, 그리고 전부터 주시하던 도레미파피자와 스시 구이네이의 배달 차량임을 정확히 간파했다. 비둘기를 날리고 싶다는 발언이 괜히 나온 것이 아니었다.

"당장 서로 복귀한다." 가오는 스태프들을 향해 외쳤다. "철수다, 철수. 이 근방 CCTV 영상을 모두 확인해서 방금 지나간 바이크 네 대를 특정한다. 지금 당장."

"네!"

말이 끝나기가 무섭게 가오는 선두에 서서 달려 나갔다. 화렌과 쥥룬, 스태프들도 황급히 그 뒤를 따랐다. 모두가 나란히 달려가는 모습은 마치 액션 영화의 한 장면 같았다.

"……춤추는 대수사선?"

반사판을 안고 달리면서 화렌은 저도 모르게 예전에 보았던 일본 드라마의 제목을 읊고 있었다.

16

동물원이 닫는 시간은 5시 반이다.

관람객의 기척이 사라지고, 해가 저물어 텅 빈 원내. 관객이 떠난 뒤의 극장 같은 분위기가 감돌며, 동물들도 '무대' 모드에서 '분장실' 모드가 된다. 오늘 무대는 막을 내린 것이다.

판다 사육장 안쪽 깊숙한 곳. 판다들은 이미 거주동으로 이동한 터라 주변은 정적에 휩싸여 있었다. 낮 영업시간에는 다 같이 넓은 우리에 있지만, 거주동은 저마다 별실에서 생활했다. 하지만 가장 안쪽 방에서 누워 있는 강강은 물론 말똥말똥 깨어 있었다.

체력을 비축하기 위해 영업시간에도 최대한 눈을 붙이려 했지만, 오늘 밤 계획을 생각하면 절로 정신이 맑아져서 좀처럼 쉴 수가 없었던 게 안타까웠다. 하지만 밤샘 활동에 대비할 수 있도록 평소보다 든든하게 식사하는 건 잊지 않았다.

오늘 밤이야말로. 앞으로 다가올 미래를 생각하니 흥분과 긴장이 온몸을 타고 흘렀다.

강강은 저도 모르게 한시를 읊었다. 참고로 6세기의 시인, 설도

형薛道衡이 지은 시였다.

인일사귀 人日思歸

입춘재칠일 入春纔七日
이가이이년 離家已二年
인귀락안후 人歸落雁後
사발재화전 思發在花前

정월 초이렛날에 고향을 그리며

봄에 접어들어 겨우 7일
집 떠난 지 벌써 어언 2년
사람이 돌아가는 건 기러기 내려앉은 뒤려니
꽃 피기 전부터 고향 생각나네

(뜻풀이: 새해가 시작되고 일곱 날밖에 지나지 않은 초봄이다. 고향을 떠난 지도 어언 2년. 내가 돌아가는 건 북쪽으로 돌아가는 기러기 떼보다 나중이 되겠지. 고향을 그리는 이 마음은 봄꽃보다 일찍 내 마음에 움 틔우고 있다.)

나는 무슨 수를 써서든 고향으로 돌아갈 것이다!

이런 비좁은 우리 속에서 코흘리개들의 구경거리가 되어 일생을 마칠쏘냐!

강강은 흥분으로 전율하며 서서히 몸을 일으켰다. 그리고 자연스럽게 자세를 바꾸는 시늉을 하며 입구 쪽으로 슬며시 이동했다. 몰래 복도를 들여다보았지만 인적 없이 조용했다. 방금 영업을 마치고 돌아온 참이고, 오늘은 사육사들도 많이 없고 신참들만 보였다. 웨이가 없다는 사실만으로도 강강에게는 유리한 상황이었다. 정신적으로도 한시름 덜어서 편해졌다. 슬그머니 천장을 올려다보며 CCTV 위치를 확인했다. 개별실 안에도 하나 달려 있었고, 복도에는 두 개가 달려 있었다. 상당히 긴 복도였지만, 평소 관찰한 바로는 이 두 개로 전부를 커버하고 있었다. 지난 몇 달 동안 아침저녁으로 드나들 때마다 이리저리 움직이며 사각이 없는지 알아봤지만 역시 사각은 없는 모양이었다.

하지만 강강은 그 와중에 다른 사실을 알아챘다. 이 복도의 천장 중앙에는 일렬로 전등이 달려 있었다. 외부에서 빛이 들어오지 않아 어두운 복도라 종일 전등을 켜두었는데, 그 때문에 자주 전구가 나갔다. 그럴 경우 복도는 컴컴해지고, 위치에 따라서는 우리 내부가 잘 보이지 않게 되는 것 같았다.

좋아.

강강은 자다가 뒤척거리는 척 다시 자세를 바꾼 뒤 구석 벽과 안

145

쪽으로 움푹 들어간 공간 사이에 있는 틈으로 슬며시 앞다리를 뻗었다. 그곳에는 식사 때 입에 숨겨서 가져온 대나무로 만든 꼬챙이 여러 개가 있었다. 자연스러운 동작으로 그 꼬챙이를 꺼내 입에 물고 다시 돌아서 입구로 이동했다.

평소부터 잠버릇이 나빠서 잘 때 자주 뒤척거리는 판다로 보이도록 갖은 수를 써왔기 때문에, 개별실에 달린 카메라를 보아도 강강이 수상하다 여기는 사람은 없을 것이다.

연습은 실전처럼, 실전은 연습처럼.

속으로 중얼거리며 천장을 올려다보며 강강의 우리 앞에 있는 전구를 노려 대나무 꼬챙이를 힘차게 날렸다. 꼬챙이가 명중하자 전구는 파지직 소리와 함께 부서졌고, 그 주변만 어두워졌다.

좋았어, 연습했던 대로군. 강강은 흡족하게 고개를 끄덕였다. 강강의 방 앞 복도가 어두워지면서 방 안도 어두워져서, 그가 방에 있는지 없는지도 알아보기 힘들어졌을 터다. 강강은 입에 꼬챙이를 물고 출입문 자물쇠를 찔렀다. 바깥쪽 문에 비해 출입이 잦은 이곳은 그다지 복잡한 자물쇠를 쓰지 않았다.

예전에는 더욱 간단한 빗장식이었지만, 강강이 바로 열고 도주한 뒤부터는 자물쇠를 채워놓게 되었다. 하지만 강강은 그것이 열쇠 구멍에 열쇠를 넣고 돌리기만 하면 열리는, 보안성이 취약한 자물쇠라는 걸 잘 알고 있었다.

흥. 최소한 두 개는 채워놓든지. 방범의 기본도 모르는군.

사실 강강은 평소부터 전구가 나갔을 때를 노려 여러 차례 실험한 끝에, 이곳의 자물쇠를 열 수 있다는 사실을 확인한 바 있었다. 강강은 익숙한 동작으로 입에 문 대나무 꼬챙이를 자물쇠의 열쇠 구멍에 넣고 턱을 기울여 돌렸다. 자물쇠가 찰칵 소리와 함께 열린 걸 보고 위아래로 흔들자 툭 소리와 함께 바닥에 떨어졌다.

좋아, 이 역시 연습한 대로야.

문을 밀며 조용히 복도로 나간 강강은 그대로 소리 없이 복도를 빠져나왔다. 다른 우리에서는 피로에 찌든 젊은 판다들이 축 늘어져 쿨쿨 잠들어 있었다. 강강이 복도를 지나는 것도 알아채지 못한 듯했다.

잘 있거라. 너희는 아직 젊다. 너희 세대의 라이프스타일은 나와 다르지. 아이돌의 인생을 살거라.

마음속으로 작별을 고하며 강강은 거주동과 영업장을 잇는 통로로 나왔다. 이곳에 달린 CCTV는 하나. 하나라는 건 사각이 있다는 뜻이다. 강강은 재빨리 CCTV 아래 벽에 착 달라붙었다. 머리 위에 달린 카메라는 거주동의 복도 출입구를 비추고 있었다.

좋아, 여기에 가만히 있으면 들킬 일은 없겠지.

강강은 살짝 긴장을 풀고 앉아서 생각에 잠겼다. 한밤중에 이곳을 나갈지, 아니면 문단속이 끝나면 비로 나갈지가 가장 고민되는 점이었다. 냉정하게 생각하면 모두 잠든 다음에 빠져나가는 게 좋을지도 모른다. 무엇보다 문제는 밖으로 나간 뒤의 일이었다. 이 동물원이 상하이 도심부에서 떨어진 교외에 있다는 사실은 알고 있었다. 사육사의 이야기를 엿들은 바에 따르면 한밤중에는 행인들도 거의 없다고 했다. 일단 밖으로 나갈 거면 한밤중에 움직이는 게 압도적으로 유리했다. 하지만 한밤중에는 순찰이 있다. 순찰을 돌면 강강의 탈주는 금방 들킬 테고, 몸이 좋지 않다고는 하지만 웨이잉더도 바로 달려올 것이다. 그 시점에는 조금이라도 동물원에서 떨어진 곳에 있어야 한다.

무엇보다 나갈 수 있는 도구들이 지척에 있는데, 더는 우리 안에 가만히 있고 싶지 않았다. 오랫동안 꿈에서까지 보았던, 탈출을 위한 조건들이 눈앞에 갖춰진 걸 알면서도 한밤중까지 기다리는 건 고문이었다.

여기까지는 순조로웠다. 이대로 가자. 강강은 나지막이 한숨을 쉰 다음 살그머니 영업장 쪽으로 걸음을 옮겼다. 조용하다. 아무도 없다. 강강은 영업장으로 다가가서 쌓여 있는 대나무 더미를 보았다. 그가 숨겨둔 청소도구의 자루가 보였다. 강강은 쳇, 혀를 찼다. 최대한 문 근처에 두었다고 생각했는데 역시 조금 거리가 있었다. 숨을 크게 들이마셨다가 다시 천천히 뱉은 후 몸을 낮췄다.

고양이를 키우는 독자들이라면 아시겠지만, 고양이는 몸이 아주 유연하다. 게다가 대부분이 털과 가죽이라 실질적인 몸 부분은 생각보다 가늘다. 몸을 쭉 뻗어 비좁은 담 밑이나 문 밑을 매끄럽게 빠져나가는 모습을 목격한 적이 있을 것이다. 평소에 앉아 있을 때

판다의 몸은 녹은 떡처럼 아래쪽으로 갈수록 퍼지는 형태지만, 실은 몸이 유연해서 의외로 좁은 공간을 쉽게 빠져나갈 수 있다. 특히 강강은 민첩하게 움직일 수 있도록 늘 근력 유지와 다이어트에 주의를 기울였기 때문에 험상궂은 외모와 달리 놀라운 신체 능력을 자랑했다.

강강은 자세를 낮추어 영업장 출입문에 몸을 밀어 넣었다. 이곳의 문은 격자가 들어간 철문이었는데 문과 바닥 사이에 20센티미터쯤 틈이 있었다. 강강은 그 틈으로 앞다리를 넣어 어깨가 걸릴 때까지 넣었다. 손톱으로 대나무 밑에 숨겨둔 청소도구를 잡아서 조심스레 빼냈다. 도중에 한 번 자루를 놓쳐서 가슴이 철렁했지만, 다시 앞다리를 쭉 뻗어 무사히 청소도구를 입수했다.

됐다! 안도감과 흥분에 휩싸였다. 조바심 내지 마.

이건 첫 관문에 지나지 않는다. 아직 갈 길이 멀다.

강강은 마음을 다잡고 드디어 밖으로 나가는 문 앞에 섰다. 이 시간의 영업장은 이미 불을 꺼두기 때문에 주변이 어두워서 다소 소리를 내도 들킬 위험은 없었다. 그래도 그 장면을 확인할 때까지는 불안해서 견딜 수 없었다. 누가 그 양동이를 치우기라도 했으면. 하지만 문 근처에 그 '작은 인간'이 놓아둔 양동이는 그대로 있었다.

고맙다, 작은 인간아. 강강은 소동물을 닮은 사육사의 얼굴을 떠올렸다. 웨이잉더를 제외한 다른 사육사들의 이름은 끝내 외우지 못했지만, 양해해주겠지.

이 문의 잠금장치는 자물쇠가 아니라 문과 일체형이었다. 강강은 청소도구의 자루를 문틈으로 넣고 양동이를 향해 쭉 뻗었다. 천천히 양동이의 손잡이 사이로 자루를 통과시켰다. 조심스레 자세를 바꿔 양동이를 열쇠를 걸어놓은 벽 쪽으로 밀었다. 지렛대의 원리를 따라 청소도구를 내리자 양동이가 허공으로 들려 올라갔고, 벽에 걸린 열쇠가 양동이 안쪽에 부딪히는 짤랑 소리가 났다.

음, 저 언저리였군.

강강은 신중하게 양동이를 더 들어 올렸다. 그러자 후크에 걸려 있던 열쇠가 허공에 떠올랐다가 양동이 안으로 떨어졌다.

爽(슈앙)! (신이 나는구나.)

쾌재를 부르며 강강은 안도의 한숨을 내쉬었다. 아직 자루를 내려놓을 수는 없었다. 지금부터가 제일 위태로운 과정이다. 자루를 더욱 높이 올렸다. 그러자 양동이 손잡이가 자루를 타고 문 쪽으로 미끄러져 내려왔다. 양동이가 쿵 하고 문에 부딪혔다.

좋았어, 안에 열쇠가 들어 있다.

강강은 양동이를 천천히 바닥에 내려놓았다. 자루를 빼고 앞다리를 뻗어 밖에 있는 양동이 안에 넣어 힘차게 기울였다. 양동이 안에서 튀어나온 열쇠가 문 밑을 지나 안으로 들어왔다.

좋았어, 계획대로야.

가슴을 쓸어내리며 강강은 열쇠를 회수한 다음 다시 청소도구 자루를 이용해 양동이를 제자리로 돌려놓았다. 이러면 그냥 봐서는 무슨 일이 있었는지 모르겠지.

이것이 자유로 가는 열쇠인가!

강강은 입에 문 꼬챙이를 떨리는 앞다리로 들고 열쇠를 집은 뒤 격자 사이로 신중하게 꺼내, 문에 달린 열쇠 구멍에 힘겹게 넣었다. 역시 긴장했는지 꼬챙이가 덜덜 떨려서 좀처럼 잠금장치를 열 수 없었다.

젠장, 진정해! 쿨다운, 쿨다운!

자신을 질타하고 격려하며 분투한 지 수십 분. 영원과도 같은 긴 시간이 흐른 것 같았지만, 실제로는 20분쯤 지났으리라. 찰칵, 밝고 경쾌한 소리를 내며 잠금장치가 열렸다.

인일사귀人日思歸!

햇살 한 줄기가 눈앞을 비추는 듯한 상쾌함.

강강은 잠시 감개에 젖었지만, 이내 그럴 여유가 없음을 깨닫고 정신을 차렸다. 살며시 익숙한 영업장의 풍경을 돌아보고 그는 홀로 그곳을 나섰다. 이제 뒤돌아보지 않겠다. 강강은 통로를 나왔다.

오오, 사바세계의 바람이다. 밤의 내음이 나는 바람이군.

순간 그 바람의 냄새를 맡으며 자세를 낮추고 바로 어둠 속으로 숨어들었다. 블루 시트를 덮어둔 통로 속으로 재빨리 숨어들었다.

하늘이 나를 돕는군. 역시 오늘은 운명의 날이었어.

강강은 조용히 통로 끝까지 간 후 근처에 있는 진달래 화단 그늘에 몸을 숨겼다. 동물원은 수풀만 울창할 뿐 인기척이 전혀 없었다.

주변은 이미 어두워져서 고요했다. 워낙 부지가 넓어서 순찰을 돌지 않는 곳도 부지기수였다. 숲을 따라 지나가면 외부와 연결된 구석까지 가는 건 그리 어렵지 않을 것 같았다. 하지만 강강은 만반의 주의를 기울여 자재와 함께 놓여 있던, 가로세로 5미터쯤 되는 블루 시트를 벗겨내 뒤집어썼다.

자신의 흑백무늬가 눈길을 끄는 건 잘 알고 있었다. 선조들은 설산에서 보호색으로 이 투톤 컬러를 선택했을지도 모르지만, 이런 도시에서는 경찰차만큼 눈에 띄는 무늬였다. 이 시트를 뒤집어쓰고 있으면, 가만히 있는 한 공사 자재를 쌓아둔 것처럼 보이겠지.

강강은 시트 끝자락을 입에 물고 조심스레 이동하기 시작했다. 움직이다 멈춰 서고, 다시 움직이다 멈춰 섰다. 그렇게 사람이 없는 동물원을 은밀하게 이동하길 얼마간, 외부와의 경계인 높다란 담이 모습을 드러냈다.

자, 이다음부터가 중대한 관문이다. 담 가까이 있는 여러 그루의 훤칠한 버드나무 그늘에 웅크렸다. 물론 블루 시트를 뒤집어쓴 채로. 튼튼한 철책 너머에 자유가 있다.

귀를 찌르는 자동차 경적 소리. 음, 아직 교통량이 많군. 행인들도 꽤 많았다. 퇴근 시간인 모양이다.

자, 이제 어쩌지.

블루 시트 아래에서, 완두콩 모양의 검은 무늬 속 눈빛이 날카롭게 바깥을 바라보았다.

17

자.

다소 급작스럽지만 여기서 며칠 전 비운의 죽음을 맞이해 많은 사람들을 호텔 청룡반점으로 모이게 한 필립 크레이븐의 반려동물 다리오의 이야기를 해볼까 한다.

청룡반점의 저녁 만찬으로 제공된 다리오는, 어느새 정신을 차려 보니 상하이 교외의 거대한 영화 세트장 위에 둥실둥실 떠 있었다. 왕탕위안의 실력이 뛰어나서인지, 그는 방금 전까지 호텔 주방에서 맛있는 냄새를 맡고 있었는데, 어찌된 일일까 하고 의아하게 여긴 정도지 자신이 이미 죽었다는 사실은 모르고 있었다. 하지만 낮은 지면이나 바닥 위를 쪼르르 뛰어다녔던 평소와 달리, 지금까지 본 적이 없는 드넓은 풍경을 내려다보고 있는 지금 상황이 당혹스러웠다. 카키색 군복 차림의 수많은 사람들이 정렬해서 뭔가를 바라보고 있었다. 그 시선이 향하는 곳에는 슬픔에 젖은 얼굴의 낯익은 남자가 있었다.

오오, 저 사람은 나의 주인 필립 크레이븐이 아닌가.

다리오는 둥실둥실 허공을 헤엄쳐 남자에게로 다가갔다. 평소처럼 쓰다듬어달라는 뜻이었지만, 어찌된 영문인지 바닥에서 2미터 밑으로 내려갈 수가 없었다. 과거에는 바닥에서 30센티미터 위로는 갈 수 없었는데, 어째서인지 지금은 반대의 상황이었다.

다리오는 당황스러웠지만 일단 주인을 향해 꼬리를 흔들어봤다. 하지만 주인은 전혀 다리오를 알아채지 못하고 고개를 묻고 탄식할 뿐이었다.

대체 무슨 일이 일어난 거지.

주인 뒤에 늘어선 침통한 낯의 남녀를 보았다. 시뻘건 얼굴로 화를 내는 거한은 다리오도 낯이 익었다. 늘 말다툼을 벌이는 주인의 지인이다. 그 옆의 작고 통통한 남자도 아는 사람이다. 주인의 소꿉친구다. 그러면 알아줄 것 같아서 그의 머리 위로 갔다. 하지만 그 역시 고개를 떨군 채 한숨을 내쉴 뿐 다리오에게 눈길도 주지 않았다.

그 옆에는 동양인 남녀가 있었다. 순간 다리오는 여자의 얼굴을 어디선가 본 것 같았다. 과거, 어느 먼 나라에서 이 여자와 마주한 적이 있는 것 같은 기분이 들었다. 그렇게 생각한 순간 멈칫하며 위를 올려다보는 여자의 모습에 다리오는 화들짝 놀랐다.

여자와 눈이 맞았다. 이 여자에게는 내가 보이는 거다.

그 사실을 알아챈 다리오는 그녀의 머리 위로 가서 꼬리를 흔들거나 고개를 갸웃하며 어떻게든 커뮤니케이션을 하려고 시도했다. 그녀는 그런 다리오를 물끄러미 바라보다가 애처롭다는 듯 고개를 저었다.

그때 다리오는 자신이 이제 주인과 같은 세상에 있는 게 아닐지도 모른다는 생각을 어렴풋이 하기 시작했다. 이 여자가 특별한 것일 뿐, 다른 인간들은 자신을 이제 보지 못하는 것이다. 그런 생각을 하자 주인이 무엇을 저렇게 슬퍼하는지 조금씩 알 것 같았다.

아아, 이제 주인과 만나지 못하는 것이다. 늘 함께했던 주인과의 생활은 다시 돌아오지 않는 것이다. 슬프다는 감정은 없었지만, 다리오의 마음속에 허무함과 무상함에 가까운 뭔가가 감돌았던 건 분명했다.

주인님, 슬퍼 말아요. 나는 거기에 없어요. 이렇게 천 개의 바람이 되었죠.

어디선가 들어본 대사라고 생각했지만, 다리오는 그렇게 말을 걸었다. 하지만 역시 주인은 원통하게 울부짖을 뿐 전혀 다리오의 존재를 알아채지 못했다. 동양인 여자를 돌아봤지만 여자는 다시 그를 향해 고개를 저었다.

안 돼. 네 주인님은 너를 보지 못한단다.

그런 목소리를 들은 것 같았다. 하지만 앞으로 이런 꼴로 어떻게 살아야(살아 있지는 않았지만) 할까. 역시 주인에게서 떨어질 수는 없었다. 슬퍼하는 주인의 모습에 곤혹스러워하면서도 다리오는 그 머리 위를 둥둥 떠다닐 수밖에 없었다. 순간, 하늘을 날던 까마귀가 다리오를 보고 화들짝 놀라 위협하듯 울어댔다. 다리오도 방어 자세를 취했다. 까마귀는 수상쩍은 눈빛으로 그를 보았지만, 이내 멀리 날아갔다. 아무래도 동물들은 그를 인식할 수 있는 모양이었다.

주인은 거한과 통통한 남자의 부축을 받아 비틀거리며 소형 버스에 올라탔다. 동양인 남녀도 뒤를 따랐다. 다리오도 타려고 했지만 눈앞에서 문이 닫혔다. 하는 수 없이 버스 위에 탔다. 이렇게 다리오도 주인과 함께 청룡반점으로 돌아온 것이다.

방에 틀어박힌 주인을 차마 볼 수 없어서, 다리오는 허공에 떠서 호텔을 산책했다. 문만 열려 있으면 어디든 들어갈 수 있었다. 분주하게 움직이는 직원들과 쉴 새 없이 몰려오는 손님들을 다리오는 흥미진진하게 관찰했다. 문득 작은 남자아이가 빤히 이쪽을 보고 있다는 사실을 알아챘다. 그는 분명 다리오를 보고 있었다.

"엄마, 저거 뭐야? 작은 악어가 허공에 떠 있어."

아이는 옆에 있는 통통한 여자의 옷자락을 잡아당겼지만, 여자는 호텔의 기념품을 고르는 데 정신이 팔려서 "이상한 소리하지 마"라고 쌀쌀맞게 대꾸하고는 아들 쪽은 쳐다보지도 않았다.

다리오는 허공에 떠서 아이의 머리 위를 한 바퀴 돌았다. 아이는 입을 떡 벌리고 그를 보았지만, 이내 엄마에게 이끌려 사라졌다.

오호, 그 여자 말고도 나를 볼 수 있는 인간이 있는 것이다. 수는 적은 것 같지만.

허공에 뜬 다리오는 자석에 끌려가듯 맛있는 냄새가 나는 주방으로 향했다. 지금은 위에서 보고 있었지만, 눈에 익은 풍경이었다. 아무래도 여기서 무슨 일이 일어난 모양이다. 여기서 어떤 남자와 마주친 기억이 어렴풋이 났다. 커다란 식칼을 눈에 보이지 않는 속도로 휘두르며 주변 스태프들에게 큰 소리로 지시하던 젊고 강인한 남자.

다리오는 주방을 나와 호텔 복도를 정처 없이 떠다녔다. 어디로 가지. 순간 살금살금 복도를 걸어가는 남자의 모습이 눈에 들어왔다. 왠지 마음에 걸려 남자를 따라가봤다. 주변을 살피며 방에 들어가는 남자. 다리오도 따라서 들어갔다.

남자는 방 안을 뒤지고 있었다. 뭔가를 찾는 것 같았지만, 인기척을 느꼈는지 후다닥 방에서 나갔다. 그대로 방에 있던 다리오 앞에 낯선 남자가 나타났다. 섰다가 일어났다 주변을 두리번거리던 남자는 갑자기 걸음을 멈추고 실내 기척을 살폈다. 다리오는 혹시나 제 모습이 보이는 건가 싶었지만 그건 아닌 모양이었다. 남자는 성큼성큼 벽 앞에 놓인 캐비닛으로 다가가 열쇠를 꺼내 안에서 작은 주머니를 꺼냈다.

앗. 뭔가가 다리오의 기억을 자극했다. 저 주머니도 어디선가 본 기억이 난다. 어디서 봤더라.

다리오는 다시 남자의 머리 위를 빙글빙글 돌며 기억을 되짚어봤다. 남자는 책상 앞에 앉더니 주머니에서 작은 도장을 꺼냈다.

흐음, 이런 게 들어 있었던 건가.

남자와 함께 자세히 도장을 들여다봤다. 눈길을 잡아끄는 고운 빛깔의 작은 돌. 매력적인 물건임엔 틀림없었다. 남자가 도장을 도로 집어넣고 가슴 주머니에 넣는 순간 떠올랐다. 그래, 저걸 본 건 오래전 바다 냄새가 나는 선착장 어딘가에서였다.

다리오는 어스름한 곳에 있었다.

우리 속이었다. 주변에서 개인지 고양이인지 모를 동물이 신경질적으로 낑낑거리는 소리가 들렸다. 다리오는 몸을 웅크린 채 가만히 있었다.

"미안하다, 조금만 참아. 도착하면 바로 다시 보자. 좁은 데 갇혀서 힘들겠지만, 조금만 참아주렴." 주인이 몇 번이나 쓰다듬으며 말해주었다.

걱정 마세요, 하고 다리오는 대답했다. 물론 주인은 알아듣지 못했겠지만. 수면제를 먹은 다리오는 정신이 혼미해져 있었다. 이제곧 잠들겠지.

못내 아쉬운 듯 떠나가는 주인을 배웅하고 잠에 빠져들려던 찰나였다. 누군가가 들어오는 기척이 났다. 쫓기고 있는지 온몸에서 살기를 내뿜고 있었다. 남자의 살기에 다른 동물들이 날카롭게 반응하며 격한 울음소리를 냈다.

"젠장!" 남자는 혀를 차며 주변을 두리번거렸다.

이내 다리오는 남자의 시선이 자신에게 붙박인 걸 알아챘다. 관찰하듯 뚫어져라 바라보더니, 곧바로 이쪽으로 다가와 우리에 손을 얹었다. 심상치 않은 기운을 느낀 다리오는 입을 벌리고 위협했다. 하지만 이미 잠기운이 온몸에 돌고 있어서 입을 크게 벌릴 수가 없었다.

그때 뭔가가 입 안으로 쑥 들어왔다. 작은 주머니. 안에 딱딱한 뭔가가 들어 있는 듯했다. 남자는 들고 있던 볼펜으로 주머니를 다리오의 목구멍 속으로 찔러 넣었다.

뭐지? 먹이인가? 다리오는 혼란에 빠졌다.

뱉고 싶었지만 수마의 위력은 절대적이었다. 안 돼, 뱉어낼 기력도 없었다. 그대로 다리오는 축 늘어져 잠들었다.

그랬다, 지금 이 인간이 보는 건 그때 수상한 남자가 내 몸속에 집어넣은 주머니다. 요컨대 이 남자는 내 몸에서 저 주머니를 꺼냈다는 건가. 다리오는 허공에 떠서 생각에 잠겼다. 저건 뭐지? 왜 내 몸에 저걸 넣은 거지? 이 남자는 저걸 어쩔 작정이지?

다리오는 호기심이 생겼다. 어째서인지는 모르지만 저 주머니에 든 물건의 행방은 그에게 무척 중요한 일이 될 것 같다는 생각이 들었다.

남자는 자리에서 일어나 방을 나갔다. 물론 다리오도 그 뒤를 따랐다. 남자가 주방으로 복귀하는 것을 본 다리오는 다시 복도를 둥둥 떠다니기 시작했다. 일단 주인에게 돌아갔다가, 나중에 저 남자와 주머니가 어떻게 되었는지 보러 가자. 이 호텔의 구조를 더 자세히 파악해두는 게 좋겠군.

다리오는 허공을 떠다니며 그런 생각을 하는데 갑자기 아래에서 왈왈 하고 새된 울음소리가 났다. 돌아보니 화려한 복장의 소녀에게 안긴 작은 포메라니안이 다리오를 향해 우렁차게 짖고 있었다.

"티파니, 왜 그래?" 소녀가 의아스레 물었지만 개는 앞다리를 들고 다리오 쪽을 향해 짖었다. "쉿, 조용히 해."

소녀가 머리를 쓰다듬자 포메라니안은 마지못해 입을 다물었다.

개는 싫다. 다리오는 어깨를 으쓱한 뒤 그 자리를 떠나 주인의 방이 있는 층으로 이동했다.

이리하여 다리오는 천상의 존재가 되었다. 그야말로 전지적 '신'의 시점을 손에 넣어, '신'의 시점에서 주인을 지켜보게 된 것이다.

18

다리오의 영혼이 애처롭게 호텔 복도를 떠돌고 있다는 사실도 모른 채, 그 주인인 필립 크레이븐은 아직 다리오를 애도하고 있었다. 향냄새가 방 구석구석까지 배어 있었고, 일렁이던 촛불도 거의 꺼지기 직전이었다. 그에게는 지난 며칠 동안의 기억이 없었다.

시뻘건 얼굴로 자신을 노려보던 팀의 표정은 어렴풋이 기억하고 있었고, 존의 수심에 찬 창백한 얼굴도 기억한다. 상하이 교외의 촬영장에서 허술한 무덤 앞에 무릎을 꿇고 있던 것도, 손바닥에 배기던 모래의 감촉도 기억한다. 다리오의 영혼은 이곳에 없다고 생각했던 것도. 다리오는 분명 천 개의 바람이 되었을 것이다. 하지만 그 영상에도 소리는 없었다. 아무것도 들리지 않았다. 대체 얼마나 시간이 흐른 걸까. 눈코 뜰 새 없이 촬영하던 나날들이 너무나도 아득하게 느껴졌다.

아아, 그 순간부터 내 감정은 얼어붙은 것이다. 이제 예전의 순수한 나로는 돌아갈 수 없다. 필립은 어두운 방에 드러누운 채 자기연민에 빠져 있었다. 그래, 그 저주스러운 순간.

환한 레스토랑. 테이블은 만석이었고, 활기찬 분위기에서 연회가 벌어지고 있었다. 차례차례 나오는 요리. 촬영으로 피곤했지만 처음에는 스태프들과 함께 만찬을 즐겼다. 눈앞에 커다란 타원형의 은쟁반이 나타난 장면을 기억한다. 돔 형태의 번쩍거리는 뚜껑으로 덮여 있었고, 그 뚜껑에 필립의 얼굴과 요리를 가져온 요리장의 얼굴이 비쳤다. 그리고 모락모락 피어오르는 김과 함께 뚜껑이 열린 순간. 그 순간의 충격은 지금까지 보았던 어떠한 호러영화, 그가 열렬히 사랑했던 호러영화와도 비견할 수 없을 정도의 파괴력으로 그를 덮쳤다.

아아, 설마 현실에서 이토록 끔찍한 장면이 기다리고 있을 줄이야. 호러영화에 인생을 바친 나에게 신은 왜 이런 시련을 주시는 걸까. 아니면 인생을 바쳤기 때문에 이런 꼴을 당하는 걸까. 필립은 저도 모르게 손을 모아 기도하는 포즈를 취하고 있었다.

날 용서해줘, 다리오.

눈물은 이미 말라붙어 나오지 않았다.

그 사랑스러운 눈동자, 윤기 흐르는 피부, 조용하면서도 장난스러운 움직임. 신이 창조한 섬세하고도 경이로운 팔다리의 생김새. 늘 말없이 곁을 지켰던 다리오는 이제 없다.

그의 머릿속에서는 다리오의 옛 모습이 몽환적인 파스텔컬러의 영상으로 반복해서 상영되고 있었다. 해변을 달리는 다리오. 꽃에 파묻힌 다리오. 토라져서 움직이지 않는 다리오. 발치에서 자신을 올려다보는 다리오. 어째서인지 BGM은 로버타 플랙의 〈킬링 미 소프틀리 위드 히스 송〉이었다.

아아, 왜 다리오의 영상을 더 찍어두지 않았을까! 늘 둘만의 시간을 보내는 데 정신이 팔려서 영상을 찍어둘 생각을 못 한 멍청한 나! 남의 자식을 찍을 시간에(최근에 찍은 건 팀의 딸의 두 살 생일 기념 영상이었다) 내 자식을 찍어뒀어야 하는데(참고로 고딕 호러 풍으로 찍은 탓에 팀의 부인은 화가 머리끝까지 났다). 그랬다면 다리오에게 바치는 추모 다큐멘터리 영화를 제작할 수 있었을 텐데!

오랜만에 후회라는 감정이 솟아올랐다. 필립은 퀭한 눈을 이글이글 불태우며 어둠 속에서 조용히 일어났다.

그래, 추모다! 지금 내가 할 수 있는 일은 그것뿐이다! 멀리 고향을 떠나와 이 상하이에서 다리오는 져버렸다. 이 영화는 다리오에게 바치는 진혼곡이다! 오프닝 크레디트의 비문은 단연코 '사랑하는 다리오의 영혼에 바친다'이다.

땡동땡동, 그때 문밖에서 세차게 벨을 누르는 소리가 났다. 존이 나가는 소리가 들렸다. 곧이어 복수의 남자들이 노성 섞인 목소리로 두다다 쏘아대며 외치는 소리가 들리더니, 거실 쪽이 소란스러워졌다. 무슨 일이 일어난 거지? 드디어 미국 투자자까지 찾아온 건가?

필립은 오랜만에 비틀거리며 일어나 직접 침실 문을 열었다. 순간 그의 눈에 범상치 않은 풍모의 남자가 들어왔다. 정중앙을 기준으로 푸른색과 하얀색 안료로 반씩 칠한 얼굴에, 강시와 좀비 의상을 절반씩 걸친 작지만 다부진 체격의 남자. 이유는 모르겠지만 강렬한 인상의 동양인이었다. 그 양옆에는 액션 감독과 안무가가 있었다.

필립은 눈을 껌뻑거렸다. 눈이 맞자 남자는 매섭게 그를 노려봤다. 팀과 존이 놀라서 필립을 보았다. 방 안에는 구미코와 다다시도 있었다. 촛불과 벽에 비친 그림자가 일렁거리는 모습은 환영 세계 그 자체였다. 필립은 하늘의 계시를 받은 것처럼 그 자리에 우두커니 서서 미동도 하지 않았다.

뭐지, 이 얼굴은. 왜 이 얼굴에 이렇게 마음이 동하는 거지. (그것은 그의 얼굴이 거의 완벽한 좌우대칭을 이루고 있기 때문이었다. 이미 질리게 들은 설명이겠지만.)

퀭한 얼굴의 필립 크레이븐을 보고 루창싱 역시 강렬한 느낌을 받았지만, 그보다 앞서 반응한 것은 벽난로 위에 있는 사진이었다.

국화꽃, 향, 월병과 함께 놓인 동물의 흑백 사진.

창싱은 저도 모르게 방금 들어온 문을 돌아봤다. 아까 분명히 보았다. 복도에서 저 동물을.

　억지로 분장실로 끌려가 억지로 의상을 갈아입고 요상한 분장을 당한 뒤에 다시 안무와 함께 댄스 리허설을 하게 된 창싱은 다시 한 번 필사적으로 나는 영화 출연자가 아니라고 주장했다. 하지만 흥분한 안무가와 액션 감독은 창싱이 단순히 떼를 쓰는 것이라 생각하고, 당신이 꼭 필요하다며 한층 격하게 탄원(협박)을 하는 게 아닌가. 셋이 동시에 제 할 말만 떠들어대니 끝이 나지 않았다. 감독이 부른 풍수사라고 아무리 말해도 귓등으로도 듣지 않는 데다, 안무에 대한 견해차에 다시 불이 붙어 둘이서 언쟁을 시작해, 세 사람은 대체 누가 옳은지 감독에게 가려달라 하기 위해 함께 그를 찾아온 것이다.

　핏대를 세운 세 사람이 복도를 걸어가고 있을 때였다. 창싱이 돌연 걸음을 멈췄다.

　"어?"

　덩달아 걸음을 멈춘 나머지 두 사람도 천장을 올려다보는 창싱을 보고 의아스러운 표정으로 눈을 끔뻑거렸지만 창싱의 눈에 보이는 모습이 그들에게는 보이지 않는 모양이었다. 허공에 둥둥 떠서 천장을 떠도는 기묘한 동물. 다소 윤곽이 흐릿해지기는 했지만, 아마 생전의 모습이리라. 도마뱀과 비슷하지만 그보다는 조금 큰 동물이었다.

으음? 이런 동물이 왜 여기에?

창싱과 눈이 맞았지만, 동물은 그 시선을 피하듯 천장을 따라 어딘가로 사라졌다.

창싱은 사진이 놓인 곳으로 성큼성큼 다가가 찬찬히 영정을 살펴보았다.

틀림없다. 저런 독특한 동물이 상하이의 호텔에 또 있을 리 없다. 아까 본 건 이 사진 속 동물이 분명했다. 그렇다면 아까 그건 이 동물의 영인가. 그런데 이 방은 전체적으로 기운이 너무 나빴다. 공기가 탁하고 정체되어 있고, 뭔가 불온한 기운도 쌓여 있다.

"제트에 스티브까지. 무슨 일이야. 지금 필은 댄스에까지 신경 쏠 여력이 없으니까 알아서 잘 해달라고 했잖아." 갑자기 인구밀도가 높아진 실내에서 존이 액션 감독과 안무가를 번갈아 보며 말했다.

"바로 그 문제 때문이에요." 안무가는 새된 소리로 호소했다. "나는 오랫동안 유행하는 댄스 패러디로 부당한 취급을 받아온 이 댄스를 예술의 영역으로 승화시키고 싶어요!"

"그러니까 그런 영화가 아니라고 했잖아. 개인의 취향을 오락 영화에 강요하면 어쩌자는 거야."

"당신처럼 와이어 타령이나 하는 사람이 뭘 알아!"

"와이어에는 와이어의 역사와 양식미가 있어! 너의 예술적 안무라는 건 그저 전후좌우로 매가리 없이 움직이기밖에 더해!"

"말 다 했어요? 강시와 좀비의 움직임이야말로 양식미의 진수라고요. 세 살 아이도 다 아는 동작을 전통과 혁신을 절충하여 예술로 승화시키는 게 얼마나 어려운 작업인지도 모르는 주제에!"

"그건 그렇고……." 두 사람의 기세에 화낼 기력을 잃은 팀이 어흠, 헛기침을 했다. "이 사람은 누구지? 배우야? 왜 분장을 반씩 한 거지?"

모두 말없이 벽난로 위 다리오의 사진 앞에 선 남자를 보았다.

일렁이는 촛불이 비추는 방은, 지금까지는 할리우드 호러영화의 한 장면이었다가 이제 홍콩 괴기 영화의 한 장면으로 바뀌어가고 있었다.

"음?"

모두의 이목이 자신에게 쏠린 걸 깨닫고 창싱은 주변을 한 바퀴 돌아봤다. 아직 분장을 한 얼굴이라 범상치 않은 박력이 느껴졌다.

"이 중에 존이라는 자가 있나?"

창싱의 물음에 존은 조심스레 손을 들었다.

"동생을 통해 아까 연락했지? 나는 풍수사 루창싱이다."

존은 '앗' 하는 표정을 짓더니 "와주셔서 감사합니다" 하고 창싱의 손을 덥석 잡았다. 하지만 창싱의 행색을 보고 노골적으로 꺼리는 표정이었다.

"혹시 이게 풍수사의 정식 복장인가요?"

"그럴 리가." 창싱은 격하게 고개를 저었다. "이 사람들이 억지로 이런 분장을 시킨 거네. 감독이 불러서 온 풍수사라고 아무리 말해도 들은 척도 안 하지 뭔가."

"아……."

모두가 다시 창싱을 주목했다. 진짜 풍수사를 본 사람이 아무도 없으니 그도 그럴 법했다.

"이 동물은 최근에 죽었나? 묘는 어디에 썼지?"

창싱이 사진을 가리키자 다시 필립은 눈물을 글썽이며 울음을 터뜨렸다.

"으으으, 날 용서해줘, 다리오."

창싱은 시끄럽다는 듯 손사래를 쳤다. "사정은 됐고 묘는 어디에 있지?"

"아, 상하이 교외의 촬영장 내부입니다."

"그렇군."

그렇다면 묏자리를 잘못 썼든지, 촬영 장소와의 위치 관계에 문제가 있는 거겠군.

그러자 존이 퍼뜩 고개를 들었다. "묘? 묘가 뭐 잘못된 겁니까?"

"음. 실제로 가봐야 알겠지만……."

"가자! 돌아가자! 다리오의 묘에. 그리고 혼을 달래달라고 하자."

존이 필립의 어깨를 두드리자, 필립도 수척한 얼굴로 고개를 끄덕였다.

"당신도 봤군요, 다리오의 영혼을."

가까이 있던 동양인 여성이 혼잣말처럼 중얼거리는 걸 창싱은 놓치지 않았다.

"음? 자네는 누구지?"

그 순간, 존은 두 사람의 머리 위에서 번개가 내리치며 불꽃이 튄 것을 분명히 보았다.

잘못 본 건가? 존은 안경을 벗고 눈을 비볐다. 요즈음 촬영 스케줄이 엉망이 된 탓에 거의 잠을 자지 못했다. 그래서 뭔가 헛것이라도 본 건가? 내가 많이 지쳤나 보다. 이 방이 원체 어둡기도 하고. 하지만 존은 헛것을 본 게 아니었다.

그 순간, 루창싱과 아베 구미코, 천 년 역사를 자랑하는 풍수사와 신관의 피의 계보가 아득한 시공을 뛰어넘어 서로에게 반응한 것이다. 창싱과 구미코도 그 사실을 대번에 알아챘다.

서로의 배후에 금색 의상 차림을 한 풍수사의 선조와 하얀 의상을 걸친 신관의 조상신이 강림하는 모습을 똑똑히 목격한 것이다. 두 사람은 한동안 말없이 상대의 역량을 가늠해보았다.

"봤어도 할 수 있는 일이 없었던 게로군. 애초에 자네가 모시는 신은 이 땅에서 할 수 있는 일이 없을 테니. 큭." 창싱은 더 볼 것도 없다는 양 여유에 찬 미소를 흘렸다.

구미코는 검을 뽑아들듯 공격 자세를 취했다. "일본 신도에도 그 정도 능력은 있습니다. 남의 안방이라 자제하는 거죠."

"호오."

두 사람 사이에서 이번에는 분명히 불꽃이 튀었다.

"풍수면 어떻고 신도면 어떻습니까, 일단 다리오의 묘로 가죠."
오즈누 다다시가 황급히 두 사람 사이에 끼어들었다.

구미코가 다다시를 찌릿 노려봤다. "무슨 소리, 그 입 다물어."

구미코의 일갈에 다다시는 놀라 뒷걸음질 쳤다.

"유서 깊은 영능력자, 엔노 오즈누 님을 선조로 둔 사람이 할 소리야? 그 자손이란 사람이 능력을 보여주지 않고 물러설 셈이냐고?"

노려보는 두 사람 옆에서 다다시는 비명과도 같은 소리를 지르며 세차게 고개를 저었다.

"우리 선조님은 평범한 야마부시山伏. 일본 고유의 종교 슈겐도의 수행자라니까요. 그냥 허풍이 좀 셌던 거고요. 제발 부탁이니 종파의 벽을 넘어 서로 사이좋게 지내요."

"전화해서 버스 불러."

"가자."

다다시의 호소는 듣는 둥 마는 둥 모두 분주히 움직이며 다리오의 묘로 가기 위해 바깥으로 일제히 나갔다.

19

미행이 붙었다. 다시 밖으로 나왔을 때 동웨이췬은 그 사실을 똑똑히 자각했다. 물론 돌아보거나 반응을 보이지는 않았다. 미행을 알아챈 티를 내서 좋을 건 없다.

최근에 범상치 않은 기척을 느꼈던 건 착각이 아니었다. 할아버지의 이야기를 들을 때까지는 기분 탓일 거라 생각했지만, 이제는 똑똑히, 지난 며칠 동안 누군가에게 감시당하고 있었다는 사실을 깨달았다. 역시 할아버지의 말은 늘 옳다.

동웨이췬은 살갗을 타고 흐르는 긴장을 느꼈다. 그것도 제법 큰 조직이다. 통솔되어, 훈련받은 조직의 냄새가 났다. 어째서 지금까지 알아채지 못한 걸까. 제 아둔함에 화가 났다. 걸음을 재촉하자 온몸에서 식은땀이 흘러내렸다.

침착해라. 지금까지 뭔가 결정적인 실수를 한 적이 있나? 오늘 모비딕 커피에서는?

반복해서 자신의 행동거지를 반추했다. 내 정보는 전혀 흘리지 않았고, 접촉한 시간도 수초에 불과했다. 겉보기에 수상쩍은 구석은 없었을 터였다. 관광객들이 쉴 새 없이 드나드는 곳이다. 꼬리가 잡힐 만한 실책은 저지르지 않았다. 애초에 자신에게 잠입하기 쉬운 곳이라는 건, 상대방에게도 들킬 염려 없이 감시하기 좋은 곳이라는 걸 뒤늦게 통감했다.

동웨이췬은 구부정한 자세로 쉴 새 없이 걸음을 옮겼다.

할아버지는 그에게 기묘한 지시를 내렸다. 불필요한 설명을 하지 않는 건 여느 때와 마찬가지였지만, 오늘도 단호한 표정으로 동웨이췬이 해야 할 일들을 담담하게 지시한 뒤 복창시키며 확인했다.

─모르는 게 낫다.

동웨이췬이 이유를 물으면 반드시 그 말이 돌아왔다.

─너는 아무것도 모른다. 무슨 일이 생기면, 할아버지에게 부탁받은 일이라 너는 아무것도 모른다고 해라. 알았지?

저를 지키려는 방책임은 알고 있었다. 하지만 이제 나이를 이만큼 먹었으니, 조금은 말해줘도 되지 않을까. 그런 불만이 고개를 쳐들 때도 있었지만, 어쨌든 지금은 발등에 불이 떨어진 상황이니 할아버지가 시킨 일을 수행할 뿐이다. 할아버지의 지시만 따르면 분명 이번에도 빠져나갈 수 있다.

─명심해라, 적을 따돌리면 안 된다. 눈에 띄지 않도록 움직이면서도, 떨구지 말고 반드시 붙이고 와야 한다. 티가 나면 안 돼. 어디까지나 자연스럽게 데려와라. 그리고 네가 접촉한 상대를 적이 분명히 파악하도록 만들어야 한다.

할아버지의 담담한 목소리가 뇌리에 울려 퍼졌다.

동웨이췬은 포켓 속 천주머니 두 개를 꼭 쥐었다. 키가 큰 그는 인파 속에서도 머리 하나만큼 튀어나와 잘 보였다. 적은 그의 큰 키를 주시하며 미행하고 있을 것이다. 몸을 구부리고 사람들의 시선을 피하듯 걷는 시늉을 했다.

저녁나절이면 인산인해를 이루는 상하이 거리에서는 사람을 놓치기 쉬웠다. 그래도 일정한 거리를 두고 누가 따라붙은 걸 알 수 있었다. 뒤통수를 찌르는 바늘 같은 시선을 보아하니 틀림없이 프로였다.

따돌리면 안 된다. 하지만 알아챈 티를 내서도 안 된다. 그 말대로 움직이고 있기는 한데 문제없나?

가끔 할아버지는 불시에 찾아와 동웨이췬이 지시대로 수행하고 있는지 확인하는 경우가 있었다. 아직 그가 10대 소년이던 시절, 할아버지의 '심부름' 도중에 딴 길로 빠지거나, 한눈을 팔면 나중에 꼬치꼬치 그의 행동을 비판하며 호통을 치고는 했다. 미행당하는 상황 때문이기도 하겠지만, 지금도 할아버지가 어디선가 보고 있는 것 같은 기분이 들었다. 동웨이췬은 그런 생각을 하며 쓴웃음을 지었다.

이 나이를 먹고도 할아버지의 손자인 건가.

그가 들어간 곳은 큰길 옆 골목으로 들어가면 나오는, 개인 상점들이 두서없이 입점한 빌딩들이 늘어선 구역이었다. 북적거리는 모퉁이에 개인이 경영하는 도장집이 여러 곳 모여 있었는데, 그 주변에는 무엇을 하고 있는지 알 수 없는 노인들이 삼삼오오 모여 있었다. 동웨이췬은 가장 안쪽, 한 평짜리 노점에서 담배를 태우는 통통한 남자에게 다가갔다.

"동웨이위안의 심부름으로 장서인을 파러 왔습니다."

남자는 표정을 알 수 없는 얼굴을 쓱 들어 동웨이췬의 얼굴을 확인하더니 순간 눈을 번뜩였다. 그리고 그보다 더 짧은 찰나에 주변을 둘러보기까지 한 것 같았다.

"어떤 돌로 하겠나?"

"가져온 걸로 부탁드립니다."

동웨이췬은 주머니에서 천주머니 하나를 꺼내 남자에게 건넸다. 남자는 주머니를 받아들더니 재빨리 안에 든 물건을 꺼냈다. 아무것도 조각되지 않은 만질만질한 돌이었다.

"오케이, 알았다고 전해주게."

"잘 부탁드리겠습니다."

동웨이췬은 꾸벅 고개를 숙인 뒤 재빨리 주변을 둘러보고 빠른 걸음으로 그 자리를 떴다.

동웨이췬이 조부의 시선을 느낀 건 기분 탓이 아니었다. 그런 의미에서 분명히 그는 조부가 기대했던 대로 성장했다 해도 과언은 아니리라. 동웨이췬과 멀찍이 떨어진 곳에서 그를 쫓는 두 남자의 훨씬 뒤에서 동웨이위안은 한시도 떨어지지 않고 그들에게 따라붙고 있었다. 추적자의 수와 그 정체를 알아내기 위해서이기도 했지만, 또 다른 목적도 있었다. 무릇 미행자란 미행 대상을 쫓는 데 정신이 팔려서 자신이 미행당하고 있다는 사실은 알아차리지 못하게 마련이다. 그 뒷모습에서는 미행하는 티가 노골적으로 났다. 건나가 팔을 들어 입에 대는 시늉을 하는 건, 어딘가에 무선으로 보고하기 위해서겠지. 그렇다면 이들은 관에서 나온 이들이라 봐도 무방하리라. 하지만 차림새나 행동거지에서 세련된 느낌이 묻어나오는 걸 보면 중국 당국은 아닌 것 같았다. 그렇다면 미국이나 홍콩. 지리 감각이 있는 걸 보면 홍콩경찰이 아닐까.

노인은 가만히 남자들의 얼굴을 눈에 익혔다. '목소리'와 '호텔'에 대해 어디까지 알고 있는지는 모르겠지만, 동웨이췬에게 두 명이나 미행을 붙인 걸 보면 그 실체에 근접한 것은 분명했다.

동웨이췬이 노점 주인과 이야기하는 게 보였다. 두 미행자는 적당한 거리를 두고 그 모습을 뚫어져라 지켜보고 있었다. 이걸로 밑밥 하나는 던졌다. 노인은 다시 동웨이췬의 뒤를 따라 움직이는 미행자의 뒷모습을 바라보다가 이내 조용히 걸음을 옮겼다.

동웨이췬이 다음으로 향한 곳은 청룽반점이었다.

택시를 탈지 고민했지만, 서두르라는 할아버지의 당부도 있었고, 퇴근길 상하이의 교통 정체는 워낙 악명 높았기에 걸어가기로 했다. 꽤 거리가 있었지만 걷는 게 더 빠를 것 같았다. 의식적으로 걸음을 빨리했다. 미행당하는 상황에 익숙해지니 마음이 차분해지면서 행동거지도 자연스러워졌다. 지금 나는 마음이 급한 상황이다. 할아버지의 심부름을 빨리 끝내고 싶은 마음에 조금 초조해하고 있다. 그렇게 스스로에게 말하며 유연하게 인파를 헤치고 걸었다.

음식점에서 다양한 냄새가 흘러 들어왔다. 자동차 경적 소리와 누군가 다투는 소리가 빌딩 벽에 부딪혀 울려 퍼졌다. 동웨이췬이 걸음을 재촉하자 뒤따라오는 이들도 속도를 올리는 게 느껴졌다. 제법 유능한 추적자였다. 경찰인가? 그런 생각을 할 여유도 생겼다.

인파 너머로 청룡반점의 네온사인이 보였다. 고급 호텔이라는 건 알았지만, 들어가보는 건 처음이었다. 본관이라고 했던가. 가까이 다가가서 보니 상당히 큰 호텔이었다. 사람들이 쉴 새 없이 들어갔다. 뭔가 행사가 있는 모양이었다.

현대미술 페어, 라는 글자가 보였다. 저거다.

호텔로 들어간 동웨이췬은 행사 안내판을 든 여성에게 다가가 장소를 물었다.

"12층 연회장입니다."

고맙다고 말한 뒤 엘리베이터를 탔다. 그를 쫓아온 남자가 그 모습을 보고 순간 당황한 표정을 지었다. 상대방이 탈 때까지 기다려줄까 하는 생각도 들었지만 모르는 척 시치미를 뗐다.

아니, 이 부인들이 있으니 같이 타지는 못하겠군.

엘리베이터 안은 요란하게 꾸민 테다 너나 할 것 없이 풍채 좋은 중년 여성들로 북적거렸는데, 화장품 냄새가 어찌나 독한지 숨이 막혔다. 닫히는 엘리베이터 문틈으로, 어딘가를 향해 달려가는 남자가 보였다. 혹시 계단으로 가려고? 고생이 많군. 하지만 이 향수 냄새를 계속 맡는 것보단 그쪽이 나을지도 모른다. 12층에 도착하여 엘리베이터 문이 열리자 눈부신 빛이 쏟아져 들어와서 동웨이췬은 눈을 깜빡거렸다.

사람, 사람, 사람.

곳곳에서 카메라 플래시가 터졌고, 급사와 손님들이 넘쳐났다. 조각, 그림…… 평소 골동품만 보아온 동웨이췬의 눈에는 신기하게만 비치는 예술품들이 즐비했다.

내 취향은 아니군. 동웨이췬은 순간 우두커니 서서 화려한 복장의 사람들을 바라보았다. 어디 있지?

천천히 몸을 움직여서 삼삼오오 모여 담소를 나누는 사람들 가운데에서 한 남자의 얼굴을 찾았다. 현대미술에는 문외한인 그였지만 유명한 예술가인 마오쩌산의 얼굴은 알고 있었다. 그가 할아버지와 같이 일하는 동료들에게 '빚'을 졌다는 사실도.

커다란 조각이 보였다. 고뇌하는 인간의 모습을 형상화한 듯한 강렬한 터치가 낯익었다. 저게 마오쩌산의 작품이다. 분명 저 근처에 있을 것이다.

이 작품은 레스토랑 입구에는 못 놓겠군. 조각을 올려다보며 주변을 둘러봤다. 저기다!

늘씬한 미녀와 열띤 대화를 나누는 마오쩌산의 모습을 확인했다. 가까이 가려 했지만 손님인 듯한 남자가 다가와 마오쩌산과 사진을 찍기 시작했다.

사진에 찍히는 건 위험하지.

동웨이췬은 카메라의 프레임에 들어가지 않도록 뒷걸음질 쳤다.

마오쩌산이 혼자 있을 때를 노리려 했지만, 그를 찾는 사람들은 끊임없이 나타났다. 불현듯 같이 있던 여성이 동웨이쥔의 존재를 알아챘는지 눈을 맞춰왔다. 시선이 부드러웠다. 중국인은 아니군. 직감적으로 알았다.

여성은 마오쩌산을 향해 뭐라고 속삭이며 동웨이쥔 쪽을 힐끗 보았다. 그가 아까부터 마오쩌산에게 말을 걸 기회를 기다리고 있다는 사실을 전한 모양이었다.

저 여자, 감이 좋군.

동웨이쥔은 경계했지만 자신을 향해 고개를 돌리는 마오쩌산을 보고 이 기회를 놓칠 수 없다고 생각을 바꿨다.

"마오 선생님, 오랜만에 뵙습니다." 동웨이쥔은 의례적인 미소를 지으며 말했다.

어차피 기억하지 못할 정도로 많은 사람들을 만나고 있을 테니 이렇게 말해도 의심하지는 않겠지.

마오는 위엄 있게 인사를 건네더니 고개를 갸웃거렸다. "어느 갤러리에서 오셨지? 전에 거래한 적이 있던가?"

"네, 저희 조부님이 신세를 지셨다고 들었습니다."

웃으며 말하자 마오는 의아스러운 표정을 지었다.

동웨이쥔은 살며시 마오에게 다가가 귓가에 속삭였다. "동웨이위안이 보내서 왔습니다. 선생님께 이걸 전달하라고 하셨습니다. 이걸 그곳에 맡겨달라고 하시더군요."

마오의 낯빛이 달라졌다. 관자놀이가 찌르르 경련하는 걸 보고 동웨이췬은 내심 놀라움을 감출 수 없었다. 할아버지의 이름을 말했을 뿐인데 이토록 두려워하는 모습을 보이다니. 반은 감탄이었고 반은 공포였다. 대체 할아버지는 어떤 인물이지. 그런 의문이 들었지만 황급히 머릿속에서 지워버렸다.

"잘 부탁드리겠습니다."

동웨이췬은 생긋 웃으며 마오와 두 손으로 악수를 하는 시늉을 하며 주머니를 그의 손에 쥐어주었다. 마오는 겁에 질린 표정으로 제 손을 내려다보고 있었다.

"그럼 또 뵙겠습니다."

동웨이췬은 정중히 고개를 숙인 뒤 그 자리를 떠났다. 마오가 얼어붙은 눈빛으로 자신을 바라보고 있는 게 느껴졌다. 그리고 그 옆에서 기묘한 표정으로 두 사람을 번갈아 바라보는 여자의 시선도 따가울 정도로 느껴졌다.

20

예원상성의 모비딕 커피에서 나올 때, 에리코는 뭔가 석연치 않은 것을 느꼈다. 그 종업원은 단순한 커피숍 직원 같지 않았다. 그 날카로운 눈빛. 빈틈없는 자세. 음지의 인물이라기보다는 경찰 관계자의 냄새가 났다. 불현듯 일선에서 물러난 히가시야마 가쓰히코의 풍모가 뇌리를 스치고 지나갔다.

그럴 리 있겠어. 에리코는 고개를 저었다. 그 종업원, 나에게 뭔가 눈빛으로 호소하는 것 같았는데 기분 탓이었을까? 어디선가 만난 기억도 없었다. 상대방은 나를 아는 건가? 내가 말을 건 순간 안색이 달라진 것 같았는데…….

내가 뭐라고 했더라? 커피 세 잔요. 귀걸이가 참 멋지네요, 매기.

그 말밖에 안 했는데. 뭐 이상한 소리라도 한 건가? 귀에 달린 비취 귀걸이는 고급스러웠고, 가슴의 명찰에 'MAGGY'라고 적혀 있어서 그렇게 불렀을 뿐인데. 미국계 체인점에서는 친근하게 이름을 부르는 걸 좋아하던데 아닌가.

"에리코, 여기."

가즈미의 목소리에 에리코는 현실로 돌아왔다. 가게 안은 사람들로 붐벼서 두 사람은 밖에서 기다리고 있었다.

"많이 기다렸죠."

"아냐, 고마워. 사람 많더라, 역시 관광지야."

"여기서 호텔까지 그렇게 안 멀죠?" 커피를 받으면서 유코가 물었다.

에리코는 고개를 끄덕였다. "못 걸을 거리는 아니야. 그리고 지금 시간대는 길이 꽤 막혀서. 차는 안 타는 게 나을 것 같아."

"그럼 소화도 시킬 겸 걸어갈까. 커피 마시면서 가면 되겠다."

세 여자는 나란히 걷기 시작했다.

"그나저나 정말 대도시다."

"스케일감이 이상해지는 것 같아요."

퇴근 시간인지 길을 걷는 사람들이 한층 더 늘어난 것 같았다.

"네온사인의 한자가 딱 중국이란 느낌이네."

"가게 간판은 번체자인 게 많네요."

"간체자는 너무 줄여서 모르겠어."

"간체자는 이제 표의문자라고는 할 수 없는 것 같아요."

저물어가는 하늘과 반비례하듯 도시 전체에 빨간색과 핑크색의 네온사인이 하나둘 나타나는 모습은 장관이었다.

"담배 가게가 저렇게 크네."

"우리가 생각하는 담배 가게하고 너무 다르네요."

모퉁이 빌딩의 1층에 커다란 담배 가게가 있었다. 카운터 안과 벽면에는 담배가 보루 단위로 진열되어 있었는데, 손님들이 쉴 새 없이 드나들며 담배를 구입했다.

"여기 남자들은 아직도 인사 대신 담배를 권하더라고요. 젊은 사람들은 안 그렇지만."

"아, 그러고 보니 지금 모리카와도 중국에 있대요."

유코가 갑자기 생각난 듯 소리쳤다. "모리카와면 그 딜링이 모리카와?"

가즈미가 깜짝 놀란 표정으로 물었다. "모리카와면 그 레서판다 모리카와?"

에리코 역시 놀란 듯했다. "네, 우리 지사에 있던 모리카와 야스오요."

유코는 고개를 끄덕였다. 선배 직원에게 늘 혼쭐이 나고 시달린 끝에 여성 불신에 빠진, 선이 고운 신입 남직원의 모습이 가즈미와 에리코의 뇌리에 떠올랐다. 예상치 못한 문제가 발생하면 입을 떡 벌린 채 약간 다리를 벌리고 엉거주춤한 자세를 취하던 모습이 꼭 한때 유행했던, 놀라면 뒷다리로 서서 이족보행을 하는 레서판다의 모습과 비슷해서, 뒤에서는 '레서판다 모리카와'라고 불리기도 했다.

"분명 3년 못 채우고 회사 관뒀지?"

에리코가 묻자 유코는 다시 고개를 끄덕였다.

"네. 제가 한때 모리카와의 사수였는데요, 제 딴엔 잘해준다고 했는데 저한테 다가미 씨는 너무 난폭하다고 하는 거 있죠? 상처받았어요. 저의 어디가 난폭하다고."

여전히 이해가 되지 않는 양 유코는 고개를 갸웃거렸다. 하지만 가즈미와 에리코는 순식간에 사정을 파악했다. 유코 본인은 평범하게 행동한다 했는데도 결과적으로 '난폭'해지는 경우가 많았기 때문이다.

"다시 생각해도 황당하네. 결국 우리 애한테 이 회사는 안 맞는 것 같다면서……."

가즈미와 에리코는 놀라 마주 보며 물었다.

"우리 애? 그럼 본인이 그만둔다고 한 게 아니었어?"

가즈미의 물음에 유코는 그렇다고 대답했다.

"어머니였어요."

"와, 그렇게 된 일이었구나."

"퇴사하고 SNS 회사에 입사했는데, 그쪽 일은 적성에 맞았나 봐요. 승진도 초고속으로 하고, 중국에 지사도 내서 일본과 중국을 오가면서 생활한다고 들었어요."

"오, 그건 다행이네."

"인간은 다 자기한테 맞는 자리가 있다니까."

"아, 커피 다 마셨으면 저한테 주세요. 이따가 호텔 도착해서 버리게요."

에리코는 접어서 가방에 넣어둔 모비딕 커피의 종이봉투를 꺼내 빈 컵을 넣었다. 순간 종이봉투 바닥에서 딱딱한 뭔가의 감촉이 느껴졌다. 음? 뭐가 있네. 지금까지 있는 줄도 몰랐네. 뭐지? 스푼은 아니고 네모난데. 종이봉투 안을 들여다본 에리코는 깜짝 놀랐다.

USB. 이런 게 왜 여기에……

꺼내서 살펴봤지만 라벨 같은 것은 붙어 있지 않았고, 당연한 말이지만 내용이 뭔지도 알 수 없었다. 하지만 결코 착각해서 종이봉투에 넣은 것은 아닌 것 같았다. 분명 주문을 받은 종업원이 에리코를 누군가와 착각하고 이 USB를 건넨 것이 틀림없었다. 강렬하게 뭔가를 호소하는 듯한 시선은 이걸 의미하는 것이었다.

큰일이다. 농담이 아니라 진짜 경찰일지도.

에리코는 불길한 예감에 휩싸였다.

같은 시각, 예원상성의 모비딕 커피. 매기는 놀라 눈을 휘둥그레 뜨고 있었다. 자기 차례가 되어 주문하러 다가온 선글라스를 낀 긴 머리의 30대 여자가 이렇게 말한 것이다.

"커피 한 잔요. 귀걸이가 참 멋지네요, 매기."

매기는 조건반사적으로 "커피 한 잔"이라고 외쳤지만, 머릿속은 새하얘져서 아무 생각도 나지 않았다. 뚫어져라 여자의 얼굴을 보았다.

긴 머리, 선글라스, 30대.

여자는 숨을 헐떡이고 있었다. 여기까지 뛰어온 것이리라.

"매기, 늦어서 미안해. 갑자기 작전이 변경돼서 여기까지 오는 데 생각보다 시간이 걸렸어." 여자는 빠른 목소리로 속삭였다. "물건은? 커피 나오면 같이 줘."

매기는 말문이 막혔다.

USB. 한패로 추정되는 자들의 명부와 사진, 복수의 '호텔' 사진과 내부 도면이 든 USB. 동료들이 고생해서 입수한, GK의 실체에 다가갈 수사 자료. 아까 종이 봉투에 넣어서 건넨⋯⋯.

사람을 착각했다.

매기의 머릿속에 아까 왔던 여자의 뒷모습이 똑똑히 떠올랐다.

다른 사람이었다. 다시 생각해보니 지시가 떨어진 지 얼마 되지도 않아 나타난 게 말이 안 됐다. 그 여자는 진짜 관광객이었던 것이다, 위장이 아니라. 커피 세 잔을 사서 밖에서 기다리는 두 여자에게 건넸다. 여자는 매기의 표정을 보고 뭔가 심상치 않은 일이 일어났음을 알아챈 모양이었다.

"매기?"

"내가 착각했어. 다른 사람에게 잘못 건넸어."

"뭐라고?" 여자의 얼굴이 창백해졌다.

매기는 반사적으로 시계를 보았다. 여자가 다녀간 지 10분, 아니, 15분쯤 지났다. 어디까지 이동했을까? 차를 탔으면? 차를 탔으면 이 시간에 거의 움직이지 못했을 테니 아직 멀리 가지는 못했을 것이다. 매기는 필사적으로 여자들의 복장을 떠올렸다.

아니, 도보다.

매기는 생각을 바꿨다. 가벼운 차림새였고, 커피를 들고 걸어간 걸 보면 이 근처, 상하이 어딘가에 투숙한다고 보는 게 타당하겠지. 생각해보니 밖에서 기다리던 여자 둘은 중국인처럼 보이지 않았다. 외국인이다. 분위기로 봐서는 일본이나 한국…… 외국인이 묵을 만한 곳……. 종이봉투…… 커피를 꺼낸 뒤에 그 여자는 봉투를 어떻게 했더라?

열심히 기억을 더듬어봤지만 생각나지 않았다. 어쩌면 USB의 존재를 알아채지 못하고 종이봉투를 버렸을지도 모른다. 어느 쪽이 더 최악이지. USB를 발견했을 경우와 발견하지 못했을 경우. 만에 하나라도 USB 안의 내용을 보더라도 의미는 모르겠지만, 유실물로 어딘가에 가져다주기라도 한다면? 소름이 돋으며 온몸에서 식은땀이 흘러내렸다.

바리스타에게 커피를 받아 여자에게 넘기며 빠르게 속삭였다. "찾아봐. 아직 멀리까지 가진 못했을 거야. 근처에 있는 동료에게도 전해. 선글라스를 낀 긴 머리의 30대 여자와 일행 두 명. 관광객이야. 한 명은 쇼트커트의 20대 여자, 나머지 하나는 긴 파마머리의 30대 여자. 여기 커피를 들고 있을 가능성이 있어. 부탁해! 여기 봉투에 넣어서 줬어."

지금 말한 내용은 무선으로 다른 동료들도 듣고 있을 터였다.

아아, 젠장! '호텔'도 감시해야 하는데! 매기는 으드득하고 이를 갈았다.

매기보다 먼저 정신을 차린 여자가 당부했다. "알았어. 진정해. 물건은 우리가 알아서 할게. 가게 밖에도 동료들이 있었을 테니 누군가는 봤을 거야. 매기는 주문에 전념해."

"미안해. 이런 실수를 저지르다니 믿을 수가 없네." 매기는 쓴웃음을 지었다.

여자는 기운을 북돋듯 말했다. "내가 늦은 탓도 있으니까. 타이밍이 나빴어. 다시 연락할게."

"부탁해."

여자는 커피를 들고 빠른 걸음으로 떠났다.

귓가에서 동료의 목소리가 들렸다. "사정은 들었어. 가게 CCTV 영상을 출력해서 수배할게."

"부탁해. 일단 가게 주변에 종이봉투를 버렸는지 확인 부탁해."

젠장. 세 사람의 얼굴은 똑똑히 기억하고 있다. 내가 직접 가서 찾아봐야 하는데. 아직 교대까지 두 시간이나 남았다. 입찰도 끝나지 않았다. 이 무슨 추태란 말인가!

이를 악무는 매기를 보고 주문하려던 손님이 놀란 듯 눈을 끔벅거렸다. 매기는 황급히 영업용 미소를 지으며 "니하오" 하고 속삭였다. 아아, 오늘 밤은 상상을 뛰어넘는 기나긴 밤이 될 것 같다.

21

바닥에 깔리던 땅거미가 어느샌가 칠흑의 밤에 녹아들자, 상하이 교외는 어두컴컴해졌다. 시 외곽에 위치한 상하이 동물공원의 주변은 거대한 주택가, 그것도 새로 지은 맨션이 즐비한 신흥주택가였다. 교통량에 비해 통행인은 그리 많지 않았다. 퇴근길 인파도 한풀

꺾인 듯했다.

강강은 끈기 있게 블루 시트를 뒤집어쓴 채 담 안쪽에서 바깥 상황을 살피고 있었다.

나는 바위다. 아무 생각도 없는 바위다. 이곳에는 바위 하나가 있을 뿐이다. 강강은 속으로 되뇌었다. 심두멸각이라. 잡념을 버리고 무념무상의 경지에 이르면 불 또한 시원하다 했느니.

고사성어 애호가인 강강이었지만 슬슬 이 자리에서 바위로 둔갑한 지도 대략 한 시간쯤 지나니 인내의 한계에 달하는 걸 느꼈다. 원래 여기까지 오는 게 당초 목표였고, 앞으로 어떻게 할지는 생각해놓지 않았다. 원내 지리는 속속들이 알고 있지만 바깥 지리는 막연하게만 파악하고 있을 따름이었다. 처음 동물원에 끌려왔을 때도 우리에 천을 씌워놓아서 오는 길을 보지 못했다. 오는 데 걸린 시간으로 붙잡힌 곳과의 거리를 가늠해볼 뿐이었다.

담을 기어올라 바깥으로 나가면 어떻게든 될 거라 생각했지만, 이렇게 가만히 바깥을 보는 동안 오산이었음을 깨달았다. 맨션이 빽빽하게 들어선 데다 모두 높은 담에 에워싸여 있었다. 한마디로 녹지가 얼마 없어서 몸을 숨길 만한 장소가 거의 없는 것이다. 소위 게이티드 커뮤니티(빗장 마을)라 불리는 곳으로, 출입구에 민간 경비원이 배치된 곳도 많았다.

으음, 상황이 좋지 않아. 도로를 어슬렁거리다가는 즉시 신고가 들어가겠어.

그나마 가로등이 많지 않아서 다행이었다. 인도에 사각이 많으니 그쪽을 따라 이동하면 발견될 위험성은 줄어들겠지.

강강은 초조해하며 기다렸다. 동물원 내부 순찰은 아직이었지만, 만일 순찰을 돌다 강강이 사라진 게 발각되면 제일 먼저 원내를 수색하겠지. 그럼 곧바로 붙잡힐 것이다. 일단 밖으로 나가 어딘가에 숨는 건 어떨까? 수색대가 나타나면 이동하는 게 낫지 않나?

조금씩 담을 따라 이동하며 강강은 바깥에 몸을 숨길 만한 수풀 같은 게 없는지 물색했다. 하지만 동물원을 에워싸듯 널찍한 인도가 이어져 있는 까닭에 숨을 만한 곳은 거의 없었다.

이제 어쩌지. 언제까지 여기 있을 수는 없었다.

한편, 이곳은 동물원의 회의실이다.

컨디션 난조에도 WWF와의 회의에 참석한 웨이잉더는 한없이 이어지는 형식적인 이야기에 내심 진절머리를 내고 있었다. 외국인과 높으신 분들이 늘어앉은 가운데, 한마디 할 때마다 담당자가 통역해주고 있었지만 전혀 머리에 들어오지 않았다. 높으신 분들이 돌아가며 형식적인 인사말을 늘어놓고 있는 탓에 실무에 관한 이야기는 아직 시작도 못 했고, 과연 이것이 실무 회의인지조차도 의문이었다.

허무하다. 속이 울렁거린다. 감기 때문인지 아니면 회의 때문인지 모르겠다. 아마 둘 다겠지.

잉더는 테이블에 놓인 차가운 차를 마셨다. 온몸에 한기가 돌면서 눈앞이 핑 돌았다.

노크 소리가 나더니 판다 사육장에서 가장 어린 여성 사육사, 예차이궈가 들어왔다. 복사한 서류를 들고 참석자들에게 돌렸다.

"판다 사육장 문단속은?"

"완료했습니다."

자신만만하게 대답하는 예차이궈를 잉더는 의아한 표정으로 쳐다봤다. "자네가 했다고?"

"네. 셰 선배 할머님이 위독하셔서 일찍 들어가셨어요."

"뭐라고?" 잉더는 무의식적으로 허리를 꼿꼿이 폈다. "잘 잠갔겠지? 열쇠는 어디다 뒀지?"

"다 잠그고 확인도 완료했습니다. 열쇠는 열쇠 거는 곳에 걸어놨고요."

"뭐라고? 어디?"

"거주동과 방사장 사이의 벽이요."

그 순간 날카로운 오한이 잉더의 온몸을 꿰뚫고 지나갔다. 감기 때문이 아니었다. 불길한 예감이 든 것이다. 오랜 투쟁의 결과일까, 잉더의 뇌리에 그 무법자 판다가 문틈으로 앞다리를 쭉 뻗어 열쇠를 슬쩍하는 모습이 하늘의 계시처럼 번뜩였다. 척하면 적이라고 해야 할까. 어쩌면 강강과 그는 영혼으로 이어진 소울메이트였을지도 모른다(아마 전생에서).

잉더는 허리를 곧게 폈다. 불길한 예감은 더욱더 거세졌다.

"확인하고 와."

"네?"

"지금 당장 거주동에 가서 판다들이 잘 있는지 보고 오라고. 특히 강강의 우리를. 녀석이 얌전히 있는지 확인해."

"아, 네." 예차이궈는 눈을 깜빡거리더니 황급히 뛰어나갔다.

잉더는 초조해하며 기다렸다. 이야기가 전혀 귀에 들어오지 않았다. 오한은 더 심해졌지만 그것은 확신에 가까운 예감 때문이었다. 감기 기운은 단번에 어딘가로 사라졌다.

이내 복도를 달려오는 소리가 들렸다. 문이 쾅 열리고 예차이궈의 새하얗게 질린 얼굴을 본 순간, 잉더는 예감이 현실이 되었음을 깨달았다.

원내가 발칵 뒤집혔다.

WWF 회의는 예정대로 진행됐지만, 컨디션 난조를 이유로 일찍 자리를 뜬 잉더는 남아 있던 직원, 경비원들을 총동원하여 탈주한 강강의 수색에 돌입했다.

"아직 멀리는 못 갔을 거야. 먼저 원내를 샅샅이 뒤져. 그리 쉽게 밖으로 나가진 못했을 거야."

핏발 선 눈으로 외치는 잉더를 필두로 다 같이 원내를 수색했다. 부지가 넓기는 했지만 판다처럼 커다란 동물이 몸을 숨길 곳은 그리 많지 않았다. 조명이 일제히 켜지고, 손전등을 든 직원들이 원내를 분주하게 오갔다.

"없습니다. 아무 데도." 망연자실한 표정의 예차이귀를 비롯해 경비원들도 고개를 저었다. "강강이 들어갈 수 있을 만한 곳은 전부 확인했습니다. 다른 동물 우리까지 뒤졌습니다만 아무 데도 없습니다."

"사라졌다고. 대체 어떻게?" 잉더는 무시무시한 눈으로 일동을 둘러봤다. "말이 돼? 그렇게 눈에 띄는 녀석이?"

"이미 밖으로 나갔다고 봐야겠죠. 어떻게 나갔는지는 모르겠지만 원내에 없는 건 분명하니까요."

"뭐라고?"

잉더는 현기증이 났다. 이 역시 감기 때문이 아니라 강강의 지난번 탈주 소동이 떠올랐기 때문이었다. 경비를 엄중히 하고 잠금장치도 늘렸다. 그런데 또 도망쳤다고? 게다가 지난번에는 원내에서 붙잡았는데, 이번에는 밖으로 나가?

판다 사육장, 그리고 잉더의 책임 문제로 번질 게 틀림없었다. 한창 WWF 회의를 하는 중에 탈주극이 벌어지다니, 이 무슨 얄궂은 일이란 말이냐. 그나저나 대체 어떻게 나간 거지? 예차이귀가 평소와 다른 곳에 두었다는 열쇠를 입수한 것까지는 이해할 수 있었지만, 그것만으로 나갈 수 있을 리 없다.

잉더는 어두운 표정으로 생각에 잠겼다가 이내 숨을 들이마시며 마음을 굳혔다. 어쨌든 강강이 탈주한 건 현실이다. 한시라도 빨리 수색대를 보내야 한다.

    대낮처럼 환해진 동물원 곳곳을 직원들이 손전등을 이리저리 비
추며 이리저리 뛰어다니는 모습을 강강은 어둠 속에서 가만히 지켜
보고 있었다.

    위험했다. 강강은 작게 안도의 한숨을 내쉬었다. 추격자가 코앞
까지 따라붙었지만 이곳은 알아채지 못한 것 같았다. 이미 원내를
벗어났다고 생각하겠지. 그사이에 시간을 벌 수 있다.

    강강은 나무 위에 있었다. 판다 사육장에서 나와 담까지 온 강강
은 밖으로 나갈 기회를 살피며 조금씩 담을 따라 이동하다, 문득 담
옆에 있는 커다란 나무를 발견했다. 느릅나무인지 녹나무인지는 모
르겠지만 크고 울창한 나무였다. 그 나무는 담 바로 안쪽에 있었는
데, 무성한 정수리 부분은 담 밖으로 뻗어 있었다.

    저거다. 강강의 머릿속에서 뭔가가 번뜩였다. 블루 시트를 접어
서 입에 물고 민첩하게 줄기에 발톱을 박아 오르기 시작했다.

    판다는 나무도 잘 타는 동물이다. 특히 산에서 자란 강강은 놀라
우리만큼 빨리 나무를 탔다. 흰색과 검은색의 거구는 이내 나무 위
로 사라졌다. 올라와 보니 튼튼한 줄기는 강강의 체중을 단단히 받
쳐주었고, 빽빽하게 잎사귀가 난 가지는 모습을 숨겨주었다. 곡선
을 그리는 가지의 갈라진 부분에 착 몸을 얹고 강강은 후, 한숨을
내쉬었다.

그래, 여기 있으면 일단 들킬 염려는 없겠군.

강강의 판단이 옳았다는 건, 그 직후 원내에서 시작된 대대적인 수색 작전으로 증명되었다. 한낮이면 몰라도 일몰 후 어두컴컴한 상황에서 머리 위에 주의를 기울이는 이는 없다. 울창한 나무들도 밤하늘에 녹아들어 아무것도 보이지 않기 때문이다.

말 그대로 높은 데서 구경이나 해야겠군.

강강은 직원들이 어딘가로 달려가는 걸 가만히 바라보았다. 그중에서 웨이의 모습을 발견하고 무의식적으로 몸을 움츠렸다. 저 녀석, 인플루엔자는 괜찮은 건가?

이내 요란스러운 사이렌 소리와 함께 경찰차 여러 대가 나타났다. 경찰에 지원을 요청한 모양이다. 웨이잉더, 이제 남의 시선 따위 아랑곳 않고 나를 잡는 걸 우선하겠다 이건가. 경찰차는 흰색과 검은색, 외양은 나와 같다. 저 위에 올라타 보호색……을 가장하는 건 역시 무리가 있겠군.

강강은 웨이가 경관에게 제 사진을 보여주는 걸 보았다. 그다지 잘 나온 사진이 아니라 조금 기분이 상했다. 내가 저렇게 생겼나. 인상이 더럽네. 필시 동물원 살이로 성격이 삐뚤어진 게야.

콧방귀를 뀌며 몸을 움직이자 나뭇가지가 흔들리며 술렁거리는 소리를 냈다. 황급히 동작을 멈췄지만 신경 쓰는 사람은 없었다.

등잔 밑이 어둡다.

경찰차와 직원들이 밖으로 사라지는 걸 지켜보며 강강은 생각에 잠겼다. 이 부근을 수색하는 동안에는 이곳에 머무르는 게 좋겠지. 문제는 그다음이다. 강강이 더 멀리 도망쳤다고 착각하고 수색 범위를 넓혔을 때를 노려 밖으로 나간다 치자. 어디로 가면 된단 말인가. 야생의 감으로 산이 있는 방향은 알 것 같았지만, 너무나도 멀었다. 그 머나먼 여정에 마음이 약해지려 할 찰나, 밖의 도로를 따라 다가오는 거대한 그림자가 눈에 들어왔다.

저게 뭐지? 다가오는 거대한 그림자는 한 남자가 끄는 노점이었다. 강강은 눈을 크게 떴다.

노점상의 노점 리어카다. 하지만 눈길을 끄는 건 거기 실린 상품이었다. 거대한 봉제인형들이 가득했다. 개, 고양이, 돼지, 토끼, 소 등등. 각각의 인형은 모두 한 아름쯤 되는 크기였다. 노점 역시 작은 집 크기였다. 그 노점을 남자는 천천히 끌고 가고 있었다. 어느 번화가로 이동해서 인형을 판매하려는 것인지, 아니면 장사를 끝내고 돌아가는 길인지는 모르겠다.

강강은 속으로 쾌재를 불렀다. 하늘은 내 편이다. 역시 오늘 탈주는 하늘의 뜻임이 틀림없다.

가지가 크게 휘었다. 노점이 천천히 눈앞을 가로질렀다.

좋아, 지금이다.

유연한 몸놀림으로 노점과 담 사이로 소리 없이 내려왔다. 드디어 담 밖으로 나왔다는 해방감을 맛볼 틈도 없이, 노점이 이동하는 속도를 따라 그대로 노점과 담 사이를 걸었다. 천천히 이동하는 거대한 노점은 더할 나위 없는 이상적인 가림막이 되어주었다. 이동하던 노점이 순간 멈췄다. 강강도 걸음을 멈췄다.

찰칵, 라이터 소리가 났다. 보아하니 남자는 멈춰서 담배를 피우는 모양이었다. 연기가 천천히 퍼져 나갔다.

지금이 기회다.

강강은 노점 위로 앞발을 뻗었다. 윙크하는 소 인형과 입을 벌리고 웃는 하마 인형을 빼서 담 너머로 던져버리고, 빈자리로 쓱 몸을 밀어 넣었다. 노점이 강강의 무게에 항의하듯 삐거덕거리며 비명을 질렀지만, 강강은 한가운데로 들어가 인형들이 저를 에워싸도록 했다. 검은 완두콩 무늬의 눈이 자신을 노려보는 모습에 순간 흠칫했지만, 거대한 판다 인형임을 깨닫고 안도했다.

뭐야, 동포였나. 놀래키지 말라고.

강강은 식은땀을 흘리며 늘어선 인형 사이로 밖을 살폈다. 담배를 다 피웠는지 남자는 다시 노점을 끌기 시작했다.

"음? 갑자기 무거워진 것 같은데. 기분 탓인가?"

혼잣말이 들렸다. 강강은 가급적 중심이 노점 한가운데의 앞쪽으로 쏠리도록 살그머니 몸을 움직였다.

노점의 무게에 고개를 갸웃거리며 남자는 아까보다 격하게 삐거덕거리는 소리를 내는 노점을 잡아끌고 상하이 중심가를 향해 걸음을 옮겼다.

22

옛말에 호랑이도 제 말하면 온다고 했던가.

가즈미와 에리코, 유코가 모비딕 커피에서 호텔을 향해 이동하며 옛 동료의 이야기를 하고 있을 즈음, 그 당사자는 같은 상하이 중심가의 오피스 빌딩 안에서 재킷 칼라에 단 마이크의 위치를 조절하고 있었다.

모리카와 야스오(28).

과거 보수적인 생명보험회사 재직 시절의 흔적은 거의 찾아볼 수 없었다. 머리카락도 밝은 갈색으로 염색했고, 넥타이도 매지 않았다. 셔츠에 재킷을 걸친 차림새에도 익숙해져서, 겉보기에는 잘나가는 청년 사업가 같았다. 전보다 조금 살이 오른 탓인지 관록이 느껴졌다. 이 모습을 가즈미 일행이 보았다면 "성공했네"라고 이구동성으로 감탄했을 것이다. 애초에 그가 그런 만남을 바랄지는 또 다른 문제지만.

밝고 깔끔한 사무실. 파티션으로 나눠진 화사한 책상 앞에 앉은 젊은 직원들은 커다란 컴퓨터 화면을 보고 있었다. 곳곳에서 일본어와 중국어가 오가는 활기찬 사무실. 이따금 터지는 웃음소리, 화기애애한 분위기였다. 말 그대로 성장 가능성 있는 젊은 회사의 풍경이었다.

사무실 한구석에서 점퍼 차림의 방송국 스태프가 카메라와 조명

배치에 대해 상의하고 있었다. 그 옆의 존재감이 두드러지는 키 큰 남자는 저널리스트 미야코시 신이치로(54)였다.

직원들은 여느 때처럼 일하고 있었지만, 일부러 일본에서 방송국이 취재하러 온 상황을 의식하는지 왠지 모르게 긴장한 눈치였다. 관리직들이 볼일도 없는데 아까부터 통로를 왔다갔다 하며 카메라를 힐끗거리는 것도 티가 났다.

"모리카와 씨, 잠깐 드릴 말씀이 있습니다."

미야코시와 카메라맨이 손을 흔드는 걸 보고 야스오는 "네" 하고 다가갔다.

"저희가 1층 현관부터 촬영을 시작해서, 엘리베이터 안에서도 계속 찍고, 곧바로 사무실로 들어갈 겁니다. 그리고 가장 안쪽 모리카와 씨 자리까지 다가가 모리카와 씨를 비출 겁니다. 거기서 제가 '여기 또 한 사람, 일본을 떠나 이 거대한 시장에 진입한 젊은 도전자가 있습니다'라는 코멘트를 할 건데, 끝나면 고개를 들고 인사하시면 됩니다. 그리고 자리에서 일어나 저와 함께 사무실을 안내하시고요. 흐름은 대충 이렇습니다."

"알겠습니다." 정중하게 고개를 끄덕였지만 야스오는 내심 흥분하고 있었다. "잘 부탁드립니다."

미소 짓는 미야코시 신이치로의 모습을 보며 '과거 텔레비전에서나 보던 유명 캐스터와 인터뷰를 하다니, 나도 출세했군' 하는 생각에 감개무량했다. 얼마 전에는 니혼게이자이신문의 기자가 찾아왔다. 신문에 실린 기사가 큰 반향을 불러일으킨 걸 보고, 역시 일본은 아직 신문의 영향력이 강하다는 걸 실감했다.

"그럼 그 전에 편집용으로 모리카와 씨의 단독 인터뷰를 부탁드리겠습니다."

"네. 회의실로 가시죠."

야스오는 사방이 불투명 유리로 이루어진 회의실로 스태프들을 안내했다.

"나중에 편집할 거니까 편하게 말씀하시면 됩니다."

차분한 조명을 켜며 그렇게 말하는 스태프에게 야스오는 고개를 끄덕였다.

"모리카와 씨는 대학 졸업 후에 생명보험 회사에 입사하셨다고 들었습니다." 미야코시가 메모를 보며 물었다.

간단한 이력은 취재 요청이 왔을 때 보내두었다.

"네." 야스오는 가슴이 울렁거리는 걸 느꼈다.

간토생명에 근무한 2년 반이라는 시간은 아직도 그의 인생에 트라우마로 남아 있었다. 특히 도쿄역에서 벌어진 인질극. 지금도 일본에 귀국해 도쿄역을 지날 때면 심장 박동이 평소보다 빨라지고는 했다. 도쿄역 일대가 봉쇄되는 바람에 서류를 본사에 보내지 못해 모두에게 비난을 들었던 그날, 한 주를 무사히 넘길 용기를 얻으려 늘 듣던 차게앤아스카의 곡을 무릎을 안고 끝없이 반복 재생했던 그날 밤.

"2년 반 만에 그만두셨죠. 그다음에는 소셜 게임 업계에서 근무하셨고요. 그야말로 180도 다른 업계로 이직하셨네요."

"맞습니다. 자기 적성을 고려하지 않고 대기업이라는 이유만으로 첫 직장을 고른 멍청한 학생의 표본이었죠." 야스오는 멋쩍게 웃었다.

"간토생명은 업계 굴지의 대기업 아닙니까. 후회하지는 않으셨습니까?"

"네. 후회는 없었습니다."

즉각 대답하는 야스오를 보고 미야코시는 살짝 놀란 표정이었다.

너무 티를 냈나. 야스오는 작게 헛기침을 했다.

"정말 일이 안 맞았거든요. 하지만 대기업 근무는 귀중한 경험이었습니다. 덕분에 제 적성에 대해 깊이 생각해볼 기회를 얻었고, 그때의 2년 반이 있었기에 지금 여기까지 왔다고 생각합니다. 당시 지도해주신 선배들에게도 감사하는 마음뿐이고요."

불현듯 뇌리에 세 여자의 모습이 어둡게 떠올랐다.

야에스 지사의 보스, 호조 가즈미. '모리카와, 기대할게.'

야에스 지사의 어둠의 2인자, 가토 에리코. '모리카와, 전에도 같은 실수했지?'

야에스 지사의 히트맨, 다가미 유코. '모리카와, 같이 석양을 향해 달리자!'

그의 뇌리에 떠오른 그들은 아래에서 비추는 조명을 받으며 사악하게 깔깔거리는, 맥베스의 세 마녀 같은 모습이었다. 세 여자의 배경에 활활 화염이 타오르는 모습까지 눈에 선했다.

지금 생각해도 끔찍하군. 정말 피도 눈물도 없는 흉악한 여자들이었지.

야스오의 온몸에 전율이 일었다. 그 회사에서 뿌리 깊은 여성 불신에 빠진 탓에 그는 아직도 독신이었다. 그것이 상하이 지사로 나오게 된 이유 중 하나였다. 그의 아련한 눈빛을 옛 선배에 대한 감사의 마음으로 착각했는지, 미야코시는 고개를 끄덕이며 이야기를 듣고 있었다.

"회사에 여유가 없는 요즘 시대에 사원을 키우는 건 결코 쉬운 일이 아니니까요."

"예전에 '레서판다 모리카와'라고 불렸습니다. 사내의 마스코트 같은 존재였다고 할까요, 모두 절 예뻐해주셨죠."

"레서판다." 미야코시가 웃음을 터뜨렸다. "잘 어울리네요. 애교가 있는 점이요."

그 별명이 붙은 진짜 이유를 알면 미야코시 신이치로도 지금처럼 웃지는 못했을 것이다. 보아하니 야스오도 진짜 이유를 모른 채 퇴사한 모양이다. 그에게는 오히려 잘된 일이었을지도 모른다.

"미야코시 씨, 예전에 제가 근무했던 사무실 근처에서 뵌 적이 있습니다."

"그래요? 그게 언제죠?"

"도쿄역에서 아이를 인질로 삼아 농성전을 벌인 사건이 있었죠? 그때입니다."

그래, 이 사람은 그 사건 당시에도 실황중계를 했었지. 야스오는 다시 속이 울렁거렸다. 아니, 그만 잊어버리자. 왜 하필 오늘 그날 일이 떠오르는 걸까? 미야코시의 프로그램은 그날 이후로도 계속 봐왔는데. 그런데 왜 그때의 실황중계가 눈앞에 떠오른단 말인가.

"그 후에 이직하셔서 출세가도를 달린 끝에 지금은 임원이 되신 거군요."

야스오는 눈앞의 미야코시에게 집중했다. 고개를 끄덕이며 겸손하게 대답했다. "마침 회사도, 업계도 성장하던 시기라 운이 좋았습니다."

"회사도 눈부시게 성장했죠. 중국 진출은 언제부터 염두에 두셨습니까?"

"저희 회사는 일찍부터 중국 진출을 검토한 편입니다. 중국 시장의 특징은 자고 일어나면 최첨단의 기술이 유입된다는 점이죠. 자고 일어나면 디지털카메라, 자고 일어나면 스마트 텔레비전. 그래서 스마트폰용 최첨단 앱을 발 빠르게 공급하는 걸 목표로 삼아야 한다는 생각은 초기부터 늘 갖고 있었습니다."

"오호, 자고 일어나면 최첨단이라. 흥미롭군요." 미야코시는 감탄했다는 듯 고개를 끄덕였다.

역시 베테랑이다. 인터뷰이를 기분 좋게 만들어서 이야기를 이끌어내는 기술이 탁월했다. 알고는 있었지만 기분이 들떠서 저도 모르게 말을 이었다.

"그렇죠. 일본 시장이었다면 먼저 간단한 제품을 사용하며 시행착오를 거친 뒤에 다음 단계의 제품 수요가 발생하는 과정을 거칩니다만, 그 과정을 생략하고 처음부터 완성된 새로운 제품을 원하는 게 중국 시장입니다."

"게임 앱도 그렇습니까?"

"네, 저희는 최첨단의 새로운 라이프스타일을 판매하고 있다고 생각합니다."

"후후."

미야코시의 웃음에 야스오는 순간 당황했다.

"네?"

"아뇨, 분명히 분야가 180도 다르긴 하지만, 소프트를 판매하는 건 생명보험이나 앱이나 마찬가지 아닙니까. 따지고 보면 생명보험도, 앱도 시스템을 파는 것이고 실체가 있는 건 아니죠. 지금 모리카와 씨가 말씀하신 라이프스타일을 판매한다는 점에서 보면, 의외로 두 업계는 서로 비슷한 것 같지 않습니까?"

야스오는 충격을 받았다. 뭐? 같다고? 그 여자들의 세계와?

그 찰나, 극심한 오한이 등줄기를 타고 내려갔다. 저도 모르게 뒤를 돌아봤다. 그곳에는 불투명 유리로 된 벽밖에 없는데 말이다.

"무슨 문제라도?" 카메라맨이 의아한 표정으로 말을 걸었다.

"아뇨, 아무것도 아닙니다." 야스오는 황급히 손사래를 쳤다.

하지만 방금 전 그 오한은 뭐였지. 무심코 목 언저리에 손을 대자 식은땀이 묻어났다. 마치 예전 그 시절처럼. 또다시 어두운 불꽃이 뇌리에 타오르며 기분 나쁜 웃음소리가 울려 퍼졌다.

날마다 업무 미숙으로 혼이 나며 신경이 곤두서 있던 그 시절에는 회사에서 그 삼인조가 가까이 있기만 해도 온몸에 소름이 돋고는 했다. 특히 그들이 자신을 찾는 걸 보면 왠지 등줄기가 오싹해졌다.

어느 휴일에 긴자를 걷다가 오한을 느끼고 이튿날 삼인조에게 자연스럽게 물어봤더니, 역시 그 시간 긴자 근처에서 결혼식에 참석했다는 게 아닌가. 그 이야기를 듣고 역시 제 탐지기가 틀리지 않았다는 사실을 확신했다.

설마, 아무리 그래도 그럴 리가. 그 삼인조가 여기에 있을 리 없지. 야스오는 애써 자신을 달랬지만 오한은 좀처럼 가시지 않았다.

23

바깥의 네온사인이 휘황찬란하게 번쩍이자, 호텔 청룡반점의 레스토랑에는 눈 깜짝할 새에 손님들이 밀물처럼 몰려들기 시작했다.

요즘에는 해외 고객들의 예약도 늘어서 당일 손님은 받지 않는 날도 많았다. 호텔 개업 당시부터 호텔의 꽃으로 선전했던 레스토랑이라 테이블도 넉넉하게 준비해둔 편이었지만, 입소문이 나면서 주말이나 휴일에는 늘 만석이라 두 시간 대기도 드물지 않았다.

주방에서는 디너와의 일대 전투의 막이 오르려 하고 있었다. 스태프들은 긴장감을 두른 채 단체 예약 손님의 코스를 묵묵히 준비하고 있었다. 매니저와 예약 손님의 변경을 확인하던 왕의 시야 한구석에, 고개를 갸웃거리며 들어오는 직원의 모습이 들어왔다. 왕의 신임을 받는 식재료 관리 책임자였다.

"류, 무슨 일이지?"

평소와 다름없는 왕의 기민한 감각에 겸연쩍게 웃으며 류는 빠른 걸음으로 왕에게 다가와 속삭였다. 모든 사항을 파악해두려 하는 왕의 성격을 알기 때문이었다.

"경비가 이상한 이야기를 하더군요. 레스토랑에서 내놓은 쓰레기를 누가 엉망으로 뒤집어놓았다 합니다."

"쓰레기를?"

생각지도 못한 이야기에 왕은 류의 얼굴을 보았다.

"어떻게? 수거일까지 지하 쓰레기장에 보관하잖아."

"그게, 누가 지하에 잠입한 모양입니다. 자물쇠를 억지로 뜯어내서요. 다른 쓰레기는 손대지 않고, 주방 쓰레기만 가져갔다고…… 대체 무슨 일일까요?"

"언제 나온 쓰레기지?"

"지난 사나흘 분인 것 같던데요."

"지난 사나흘 분······."

왕의 뇌리에 번뜩이는 게 있었다. 무의식적으로 가슴 포켓에 손을 댈 뻔했지만 간신히 참았다. 틀림없다. 내 사무실에 침입한 자와 같은 녀석이다. 가슴 포켓 속 작은 돌이 순식간에 묵직하게 느껴졌다.

왕은 태연한 척 물었다. "그자를 본 사람이 있나?"

"아뇨, CCTV에 침입자의 모습이 찍혀 있긴 했는데, 얼굴까지는 분간할 수 없었답니다. 조리복을 입고 있었다는군요. 우리 스태프는 아닐 테니, 일부러 변장하고 침입한 거겠죠. 경비를 강화하겠지만, 레스토랑 측에서도 각별히 주의해달라고 부지배인이 당부했습니다. ······혹시 그게 아닐까요."

류가 넌지시 말한 '그것'이란 요즈음 공산당 간부의 호화 접대를 단속하려는 당국의 움직임이다. 접대의 증거를 찾기 위해 호텔이나 고급 음식점에 프락치를 심어두었다는 소문이 업계에 돌고 있었다. 프락치라면 쓰레기를 뒤지는 건 이상하지. 잔반을 뒤진다고 접대의 증거가 나오는 건 아니니까. 담당 부서의 영수증을 노려야 앞뒤가 맞는다.

"누가 우리 레시피를 훔치려는 건지도 모르지."

"하하, 그럴 수도 있겠네요." 류는 웃으며 자리로 돌아갔다.

이제 어쩌지. 왕은 생각에 잠겼다.

보는 이를 매혹시키는 아름다운 도장의 자태가 눈앞에 선했다.

역시 이 도장은 엄청난 보물이고, 사람들 눈에 띄면 안 되는 구린 사정이 있는 물건인 모양이다. 놈들은 그 도마뱀의 위장에 이것이 들어 있다는 사실은 이미 파악하고 있었던 것이다. 도마뱀이 이 주방에서 조리되었다는 사실도. 그래서 조리한 나를 노리는 것이다.

왕은 일에 전념했다. 일단 주방에 있는 한은 안전하다고 생각한 까닭이었다. 놈들도 일이 커지는 건 원치 않을 것이다. 가급적 비밀리에 도장을 되찾으려 하겠지. 평소와 다름없이 정신없는 분주한 조리 과정 틈틈이 단체 손님 테이블로 나가 인사를 건네고 화기애애한 대화를 나눴다.

이윽고 부지배인이 나타났다. 그 표정을 보고 오늘 행사가 있다는 사실을 떠올렸다. 호텔에서 개최된 현대미술 아트페어에 부유층들이 몰려든 것이다. 왕의 레스토랑에서는 아트페어 연회장에도 요리를 제공했다. 호텔 측으로서는 이 기회에 그의 요리와 호텔을 홍보하고 싶은 것이리라. 사전에 부지배인은 왕에게 직접 베이징덕을 잘라서 고객에게 제공해달라고 열심히 부탁했다.

홍보와 영업 모두 군말 없이 하는 왕이었지만, 바쁜 주방을 떠나야 한다는 게 영 마음에 걸렸다. 직원들의 실력을 의심하는 건 아니지만 손님에게 나갈 모든 요리의 최종 책임은 왕에게 있기 때문이었다.

"이제 가보셔야 할 것 같은데요." 류가 살며시 속삭였다. 왕의 심중을 아는지 안쓰럽다는 표정이었다.

왕은 작게 한숨을 내쉬었다. "하는 수 없지. 서둘러 다녀오지. 고기 써는 것뿐이니까. 혹시 무슨 일 생기면 상황 봐서 교대해줘."

"알겠습니다."

류가 조리칼 세트가 든 케이스를 들고 고개를 끄덕였다. 부지배인은 서두르라며 성화였다.

왕에게 현대미술이란 전혀 관심이 가지 않는 종류의 예술품이었다. 할아버지가 수집한 국보급 고미술품을 어릴 적부터 보고 자란 그의 눈에 현대미술이란 별난 특산품으로밖에 보이지 않았다. 대체 무슨 생각으로 저런 걸 돈뭉치를 싸들고 와서 사려는 건지. 연회장을 내려다봤을 때 눈에 들어왔던, 물감을 덕지덕지 바른 극채색의 회화가 떠올랐다.

행사의 영향인지, 업무용 엘리베이터가 좀처럼 오지 않았다.

"계단으로 가야겠군. 사람이 없으니 그쪽이 빠르겠어."

왕은 안달복달하는 부지배인을 힐끗 보며 계단을 향해 걸음을 옮겼다. 그의 말대로 다른 곳은 사람들로 북적거렸지만 계단에는 사람 그림자도 찾아볼 수 없었다. 왕은 날쌘 몸놀림으로 계단을 올라갔다.

그때, 위에서 하얀 셔츠 차림의 마른 남자가 조용히 내려오는 모습이 보였다. 고개를 숙이고 있어서 표정은 보이지 않았다. 남자가 있는 주변만 왠지 어두운 기운이 감돌았다.

위험하다. 왕은 흠칫했다. 큰일이다. 이런 인적 드문 곳을 제 발로 찾아오다니. 날 잡아 잡수라는 뜻이나 마찬가지였다. 왕이 그렇게 생각한 순간 남자의 걸음이 빨라졌다.

살기.

왕은 살기를 감지했다. 더 정확히 말하자면, 지금부터 살기가 분출할 것임을 예감했다.

남자가 왕에게 달려들었다. 왕은 자신을 덮치는 남자의 몸을 받아 안았다.

부지배인과 류는 순간 무슨 일이 일어났는지 파악하지 못한 듯했다. 계단을 내려오던 손님이 현기증을 일으켜 쓰러진 줄 안 모양이었다.

"손님, 괜찮으십니까?"

"어디 편찮으십니까?"

계단 중간에서 왕은 남자의 팔을 단단히 붙잡고 있었다. 두 사람의 몸이 격하게 흔들리고 있었다. 힘이 맞부딪친 것이다. 남자의 관자놀이에 시퍼런 핏줄이 솟아올랐다.

"……그것을 어떻게 했지?" 남자는 왕을 노려보면서 나지막이 외쳤다.

"그게 뭐지?" 왕도 질세라 강렬한 눈빛으로 응수했다.

왕이 제압하고 있는 남자의 손에 들린 칼을 보고, 그제야 심상치 않은 상황임을 알아챘는지 부지배인이 "히익" 하고 비명을 지르는 소리가 들렸다.

"시치미 떼지 마. 분명 위장에 들어 있었을 텐데."

"뭐가?" 왕은 끝까지 모르는 척을 했다.

남자의 눈에 핏발이 섰다. 죽을힘을 다하는 걸 보니, 그 물건을 찾지 못했을 경우 황해에 떠오르는 건 이 남자인 게 아닐까.

"겨, 경비원을……."

얼이 빠진 부지배인이 힘없이 중얼거리는 소리를 들었는지 남자가 반응을 보였다.

"부르기만 해봐!"

남자의 서슬에 부지배인은 숨을 삼키며 몸을 웅크렸다.

상대가 시선을 돌린 순간을 놓치지 않고 왕은 발을 걸었다. 하지만 상대 역시 프로였다. 순간적으로 뛰어올라 피하는 게 아닌가. 왕과 남자는 계단참에서 대치하며 신경전을 벌였다. 칼을 든 남자가 조금씩 다가왔다.

왕은 관자놀이가 욱신거렸다. 저 칼은 뭐지?

칼끝에 녹이 슬어 있었는데, 자세히 보니 칼날도 이가 빠져 있었다. 요즘 건달들은 저런 칼을 휘두르는 건가?

왕은 험악한 표정으로 칼을 보았다. 마음에 들지 않는군. 무딘 칼이다. 손질이 하나도 안 되어 있어. 저래서는 깔끔하게 벨 수 없잖아. 아름답지 않다. 왕의 머리에 피가 쏠렸다.

"류, 칼을 줘."

"네?"

케이스를 안고 와들와들 떠는 류에게 왕은 재촉하듯 손짓했다.

"이리 달라고. 두 자루, 제일 오른쪽하고 제일 왼쪽에 있는 걸로."

"아, 네."

류는 케이스에서 정육용 칼을 두 자루 꺼내 엉거주춤한 자세로 왕에게 건넸다. 왕이 칼을 채 받기도 전에 남자가 달려들었다.

"우아!"

류는 저도 모르게 눈을 질끈 감았다.

정적.

조심스레 눈을 뜨자 대치하는 두 사람의 모습이 보였다.

다행이다, 무사하구나. 안도하며 가슴을 쓸어내렸다. 침착한 왕과 대조적으로 넋이 나간 남자의 얼굴이 눈에 들어왔다. 어? 얼굴이 좀 이상한데? 류는 남자의 얼굴을 빤히 보았다. 뭐가 이상한 거지?

남자는 비틀거리며 바닥을 보았다. 그를 따라 류도 시선을 내렸다. 머리카락 뭉치가 떨어져 있었다.

아, 앞머리가 없어졌구나. 왕의 칼이 베어냈다는 사실을 깨닫고 류는 아연실색했다. 왕의 칼 솜씨가 보통이 아니라는 건 알고 있었지만, 이 정도일 줄이야.

"그게 뭐냐!" 왕이 두 자루의 칼을 들고 남자에게 일갈했다.

"뭐?" 정신을 차린 남자가 되물었다.

"칼을 그따위로 관리하는 놈이 어디 있냐! 자기 밥벌이 도구를 뭐라고 생각하는 거야. 그런 무딘 칼, 나는 절대 용서 못 한다. 날마다 갈고닦아라. 노구를 우습게 보는 놈은 도구에 울게 될 거다. 그런 무딘 칼로는 위급할 때 제 몸 하나 못 지킨다고. 무엇보다 그런 칼에 찔리는 사람 입장도 생각해야지. 상처는 너덜너덜하고, 아프고 잘 낫지도 않고, 꿰매도 흉이 질 거라고."

아, 버튼이 눌렸다, 또 시작이다.

류는 머리를 싸안았다. 왕이 도구 관리에 까다로운 건 알고 있었지만 설마 이런 상황에서까지. 남자는 황당한 표정으로 왕을 바라보고 있었다. 마치 멸종 위기의 동물을 보는 눈빛이었다.

"용서 못 해." 왕은 혼잣말처럼 중얼거렸다. "요리인을 우습게 보지 마라. 날붙이 다루는 건 나도 자신 있다고. 너 같은 놈은 칼 만질 자격도 없어. 올바른 칼 쓰는 법을 내 친히 가르쳐주마."

왕의 손안에서 칼이 번뜩였다. 호언장담한 대로 얼룩 하나 없이 깨끗하게 닦인 칼날이 새하얗게 질린 남자의 얼굴을 비추었다.

"뭐, 뭐야?" 남자는 입을 뻐끔거렸다.

"일본 교토의 전문점에서 특별 주문한, 내 손에 맞춘 식칼이다. 뭐든 썰어버리지. 자, 선택권을 주지. 다져줄까, 포를 떠줄까." 왕의 눈빛은 한없이 진지했다.

"다, 다진다고?"

그 말뜻을 알아챘는지 남자는 공포로 눈을 부릅떴다. 지켜보는 류의 온몸에도 전율이 흘렀다.

"자, 선택해. 다져줄까, 포를 떠줄까. 아니면 완자로 만들어줄까?"

식칼을 든 왕이 조금씩 거리를 좁혔다. 히익, 겁에 질린 비명이 터져 나오며 남자는 허겁지겁 꽁무니를 빼고 달아났다. 말 그대로 데굴데굴 구르듯 사라졌다.

"거기 서! 도망치는 거냐!"

식칼을 휘두르며 쫓아가려는 왕을 류와 부지배인이 황급히 만류했다.

"비켜! 이거 놓으라고! 먼저 공격한 건 저놈이야!" 왕의 분노는 사그라지지 않았다.

"이러지 마세요! 그러다 저 사람 죽는다고요!"

"경비원! 경비원! 괴한이 침입했다, 얼른 올라와!"

부지배인은 이제야 휴대전화를 꺼낼 정신이 돌아왔는지, 입에 거품을 물고 버럭버럭 소리쳤다.

"흥." 왕은 코웃음을 치며 한숨을 내쉬었다.

간신히 분노가 가라앉은 모양이었다. 손에 든 식칼과 바닥에 떨어진 머리카락을 번갈아 보며 혀를 찬다.

"제길, 또 하찮은 것을 베어버리고 말았군."

24

호텔까지 가는 내내, 에리코는 제정신이 아니었다.

종이봉투에 들어 있는 USB는 한눈에도 심상치 않은 물건임을 알 수 있었다. 빨리 어딘가로 치워버리라고 그녀의 본능이 시끄럽게 경종을 울리고 있었다.

음, 대체 날 누구하고 착각한 거지?

에리코는 속으로 쓴웃음을 지었다.

내가 그런 쪽 사람으로 보이나? 지금은 어딜 봐도 소박한 일반인 인데.

사실 고등학교 시절까지는 간토 굴지의 폭주족으로 이름을 날렸고, 지바 현 경시청과 사투를 벌여온 화려한 과거의 소유자이기는 했다. 왠지 종이봉투가 묵직하게 느껴졌다. 이제 어쩌지.

"모리카와는 어디 있을까?"

"상하이에 있을지도 모르겠네요."

"혹시 이 근처 아냐?"

가즈미와 유코의 이야기를 들으며 에리코는 생각했다.

현실적인 선택지로서 제일 좋은 건, 이대로 USB의 존재를 알아채지 못한 척, 종이봉투째로 호텔에 버리는 것이었다. 이 나라에는 유실물을 경찰서에 가져다주는 습관은 없으니, 혹시 나중에 추궁당하더라도 그런 물건이 들어 있는 줄 몰랐다고 둘러대면 믿어줄 것이다.

에리코는 근처 가게에 걸린 시계를 보았다. 예원상성의 모비딕 커피에서 나온 지 벌써 20분이 지나 있었다. 그 여자, 매기는 자신이 물건을 다른 사람에게 잘못 건넸다는 사실을 알아챘을까?

에리코는 그 날카로운 눈빛을 떠올렸다. 아직 알아채지 못했을 가능성도 있지만, 에리코는 왠지 매기가 이미 알아챘을 거라 생각했다. 그녀는 에리코를 자신이 기다리는 사람으로 착각했다. 아마도 원래 이 USB를 가지러 오기로 했던 상대의 인상착의와 암호만 알고 있던 것이리라. 얼굴을 모르는 연락책 또는 동료가 있다는 건, 어딘가에 사령탑이 존재하고 누군가가 통솔하는 조직이 있다는 뜻이며, 게다가 그 조직은 상당한 규모라 봐야 한다.

역시 경찰인가. 그렇다면 지금쯤 녀석들은 사색이 되어 에리코를 찾고 있을 것이다.

에리코는 자연스러운 동작으로 주변을 둘러봤다.

가로등 아래와 빌딩 모퉁이. 이 도시도 최근에는 CCTV와 방범 카메라가 늘어났다. 물론 모비딕 커피에도 카메라가 설치되어 있었다. 분명 카메라의 영상을 통해 에리코를 특정하기 위해 애를 쓰고 있겠지. 아까 가즈미와 유코는 가게 밖 어디쯤에 있었지?

카운터에서 돌아봤을 때, 유리 너머로 두 사람의 뒷모습이 보였던 게 생각났다.

가게 유리문 옆에 나란히 서 있었을 것이다. 그렇다면 에리코가 가게 밖에서 기다리던 가즈미와 유코와 합류한 장면도 찍혔을 테니, 에리코 일행이 모두 셋이라는 것도 알아냈을 것이다. 커피 체인점에 설치된 방범 카메라의 화질이 그렇게 좋을 것 같지는 않았다. 그렇다면 상대방은 선글라스에 긴 머리 여자, 쇼트커트에 긴 파마 머리 여자 삼인조라는 인상착의를 단서로 그들을 찾고 있을 것이다. 에리코는 살며시 가즈미와 유코를 보았다.

우리를 찾아내는 건 시간문제겠지. 그렇게 생각하니 가슴이 술렁거렸다.

가즈미가 재충전을 위해 모처럼 낸 휴가다. 경찰이 레스토랑이나 호텔방까지 쳐들어오면 모처럼의 휴가가 엉망이 된다. 두 사람 다 바쁜 스케줄을 조정해서 여기 상하이에 오기까지 쉽지 않은 과정을 거쳤을 것임은 에리코도 대충 상상이 갔다.

즐거운 관광 일정 중에 경찰에 시달리는 게 얼마나 불쾌한 일인지, 과거 일본에서 히가시야마 가쓰히코와 한판 승부를 벌였던 에리코는 뼈저리게 알고 있었다. 심지어 이곳은 중국이다.

잠깐만. 갑자기 떠오른 생각이 있었다. 이 USB를 매기에게 돌려주고 오면 되잖아. 잘 생각해보니 호들갑 떨 일도 아니었다. 그래, 그게 제일 좋겠어. 뭔지는 모르지만, 이게 종이봉투에 들어 있었는데요? 하고 다시 돌려주면 된다. 만일 뭐라고 물어봐도 나만 고생하면 되겠지. 가즈미 선배와 유코는 상관없으니까.

"저기, 죄송한데요." 에리코는 그렇게 말하며 걸음을 멈췄다.

"무슨 일이야?"

두 사람이 돌아봤다.

"아까 모비딕 커피 카운터에다 뭘 좀 놓고 와서요."

"정말? 뭔데?"

"친구가 준 볼펜이요. 지갑 꺼낼 때 같이 딸려 나왔나 봐요."

"어머, 별일이네. 에리코가 그런 실수를 하고."

"제가 빨리 가서 가져올까요?"

몸을 앞으로 내밀며 달려가려는 유코를 보고 에리코는 황급히 말했다.

"괜찮아, 내가 가져올게. 그렇게 시간 걸리는 일 아니니까 두 분은 호텔 레스토랑에 먼저 가 계세요. 이제 거의 다 왔으니 호텔은 찾아갈 수 있죠? 제 이름으로 예약해뒀어요. 일본어 할 줄 아는 직원도 있으니까 문제없을 거예요."

"그래. 같이 안 가도 되겠어?" 가즈미가 미안한 표정으로 물었다.

"제가 운동 겸 갔다올게요." 유코는 당장이라도 땅을 박차고 달려나갈 것 같았다.

에리코는 쓴웃음을 지었다. "괜찮으니까 먼저 가 있어. 나 올 때까지 생맥주 한잔 시켜서 마시고 있어도 되고."

"어떻게 그래. 너 올 때까지 기다릴게."

"그럼 레스토랑에서 기다릴게요."

유코는 못내 아쉬운 듯했다. 정말 본인이 다녀오고 싶었던 모양이었다.

두 사람의 배웅을 받으며 에리코는 온 길을 되돌아갔다. 혼자가 된 에리코는 모비딕 커피의 종이봉투를 최대한 작게 접어서 가방에 넣었다. 선글라스도 벗어서 넣고 머리를 하나로 묶었다. 주변이 어둑해졌으니 선글라스를 벗는 게 자연스러웠다.

이것으로 '삼인조 중에 선글라스를 낀 긴 머리 여자'를 찾는 이들의 시선을 피할 수 있을 것이다. 에리코는 자신이 무의식적으로 이런 행동을 취한 것을 깨닫고 겸연쩍게 웃었다. 어느샌가 몸에 배어버린 조심성 같은 것이었다.

규모는 물론이거니와 밝은 면도 어두운 면도 상상을 초월할 만큼 거대한 도시다. 상하이에서 사업하는 겐지도 늘 밝은 길만 걸을 수는 없다는 건 알고 있었다. 이곳에서 성가신 일에 말려들고 싶지 않다는 건, 쓸데없는 일로 괜한 사람과 엮이는 일만은 피하고 싶다는 에리코의 방어본능이었다. 겐지의 사업에 영향을 미칠 수도 있기 때문이다.

퇴근 시간대라 인도는 혼잡했다. 이동하는 사람들의 커다란 흐름이 거리를 활보하고 있었다. 사람들 사이에 섞여 빠르게 걸어가는 에리코의 귓가에 "네? 뭐예요?" 하고 외치는 소리가 들렸다. 소리가 난 곳을 쳐다보니, 모비딕 커피를 든 젊은 여자 삼인조에게 날카로운 눈매의 남자가 말을 걸고 있었다.

"네? 아닌데요?"

"예원상성 모비딕에서 산 커피 아니에요."

"맞아요."

난감한 표정의 여자들이 서로 마주 보며 말했다. 남자는 아니면 됐다는 시늉을 하더니 자리를 떴다. 세 여자 중 한 명은 긴 생머리였다. 에리코는 등골이 서늘해졌다. 역시 우리를 찾고 있는 것이다. 남자는 주변을 두리번거리더니 다시 이동했다. 물론 혼자 걷고 있는 에리코에게는 눈길도 주지 않았다. 내심 안도하며 고개를 숙인 채 다시 걸음을 옮겼다. 남자가 다시 다른 여자들에게 다가가는 모습이 보였다.

새삼 둘러보니 모비딕 커피를 들고 걸어가는 여자들이 한둘이 아니었다. 찾는 쪽도 고생이겠군. 에리코는 다소 안쓰러움을 느꼈다. 관광객에 지역 주민. 지금 이 시간, 그들과 비슷한 여성 삼인조가 이 근처에 얼마나 있을까.

번화가에 자리한 관광지라서인지, 예원에 가까워지자 길은 사람들로 북적거렸다. 혼잡해서 지역 주민인지 관광객인지 분간할 수가 없었다. 아까 남자와 그 동료들이 에리코를 찾는다 해도, 이미 커피숍 근처에 없는 줄 알고 멀리 떨어진 곳을 찾고 있을 테니 이 부근에는 없겠지.

예원상성의 모비딕 커피를 찾는 사람들의 발길은 끊이지 않았다. 찾아온 손님들이 가게 밖까지 장사진을 이루고 있었다.

에리코는 멀찍이 떨어져 관찰하듯 가게로 다가갔다. 줄을 선 사

218

람들 사이로 매기가 보였다. 여전히 밀려드는 주문을 정신없이 처리하고 있었다. 그녀의 귀에 달린 비취 귀걸이는 멀리서 봐도 한눈에 들어왔다. 표정은 알아볼 수 없었지만 왠지 험악한 분위기를 풍기는 건 주문 때문일까, 아니면 저지른 실수 때문일까.

에리코는 매기를 관찰하는 동안 기묘한 사실을 알아챘다.

귀걸이가 참 멋지네요, 매기.

그때는 별생각 없이 건넨 말이었지만, 뭔가 이상했다. 경찰 쪽 사람이라면 아마 잠입수사 비슷한 것이겠지. 커피숍 점원으로 위장했다면, 가급적 눈에 띄지 않도록 애쓸 것이다. 그런데 저런 고급스러운 귀걸이를 하고 있다니. 커피숍 점원에게는 어울리지 않는 물건이라는 건, 눈 밝은 사람이 보면 바로 알아챌 터였다.

뭔가 이상하다. 경계심이 서서히 차올랐다. 어쩌지? 혹시 매기가 저기 있는 건, 내가 생각하는 것보다 훨씬 거대하고 위험한 이유 때문일지도 모른다. 에리코는 망설여졌다. 가방에 든 모비딕 커피의 종이봉투. 그 안의 USB. 과연 이것을 얌전히 저들에게 돌려줘도 되는 걸까. 이게 봉투에 들어 있더라고요. 그렇게 말을 건네는 제 모습을 상상했다.

상당히 부자연스러운 상황이다. 다른 것도 아닌 USB다. 커피숍 종이봉투에 우연히 들어갈 만한 물건이 아니다. 에리코는 자신이 자연스럽게 이 USB를 돌려줄 수 있을지 점점 자신이 없어졌다. 지금 줄을 서면, 카운터까지 가는 데 상당히 시간이 걸릴 것은 분명했

219

다. 20분? 아니, 더 걸릴지도 모른다. 그렇다고 해서 줄을 헤치고 들어가 매기에게 USB를 건네는 것도 좀 그랬다. 줄을 선 사람들이 불평할 테고, 사람들의 이목이 쏠릴 것이다.

다른 스태프에게 전달해달라고 할까? 아니, 매기의 입장을 생각하면 위험한 행동이다. 처음에도 다른 점원들이 모르도록 슬며시 건넸으니까. 음, 어쩌지. 레스토랑에 가봐야 하는데.

매기의 귀걸이를 바라보며 에리코는 식은땀이 흐르는 걸 느꼈다.

25

"아빠, 나 인형 사줘."

상하이 중심가 근처의 어둑한 골목. 번화가의 경계선 부근이었다. 어느 부녀가 다가오는 거대한 노점과 맞닥뜨렸다.

"인형?"

아버지는 딸이 가리키는 방향을 보았다. 한 남자가 끄는 거대한 노점에 거대한 인형들이 빼곡하게 실려 있었다.

"음, 저건 못 사줘. 저렇게 큰데 집에 어떻게 가져가려고. 집도 좁은데 엄마한테 혼날 거야. 다음에 작은 인형으로 사줄게."

"아빠, 판다 갖고 싶어. 판다 사줘."

딸은 아버지의 탐탁잖은 얼굴을 무시하고 노점으로 달려가 거대한 판다 인형을 꾹 잡았다.

"아, 잡아당기면 안 돼." 아버지는 스르륵 쓰러지려는 커다란 인형을 황급히 밀었다. "어?"

부녀는 순간 흠칫했다. 뭐지. 인형 안쪽에 뭔가 있는 것 같은데. 낮은 숨소리가 들린 것 같았다. 부녀는 조심스레 서로를 마주 보았다. 나란히 앉은 인형들 너머의 어둠 속에 뭔가. 설마. 아버지는 고개를 저었다.

침묵. 기분 탓이었을까?

하지만 송아지며 강아지 같은 커다란 인형 사이의 얼빠진 얼굴이 왠지 으스스하게 보였다. 딸은 입을 삐끔거리며 아버지에게 매달렸다. 어리지만 심상치 않은 기운을 감지한 것이리라. 아버지는 쭈뼛거리며 판다 인형 너머를 들여다봤다. 어둠 속에서 뭔가의 눈알이 움직이는 게 보였다.

"히익."

"아빠, 나 무서워."

부녀는 화들짝 놀라 펄쩍 뛰어오르더니, 판다 인형을 떠밀어 안으로 넣은 뒤 거품을 물고 부리나케 그 자리를 떠났다. 비명을 지르며 멀어지는 부녀.

노점을 끌던 남자는 "응?" 하고 의아스러운 표정으로 돌아봤지만, 달아나는 부녀의 뒷모습이 보일 뿐이었다.

방금 그건 뭐지?

남자는 고개를 갸웃거렸다. 노점을 보고 인형을 사달라고 조르는 아이들 모습은 여러 번 봐왔지만, 저런 반응은 처음이었다. 정면을 보며 노점을 끄는 데 집중했다. 그나저나 오늘 밤은 왜 이렇게 힘들지. 평소 다니던 언덕이 이상하게 힘겹게 느껴지는 건, 피로가 쌓였기 때문일까.

불야성이라 해도 과언이 아닌 상하이 도심의 야경이 보였다. 언제 봐도 압도적인, 이 세상 같지 않은 풍경이다. 지난 몇 년 동안 난생처음 보는 고층 빌딩들이 쑥쑥 솟아올랐고, 2주, 아니, 일수일만 지나도 풍경이 180도 달라졌다. 상업 빌딩의 네온사인이 어두운 하늘까지 밝게 비추고 있었다. 빨간색과 보라색 빛이 구름에 반사되어, 거대한 빛의 돔 안에 있는 착각마저 들었다. 남자는 걸음을 멈추고 목에 건 수건으로 땀을 닦았다.

왜 이렇게 숨이 차지. 호흡이 거칠었다. 젠장. 정말 무겁군.

하지만 언덕을 내려가면 바로 번화가 초입이다. 거기까지만 가면 10분도 채 안 걸린다. 남자는 다시 걸음을 옮기려 손잡이를 쥔 손에 힘을 쥐었다.

그때 뒤에서 삐거덕거리는 소리가 났다. 노점 속에서 뭔가 무거운 것이 움직인 것 같았다. 아주 조금이지만 중심이 이동한 느낌이다. 노점이 살짝 흔들렸다. 남자는 뒤를 돌아봤다.

인형이 쓰러졌나? 가끔 커브를 돌 때면 인형의 무게로 원심력이 발생해 노점이 흔들리는 경우가 있다. 하지만 지금은 정지해 있었는데. 안에 뭔가 있는 건가?

남자는 순간 노점 안을 살펴볼까 했지만, 정체 모를 뭔가가 그를 제지했다. 안 보는 게 좋다. 육감이 그렇게 말하고 있었다. 그리고 지칠 대로 지쳐 있었기에, 지금 손잡이에서 손을 떼면 기운이 빠져서 상하이 도심까지 못 갈 것 같았다.

기분 탓이다. 분명 그럴 것이다.

남자는 속으로 되뇌며 천천히 걸음을 옮겼다.

후. 간 떨어지는 줄 알았네.

남자가 끄는 노점 속에서 강강 역시 식은땀을 닦고 있었다. (판다가 땀을 흘리는지는 모르겠다. 아마 흘리지 않을 것이라 추측되지만, 여기서 말하는 식은땀이란 동요의 상징이라는 점을 밝혀둔다.) 아까 그 꼬맹이가 다가왔을 때는 간담이 서늘해졌다. 설마 갑자기 앞에 있는 인형을 잡아당기다니. 순간적으로 일어난 일이라 숨을 새도 없었다. 그나마 어두운 곳이라 다행이었다. 눈이 맞은 건 찰나였으니 내 모습까지는 보지 못했겠지.

강강은 조심스레 자세를 바꿨다. 인형에 에워싸인 좁은 곳에서 가만히 있는 건 쉽지 않았다. 편한 포즈를 취하려 하면 노점이 삐거덕거리기 때문에 움직이는 동안 조금씩 자세를 바꿀 수밖에 없었는데, 그게 영 힘들었다. 남자가 멈춰 있을 때 저도 모르게 다리를 움직여서 노점이 흔들렸다. 상대가 알아챈 걸 직감했을 때는 수명이 줄어드는 줄 알았다.

남자가 노점 안을 들여다보지 않은 것은 올바른 선택이었다. 혹시라도 들여다봤다면 강강은 남자에게 펀치를 날린 뒤 밀어내고 도망쳤을 것이다. 널리 알려진 대로 판다의 앞다리는 엄청난 파괴력을 자랑한다. 강강은 인형 사이로 바깥을 살폈다. 주변은 점점 환해졌다. 자동차 경적 소리, 음악, 웃음소리. 시끌벅적한 번화가에 가까워진 모양이었다.

이 상황, 위험하군. 강강은 긴장감에 휩싸였다.

지나가던 노점에 올라탄 것까지는 다행이었지만, 이대로 가다간 사람들이 북적이는 곳으로 가게 생겼다. 인기척 없는 창고 쪽으로 가주기를 바랐는데, 이런 환한 곳으로 데려오다니. 이런 곳에서는 몸을 숨길 곳이 없잖아.

어쩌지? 강강은 몸을 들썩였다. 여기서 더 밝은 곳으로 가면 그때는 정말 도망칠 곳이 없어진다. 뛰어내릴까? 하지만 주변 지리를 전혀 모른다.

물 냄새가 나는데 강인가? 아니, 소금기가 섞인 걸 보면 바다 근처인 모양이다. 원래 가려던 산악지대와 정반대 방향으로 와버린 것이다. 강을 따라 상류로 올라가면 된다는 걸 본능적으로 알고는 있었지만, 아무에게도 들키지 않고 도착하는 건 불가능했다.

어쩌지. 강강은 생각하고 또 생각했다. 여기서 나가 바다를 따라 달리면 어떨까.

항만시설 쪽이라면 이 시간에는 사람도 없을 테니 몸을 숨길 곳도 찾을 수 있을 것이다. 일이 잘 풀리면 강을 거슬러 오르는 화물선에 밀항할 수 있을지도 모른다. 그것이 이 시점에서 최선의 선택지인 것 같았다. 이대로 번화가 쪽으로 가면 도망칠 곳이 없다. 누군가에게 목격되는 것만큼은 피하고 싶었다. 그렇지 않아도 눈에 띄는 외모니까.

강강은 쓱 인형을 헤치고 밖으로 뛰어내릴 타이밍을 살폈다.

그러나.

그때 그는 노점이 기익, 기익, 불길한 소리를 내며 삐거덕거리는 것을 느꼈다. 내려가고 있다. 강강은 전방으로 중심이 이동하는 걸 깨달았다. 경사가 엄청난 언덕이군. 본능적으로 다리에 힘을 주고 버텼다. 네 다리를 바닥에 붙이고 힘을 주지 않으면 그대로 굴러 떨어질 것 같았다.

쳇, 위험해.

노점에 실린 인형들이 앞쪽으로 이동하고 있었다. 얼마 되지 않는 무게였지만 하나둘 강강 쪽으로 밀려와 누르자 제법 묵직했다. 강강은 온몸의 무게를 실어 버텼다.

젠장, 얼마나 버텨야 하는 거야.

온몸의 근육이 와들와들 떨리고 있었다.

온몸의 근육이 와들와들 떨리는 건, 노점을 끄는 남자 역시 마찬가지였다. 급경사의 긴 언덕. 평소에는 다리에 힘을 주면 천천히 내려갈 수 있는 언덕이었는데, 오늘 밤은 여느 때와 달랐다. 대체 뭐지? 남자의 머릿속은 서서히 혼란스러워졌다.

등 뒤의 노점은 너무나도 무거웠고, 기묘한 소리까지 내고 있었다. 안에 뭔가 육중한 것이 들어 있어서 노점과 남자의 온몸을 압박하고 있는 것 같았다.

뭐지? 대체 저 안에 뭐가 든 거지?

남자는 아까 노점 안을 들여다보지 않은 것을 후회했다. 하지만 그것의 정체가 상상을 초월하는 것임을 직감했기 때문에, 역시 확인하지 않기를 잘했다고도 생각했다. 눈에 땀이 들어가서 익숙한 풍경이 흐릿하게 일그러졌다.

조금만 더. 조금만 더.

스스로를 채찍질했지만, 실제로는 아직 언덕의 3분지 1도 내려오지 못했다. 하지만 드디어 남자의 온몸을 어마어마한 중력이 덮쳤고, 노점은 삐거덕, 삐거덕, 듣는 이를 조마조마하게 만드는 소리를 내기 시작했다.

설마. 이런 데서 손잡이를 놓을 수는 없었다. 노점상 인생 20년, 그런 실수를 저지른 적은 단 한 번도 없었다. 하지만 이 무게는 뭐지. 이런 무게는 경험해본 적이 없다. 이대로는 노점에 깔려버릴 것이다.

남자는 새하얗게 질려 숨을 헐떡이면서도 어떻게든 노점을 잘 운전해 천천히 내려가려고 애썼다. 하지만 극한까지 굳은 팔다리와 등, 온몸이 한계가 가까워졌음을 주장하고 있었다.

젠장. 아프다. 더 이상은 못 버티겠다.

남자의 심장은 펄떡펄떡 뛰고 있었다. 그를 짓누르는 중력은 더욱더 강력해져서 걸음을 멈출 수조차 없었다. 스르륵 미끄러지듯 노점은 언덕을 내려오고 있었다.

조금만 더 버티자. 남자는 속으로 되뇌었지만 그 순간 발이 뭔가에 걸려서 고꾸라졌다.

"으악."

남자는 앞으로 픽 쓰러졌다. 한순간의 일이었지만, 지면에 일자로 엎어진 것은 정답이었을지도 모른다. 노점이 남자의 위를 통과한 덕에, 적어도 그가 노점에 치이는 사태는 피할 수 있었기 때문이다. 무릎과 턱에 강한 충격을 받아서 순간 눈앞에 별이 번쩍이기는 했지만, 조금 지나자 신음을 흘리며 일어날 수 있었다. 하지만 퍼뜩 고개를 들었을 때에는 이미 그의 노점은 서서히 가속이 붙어 눈 깜짝할 사이에 언덕 아래로 멀어져가고 있었다.

"앗! 누가 좀 잡아줘요!"

비명을 꽥 지른 남자는 팔을 버둥거리며 멀어져가는 노점을 향해 외쳤다. 황급히 일어나 뒤쫓으려 했지만 무릎과 턱이 욱신거려서 걸음을 멈추고 턱을 문질렀다. 하지만 남자의 목소리가 누군가에게 들린 것 같지는 않았다. 그는 두려움에 찬 눈으로 멀어져가는 노점을 바라보았다. 거대한 판다 한 마리를 태운 노점은 순식간에 속도를 올려 눈부시게 빛나는 상하이 도심을 향해 폭주 기관차처럼 돌진하고 있었다.

26

호텔 청룡반점은 상하이의 중심 대로에서 떨어진, 다소 복잡한 구역에 자리하고 있었다. 재개발이 한창 진행되는 와중에도 아직 구시가의 정취가 희미하게 남은 일대에는 오래된 노점들이 즐비했고 오가는 주민들도 거의 토박이들이었다.

전망이 좋은 대로변의 인도를 여봐란듯이 빠져나온 이치하시 겐지 일행도 청룡반점이 가까워지자 속도를 줄이고 서서히 골목으로 진입했다. 골목은 비좁고 너저분해서 좀처럼 앞으로 나아갈 수 없었다.

설마 갑자기 녀석과 맞닥뜨릴 줄이야. 겐지는 아까 가오칭제와 마주친 순간을 짜증스레 떠올리며 혀를 찼다. 기회만 있으면 하얀 이를 자랑하는 그 녀석은 어디 있어도 금세 눈에 띈다. 왜 하필 오늘 그런 데서 얼쩡거리고 있었던 거지? 평소보다 이가 더 빛나 보인 건 조명을 받았기 때문이다. 반사판까지 동원하다니, 연예인이야? 카메라를 든 무리도 보였다. 아마 홍보 영상 촬영 중이었겠지.

녀석이 끔찍한 나르시시스트라는 소문은 익히 들었다. 남자인 겐지 눈에는 그저 실실거리는 실없는 녀석처럼 보일 뿐이었지만, 여성 직원이나 시민들에게 인기가 많다고 하니, 스스로 광고판이 되려는 것이겠지. 녀석이 떠올릴 법한 발상이었다.

하지만 임무에는 충실하다. 겐지를 발견한 순간 녀석의 머리에 피가 거꾸로 솟는 걸 보았다. 분명 온갖 방법을 동원해서 겐지를 쫓고 있을 것이다. 금방이라도 경찰차의 사이렌 소리가 들릴 것만 같아서 겐지는 속이 타들어갔지만, 다행히도 아직까지 그런 기운은 느껴지지 않았다. 퇴근 시간대라 정체도 심할 테니, 경찰차를 출동시켜도 쉽게 따라오지는 못할 것이다. 적어도 앞으로 20분쯤은 괜찮겠지, 겐지는 생각했다.

처음 배달을 온 청룡반점은 제법 세련된 호텔이었다. 화려하지는 않았지만 중후한 고급스러움을 성공적으로 연출하고 있었다.

그림자처럼 뒤따라오는 두 사람에게 말을 걸었다. "저기다."

"안으로 들어갈 수 있을까요."

현관에는 절도 있는 동작의 스태프 여럿이 오가고 있어서, 약간 들어가기 힘든 분위기였다. 차례로 정면 현관에 정차한 고급차에서는 한껏 꾸민 손님들이 내려 호텔 안으로 빨려 들어가듯 사라졌다.

무슨 행사가 있나? 이곳 중화요리 레스토랑은 유명했다. 그러고 보니 오늘 밤 에리코가 여기서 예전 직장 동료들과 저녁 식사를 한다고 했지.

"일단 입구에서 손님한테 연락해보자."

겐지는 바이크에서 내려 정면 현관을 향해 걸음을 옮겼다.

이제는 천상(아니, 천장인가)의 존재가 된, 과거 필립 크레이븐의 반려동물이었던 이구아나 다리오는 호텔 복도, 그야말로 천장 부근을 떠돌며 호텔 곳곳을 탐험하고 있었다. 과거 주인과 함께 찾았던 전 세계의 호텔에 얽힌 기억이 되살아났다.

여기도 갔고, 저기도 갔었더랬지.

추억이 주마등처럼 다리오의 머릿속을 스치고 사라졌다. (참고로 이때 다리오의 머릿속에서 흐르던 음악은 폴 모리아의 〈Love is Blue〉였다.) 어슬렁거리던 다리오의 눈에 인적 없던 계단에서 낯익은 남자가 칼을 들고 대치하는 모습이 들어왔다. 저 남자는 분명, 다리오가 생전에 마지막으로 주방에서 보았던 남자다.

칼을 다루는 남자의 솜씨는 숙련되어 있었다. 주인이 이 모습을 보았다면 분명 쌍칼을 다루는 요리사를 영화에 등장시켜, 그의 동작을 액션 신에 반영했겠지.

곧 승패가 갈렸다. 요리사의 역량이 훨씬 뛰어났다.

다리오는 싸움에 진, 안색이 좋지 않은 남자를 뒤따라갔다. 남자는 부리나케 계단을 뛰어 내려가더니, 회전식의 뒷문을 급하게 밀며 밖으로 나갔다. 민다고 문이 빨리 돌아가는 것도 아닌데 문에 온몸으로 부딪히며 안달복달해대는 모습을 보니 꽤나 무서웠던 모양이다.

다리오는 남자를 따라가려고 했지만, 회전문에서 나가지 못하고 홀로 남겨졌다. 거품을 물고 도망치는 남자의 뒷모습을 바라보았다. 다리오는 주변을 둘러보며 허공에 뜬 채 왔던 길을 되돌아갔다.

그때 땡, 하고 고전적인 벨소리가 울리더니 정면 현관 쪽 엘리베이터 문이 열렸다. 어떻게 이리도 많이 탔을까 싶을 정도로 살기등등한 한 무리의 사람들이 안에서 뛰쳐나왔다.

다리오는 그 틈에서 그리운 얼굴을 발견했다. 주인님이다. 상하이 교외에서 비탄에 잠겨 있던 주인은 어디로 갔는지, 지금은 이글거리는 눈빛으로 흥분에 차서 달려 나가는 게 아닌가.

"잠깐만, 필. 아직 차가……." 주인의 오랜 친구인 통통한 남자가 황급히 휴대전화에 대고 뭐라 말하고 있었다.

시뻘건 얼굴을 잔뜩 찌푸린 덩치 큰 백인 남자가 그 뒤를 따랐다. 이 남자도 주인의 지인이다. 늘 주인을 괴롭혔더랬지. 다리오는 슬그머니 남자에게 다가가 꼬리로 머리를 찰싹찰싹 쳤다.

주인님의 원수. 용서하지 않겠다.

하지만 남자는 꿈쩍도 하지 않았다. 이 남자는 다리오가 여기 있다는 건 전혀 모르는 것 같았다. 남자를 따라 내린 긴 머리의 동양인 여자는 숨을 삼키며 다리오를 올려다보았다.

이 여자, 아까도 봤었지. 예전에 어디 먼 곳에서 봤던 것 같은데.

또 한 명. 우반신과 좌반신이 각각 따로 노는 동양인 남자가 쑥

다리오를 올려다봤다. 그 범상치 않은 모습은 주인의 영화에 등장하는 갖가지 괴생물체에 익숙해진 다리오의 눈에도 괴이하게 비쳤다. 남자는 눈도 깜빡이지 않고 다리오를 뚫어져라 바라보았다. 쏘아보는 시선에 다리오는 몸을 웅크리며 저도 모르게 덩치 큰 남자의 머리에서 떨어졌다. 두 남녀는 말없이 다리오를 주시했다.

다리오는 몸을 움찔거렸다. 이 인간들은 뭐지. 내가 보이는 모양인데, 둘 다 이상한 기운을 내뿜고 있잖아.

이내 두 남녀는 힐끗 서로를 보았다. 순간 불꽃이 튀는 장면을 본 것 같았다.

"당연히 보셨겠죠?" 여자가 나지막한 목소리로 속삭였다.

남자가 고개를 까닥했다. "오호, 그쪽 홈그라운드도 아닌데 보이는 모양이군."

"당연하죠. 어떻게 성불시킬 생각이시죠?"

"나는 풍수사지 불교 신자가 아니야."

"하지만 저렇게 지금도 영혼이 떠돌고 있는데요."

"하긴 어떻게든 조치를 취해야겠군."

나지막이 오가는 대화를 듣자 하니 아무래도 제 이야기를 하는 것 같았다. 다리오는 살며시 두 사람에게서 멀어져 주인 쪽으로 갔다.

"앗, 도망쳤다."

"제 주인에게 가는 거겠지."

"주인 눈에는 안 보이는 것 같네요."

"저 주인은 그런 체질이 아닌 모양이야."

등 뒤에서 목소리가 들렸다. 뭔가 일이 복잡해진 것 같은데.

두 남녀를 꺼림칙한 눈으로 바라보는 동양인 남자 뒤로, 큰 소리로 다투는 동양인 남자 둘이 나타났다. 분장이 어쩌고, 양식미가 어쩌고, 듣자 하니 주인의 영화에 관한 이야기인 것 같았다.

"저기요, 감독님. 짐승과의 추억에 젖는 걸 뭐라고 하는 건 아닌데, 지금 저희 댄서들이 대기하고 있단 말이에요. 언제까지 추모만할 거예요, 오늘은 무슨 일이 있어도 지시를 내려달라고요."

"어떤 방향성으로 갈 건지 확실히 정해주십시오."

다른 의미로 살기등등한 두 남자는 핏발 선 눈으로, 멱살이라도 잡을 양 주인을 쫓아가고 있었다.

힘내요, 주인님.

다리오도 열심히 일행의 뒤를 쫓았다.

현관 앞에서 시끌벅적 떠드는 기묘한 일행 옆으로 작은 버스가 정차했다. 옆문이 열리자 일행은 앞다투어 버스에 올라탔다. 간신히 주인을 따라잡은 다리오도 그 그리운 머리에 착 달라붙어 같이 승차했다.

"서둘러! 다리오에게 공양을 올려야 해!"

필립 크레이븐이 시뻘건 눈으로 외치자 동양인 운전기사는 황급히 차를 출발시켰다. 공양을 올릴 대상이 자신의 머리 위에 올라타 있다는 사실은 꿈에도 상상하지 못하는 눈치였다. 급발진에 모두가 앞으로 쓰러졌다.

"왜 이렇게 좁지." 덩치 큰 남자가 불현듯 버스 안을 둘러보며 말했다. "당신들은 왜 따라오는 거야?"

"엔터테인먼트야."

"예술이라니까."

모두가 이구동성으로 제 할 말만 하고 있어서 시장 바닥이 따로 없었다. 그때 통통한 남자의 휴대전화가 울렸다.

"헬로?" 하지만 주변이 시끄러워서 잘 들리지 않는 모양이었다. "네? 뭐라고요? 누구시라고요?"

연신 되물었지만 여전히 안 들리는 모양이었다.

"저기, 다들 조용히 좀 해."

큰 소리로 외치고 나서야 버스 안이 조용해졌다.

"뭐라고요? 스시 구이네이?" 남자는 헉 숨을 삼키며 고개를 들었다. "큰일 났어. 초밥 배달시킨 거 잊고 있었어."

우당탕탕 뛰쳐나온 수상쩍은 집단이 큰 소리로 떠들며 버스에 올라타는 모습을 겐지는 지켜보고 있었다.

백인과 동양인 집단.

선두에 선 키 큰 남자는 어디선가 본 듯 낯이 익었다.

"저 사람, 필립 크레이븐 아냐?"

"그게 누군데?"

"영화감독이요. 제가 '나이트메어' 시리즈 팬이거든요."

"아, 나도 그 영화 알아." 겐지는 뒤를 돌아봤다.

홀로 기묘한 차림새를 한 남자가 눈에 들어왔다. 어찌된 영문인지 얼굴 오른쪽과 왼쪽을 다른 색으로 칠하고 있었다. 의상도 우반신과 좌반신이 따로따로였다.

불현듯 겐지는 위화감을 느꼈다.

어째서일까. 저 얼굴에서 왠지 모를 기묘함이 느껴졌다. 그 이유는 다른 사람들과 달리 그의 얼굴이 신기할 정도로 좌우대칭이기 때문(이하 생략).

"그러고 보니 신작을 상하이에서 촬영한다는 이야기를 들은 것 같네요. 호텔이 여기인가 봐요."

"흐음."

버스 문이 닫히자 차가 딜컹거렸다. 다급한 상황인 모양이다.

겐지는 고객에게 전화를 걸었다. 순간, 바로 근처에서 전화벨 소리가 울려 퍼졌다. 방금 출발한 버스 안이었다. 우연이겠거니 했지만, 전화를 받은 상대방은 이동 중인지 주변이 소란스러웠다.

"헬로?"

영어로 대답하는 소리가 들렸다.

"주문하신 초밥을 배달하러 왔습니다만."

주변이 시끄러워서 겐지의 목소리가 들리지 않는지 "뭐라고요?"라고 되묻는 소리가 점점 커졌다. 겐지는 무심코 휴대전화에서 귀를 뗐다. 그러다 겨우 주변이 잠잠해진 듯 수화기 너머로 비명이 터져 나왔다. 잊고 있었다는 목소리가 들렸다.

"지금 막 호텔을 출발해서 상하이 교외로 가는 길인데요."

당황한 목소리가 들리더니, 전파 상황이 나쁜지 갑자기 통화가 끊겼다.

"앗!"

겐지는 돌아보며 막 사라진 버스를 보았다. 역시 아까 그 녀석들이었나.

"젠장, 배달을 시켜놓고 튀겠다고?"

쳇, 혀를 찬 겐지는 순간적으로 결단을 내렸다.

"쫓아간다!"

그렇게 외치고 냅다 뛰었다.

"아까 그 버스 말입니까?"

"그래, 서둘러. 놓치겠다."

"돈을 줄까요?"

"음식을 시켰으면 돈을 내야지!"

"알겠습니다."

"이대로 놓칠 줄 알고. 제한 시간 내에 반드시 배달하고 말겠다."

세 사람은 바이크에 올라타 황급히 시동을 건 다음 차례차례 방향을 바꾸어 어두운 상하이 거리를 향해 달려 나갔다.

27

마오쩌산은 젊은 남자가 말을 걸어온 직후, 자신의 세계에서 모든 소리가 멀어져가는 것을 느꼈다.

동웨이위안. 그 이름을 들은 순간부터 온몸이 싸늘해지며 체온을 느낄 수 없었다. 설마 지금 이곳에서 그 이름을 들을 줄이야.

그 젊은 남자. 생글거리며 성큼성큼 다가온 남자. 녀석은 분명 동웨이위안의 핏줄일 것이다. 그와 닮은 구석이 있었다.

동웨이위안이 보내서 왔습니다. 선생님께 이걸 전달하라고 하셨습니다. 이걸 그곳에 맡겨달라고 하시더군요.

아까부터 계속 그 목소리가 귓가에 울려 퍼졌다. 어쩌지, 도망쳐야 하는데.

마오쩌산은 두리번거리며 주변을 둘러봤다. 하지만 몇 발짝도 움직이지 못했다. 손님들이 꼬리에 꼬리를 물고 나타나 그의 앞을 가로막았기 때문이다.

선생님, 오래전부터 팬입니다. 같이 사진 좀 찍어주시겠습니까? 악수 부탁드립니다. 손자에게 줄 사인 부탁드립니다.

사람들의 말대로 사진을 찍거나, 악수를 하거나, 가식적인 웃음을 지었지만 정신은 다른 데 가 있었다.

이 연회장에 그 조각을 들여온 걸로 내 역할은 끝났다. 이걸로 황해에 던져지는 사태는 일단 피했다. 그런데 하필 오늘 이런 걸 들이 밀다니. 자신의 불운을 저주했다.

그나저나 내가 여기 있는 걸 녀석은 어떻게 알아냈지? 녀석은 늘 허를 찌른다. 이제 내 존재는 완전히 잊었겠지, 인연도 끊어졌다고 봐야겠지 할 즈음에 갑자기 나타났다.

내심 식은땀이 났다. 애초에 오늘 행사는 여기저기 광고해댔으니 녀석이 알아낸 것도 이상하진 않지만. 문제는 이거다. 마오쩌산은 손안의 물건을 꼭 쥐었다. 지금 손안의 이 물건을 어떻게든 해야만 한다. 작은 주머니가 열기를 띠기 시작하며 빛을 발하는 것 같은 기분마저 들었다.

이 녀석이 동웨이위안이 맡긴 위험한 물건을 가지고 있다고, 이곳에 있는 모든 사람들이 손가락질하는 기분이었다.

"마오 선생님."

갑자기 눈앞에서 젊은 남자가 쓱 나타나서 마오쩌산은 흠칫했다. 아까 그 남자가 되돌아왔나?

"아니, 그게 아니라 지금 가려던 참이야. 사람이 붐벼서 움직일 수가 없었어."

저도 모르게 그렇게 외친 그의 눈앞에 뭔가가 들이밀어졌다.

음? 그것은 불을 뿜으며 이족 보행하는 판다의 오브제였다.

"제 작품을 봐주십시오. 비대화한 자본주의를 형상화한 것입니다." 검은 티셔츠. 검은 뿔테 안경 너머로 자신을 바라보는 눈동자. "선생님, 제자로 삼아주십시오. 우리 예술은 고독한 영혼의 외침입니다. 선생님의 작품에서는 전생에서부터 감응하는 뭔가가 느껴집니다."

"거기, 대체 어디로 들어온 거야."

"초대장이 없으면 들어오지 못하는데 어디로 들어온 거지."

어디선가 스태프들이 나타나 젊은 남자를 내쫓았다.

"예술은 폭발이다." 젊은이의 외침이 멀리서 들렸다.

마오쩌산은 한숨을 내쉬었다. 젠장. 간 떨어지는 줄 알았네. 왜 사람을 놀래키고 난리야. 숨이 답답해졌다. 여기서 나가자. 마오쩌산은 몸을 움츠리고 가급적 눈에 띄지 않도록 사람들 사이에 섞여서 조금씩 제 작품에서 멀어져 밖으로 나가려 시도했다.

왜 갑자기 이렇게 사람들이 많아진 거지.

손님이 많이 들지 않으면 곤란해지는 입장이었지만, 천객만래千客萬來, 천 명의 손님이 만 번씩 온다는 뜻으로, 많은 손님이 번갈아 계속 찾아옴을 이르는 말, 사람들이 뿜어대는 열기로 연회장은 다소 산소 결핍 상태였다. 출구가 저쪽이었던가. 두리번거리며 통로 위치를 확인하던 때였다.

"마오 선생님!"

누군가가 커다란 목소리로 불러 세우는 바람에 마오는 가슴이 철렁했다.

"저희 호텔에 잘 오셨습니다!" 후덕한 인상의 남자가 만면에 미소를 지은 채 서 있었다. "저는 이 호텔 총지배인인 황라이푸라고 합니다. 인사가 늦어져서 죄송합니다."

남자는 마오의 손을 덥석 잡더니 힘차게 흔들었다. 현기증이 날 정도로 온몸이 격하게 흔들렸다.

"선생님, 저희 호텔이 자랑하는 음식을 이번 기회에 꼭 드셔보십시오. 저희 레스토랑 요리장, 왕탕위안을 소개드리겠습니다."

단단히 붙잡은 손은 떨어질 줄을 몰랐다. 지배인은 몸을 돌려 마오쩌산을 끌고 갔다. 거절할 틈도 없이 또다시 연회장 중심부로 되돌아왔다.

젠장, 날 방해하지 마. 여기서 나가고 싶단 말이다!

마오쩌산의 마음이 외치는 소리는 아무에게도 닿지 못했다. 그가 끌려간 곳은 환한 조명이 비추는 요리 코너였다. 자세히 보니 그 한가운데에는 언짢은 표정의 남자가 칼을 들고 베이징덕을 잘라서 나눠주고 있었다.

"젠장, 당장 칼을 갈고 싶군. 괜히 그딴 걸 베어서는, 녀석의 게으름이 내 도구에까지 묻은 것 같다고."

"제가 가져가서 갈아올까요?"

"됐어, 내가 한다."

남자는 제자인 듯한 요리사와 뭐라고 수군덕거리고 있었다. 싱글벙글거리는 지배인이 그 대화를 끊고 말을 걸었다.

"선생님, 이 친구가 왕 요리장입니다. 특제 베이징덕을 한번 드셔보십시오." 지배인이 과장된 동작으로 요리장을 소개했다. "이쪽은 고명한 마오쩌산 선생님이시네."

왕은 바로 영업용 미소를 지으며 정중하게 고개를 숙였다. "왕이라고 합니다. 만나 뵙게 되어서 영광입니다. 오늘은 저희 호텔을 찾아주셔서 감사합니다."

마오쩌산도 마지못해 인사를 건넸다.

"이 베이징덕은 겉보기에는 평범하지만, 실은 수십 종류의 향신료를 가미해 조금 독특한 풍미를 내봤습니다."

왕은 보는 이의 시선을 사로잡는 현란한 칼솜씨로 고기를 잘라서 접시에 담았다. 그의 말대로 맛있는 냄새가 났다. 마오쩌산은 식욕이 동하는 걸 느꼈다. 그러고 보니 오늘은 아침부터 바쁘기도 했고, 가슴이 조마조마해지는 일들의 연속이라 제대로 식사도 못 했다는 사실이 갑자기 떠올랐다.

"어디 맛 좀 볼까." 접시를 들었을 때 쥐고 있던 물건이 바닥에 툭 떨어졌다. "앗."

자수를 넣은 작은 주머니.

왕은 숨을 삼켰다. 기시감이 뇌리를 스쳐 지나갔다.

저 주머니, 어디서 봤는데. 연한 녹색의 이미지.

"어머, 선생님. 뭘 떨어뜨리셨어요."

가까이에 있던 여자가 영어로 말하며 재빨리 주머니를 주웠다. 늘씬한 몸매의 아름다운 여자였다. 왕은 순간 여자에게 시신을 빼앗겼다.

"아, 자네군. 고맙네."

마오쩌산은 순간 격렬하게 동요했지만, 여자의 손에서 그 주머니를 낚아채듯 받아들었다. 보아하니 이 두 사람은 서로 얼굴을 아는 듯했다.

"아름다운 천이네요. 은사도 들어갔고."

"약주머니야. 심장에 지병이 있어서."

"어머, 그러셨군요. 건강 조심하세요." 여자는 싱긋 웃었다.

"고맙네." 하지만 대답하는 마오쩌산의 목소리에는 힘이 없었다.

마오쩌산은 베이징덕을 한 입 먹는 둥 마는 둥 하더니 그 자리를 떴다.

"급한 볼일이 있으신가 봐요."

"몸이 안 좋으신 걸까요."

여자와 지배인은 그 뒷모습을 바라보며 말했다.

"손님께서도 베이징덕을 드셔보시겠습니까?"

"감사합니다."

여자는 지배인이 내민 접시에서 베이징덕을 한 점 집어서 먹더니 소리쳤다. "어머, 너무 맛있다."

"그렇죠?" 지배인은 의기양양해하며 맞장구를 쳤다.

물론 왕도 은근 기분이 좋았다.

"말씀대로 일반 베이징덕과 달리 독특한 풍미가 나네요. 겉보기와는 다르게요. 서양풍 향신료가 들어갔나요? 쿠민? 터메릭? 산미도 좀 나는데. 식초도 흑초가 아니라 와인비네거인가요?"

"와, 손님께서는 미각이 출중하시군요."

여자는 생각에 잠겼다. "복잡해서 나머지는 모르겠어요. 복잡하지만 부드러운 맛이에요. 뒷맛도 깔끔하고요. 여성분들이 좋아할 것 같네요."

"꼭 저희 레스토랑을 찾아주십시오." 왕은 명함을 내밀었다.

여자도 명함을 꺼냈다. "도쿄에서 화랑을 경영합니다. 오늘은 일본 고객분을 대신해서 참석했고요."

"마음에 드는 물건은 찾으셨습니까?"

"모두 인기가 많아서 섣불리 나설 수가 없네요. 조금 더 지켜보다 고객님과 상의해보려고요."

"그러시군요."

오치아이 미에落合美江

일본인이었나. 왕은 명함을 뚫어져라 보았다.

"약소하지만 방문하신 분들께 작은 선물을 준비했습니다. 받아주십시오."

말을 마친 왕은 속으로 아, 하고 외쳤다. 아까 마오쩌산이 떨어뜨린 주머니가 낯이 익었던 이유를 떠올린 것이다. 그래, 그거다. 그것과 비슷하다.

"준비는 다 됐나?"

"지금 운반하고 있습니다."

밀차에 실은 종이 박스가 이동하고 있었다.

"슬슬 손님들이 퇴장하실 시간이다. 서둘러."

왕이 오치아이 미에의 명함을 보며 떠올린 건, 아트페어 연회장 입구에 나란히 늘어서 있었다. 크고 번쩍거리는 걸 좋아하는 상하이 사람들이었지만, 최근에는 좋은 물건을 소량으로 구입하는 게 트렌드였다.

입구에서는 참석자들을 위해 준비한 호텔의 신작 과자를 작은 종이봉투에 넣어 나눠주고 있었다. 왕이 고객 반응을 보고 싶어서 몇 달 전부터 직접 준비했던 과자다. 월병을 막대 형태로 만든 중국 과자. 많이 달지 않도록 좋은 완두 스프레드를 듬뿍 넣어서 비취색으로 구워낸 아름다운 과자였다.

그 과자들을 자수를 놓은 우아한 천주머니에 넣어 포장했다. 물론 호텔 주소와 함께. 한 달 뒤부터 대대적으로 판매할 예정이었다. 호텔 직원이 입구에 놓인 긴 테이블 위에 진열된 과자를 밖으로 나오는 손님들에게 건네고 있었다.

"오늘 참석해주셔서 감사합니다."

"오늘 참석해주신 데 대한 감사의 뜻입니다."

띄엄띄엄 나오는 손님들은 인사에 화답하며 과자를 받았다.

물론 마오쩌산도 그중 한 명이었다. 어서 이곳을 떠나야겠다는

생각밖에 없던 마오쩌산은, 지금까지와 마찬가지로 아무 생각 없이
건넨 과자를 받아들었다.

28

예원상성의 모비딕 커피 매장 안으로, 일고여덟 살쯤 된 남자아
이가 우다다 달려서 들어왔다.

커피를 주문하려는 손님들이 여전히 장사진을 이루고 있었지만,
남자아이는 무시하고 곧바로 카운터로 달려왔다.

"매기."

남자아이가 부르는 소리에 매기는 그를 보았다.

"미안한데, 다들 차례를 기다리고 있거든. 줄을 서줄래?"

아까부터 심란한 상태였지만, 그래도 매기는 직업정신을 발휘해
소년에게 웃으며 말한 뒤 눈앞의 손님을 보았다. 다음 순간 뭔가 이
상하다는 걸 깨달았다.

어? 지금 얘가 갑자기 내 이름 부른 거 맞지? 명찰도 안 본 것 같
은데.

힐끗 소년을 보았다. 새치기인가 생각했는지 줄을 선 손님들도
소년을 바라보는 눈길이 곱지 않았다. 하지만 소년은 주변의 따가
운 시선을 신경 쓰지 않고 매기에게 작은 종이봉투를 내밀었다.

"이거 전해주래요."

매기는 숨을 삼키며 재빨리 봉투를 집어 안을 슬쩍 보았다. 순간적으로 안색이 바뀌는 걸 끝까지 숨기지 못하고 매기는 사납게 소년을 노려보았다.

"누가?"

"저 누나요."

소년은 돌아보며 손을 뻗었지만 "어? 없어졌네?" 하고 두리번거렸다. 매기도 소년의 손이 가리키는 곳을 보았지만 바깥은 이미 어둑어둑해서, 사람들이 부대끼며 오가는 모습밖에 알아볼 수 없었다.

주문이 밀리는 것도 아랑곳하지 않고 매기는 소년 쪽으로 몸을 내밀며 물었다. "어떤 누나였니?"

"긴 머리 누나요. 잃어버린 물건이라고." 그렇게 대답하면서도 이미 제 소임은 끝났다는 듯 소년은 입구 쪽으로 몸을 돌렸다.

"기다려."

소년은 왔을 때처럼 우다다 달려서 순식간에 가게 밖으로 사라졌다.

"주문 안 받아요?"

기다리는 손님의 목소리에 퍼뜩 정신이 든 매기는 황급히 주문을 받았지만, 시선은 소년의 뒷모습에 고정되어 있었다. 한동안 주문 접수에 전념하던 매기는 잠시 짬을 내서 다시 한번 종이봉투 안을 들여다보았다. 안에 들어 있는 건 분명 아까 커피와 함께 건넸던 그 USB 메모리였다.

안도감이 솟아올랐다. 아까 그 여자가 알아채고 일부러 돌아와 돌려준 것이다. 좋은 사람이다. 고마웠다. 분명 일본인일 것이다. 일본에서는 대중교통에서 물건을 잃어버려도 대부분 다시 찾을 수 있다고 들었다.

안도감에 젖은 것도 잠시였다. 매기는 종이봉투 안에 USB 말고 다른 물건이 하나 더 들어 있는 걸 깨달았다. 작고 단단한 물건. USB와 비슷한 크기의……

물건을 꺼내본 매기는 흠칫했다. 등골이 오싹해졌다.

가늘게 떨리는 목소리로 매기는 무선을 통해 동료에게 말했다. "방금 전에 나간 남자아이. 일고여덟 살쯤 되는. 맞아, USB를 돌려주러 왔어. 봤지? 아까 그 여자한테 부탁받았나 봐. 그 애를 찾아줘. 그리고 아까 그 여자도 찾아야겠어. 서둘러!"

에리코는 서둘러 호텔 청룡반점으로 향하고 있었다.

아, 이제 마음이 편하네.

그녀 역시 USB를 확인한 순간의 매기와 마찬가지로 깊은 안도감을 느끼고 있었다. 직접 그 USB를 돌려주지 않고, 근처에 있던 남자아이에게 부탁한 건 내가 생각해도 기발한 아이디어였다. 가게 근처에서 배회하던 때, 근처를 어슬렁거리는 소년을 발견했다.

단정한 차림새에 똘똘해 보이는, 전형적인 중국의 소황제.

부모는 어디에 있나 싶어서 주변을 둘러보았다. 남자아이가 힐끗 거리는 사람이 부모인 모양이다. 보아하니 기념품 가게에서 쇼핑에 열중하는 것 같았고, 지루한 소년은 근처를 산책하는 것 같았다.

에리코는 곧바로 소년에게 말을 걸었다. "꼬마야, 부탁이 있는데 들어줄 수 있겠니?"

소년은 의아한 표정으로 에리코를 보았지만, 10위안 지폐를 꺼 내니 관심을 보였다. "뭔데요?"

"저기 모비딕 커피 카운터에서 주문을 받는 매기라는 누나가 있 는데, 그 사람한테 이것 좀 전해줘. 잃어버린 물건이라고."

"이걸요?" 소년은 에리코가 내민 USB를 빤히 바라보았다.

"응, 중요한 물건인 것 같으니까 빨리 전해줬으면 좋겠어."

"왜 직접 안 전해주고요?" 소년은 USB와 10위안 지폐, 에리코의 얼굴을 번갈아 바라보며 말했다.

"내가 좀 급하거든. 줄을 설 시간이 없어. 어때? 이것만 전해주면 돼. 이건 용돈 쓰고."

소년은 잠시 망설였지만, 시선은 10위안 지폐에 고정되어 있었 다. 중국에서는 아동 유괴 사건이 큰 사회문제가 되고 있었다. 그러 니 이 아이도 평소부터 모르는 사람을 따라가지 말라거나, 모르는 사람이 주는 물건을 받지 말라는 이야기를 반복적으로 들었을 것이 다. 눈동자에는 망설이는 빛이 있었고, 연신 부모 쪽을 흘끔거렸다. 하지만 역시 돈의 유혹은 이기지 못한 모양이었다.

소년은 고개를 끄덕였다. "알았어요."

"고마워. 부탁해. 누나는 여기 있을게."

에리코는 그렇게 소년에게 다짐을 받고는 USB와 10위안 지폐를 건넸다. 소년은 다시 고개를 끄덕이더니 손에 꼭 쥐고는 모비딕 커피로 향했다. 하지만 다음 순간, 뭔가에 발이 걸렸는지 걸음을 멈추고 쭈그리고 앉았다.

에리코는 놀라서 소년에게 달려가려다가 멈췄다.

신발 끈이 풀린 모양이었다. 소년은 어설프게 끈을 다시 묶었다. 평소에는 하나부터 열까지 부모나 조부모가 수발을 들어주겠지. 손 놀림이 영 어설퍼서 묶는 데 시간이 걸렸다. 얼마 뒤 겨우 끈을 묶었는지 일어나 잽싸게 가게로 달려갔다. 일직선으로 매기에게 가서 말을 거는 모습이 보였다.

소년이 건네준 봉투를 확인하는 매기. 매기가 퍼뜩 고개를 들어 소년이 자신을 가리키는 장면까지 보고 에리코는 서둘러 발길을 돌려 인파 속으로 들어갔다.

매기의 그 진지한 눈빛. 경찰 관계자인 게 분명하다. 에리코의 육감이 그렇게 말하고 있었다.

좋아, 역시 엮이지 않기를 잘했어. USB도 돌려줬으니 이제 날 쫓아오지 않겠지. 종종걸음으로 호텔로 향하는 에리코의 가슴속에 안도감이 퍼져 나갔다. 그제야 맛있는 중화요리를 떠올리며 식욕이 동하는 걸 느꼈다. 서둘러야지. 기다리겠어.

이런저런 이야기를 나누며 건배도, 음식도 에리코가 올 때까지 미뤄두고 있을 터였다. 가즈미와 유코가 배고프다고 비명을 지르고 있는 모습을 상상하며 에리코는 씩 미소를 지었다.

매기에게서 멀어져 가게를 나온 소년은 뒤돌아 에리코의 모습을 찾았다.

없다. 벌써 어딘가로 가버린 걸까.

그것을 확인한 뒤 소년은 모비딕 커피의 대각선 방향에 있는 기념품 가게로 들어갔다. 에리코가 소년의 부모라고 생각한 두 사람에게는 눈길도 주지 않고, 계단을 뛰어올라 2층에 있는 얌차飮茶, 중국식으로 차를 마시는 전통 카페 가게에 들어갔다.

번화가의 노른자위 땅이었지만, 이곳은 현지인들만 오는 가게라 관광객들의 북적거림과는 다른 지역 특유의 분위기가 감돌고 있었다. 가게 구석 자리, 관엽식물 밑에 동웨이위안(72)이 기다리고 있었다.

"수고했다."

소년은 상의 안에서 태블릿 단말기를 꺼냈다. "여기요."

아까 운동화 끈이 풀어진 시늉을 하며 USB를 꽂았던 단말기다. 데이터 저장이 끝날 때까지 손이 야무지지 못한 척하며 시간을 번 것이다. 몸집이 작아서 어리게 보이지만 사실 소년은 열한 살이었다. 에리코가 똘똘하게 보았던 것도 그럴 만했는데, 사실 그는 웨이위안이 '심부름'을 시킬 만큼 '상당히' 똑똑했다.

웨이위안은 단말기에 표시된 파일명을 훑어보고 소년의 손에 100위안을 쥐어주었다.

"매번 감사합니다." 소년은 씩 웃으며 자리를 뜨려 했다.

"들키지 않게 조심하고. 아마 너도 쫓고 있을 거다."

"알아요."

소년은 주머니에서 꼬질꼬질한 니트 모자를 꺼내 쓰더니, 상의를 벗어 뒤집었다. 순식간에 잘 차려입은 소황제에서 어디에나 있을 법한 지저분한 아이로 변신했다.

"이럼 괜찮겠죠?"

웨이위안은 쓴웃음을 지었다. 정말이지 영악한 꼬맹이다. 어쩌면 동웨이쥔보다 이 업계에 더 어울리는지도 모른다.

소년은 유유히 사라졌다.

웨이위안은 USB에서 빼낸 데이터를 훑어보았다. 예상대로였다.

고개를 들어 창문 너머로 예원상성의 모비딕 커피를 내려다보았다. 누가 봐도 주변 관광객들과는 행동거지가 다른 남자들이 있었다. 분명 수사관들일 것이다.

홍콩경찰. 웨이위안은 그렇게 단정했다. 역시 조직에 녀석들이 잠입해 있던 건가. 예상했던 일이지만 직접 목격하니 온몸에 오한이 들었다. 동웨이쥔을 지켜본 뒤 그는 바로 이곳으로 와서 연락처로 쓰는 모비딕 커피를 감시하고 있었다. 이곳 지리에 밝지 않은 수사관들은 알아보기 힘든 곳에 있는 이 가게를 절대 이용하지 않을 것임을 알고 있었기 때문이다. 뭔가가 움직인다면 오늘이다. 그리고 지금이라고 생각했다.

예상대로 주변에는 수사관들이 득시글거리고 있었다. 주문을 받는 여자도 수사관들과 무관하지 않다는 게 뻔했다. 도중에 손님에게 뭔가를 건넨 걸 보았는데, 조금 시간이 지나고 나서 그 여자가 당황해하고 있다는 사실을 알아챘다. 뭔가 일이 잘못된 모양이다. 가만히 지켜보고 있노라니 아까 손님으로 왔던 여자가 돌아왔다. (동웨이위안은 한 번 본 사람의 얼굴을 잊지 않는다). 여자는 바로 카페로 들어가지 않고 주변을 맴돌았다. 동료인 줄 알았는데, 우물쭈물하는 게 뭔가 이상했다. 이 여자는 뭐지?

쌍안경으로 여자를 보니 제 손이 신경이 쓰이는지 연신 움찔거리고 있었다. 여자는 손에 자그마한 뭔가를 쥐고 있었다. 더 자세히 들여다보니 USB였다.

왜 바로 건네지 않지?

웨이위안은 생각에 잠겼다. 그는 USB의 내용물이 궁금해졌다. 그리고 종종 심부름꾼으로 쓰는 소년을 불러낸 것이다. 저 USB를 가져와라. 가능하다면 안의 데이터는 빼돌리고, 그 사실을 상대가 모르게 돌려주는 게 제일 바람직하다.

어려운 미션이었지만 소년은 군말 없이 수락했다. 웨이위안이 건넨 태블릿 단말기를 숨기고, 소년은 어슬렁어슬렁 밖으로 나갔다.

어쩔 작정인가 했는데, 놀랍게도 여자 쪽에서 소년에게 접근했다. 지켜보니 심부름 값과 USB를 건네는 게 아닌가. 소년의 연기는 훌륭했다. 부모를 기다리던 중에 용돈에 낚여 심부름을 하는 어린애를 완벽하게 연기해냈다. 일부러 어설프게 신발 끈을 묶는 모습을 보고 웨이위안은 저도 모르게 허허 웃었다.

소년은 어린 나이에도 상하이에서 열 손가락 안에 드는 소매치기 기술을 가지고 있었다. 이리하여 웨이위안은 USB의 데이터를 입수했고, 소년은 용돈을 얻었다. 웨이위안이 소년에게 내린 미션은 하나 더 있었는데, 단순한 일이었다. 모비딕 커피에서 주문을 받고 있는 잠입수사관 여자에게 USB와 같이 어떤 물건을 전해주는 일이다.

작은 녹색 주머니에 든 도장. 그 옥과 비슷하게 만든 모조품 세 개 중 마지막 하나였다.

부적 대신 지니고 있었는데, 여기서 이렇게 이용할 기회가 생기다니. 저 여자는 이것이 무엇인지 바로 알아챌 것이다. 의구심과 혼란에 빠져 꼬리를 드러내겠지.

웨이위안은 조금만 더 모비딕 커피를 지켜보기로 했다. 다시 수사관들의 움직임이 부산스러워졌다.

단말기의 데이터를 보며 웨이위안은 앞으로 어떻게 움직일 것인지 차분히 계획을 짰다.

29

가오칭제는 눈도 깜빡하지 않고, 그 자리에서 꼼짝도 않고 눈앞에 있는 수많은 모니터를 뚫어져라 바라보고 있었다.

상하이경찰서 교통과.

영화에서나 등장할 법한 하이테크 모니터 룸이었다.

상하이 시내에서는 최근 급속히 방범 카메라 설비가 확산되어서, 시내의 주요 교차로나 번화가의 골목 구석까지 그물망처럼 카메라가 설치되고 있었다. 미소를 날리며 교통 매너 준수 캠페인 홍보물을 촬영하던 때와는 180도 다른 모습이었다. 웃음기를 거두고 엄청난 집중력으로 모니터를 잡아먹을 듯 들여다보는 가오의 박력에 화렌을 비롯한 부하들도 쉽사리 다가갈 수 없었다.

"저거다!" 가오는 되감기하는 영상을 보다 외쳤다.

벼락을 맞은 듯 직원이 후다닥 영상을 정지시켰다. 정지 장면에는 엄청난 스피드로 인도를 질주하는 오토바이 세 대의 모습이 포착되어 있었다.

엄청난 동체 시력이야. 화렌은 내심 감탄했다. 아까는 살짝 실망했는데, 역시 굉장한 사람일지도 모른다.

"확대해서 번호 확인해봐."

가오가 지시한 대로 번호판이 서서히 클로즈업되었다. 화질이 나빴지만 간신히 읽어낼 수 있었다.

"좋아, 이 번호의 오토바이를 찾아내라고 수배해."

"네."

"우리도 나간다. 경찰차 준비시켜. 녀석들을 속도위반으로 체포한다."

"네?"

그 말을 들은 모두가 놀란 듯 서로를 마주 보았다.

"직접 체포하시겠다고요?"

"그래." 가오는 힘주어 고개를 끄덕였다. "이런 건 체포가 기본이야. 시민들에게 교통법 위반은 절대 용서받을 수 없는 행위라는 걸 보여주는 게 중요하지. 자신들이 감시받고 있으며, 법을 어기면 체포된다는 인식을 심어줘야 해."

"아……."

"오, 그래! 이걸 홍보에 이용하면 되겠군. 좋았어!" 가오는 뭔가 떠오른 듯 요란하게 손가락을 튕겼다. "촬영 부대도 동행해! 화려한 체포극을 넣으면 박진감 넘치는 캠페인 영상이 될 거야. 일석이조로군!"

다시 부담스러운 하얀 이를 빛내며 흡족해하는 가오의 얼굴을 보며 화렌과 동료들은 복잡한 표정을 지었다.

"5년 전에 집 지었지? 집터에 나쁜 기운이 가득했고, 그게 현재까지 영향을 미치고 있군." 루창싱은 필립 크레이븐의 얼굴을 가만히 보며 중얼거렸다.

필립과 존은 서로를 마주 봤다.

"집 때문이었나?"

"집을 지었다기보다는 산 건데."

"프로듀서, 감독, 배우가 삼각관계로 치정 싸움을 벌인 끝에 서로 죽고 죽인 집이었지?"

(참고로 셋 다 남자였다.)

"내가 반대했잖아. 재수없다고." 팀이 불퉁한 얼굴로 중얼거렸다.

"혹시 진짜 유령이 나오면 다음 영화 소재로 쓰면 되겠다고 종국에는 찬성했잖아. 실화를 소재로 한 호러 한 편 건질 수 있으면 대박이라고."

"매수자가 아무도 없는 초저가 물건이었잖아. 그때는 돈도 없었고, 네가 LA 집을 꼭 사겠다고 고집을 부려서……."

"나 때문이라는 거야?"

"진정들 하세요."

또다시 싸움의 불씨를 감지한 다다시가 끼어들었다. 그는 최대한 분쟁을 피하려는, 조정자 타입의 인간형이었다. 다소 소심하다고 표현할 수도 있겠다.

"그나저나 정말 굉장하네요. 풍수사한테는 그런 것까지 보이는 겁니까?"

"풍수는 원래 도시계획을 위한 이론이다. 앞으로 일어날 일은 수

천 년 전부터 이미 예견된 것."

"흐음, 운수대통 아이템 운운이 풍수의 전부는 아니라는 거군요."

"당신, 여난女難에 시달릴 상이군." 창싱은 다다시의 얼굴을 들여다보며 말했다.

"네?" 다다시는 흠칫하며 뒷걸음질 쳤다.

"주변에 보라색 옷을 입은 여자 없나? 검은 띠를 두르고 있군."

다다시의 얼굴이 새하얗게 질렸다. "그걸 어떻게…… 지금 우리 외할머니 상속 건으로 집안싸움이 났어요. 외가가 딸이 여섯이나 있는 딸부잣집인데……."

"말려들지 않도록 조심해. 말려들면 큰 화를 입을 거다."

"그렇게 말씀하셔도, 이미 어머니는 싸울 준비 만만인데……."

다다시는 부들부들 떨었다. 분장 때문인지 루창싱이 쏘아보자 보통 사람의 갑절은 무서웠다.

이곳은 촬영용 버스 안.

호텔을 뛰쳐나와 다리오의 무덤을 향해 출발한 것까지는 좋았는데, 번화가를 나오자마자 퇴근길 정체로 꼼짝도 못 하고 도로 위에 갇혀버린 것이다. 빨리 가자며 초조해하는 필립 크레이븐의 얼굴을 가만히 바라보던 창싱이 갑자기 풍수를 읊기 시작했다.

"와우, 선생님, 나도 봐줘요. 역시 그 의상이 평범한 의상이 아니었어."

액션 감독과 아웅다웅하던 안무가가 눈을 빛내며 창싱 쪽으로 고개를 내밀었다.

창싱은 부루퉁한 표정이었다. "그러니까 이건 내 의상이 아니라니까. 이런 걸 입고 풍수를 보러 갔다간 바로 쫓겨날걸. 당신들이 억지로 입힌 거잖아."

"그나저나 초밥은 어떻게 하죠?" 아베 구미코가 뒤를 돌아보며 물었다. "뒤따라오고 있는 것 같은데, 도로가 이 모양이라 가까이 오지 못하는 것 같아요."

"음, 내가 나가서 받아올까?"

"힘들 것 같은데? 차가 이렇게 밀리는데 밖에 어떻게 나가."

차량 간 거리도 따닥따닥 붙어 있어서, 말 그대로 도로는 빼곡하게 붙은 초밥 도시락 상태였다. 곳곳에서 경적을 울려대고 있었지만 차들은 기어가듯 움직일 뿐이었다. 초밥 배달 바이크가 근처에 있는 것 같았지만, 상황이 이래서는 그들도 여기까지 오지 못할 것이다.

"그나저나 차가 어떻게 이 정도로 밀리지? 왜 이렇게 안 움직이는 걸까."

"상하이의 교통체증은 어제오늘 일이 아니니까."

"아, 그러고 보니 오늘 저녁에 와이탄에서 뭔가 행사가 열린다고 하지 않았나?"

"무슨 행사?"

"봄 축제?"

"안 그래도 밀리는데 축제라니. 그래서 아까부터 사람들이 이렇게 많은 거구나. 다들 저쪽으로 가는 것 같지 않아?"

"하, 대체 언제쯤 움직일 거냐고. 다리오!" 느닷없이 필립이 절규했다.

모두 놀라 눈이 휘둥그레졌다.

"미안하다, 정말 미안해. 지금 간다. 날 용서해줘."

갑자기 죄책감에 휩싸였는지, 필립은 다시 울먹이기 시작했다.

당신 옆에 있다니까. 창싱과 구미코는 무심코 마주 보며 생각했다. 아까부터 다리오는 몸을 웅크린 채 필립의 머리에 달라붙어 있었다. 두 사람의 눈에는 그 모습이 보였지만, 역시 주인과 다른 사람들 눈에는 보이지 않는 모양이었다.

무덤에 간다고 과연 다리오가 성불을 할까.

두 사람은 주인의 머리에 달라붙은 반투명한 생물을 바라보았다.

도로 정체의 원인 중 하나는 번화가 외곽에 위치한 와이탄의 강변을 따라 전구 장식을 단 대형 수레가 행진하고 있었기 때문이었다. 플라워 페스티벌이라는 축제에 등장하는 거대한 수레는 생화와 전구로 장식한 볼거리였는데, 주변은 구경꾼들로 북적거리고 있었다. 화려하고 새로운 것을 좋아하는 상하이답게 현란하고 화려했다. 활기차게 반짝이는 빛의 향연, 보란 듯이 붉은빛이 시선을 사로잡았다.

봄날 밤.

관광객들도, 데이트라고 한껏 멋을 낸 커플들도, 가족 나들이객들도, 색색의 전구가 반짝이는 광경을 즐기고 있었다.

네부타 축제 대나무나 철사로 뼈대를 만들고 그 위에 색색의 한지를 붙여 사람 모양의 거대한 등불을 만들어 시내를 행진하는 아오모리의 축제의 등롱을 네온사인과 꽃으로 바꾼 모양새였는데, 거대한 동물과 꽃, 인물 등 다소 투박한 디자인의 조형물들이 밤의 강변을 형형색색 수놓고 있었다.

교통정리원이 있기는 했지만, 구경꾼들이 도로까지 내려오거나, 신호가 바뀐 뒤에도 횡단보도에 남아 있는 등 교통 정체에 한몫하고 있었다. 도로 곳곳에서 경적을 울려댔고, 교통정리원들의 호루라기 소리도 끊임없이 울려 퍼져서 일대는 귀를 찌르는 소음에 휩싸여 있었다.

이렇게 혼잡한 가운데에서도 그 소리는 똑똑히 울려 퍼졌다. 지축을 뒤흔드는, 배 속에서부터 울려 퍼지는 거슬리는 소리. 마치 우레와도 같은 불길하고 불온한 뭔가가 다가오는 소리가.

"이 소리는 뭐지?"

"저게 뭐야?"

술렁이는 사람들.

다음 순간, 마치 모세가 유대 민족을 이끌고 이집트에서 탈출할 때, 홍해가 갈라지듯 일제히 인파가 좌우로 갈라졌다. 이만큼 번잡한 상황에서 용케도 저만큼 공간이 생긴 게 감탄스러웠지만, 그것은 곧 흉포한 무언가가 엄청난 속도로 이쪽을 향해 다가오고 있다는 뜻이기도 했다.

"저게 뭐지?"

"차?"

그 갈색 덩어리는 가속도를 더해가며 비탈길을 활강하는 거대한 리어카 노점이었다.

그래, 강강이 몰래 탄 탓에 주인이 평소 다니던 비탈길에서 무게를 감당하지 못하고 손을 놓아버린 그 노점…… 당연히 강강은 내릴 기회를 놓쳤고, 활강하는 노점 속에서 안간힘을 다해 버티고 있었다.

아아, 나는 지금 바람이 된다.

강강이 그런 생각을 했는지 아닌지는 모르겠지만, 폭주하는 노점은 무시무시한 속도로 플라워 페스티벌의 장식 수레들과 구경꾼들을 향해 일직선으로 달려가고 있었다.

"도망쳐!"

"저쪽으로 가!"

터져 나오는 비명, 우왕좌왕 도망치는 사람들.

지금으로서는 아직 치이거나 다친 사람은 없는 것 같았지만, 노점은 마치 갈색의 회오리바람처럼 직진해 플라워 페스티벌 한가운데에 있는 무대와 충돌했다. 그야말로 벼락이 내리치듯, 폭발음과도 같은 귀를 찢는 소리가 나더니 노점은 단번에 박살이 났고 실려 있던 수많은 인형들은 불꽃처럼 허공에 떠올랐다.

소, 개, 곰, 고양이, 하마, 코끼리, 기린.

색색의 동물들이 하늘을 날고 있었다.

그리고 판다도.

아아, 지금 나는 바람이다.

이번에야말로 강강은 그렇게 생각하며 하늘을 날고 있었다. 순간 주마등처럼 지금까지의 인생이 머릿속을 스치고 지나갔다. 산에서의 생활. 유년 시절. 자연과의 공생. 혹독하지만 자유로웠던 나날들. 그런 생활은 어느 날 암전했다. 정신을 차려보니 속아서 우리에 갇혀 있었다. 인간에게 포획된 것이다.

판다 센터에서의 생활. 자유를 빼앗기고 인간들의 연구 재료로 살았던 나날.

우울. 향수. 저항. 탈주. 순종. 고뇌. 체념.

우리 속에서 강강은 너무나도 무력했다. 하지만 이 손으로 힘겹게 자유를 되찾지 않았던가? 지금 허공을 날고 있는 나는 자유를 움켜쥔 게 아니었던가?

강강은 운이 좋았다. 허공에 날아오른 수많은 인형들은 그의 덩치만큼 컸기 때문이다. 또한 근처에 있던 장식 수레들도 강강과 마찬가지로 큼지막한 크기였다. 게다가 번쩍번쩍 빛나고 있어서, 그 모습에 눈길을 빼앗긴 나머지 그 외의 것들은 눈에 잘 띄지 않았다는 점도 그의 행운에 한몫했다.

"인형이다."

"정말이네."

　하늘에서 떨어진 게 거대한 인형이라는 사실을 깨닫고는 그때까지 멀찌감치 있던 사람들이 일제히 달려들었다.

"저거 가질래."

"난 곰돌이."

"핑크색 코끼리 좀 주워줘."

"그거 내가 먼저 찜했거든!"

　곳곳에서 인형 쟁탈전이 벌어졌다. 방금 전까지의 혼란스러운 상황과는 또 다른, 인형 쟁탈전이 발발한 것이다. 때문에 다른 인형들보다 훨씬 무거운, 블랙 앤 화이트의 거대한 물체가 허공을 가르고 날아가는 광경도 사람들의 눈에 거의 띄지 않았다.

　하지만 정체된 도로 위 차량 속에 갇혀 있던 몇몇 이들은 블랙 앤 화이트의 거대한 뭔가가 공중을 가르는 모습을 목격했다. 잘못 봤나 싶어서 눈을 비비며 부릅뜨는 사람도 있었지만, 그것은 순식간에 시야에서 사라졌다. 피곤해서 헛것을 봤나. 안약이라도 좀 넣어야겠다. 그렇게 생각했을 뿐 다음 순간에는 이미 기억에서 사라졌다.

노점 주인이 필사적으로 비탈을 내려와 박살이 난 노점을 발견했을 즈음에는, 인형들은 대부분 어딘가로 사라져 있었다. 그렇다면 우리의 강강은 어디로 갔을까?

사상 최초로 하늘을 나는 판다가 된 강강. 그는 바람이 되어 허공을 날며 저 하늘의 별님이 되어버린 걸까? 아니, 그렇지는 않았다. 그는 가오칭제도 울고 갈 동체 시력으로 자신의 현재 위치를 파악했다.

저기다!

하늘을 나는 판다라는 명예를 향유하는 동안, 제 주변 상황을 순간적으로 파악할 수 있었던 것은 야생의 본능과 그것을 잃지 않고자 하는 오랜 노력의 결실이라 하겠다.

또다시 그는 도롯가에 자리한 거대한 나무에 착지했다. 날다람쥐처럼 화려하게, 무성한 나뭇잎 사이로 뛰어든 것이다. 격한 바운드로 위쪽 가지는 부러졌지만, 손목의 스냅을 이용해 충격을 흡수한 까닭인지 생각보다 안정적으로 나무에 착지할 수 있었다.

이윽고 완두콩 모양의 두 눈이 나뭇잎 틈새로 혼잡한 도로를 내려다보았다. 마음대로 골라잡으라는 건가. 이렇게 거북이처럼 느릿느릿 움직이고 있으니 원하는 차를 골라 타는 것도 어렵지는 않겠군. 어쩌면 자동차 지붕을 따라 도로를 건너갈 수도 있을 것 같다.

그래도 강강은 조심, 또 조심했다. 그 블루 시트도 어느샌가 몸에다 꼭 묶어놓았다. (일정 연령대 이상의 성인이라면 어릴 적 보자기를 목에 묶어서 슈퍼맨, 배트맨 놀이를 했던 기억이 떠오를 것이다.) 그리고 신중하게 차를 선택했다.

차체가 어느 정도 높고, 강강의 무게를 견딜 수 있을 만한 차.

천천히, 신중하게. 차에 탄 녀석들이 알아채지 못하도록.

강강은 슬며시 나뭇가지에 매달려 그 차 위로 착지했다. 최대한 조심했지만 착지 순간에는 차가 흔들리며 덜컹거리는 소리가 났다. 하지만 블루 시트를 덮고 납작하게 엎드려 있으면 그렇게 눈에 띄지는 않을 것이다. 이 차는 기재를 탑재하기 위해서인지 차 위에 루프레일이 달려 있어서 붙잡을 곳도 있었다.

좋았어. 이제 문제는 이 차의 목적지였다. 일단 번화가를 벗어나기만 하면 된다. 타이밍을 봐서 적당히 눈에 띄지 않는 곳에서 내려야지. 강강은 블루 시트를 뒤집어쓴 채 완두콩 모양 눈만 내놓고 힘을 뺐다.

심두멸각이라. 나는 여기에 없다.

쿵, 묵직한 소리와 함께 차체가 흔들렸다.

필립 크레이븐의 머리 위에 있던 다리오는 불현듯 뭔가를 알아챈 듯 천장을 올려다봤다. 마찬가지로 창싱과 구미코의 시선도 천장을 향했다. 이내 아무 일도 없었다는 듯 조용해졌지만 뭔가가 위에 있는 듯한 느낌이 들었다.

두 사람은 서로를 마주 봤다.

"뭔가 있는 건가요?"

"기분 탓인가?"

차가 움직이기 시작했다. 드디어 막힌 도로가 조금씩 뚫리는지 주변 차량들도 조금씩 속도를 내고 있었다.

"무슨 일 있어요?" 다다시가 구미코를 보며 물었다.

"아니, 아무것도 아냐." 구미코는 손을 저으며 말했다.

반투명한 이구아나 한 마리만으로도 골치가 아픈데, 심지어 버스 지붕 위에 흉악한 판다가 올라타 있을 줄이야. 천하의 영능력자들도 미처 예견하지 못한 사태였다.

30

"어우, 맛있어! 정말 여긴 뭘 시켜도 맛있네요. 감격스러운 맛이에요!" 유코가 눈을 빛내며 말했다.

"그래, 알았어. 맛있긴 하네. 알아들었으니까 먹을 때마다 그렇게 주먹 치켜들지 말아줄래?" 가즈미가 다소 민망하다는 듯 나무랐다.

아닌 게 아니라 한 입 먹을 때마다 몸을 부르르 떨며 "으아" 하고 소리치며 두 주먹을 불끈 쥐는 모습은 사람들의 이목을 모으기에 충분했다.

호텔 청룡반점의 레스토랑. 모든 테이블의 손님들이 왕의 요리에 감탄을 금하지 못했다.

"그런데 그거, 가라테 포즈 아니야?" 뒤늦게 일행에 합류한 에리코가 냉정하게 지적했다.

"맛있는 음식 앞에서는 가라테도 유도도 상관없어요. 모두 평등하다고요." 유코는 영문 모를 논리를 내세웠다.

"아, 유코. 혹시 취했어?" 가즈미가 유코의 얼굴을 세세히 뜯어보며 말했다.

"아뇨, 안 취했습니다!" 유코는 고개를 힘차게 저었다.

"정말?"

가즈미와 에리코는 의혹에 찬 눈길로 유코를 보았다.

단것 사랑으로는 알아주는 유코였지만, 술은 별로 세지 않았다. 하지만 술자리 분위기는 좋아하는 타입이다. 마실 때는 별문제 없지만, 취하면 곁에 있는 사람에게 헤드록 같은 기술을 걸어대는 고약한 술버릇이 있어서, 그것을 아는 사람들은 절대 술자리에서 유코의 옆자리에 앉지 않았다.

무엇보다 입사 당시에 신입사원 환영회에서 갑자기 옆에 앉아 있던 지사장에게 헤드록을 걸었던 사건은 아직도 사내에 전설로 남아 있다. 지사장은 천식을 앓고 있었는데, 그때 허를 찔리는 바람에 질식 상태가 되어 발작을 일으켰고, 끝내 구급차를 부르는 대형 사태로 번졌다. 하마터면 신입사원 환영회에서 상해 사건을 일으켜 입사 당일 징계 혹은 해고 처분을 받을 뻔한 전대미문의 사건이었다.

"뭐예요, 제 말 안 믿으시는 거예요? 정말 안 취했다니까요." 유코는 손을 팔랑팔랑 내저으며 말했다.

취한 사람은 곧 죽어도 제 입으로 취했다고 하지 않는 게 인간사 법칙이 아니겠는가.

가즈미의 시야에 유코의 손끝이 뭔가를 찾듯 슬며시 움직이고 있는 게 들어왔다. 혹시 기술을 걸 상대를 찾으려는 손짓인가? 가즈미는 자연스럽게 의자를 돌려 유코에게서 멀어지려고 했다. 고등학생 전국체전에서 준우승했다는 유도 검은 띠 유단자가 갑자기 기술을 걸면, 말 그대로 천국 구경을 하게 될지도 모른다.

"호조 선배, 너무 그러지 마세요. 오랜만에 가토 선배하고 만나서 너무 좋은데…… 거기다 상하이에서! 이 상황에 조금 흥분한 것뿐이니까요."

유코가 어깨를 툭 치자 가즈미는 가슴이 철렁했다. 괜히 야생아라 불리는 게 아니었다. 도망치려는 걸 알아챘군.

"아, 잠깐 화장실 좀 다녀와야겠네요. 두 분이서 얘기 나누고 계세요."

유코는 자리에서 일어서 종종걸음으로 사라졌다.

가즈미와 에리코는 서로를 마주 보며 말했다.

"취했지?"

"취한 것 같아요. 제가 오기 전에 많이 마셨어요?"

"유코는 생맥주 한 잔. 그것도 홀짝홀짝."

"그게 다예요?"

"응."

"아무리 술이 약해도 그 정도일까요? 정말 외국 나와서 들뜬 걸까요?" 에리코는 고개를 갸웃했다.

"글쎄, 이번 여행을 무척 기대하긴 했어."

가즈미도 쓴웃음을 지으며 도자기로 된 술잔에 손을 뻗었다.

"음?" 순간 동작을 멈추고 잔을 내려다보았다. "아, 유코 쟤, 내 술 마셨잖아?"

"네?"

"차인 줄 알고 이걸 마셨나 봐."

듣고 보니 원탁에는 중국차 포트도 함께 놓여 있었다. 술잔과 찻잔이 같은 사이즈였다.

"그래서 저렇구나." 에리코는 고개를 끄덕였다.

"아깝게 내 술을. 이거 엄청 좋은 소흥주란 말이야. 술맛도 모르고 단것만 찾는 유코가 이 좋은 술을 마시다니. 아까워 죽겠네." 가즈미는 아쉽고 분한 마음이 더 큰 것 같았다.

"그게 문제예요?" 에리코는 기가 차서 혀를 내둘렀다.

뭐, 그 심정을 이해 못 할 바는 아니었지만.

가즈미와 에리코 둘 다 상당한 술꾼이라 같이 근무할 때는 종종

아침까지 술판을 벌이고는 했다.

"유코 오면 이번에는 착각하지 말고 차를 마시게 해야겠네요."

"그러게 말이야. 술 더 시켜야겠네."

가즈미는 투덜거리면서 잔에 남은 소흥주를 싹 비웠다.

마오쩌산은 사람들의 눈길을 피해 계단을 통해 호텔을 나가기로 했다. 한시라도 빨리 이곳에서 멀어지고 싶었다. 엘리베이터 안에서 다시 사인 요청을 받거나, 갑자기 말을 걸어오면 참을 수 없을 것이다. 성마른 걸음으로 계단을 내려가는데 누군가가 아래에서 올라오는 기척이 났다. 고개를 돌리고 그대로 내려가려던 순간이었다.

"마…… 마오쩌산인가?"

스쳐지나려던 순간 상대방이 걸음을 멈추고 나지막이 외치는 걸 보고 심장이 철렁한 마오는 저도 모르게 멈춰서 뒤를 돌아봤다.

날카로운 눈빛. 낯이 익은 얼굴이었다. 그가 수많은 빚쟁이 중 하나임을 떠올린 마오쩌산은 제 불운을 원망했다. 젠장. 엘리베이터를 탔어야 했어. 왜 하필 이 타이밍에 이런 데서.

혀를 차고 싶었지만 그럴 때가 아니었다.

"이거이거, 아주 오랜만이로군."

상대는 쓱 이쪽으로 다가왔다. 퇴로를 막으려는 듯 마오쩌산의 앞을 가로막는다. 자연스레 층계참 벽으로 밀려난 모양새가 되었다.

"여기서 만날 줄이야. 이런 우연이 있나."

남자는 웃음기와 분노가 뒤섞인 으스스한 표정을 지었다.

"사업상 볼일이 있어서 좀." 마오쩌산은 웅얼거리듯 대답했다. "미안한데 급한 일이 있어서 이만……."

"잠깐." 꽁무니를 빼려는 마오쩌산을 향해 남자가 날카롭게 외쳤다. "원수는 외나무다리에서 만난다더니. 내가 지금 기분이 아주 더러웠는데, 다행히도 조금 기분이 나아질지 모르겠군."

남자의 웃음이 더욱더 험악해졌다.

히익, 소리 없는 비명을 삼키며 마오쩌산은 남자의 얼굴을 정면에서 바라보았다. 음? 뭔가 인상이 바뀌었는데? 예전하고 좀 달라진 것 같은데……. 마오쩌산은 머릿속으로 불현듯 그런 생각을 했다.

역시 예술가의 눈썰미였다. 사실 이 남자는 아까 왕에게 호되게 당하고 혼란에 빠져 도망친 그 남자였다. 인상이 달라진 건 물론 앞머리가 없어졌기 때문이었다. 거품을 물고 호텔을 뛰쳐나가긴 했지만, 마음을 가라앉히고 다시 생각해보니 그토록 겁먹은 모습을 보여준 게 분했다. 그리고 그 반응은 분명 녀석이 '물건'의 존재를 알고 있다는 반증이라 판단한 것이다.

그렇다면 역시 되찾아야 한다. 왕의 실력이 상당하다는 건 알았지만, 자신 역시 목숨이 걸려 있다. 이리하여 다시 몰래 호텔로 돌아온 것이다.

설마 녀석도 같은 날에 두 번이나 습격하리라고는 예상하지 못하겠지. 이번에는 허를 찌를 수 있을 것이다. 그렇게 판단을 내리고 왕의 사무실을 향해 가던 길에 마주친 게 오랫동안 소원했던(실은 마오쩌산이 계속 피했던) 마오쩌산이었다.

"사업이라, 지난 몇 년 벌이가 짭짤한 것 같던데. 얼마 전에 방송에서 봤어. 미국 미술관이 엄청난 금액으로 조각을 구입했다고." 남자는 한 걸음씩 마오쩌산에게 다가왔다. "그만큼 벌었으면 돈을 갚아야지. 안 그래?"

남자는 반사적으로 나이프를 꺼냈다. 아까 왕에게 조롱받았지만, 아직 쓸 만한 무딘 나이프를.

히익, 마오쩌산이 다시 소리 없는 비명을 내질렀다.

"정 뭣하면 당신 장기로 갚아도 돼? 이 자리에서 꺼내줄까?"

마오쩌산은 와들와들 떨기 시작했다. "아…… 어…….."

마오쩌산은 순간 자신이 들고 있는 종이봉투를 떠올렸다. 이걸 넘기자. 동웨이위안이 맡긴 물건이니, 상당히 값어치 나가는 것이겠지. 이걸로 넘어가주지 않을까? 종이봉투 안에 든 작은 천주머니. 뭔가 단단한 물건이 든 그 주머니를…….

마오쩌산은 떨리는 손으로 슬금슬금 주머니에 손을 뻗었다.

어질어질한 머리로 복도로 나온 유코는 화장실을 찾았다.

점원이 "저쪽입니다" 하고 안내했지만 복도는 무채색이라 어두웠고, 소흥주를 마시고 취기에 머리가 멍해서 쉽게 찾을 수 없었다. 어느샌가 유코는 인기척 없는 계단 쪽까지 왔다.

어? 이상하네. 분명히 이쪽이라고 했는데. 유코는 두리번거리며 화장실을 찾았다.

그때 층계참 쪽에서 나지막이 속삭이는 소리가 들렸다. 뭔가 싶어서 들여다보니 고령의 남성과 젊은 남자가 심상치 않은 분위기로 이야기를 나누고 있었다.

고령의 남성은 벽에 등을 붙이고 새하얗게 질려 떨고 있었다. 대치한 젊은 남자는 딱 봐도 흉악한 인상이었는데, 상대를 위협하고 있었다. 가엾게도 코너에 몰린 노인은 겁에 질린 나머지 말도 제대로 못 하는 것 같았다.

할아버지!

순간 유코는 고개를 쳐들었다. 물론 익히 짐작하는 바와 같이 그랜파 걸인 유코는 세상을 떠난 할아버지를 떠올린 것이다. 저런 버르장머리 없는 놈을 봤나!

뭔가가 어렴풋이 빛났다. 유코는 숨을 삼켰다.

저 남자, 어르신에게 칼을 들이대고 있잖아! 용서 못 해! 범죄자 같으니! 아니, 공자의 나라에서 이래도 되는 거야!

유코는 격렬한 분노를 불태웠다. 다음 순간, 그녀는 재빨리 움직였다. 소리 없이 잽싸게 남자의 등 뒤로 다가가 칼을 쥔 손을 순식간에 꺾고 강렬한 헤드록을 걸었다.

"구웩."

대체 무슨 일이 일어났는지, 마오쩌산도, 그를 위협하던 남자도 이해하지 못했으리라.

느닷없이 등 뒤에서 공격당한 남자는 머릿속이 새하얘졌다. 설마 조직에서 보낸 녀석인가? 일을 망친 게 들통났나? 그것이 제일 먼저 떠오른 생각이었지만, 바닥에 패대기쳐지며 상대의 얼굴을 힐끗 봤는데 경악스럽게도 자그마한 여자가 아닌가.

"너, 넌, 뭐."

눈을 까뒤집으며 목소리를 쥐어짜려 했지만 겉보기와 달리 여자의 힘은 어마어마했다. 격투기를 배운 게 분명했다.

"젠장."

두 사람이 뒤엉켰다. 칼이 쨍그랑 바닥으로 떨어졌다. 하지만 역시 취한 탓인지 유코는 기술을 완벽히 끝내기 전에 남자의 반격을 허락하고 말았다.

바닥에 나동그라진 유코.

"거기 누구, 누구 없나!"

정신을 차린 마오쩌산이 큰 소리로 외치자 계단 위에서 종업원이 빼꼼 얼굴을 내밀었다.

"아, 마오쩌산 선생님!"

다른 종업원들도 헐레벌떡 달려왔다.

"젠장!"

남자는 다시 거품을 물며 도망칠 수밖에 없었다. 이번에는 칼을 주울 여유도 없었다.

"손님, 괜찮으십니까?"

"전 괜찮아요. 할아버지, 다친 데 없으세요?"

일본어 비슷한 말이 등 뒤에서 들렸다.

대체 뭐냐? 이 호텔은. 저 여자는 또 뭐고?

혼란과 육체적 고통에 휩싸여 계단을 뛰어 내려가면서, 남자는 밖으로 나갈 때까지 계속해서 구시렁거렸다.

31

이른바 '유괴'라는 장르의 범죄에서는, 인질의 안전이 확인되지 않는 한, '부모'는 몸값을 지불하지 않는다. 지금까지 '부모'들이 암전히 몸값을 지불해온 것도, 늘 인질의 대우에 신경을 쓰며, 입금 후에는 신속하게 건강한 상태로 '부모'에게 돌려보낸다는 규칙을 지켜왔기 때문이다. 신뢰관계 없이는 성립되지 않는 거래이다.

동웨이위안은 지금까지도 신중을 기해, 만일의 경우에 대비해 '아이'의 모조품을 만드는 습관을 들여왔다. 그것은 어디까지나 시간 벌기나 허풍이 필요해질 때를 위해서고, 실제로 사용한 적은 없었다. 때문에 모조품의 질도 굳이 정교하게 만들지 않고, 언뜻 봐서는 속일 수 있어도 자세히 살펴보면 들통나는 정도로 맞춰왔다.

오랜 지기들은 시간과 돈 낭비 아니냐고 잔소리를 했지만, 그래도 거르지 않고 매번 해온 일이 이 바닥에서 손 털기 전 마지막 승부에 도움이 될 줄이야.

웨이위안은 기묘한 감동을 느꼈다. 게다가 마지막의 마지막에 어이없는 실책을 저지르지 않기 위해 이번 '아이'는 정교한 것에서부터 어설픈 것까지 몇 종류의 모조품을 준비해놓은 노력이 빛을 보게 될 것 같았다. 역시 매사에 완벽을 기해서 나쁠 건 없다.

자, 이제 어쩌지.

홍콩경찰의 USB 데이터를 입수해 '심부름'을 마친 아이가 돌아간 뒤로도 웨이위안은 예원상성의 모비딕 커피를 내려다보며 생각에 잠겨 있었다. 어렴풋이 예상하고 있기는 했지만, USB 데이터를 살펴보았을 때에는 온몸의 피가 마르는 기분이었다.

이토록 자세히 조사했을 줄이야.

'GK'라 불리는 웨이위안 일당은 각 프리랜서들이 서로 협조해 범행을 기획하는 형태였다. 이른바 아메바형의 조직인데, 추적을 피하기도 쉽고 유연하게 대처할 수도 있다. 피라미드형 조직은 체계적이라 효율은 좋았지만, 어딘가에 구멍이 나면 줄줄이 꼬리가 잡히고 만다.

철저한 분업화를 추구하는 웨이위안 일당은 가급적 쓸데없는 정보는 공유하지 않았다. 유괴 전문, 보관 전문, 교섭 전문, 사무작업 전문 등, 전문 분야에 따라 업무를 분담했다. 각 팀은 적당한 거리를 유지했다. 일 외에는 가급적 접점을 만들지 않으려 애썼다.

그런데…… 화면 속 명부는 정확했다.

'호텔'로 추정한 곳들도 거의 들어맞았다. 어제오늘 시작한 것이 아니라, 장기에 걸쳐 잠입수사를 해온 결과임이 틀림없었다. 웨이위안의 가게도 주시 대상인 것은 알고 있었지만, 아무래도 자신이 생각한 것보다 훨씬 전부터 감시당하고 있던 것 같았다. 웨이위안은 그 시기에 자신이 뭔가 실수한 게 없는지 기억을 더듬어봤다.

뭐, 그런 실수를 했다면 진작 붙잡혔을 테니 결정적인 실수를 저지르지는 않았겠지.

뭔가 허점을 드러냈다면 아마 손자인 동웨이췬이겠지만, 그 아이에게는 중요한 일은 아무것도 알려주지 않았고, 시키지도 않았으니 녀석을 추궁해도 아무것도 얻을 게 없다는 건 웨이위안이 누구보다 잘 알고 있었다.

이번 입찰. 녀석들도 평소와 다르다는 걸 알아챘으리라. 계속 진행할 것인가? 아니면 지금 단계에서 취소하는 게 나을까? 어찌 되었든 이번이 마지막 일이다.

'박쥐'의 행방은 아직 모르지만, 욕심을 부렸다가 일망타진당할 바에야 지금 깔끔하게 손을 떼버리면 발각될 염려는 없으리라. 상대방도 우리가 이번 일에 명운을 걸고 몸값을 받으러 올 것이라 생각할 테니, 아마도 완벽하게 도망칠 수 있을 것이다.

웨이위안은 눈을 가늘게 뜨며 생각에 잠겼다. 생각에 잠겼을 때 그의 얼굴은 마치 체서 고양이의 웃음을 연상시켰다. 무척 온화한 미소를 짓고 있지만, 그 미소 뒤에 숨어 있는 건 결코 아름다운 추억이 아니라, 그를 아는 자들로부터는 두려움을 자아내는 표정이었다.

음. 혼란의 씨앗을 뿌려두기는 했다만.

그 순간, 타이밍을 노렸다는 듯 휴대전화가 진동해서 웨이위안은 조용히 전화를 받았다. 상대는 시장에서 만난 남자였다. 이른바 '유괴' 전문 팀이다.

"나야."

목소리를 듣자마자 상황이 좋지 않게 돌아가고 있다는 사실을 깨달았다. 저우의 목소리에는 짜증이 배어 있었고, 간신히 억누른 분노가 수화기를 통해 전해졌다.

"……미안한데." 낮은 목소리가 울려 퍼졌다. "아직 체크인하지 않았어."

뭐라고? 웨이위안은 제 귀를 의심하며 휴대전화를 고쳐 쥐었다. 아직 체크인하지 않았다는 사실에도 놀랐지만, 그를 놀라게 한 건 그 전의 대사였다. 미안한데, 라고 했지? 미안한데, 라고.

설마 이 남자의 입에서 그런 말이 나올 줄이야. 애초에 이 남자가 그런 말을 안다는 것 자체가 뜻밖이었다. 아무래도 이번에는 갖가지 '희한한' 일이 일어나는 모양이다.

"위치는 아는데, 교통 정체에 발목이 잡힌 모양이야." 남자는 짜증스레 중얼거렸다.

"어디 있지?" 웨이위안은 자신이 지금까지 해본 적 없는 '희한한' 질문을 했다.

그는 '보관' 전문이다. 거기에 '아이'의 가치와 그 소재, 과거의 역사에 통달한 학예원이기도 했다. 이번에는 수화기 너머로 저우가 말문이 막힌 기척이 났다. 그 역시 웨이위안이 이동 중인 '아이'의 소재를 처음으로 물었다는 사실을 깨달은 것이다. 아무리 나이를 먹어도 첫 경험이라는 게 생기는 법이군. 웨이위안은 그런 생각을 하다 우스워져서 순간적으로 입꼬리를 올렸다.

"아직 청룡반점이야." 남자는 솔직하게 대답했다.

지금은 비상사태다. 무슨 일이 일어나도 이상할 게 없다고 이해한 것 같았다.

"청룡반점 어디지?"

수화기 너머로 희미하게 침음하는 소리가 들렸다.

"요리장인 왕이라는 남자가 갖고 있어."

"왕이라."

웨이위안의 뇌리에 최근 텔레비전에서 본 얼굴이 떠올랐다. 유명한 요리사였다. 그에게 깊은 인상을 남긴 건 오히려 왕의 조부였다. 자금성의 요리사였던 왕의 조부는 골동품 컬렉터로 유명했기 때문이었다.

"어쩌다가……."

"녀석이 운반책이었던 동물을 조리한 모양이야."

"그렇게 된 일이군."

"훔치려고 시도했지만 실패했어. 계속 주방에 있고 주변에도 사람이 많아서 빈틈이 없어."

주방은 전쟁터다. 아마도 영업이 끝나기 전까지 혼자 있을 가능성은 없을 것이다.

"그러니까 체크인은 밤늦게 할 것 같아."

힘겨운 목소리를 들으며 웨이위안은 재빨리 머리를 굴렸다. 생각하기 따라서는 더없이 안전한 보관 장소일지도 모른다. 아무도 손댈 수 없는 보안이 철저한 장소.

"문제는." 낮은 목소리가 웨이위안의 귓가에 흘러 들어왔다. "왕이 알아챘다는 거야. 물건을 되찾으려다 방해받은 모양이야."

"그렇겠지." 웨이위안도 그 사실을 알고 있었다.

동물의 위장에 그런 게 들어 있었다면, 위험한 물건이라는 걸 바로 알아챘을 것이다. 그보다 더 성가신 건 왕의 심미안이었다. 어떤 인터뷰에서 그는 조부가 수집한 골동품을 어릴 적부터 계속 봐왔다고 했다. 그런 왕이니 물건이 최상급의 명품이라는 걸 금방 알아챌 것이다.

경찰에 신고하면?

언론에 공표하면?

수화기 저편과 이편에 있는 두 사람 다 그런 가능성에 골머리를 앓고 있다는 걸 알아챘다. 하지만 웨이위안은 왕이 그러지 않을 것 같다고 생각했다. 조부를 봐왔으니, 미술품의 아름다움이 결코 외양만으로 이루어진 게 아님을 이해하고 있을 터였다.

"알았네. 체크인하면 바로 연락해."

"알았어."

전화를 끊고 나서 웨이위안은 한동안 생각에 잠겨 있었다.

청룡반점. 이번에도 청룡반점인가. 아까 동웨이췬에게 시킨 심부름 중 하나도 그곳에 관련된 일이고. 흐음.

웨이위안은 모비딕 커피를 내려다봤다. 아까부터 분주하게 움직이는 남자들이 눈에 들어왔다. 당황했는지, 아는 사람이 보면 수사관임을 단번에 알아챌 정도로 허점을 드러내고 있었다.

요즈음 다양한 조직의 요원들을 보면, 그 질이 향상됐는지 하락했는지 분간할 수가 없었다. 하지만 기계나 과학기술에 의존하게 된 것은 분명했다. 적어도 저우가 부리는 녀석들의 수준은 낮았다. 왕에게 물건을 되찾는 데 실패하다니, 예전이었다면 상상도 못 할 일이다. 원래는 저우와 대화를 나누는 일 자체가 거의 없었다. 서로 접촉하지 않고 대화를 나누지 않아도 상대가 무엇을 하는지 알고, 지금 어떤 식으로 사태가 진행되는지 파악할 수 있을 정도였다.

역시 여러 의미로 슬슬 손을 털 때가 됐군. 웨이위안은 전표를 들고 자리에서 일어났다. 그렇다면 역시 이번에는 첫 체험을 조금 더 즐겨보도록 할까.

가게를 나선 웨이위안은 바로 혼잡한 사람들 틈에 섞여, 인파를 지나 간선도로로 나가 택시를 잡았다.

"청퉁반섬으로 가주게." 좌석에 앉아 기사에게 목적지를 말했다.

녀석의 부하들이 왕에게 물건을 되찾는 건 불가능하다. 웨이위안은 그렇게 직감했다. 이번만큼은 내가 직접 나서야겠다.

그 직감이 틀리지 않았다는 것 또한 웨이위안은 잘 알고 있었다.

32

차는 도로 위에서 꿈쩍도 하지 않았다. 경적 소리가 이미 배경음악이 되어버렸는지, 한때의 혼란이 잠잠해지자 차내에는 다소 체념한 분위기가 감돌았다.

"지도 없나?" 루창싱은 불현듯 필립 크레이븐을 보며 물었다.

"지도?" 필립이 초췌한 얼굴을 들었다.

"당신이 공양을 올리려는 녀석의 묘의 지도 말이야."

"매장한 지 얼마 안 되어서, 촬영장의 간략한 지도밖에 없는데요." 존이 파일을 꺼내 팔락팔락 페이지를 넘겼다. "이게 촬영장 지도고, 다리오의 묘는 여기입니다."

광활한 촬영장의 외곽을 가리켰다.

"이 촬영장은 상하이에서 봤을 때 위치가 어떻지?"

"이쪽이 범위가 더 넓은 지도예요."

존이 옆 페이지를 가리키자 모두가 몸을 내밀어 지도를 들여다봤다.

"음……." 루창싱은 침음을 흘렸다.

그의 표정이 어두워진 걸 존은 놓치지 않았다. "뭔가 문제라도?"

"촬영은 순조롭나?" 창싱은 날카로운 눈으로 존을 보았다.

"네?"

"촬영은 잘되어가고 있나?"

모두가 얼굴을 마주 봤다.

팀이 코웃음을 쳤다. "잘되어가고 있느냐고?"

순식간에 그의 이마에 퍼런 핏줄이 불거졌다. 갖가지 문제와, 촬영이 지연되어 날로 쌓여가는 금전적 손실들이 뇌리에 되살아난 모양이었다.

"그래, 최고로 잘되어가고 있지? 그렇지?" 팀은 필립을 찌릿 노려봤다. "잘되고 뭐고 촬영은 절찬 중단 중이라고! 원래대로라면 마차 끄는 말처럼 일해야 할 감독이 호텔에 틀어박혀 삼년상을 치르고 있잖아! 이게 다 네놈이 들여온 짐승 때문이야!"

"쉿." 존이 황급히 제지했다.

하지만 즉시 필립이 새하얗게 질려 부들부들 떨기 시작했다. "다리오!"

오열하는 필립을 오즈누 다다시가 달래주었다.

"하긴 이상한 사건 사고의 연속이긴 해." 안무가가 생각에 잠긴 듯 팔짱을 꼈다. "무슨 사고가 이렇게 많아? 부상자도 많고."

"그건 그래." 액션 감독도 그 말에는 동의했다. "뭐, 격렬한 액션 신도 있으니 부상자가 나오는 건 그래도 이해가 가. 하지만 컨디션 나빠지는 스태프들이 많지 않아?"

"듣고 보니 그렇군. 감기 비슷한 게 유행하는 것 같아. 그 때문에 진행이 늦어져서 원래도 미묘했던 스케줄이 더 꼬였어."

"세트 배치가 좋지 않아." 창싱은 지도를 가리키며 말했다. "지금 이라도 늦지 않았어. 여기에 이렇게 서쪽에서 용맥이 흐르고 있어. 이 세트는 완전히 용맥을 차단하는 모양새지. 이 강과 평행선을 그리게 세트 배치를 바꿔야 해."

"음, 그건 좀 힘들 것 같아요. 지금부터 바꾸는 건…… 벌써 촬영이 끝난 장면도 있어서."

존이 얼굴을 찌푸리며 생각에 잠겼다.

"그럼 최소한 이 세트만이라도 다른 데로 옮겨. 이 세트가 서쪽에서 들어오는 기를 막고, 탁하고 나쁜 기를 이 안으로 모으고 있으니까."

"그건 가능할 것 같군요."

"묘는 여기인가?" 이번에는 창싱이 생각에 잠겼다.

"묏자리에도 뭔가 문제가 있어요?" 다다시가 물었다.

"아니, 이건 별문제가 아니야." 불현듯 뭔가 떠오른 듯 창싱은 고개를 쳐들었다. "어디서 죽었지?"

모두 다시 서로를 마주 보며 조용히 필립 크레이븐을 바라보았다. 그가 흐느끼는 소리가 바깥의 경적 소리와 어우러지듯 차내에 울려 퍼지고 있었다.

"하! 그 짐승도 그때 거기서 필에게 먹히길 바랐을걸!" 우물거리는 일행을 비웃듯 팀이 외쳤다.

"먹힌다고?" 창싱이 되물었다. "그게 무슨 말이지?"

"저기, 사실은, 다리오는 아까 청룡반점에서 죽었어요."

다다시가 말을 받아 순화된 표현으로 설명했다. 감독이 편법에 가까운 수단으로 다리오를 '수입'한 결과, 주방으로 잘못 운반되어 비운의 죽음을 맞이했다는 것을.

"그렇게 된 일이군." 창싱은 연신 고개를 끄덕였다.

현장은 그곳인가. 그래서 그쪽에 이끌리는 건가. 주인인 감독에게 붙어 있기는 하지만, 언젠가는 다시 그 호텔로 돌아가겠지.

"아까부터 뭘 보시는 거죠?"

다다시가 으스스하다는 듯 버스 천장을 올려다보는 창싱과 구미코를 보았다. 두 사람이 자기 이야기를 하는 걸 아는지 모르는지 천장에 달라붙어 아래를 내려다보는 다리오였다.

"음?" 구미코가 의아스러운 표정을 지었다.

창싱도 알아챘다. 다리오의 흐릿한 몸속에 뭔가가 있다.

"저게 뭐지?" 창싱이 중얼거렸다.

"뭘까요? 빛이 나는 것 같지 않아요?"

"뭔가 강렬한 것이군."

아까까지 알아채지 못했지만, 다리오의 몸속에 희미하게 빛나는 작고 길쭉한 뭔가가 있었다.

"두 분 다 장난치지 마세요. 뭐예요, 그 빛나는 게." 다다시가 하얗게 질린 얼굴로 두 사람을 번갈아 보았다.

"저거네요, 저게 그를 끌어당기는 거예요."

"그런 것 같군."

두 사람은 다리오의 영혼을 올려다본 채 수군거렸다.

"그러면 모든 일의 시작은……."

"그곳이구나."

창싱과 구미코는 얼굴을 마주했다.

"무슨 이야기를 하는 거죠?" 존이 두리번거리며 모두의 얼굴을 보았다.

"이렇게 버스까지 대절해놓은 상황에서 말하기 좀 그렇지만, 돌아가는 게 좋을지도 몰라." 창싱이 존을 바라보며 말했다.

"네?"

"무덤은 됐어. 거기에 그는 없어."

"천 개의 바람이 되었나요?"

다다시가 반사적으로 물었지만 창싱은 무시했다.

"청룡반점으로 돌아가지."

"돌아간다고요?"

"살인 현장으로 돌아가야지."

"살인범입니까?"

"거기에 뭔가 있어."

창싱은 다시 한번 날카로운 눈빛으로 천장의 다리오를 올려다보았다.

심두멸각이라. 나는 지금 블루 시트다. 나는 블루 시트가 되어 있다. 차 위에서 블루 시트가 된 것이다. 강강은 그렇게 자신을 세뇌시키며 차 위에 납작 엎드려 있었다.

지금까지 계속 긴장의 연속이었던 탓인지, 어느샌가 꾸벅꾸벅 졸고 있던 모양이다. 방심해 침을 흘리고 있던 사실을 깨닫고 퍼뜩 정신을 차린 강강은 자신이 어디 있는지 떠올리고 그 자리에 그대로 멈췄다. 그나저나 아까부터 차는 전혀 움직이지 않았다. 그 탓에 깜빡 존 모양이었다.

정신 차리자.

강강은 시트 아래에서 살며시 바깥을 살폈다. 도로는 콩나물시루를 방불케 했다. 이래서는 차를 탄 의미가 없잖아. 거의라 해도 좋을 만큼 도시의 불빛에서 멀어지지 못했다.

하품이 나왔다.

그로부터 수십 분이 지나고 나서야 슬슬 차들이 움직일 기미가 보였다. 몸 아래에서 부릉, 하고 진동이 울리더니 차체가 조금씩 앞으로 나아갔다.

좋아.

상하이 외곽이 가까워지고, 주변이 어둑어둑해지자 그제야 차량의 흐름이 원활해졌다. 교외를 향해 기다렸다는 듯 차들이 달리기 시작했다.

좋았어! 이제 도심에서 멀어질 수 있겠군!

강강은 내심 쾌재를 불렀다.

드디어 자유의 몸이 되었다!

겨우 속도가 붙자 밤바람이 기분 좋게 온몸을 스치고 지나갔다. 기분 탓인지 공기도 맑아진 것 같았다.

드디어 고향으로! 나는 돌아간다!

그렇게 확신하며 한시라도 읊을까 생각하던 찰나였다. 갑자기 차가 속도를 줄이며 옆길로 빠졌다.

어? 커브로 차체가 진동하자 강강은 황급히 루프레일을 붙잡았다. 위험하군, 위험해. 하마터면 떨어질 뻔했어.

다시 한번 차에 꼭 달라붙은 강강은 블루 시트 아래로 바깥을 내다보았다. 주유소. 기름을 넣으려는 건가. 넓은 주유 공간에 들어섰다.

강강은 블루 시트를 단단히 뒤집어쓰고 한층 더 몸을 낮췄다. 하지만 주유하는 줄 알았던 차량은 그대로 크게 유턴했다.

응?

강강이 당황해 눈을 깜빡거리는 동안 차는 돌아서 다시 원래 왔던 도로로 들어섰다. 아까와는 반대 방향으로.

뭐라고?

교외를 향해 달리던 차는 다시 상하이 도심을 향해 달리기 시작한 것이다.

이쪽 차선은 비어 있어서, 차량은 눈 깜짝할 새에 속도를 올렸다. 강강은 차에 딱 달라붙어 있을 수밖에 없었다. 이 속도로 달리고 있으니, 뛰어내릴 수도, 다른 차로 이동할 수도 없었다.

젠장, 대체 뭐지? 왜 돌아가는 거냐고? 강강은 혼란스러운 머리로 생각했다. 조금 더 멀어지면 이 지긋지긋한 블루 시트도 벗어버리려 했는데. 환한 시가지로 돌아가면 다시 블루 시트를 뒤집어쓰고 몸을 숨겨야 한다.

왜냐고! 돌려보내줘!

나를 고향으로 보내달라고!

비통에 찬 망향의 아우성은 차안의 면면들에게는 들리지 않는 것 같았다. 오직 다리오의 영혼만이 흠칫 반응을 보이며 그 비통한 아우성을 내지르는 머리 위의 거대한 생물을, 천장 너머로 신기한 듯 올려다볼 뿐이었다.

33

"모리카와 씨 같은 청년들을 보고 있으면 일본의 미래가 기대되는군요. 앞으로도 응원하겠습니다. 반년이나 1년 뒤에 다시 추가로 취재를 요청드리겠습니다."

미야코시 신이치로는 들뜬 표정의 모리카와 야스오와 악수를 나누었다.

"네, 열심히 하겠습니다. 저에게도 오늘은 기념일이 되겠네요. 그대로 계속 일본에 있었으면 아마 미야코시 씨의 취재를 받을 일도 없었을 테니까요."

"하하하, 그건 모르는 일이죠." 미야코시 신이치로는 호탕하게 웃다가 손목시계를 보았다. "아, 벌써 이런 시간이군요. 너무 오래 있어서 미안합니다. 이야기가 너무 재미있어서요."

"아닙니다, 저희야말로 홍보가 되니 감사하죠." 모리카와는 싱긋 영업용 미소를 지었다.

중국의 최신 모바일 게임 사정을 듣다 보니 예정된 시간이 훌쩍 지나 있었다. 바깥은 이미 어두컴컴했다.

"안정된 일본 대기업을 버리고 해외로 진출하는 청년. 앞으로도 응원하고 싶군요. 프리랜서로 독립한 탓인지 개인적으로도 무척 공감하며 들었습니다." 신이치로는 연신 고개를 끄덕이며 말했다. "맞다, 모리카와 씨의 전 직장을 취재해보는 것도 흥미롭겠군요."

신이치로는 제 아이디어에 무릎을 탁 쳤다.

"과거의 상사나 동료들이 모리카와 씨에게 어떤 인상을 가지고 있었고, 지금 모습을 보고 어떻게 생각하는지 꼭 들어보고 싶군요."

말을 마치고 모리카와를 본 신이치로는 순간 당황을 금할 수가 없었다. 새하얗게 질린 얼굴의 모리카와가 그 자리에 우두커니 서 있었기 때문이었다. 그 굳은 포즈, 팔을 힘없이 떨구고 뒷걸음질 치는 듯한 포즈에 신이치로는 어째서인지 기시감을 느꼈다.

이 포즈, 분명 어딘가에서 본 기억이 난다. 어째서일까. 어디서 봤지? 순간 기억을 더듬었지만 답답하기만 할 뿐 떠오르지 않았다.

물론 이것이 모리카와가 전 직장에서 혼란에 빠졌을 때 보였던 '레서판다 모리카와' 포즈임은 말할 것도 없었다. 하지만 모리카와는 자신이 그렇게 불렸던 이유를 몰랐고, 하물며 신이치로에게 동물은 커버 범위 밖이었다.

"왜 그러시죠?"

의아스러운 목소리에 모리카와는 숨을 삼키더니 황급히 표정을 갈무리하고 신이치로를 향해 억지웃음을 지었다.

"아니, 아무것도 아닙니다. 잠시 예전 직장 일을 떠올리니 그리워져서요. 이젠 제가 거기 있던 사실 자체가 믿기지 않을 정도입니다."

"그럴지도 모르겠군요. 너무 다른 세계니까요." 신이치로는 이해했다는 듯 고개를 끄덕였다.

모리카와는 어흠, 하고 작게 기침을 하고는 백지장 같은 얼굴로 인사를 건넸다. "뭔가 감기 기운이 있어서 저는 이만 실례하겠습니다. 요즘 너무 무리했나 봅니다."

"몸조리 잘하십시오. 기대주이신데 건강에는 유의하셔야죠."

"감사합니다."

실제로 모리카와는 아까부터 밀려왔다 사라지는 파도처럼 엄습하는 오한에 당혹스러워하고 있었다. 그리운 불길한 느낌, 마치 그 삼인조가 근처에 있을 때처럼.

모리카와는 목을 꺾으며 제자리로 돌아갔다.

"괜찮을까?" 신이치로는 카메라맨을 마주 보며 말했다.

한순간에 컨디션이 나빠진 것처럼 보여서였다.

"역시 외국에서 날마다 긴장하며 치열하게 살기 때문이겠죠."

"맞아. 남의 나라에서 버티는 건 쉬운 일이 아니지. 저 모습을 도전정신이라고는 없는 일본 대기업 녀석들에게 보여주고 싶군. 뭐, 대기업은 그들 나름대로 그 생태계에서 살아가는 게 만만치 않다는 건 알지만."

신이치로는 한순간 아련한 표정을 지었다. 프리랜서로 독립할 결심이 들게 했던, 조직 내의 불쾌한 알력 다툼을 떠올린 모양이었다. 하지만 이내 평소의 표정으로 돌아왔다.

"옛날 일은 됐어. 저널리스트는 늘 현재형이어야지. 자, 거리로 나가 상하이의 현재를 느껴보자고." 신이치로는 제 뺨을 짝 치더니 밖으로 나갔다. "음?"

밖으로 내려가자 주변이 소란스러웠다. 원래 북적거리는 길이기는 했지만, 그것을 감안하더라도 멀리서 전해지는 것은 분명히 비명과 환호성, 노성 같은 것이었다. '북적거림'의 범주를 넘어선 소음이 빌딩 숲 사이로 울려 퍼지고 있었다. 보아하니 그런 느낌을 받은 건 신이치로 일행만이 아니었는지, 통행인들은 서로를 마주 보았고, 구경꾼들은 노골적으로 호기심을 드러내며 달려가고 있었다.

"무슨 일 있는 건가?"

"오늘 와이탄에서 플라워 페스티벌을 한다고 듣긴 했는데요."

여성 통역사가 고개를 갸웃거렸다. "행사?"

"네. 아마 그것 같은데."

"가보지."

신이치로 일행은 걸음을 재촉했다. 하지만 와이탄에 가까워질수록 인도가 혼잡해져서 좀처럼 앞으로 나아갈 수 없었다.

"뭐야, 무슨 일이야?"

"저게 뭐죠?"

스태프가 허공을 가리켰다. 뭔가가 허공을 날고 있었다.

"소?"

"곰?"

자세히 보니 그것은 거대한 인형이었다. 한두 개가 아니라, 상당한 수의 인형들이 허공을 날고 있었다.

"저게 뭐야?"

"아무래도 인형을 서로 주우려는 것 같은데요."

"운동회…… 같은 건가?"

허공을 나는 핑크색 돼지 인형을 올려다보고 있는데 날카로운 호루라기 소리가 울려 퍼졌다. 순간적으로 주변이 다소 조용해지며 모두 일제히 소리가 난 쪽을 보았다. 키잉, 확성기의 하울링 소리가 났다.

"상하이경찰입니다. 여러분 길을 터주십시오. 길을 터주십시오."

또렷한 발음의, 아나운서처럼 낭랑한 목소리가 울려 퍼졌다. 애초에 발음이 나쁜 중국어를 들어본 적이 별로 없지만. 신이치로는 그런 생각을 했다.

"뭔가 빛나고 있는데요?" 카메라맨이 멍하니 중얼거렸다.

"뭐라고?"

신이치로는 카메라맨의 시선을 좇았다. 시선이 멎은 곳이 주변보다 조금 더 밝았다. 그의 말대로 뭔가가 빛나고 있었다. 뭔지는 모르겠지만, 반짝거리는 물체는 이쪽으로 조금씩 다가왔다.

"뭐지? 혹시 영화 촬영 중인가?"

"〈춤추는 대수사선〉은 아니겠죠?"

"저 사람, 경찰서장이에요." 통역사가 흥분해 삿대질을 했다. 왠지 얼굴이 붉었다.

"경찰서장? 상하이경찰의?"

신이치로와 카메라맨은 얼굴을 마주 보았다. 영화 촬영이라고 생각할 법도 했다. 빛난다는 건 기분 탓이 아니었다. 일본의 기동대가 사용하는 것과 비슷한 중형 버스 천장 부분에서 확성기를 든 젊은 남자가 상반신을 내밀고 있었다. 그리고 그 양옆에서 경관 두 명이 그에게 조명을 비추고 반사판을 들고 있는 모습이 보였다. 그래서 멀리서도 빛이 나는 것처럼 보인 것이다.

"저기, 왜 조명을 비추는 거지?" 카메라맨이 더듬거렸다.

"일일 경찰서장……일까요?" 신이치로가 통역사의 얼굴을 보았다.

"아뇨, 저 사람이 가오칭제예요!" 통역사는 황홀한 눈으로 외쳤다. "미국 FBI에서 연수를 받은, 명물 경찰서장이라고요! 적폐 경찰을 투명하고 합리적인 조직으로 개혁하고 있어서, 시민들의 엄청난 지지를 받고 있어요!"

그렇군. 멀리서 봐도 영화배우처럼 잘생긴 남자임을 알 수 있었다.

"평소에도 저렇습니까?"

"네?"

"설마 평소에도 저렇게 조명을 받으며 다니는 건 아니겠죠?"

"네. 하지만 잘 어울리네요."

솔직히 기묘한 광경이었지만 통역사는 그 부자연스러움을 알아채지 못한 모양이었다.

"여러분, 길을 터주십시오. 길을 터주십시오. 네, 보행자들은 인도로 돌아가주십시오. 차도로 나오신 여러분, 인도로 돌아가주십시오."

가오의 목소리가 낭랑하게 울려 퍼졌다. 인기가 있는 건 분명해 보였다. 곳곳에서 꺄아악, 하는 환호성이 터져 나오는 건, 분명히 가오를 아이돌처럼 여기는 증거였다.

"이거 괜찮네."

처음에는 당황한 눈치였던 신이치로의 눈이 번뜩였다.

뇌리에는 '상하이경찰 24시'라는 텔레비전 화면 위를 수놓는 타이틀이 떠오르고 있었다.

마법의 도시, 상하이에 나타난 젊은 경찰서장!

미국 유학파 신세대 경찰이 조직의 적폐를 척결한다.

고질적인 인습, 저항하는 조직, 상부의 압력, 눈에 보이지 않는 악의!

하지만 시민들은 그를 지지한다!

뜨거운 지지를 받으며 강건하게 조직 개혁에 도전한다!

"돌격 인터뷰다!"

갑자기 신이치로는 의욕을 보이면서 인파를 헤치고 앞으로 나아갔다.

"네? 뭐라고요?"

카메라맨이 황급히 뒤따랐다. 물론 다른 스태프들도.

꺄악, 비명을 지르는 여성 통역사는 금방이라도 덩실덩실 춤을

출 기세였다.

주변에는 어느샌가 수많은 경관들이 나타나 곳곳에서 교통정리와 차도까지 내려간 보행자들을 유도하기 시작했다. 멀리서 정체된 차들의 경적 소리가 점점 가까워지더니, 사람들의 목소리보다 커졌다.

"좋아, 그쪽도. 지나갑니다, 지나갑니다." 가오는 여기저기 시선을 보내며 지시를 내리고 있었다.

신이치로는 적확한 지시에 감탄했다. 여전히 가오의 양옆에서는 지친 얼굴의 경관들이 라이트와 반사판을 들고 있었다. 그런데 대체 왜 저런 짓을 하는 거지? 호감도 상승 작전인가?

"가오 서장님! 잠깐 시간 좀 내주시겠습니까? 저희는 일본 방송국에서 나왔습니다."

드디어 차량의 10미터 거리 내에 접근한 신이치로는 가오를 향해 외쳤다. 곧바로 통역사가 중국어로 외쳤다. 가오는 놀란 듯 이쪽을 보았다. 영화배우를 방불케 하는 외모였다. 선전탑으로는 더할 나위 없는 캐릭터겠지.

"경찰서장이 직접 교통정리라니, 고생이 많으십니다! 혹시 시민들의 교통질서 의식 향상을 위한 활동입니까? 지금 상하이의 가장 큰 문제점은 뭐라고 생각하십니까?"

신이치로, 그리고 통역사가 연속해서 외쳤다.

웅성웅성, 뭐야, 무슨 일이야, 일본 방송국이래, 주변에서 구경꾼들의 시선이 집중됐다.

가오는 신이치로와 그 옆의 카메라맨을 보더니 즉시 허리를 곧게 펴고, 고개를 살짝 돌려 포즈를 취했다. 다소 과장된 행동거지였지만, 그 효과는 절대적이었다. 카메라의 시선을 포착해 눈이 딱 프레임에 들어오는 모습을 보고 카메라맨은 내심 혀를 내둘렀다.

"이 모습을 보십시오! 이게 상하이입니다!" 가오는 흐르는 듯한 동작으로 주변을 둘러보며 활짝 팔을 벌렸다. "인구가 밀집한 이 대도시에서 지금 요구되는 건 질서입니다! 그리고 그것을 만드는 건 시민 여러분 자신이며, 여러분의 매너입니다!"

가오는 신이치로의 질문에 대답한다기보다는 주변을 향해 선거운동하듯 호소했다.

"저는 제 모든 시간을 상하이 시민을 위해 바칠 각오가 되어 있습니다! 성숙한 시민의 질서, 스마트한 도시를 만들기 위해 앞으로도 시민 여러분의 협조를 구할 작정입니다!"

자기에게 취했군. 카메라맨은 그렇게 생각했다.

"상하이 룰! 아시겠습니까, 표어는 상하이 룰입니다!"

가오는 손가락을 뻗어 카메라를 가리키며 노골적인 영업용 미소를 지었다. 하얀 이가 조명을 받아 부자연스러울 정도로 반짝거렸다. 꺄악, 주변이 떠나가라 환호성이 터져 나왔다.

자기한테 취했어. 밖에서는 보이지 않는 중형 버스 안, 가오의 하반신을 바라보며 젊은 여성 경관이 혼잣말처럼 중얼거린 걸, 신이치로도 가오도 아무도 알지 못했다.

34

아트페어도 중반을 지나, 구매 의사가 없는 손님들이 연회장에서 하나둘 모습을 감추기 시작했다. 여기저기에 진지한 얼굴의 손님과 화상들이 눈에 들어왔다. 진심으로 구매 의사가 있는 사람, 또는 그 대리인이 남아서 거래를 하는 것이다. 들뜬 분위기가 사라진 자리에 다른 긴장감이 감돌기 시작했다.

부하직원이 핑거 푸드 코너를 정리하는 걸 지켜보던 왕탕위안은 연회장 입구를 힐끗 보며 잠시 생각에 잠겼다. 레스토랑도 주문이 일단락되었으니 조금 더 이곳에 있어도 되겠지.

저도 모르게 눈길이 경비원 쪽으로 갔다. 상주하는 호텔 경비원뿐 아니라 아트페어를 위해 고용한 외부 경비원도 여러 명 대기하고 있었다. 기분 탓인지 날카로운 눈으로 자신을 힐끗거리는 것처럼 느껴졌다.

무리도 아니었다. 아까 전 계단에서 왕이 괴한에게 습격을 받았는데, 그들이 달려왔을 때에는 이미 왕이 격퇴한 뒤였다. 게다가 잠시 후에 역시 계단을 내려가던 마오쩌산이 돌아온 괴한에게 습격을 받았다는 이야기를 들었다. 듣자하니 지나가던 레스토랑의 젊은 여자 손님이 구해줬다고 하는데(엄청난 실력자였다고 한다), 마음에 걸리는 건 왕이 쫓아버린 괴한이 되돌아왔다는 사실이었다.

절로 가슴께로 가려는 손을 애써 자제했다. 작은 천주머니에 든

'옥'. 어느 누구인지는 모르겠지만, 이것을 되찾기 위해, 또는 손에 넣기 위해 악에 받친 건 분명했다. 그들이 일반인이 아니라는 건 쉬이 짐작할 수 있었다(하지만 엉터리 칼을 쓰는 걸 보면 별 볼 일 없는 건달이겠지, 하고 왕은 내심 우습게 보며 코웃음을 쳤다). 이것이 그만한 가치가 있다는 건 왕이 보기에도 틀림없는 일이었다.

자, 이제 어쩌지.

그를 습격한 남자에게는 자신이 이것을 입수했다는 소리는 한마디도 하지 않았다. 물론 상대는 왕이 갖고 있다고 확신했고, 실제로도 그랬지만 왕은 그런 건 모른다, 본 적도 없다고 시치미를 뗄 작정이었다. 이만한 명품이 그런 작자들의 손에 넘어가면 어둠 속으로 사라져 다시는 빛을 보지 못할 테고, 어찌 되었든 국보급 미술품을 그런 건달들에게 넘겨줄 생각은 추호도 없었다. 하지만 위험은 피해야 한다. 경계하고 있을 줄 알면서도 되돌아온 걸 보면, 앞으로도 물건을 되찾을 때까지 몇 번이고 끈질기게 공격할 가능성이 컸다.

어쩌지? 경찰에 신고할까?

이 경우, 옥을 경찰에 가져다주느냐, 하지 않느냐가 문제다.

말도 안 되는 선택지군.

왕은 즉시 생각을 접었다. 제출하면, 아무리 떳떳하더라도 조사에 시달릴 게 분명했다. 애초에 경찰에 신고하는 것 자체가 좋은 선택지는 아니었다. 할아버지나 아버지의 인생을 통해 근현대사를 배워온 왕에게, 관헌은 믿어서는 안 될 존재 중 하나였다.

그럼 이걸 이대로 내가 갖고 있어야 하나? 그럴 메리트가 있을까? 왕은 자문했다.

할아버지만큼은 아니었지만 그에게도 수집욕은 있었다. 몇몇 명품을 물려받아 레스토랑에도 장식해두었다. 이 훌륭한 '옥'을 감춰두고 감상하고 싶다는 바람도 있었다. 하지만 그는 여느 수집가들처럼 혼자서 두고 보며 희열에 젖거나 즐거워하는 타입이 아니었다.

차라리 고궁 박물원에 가져가볼까? 그렇게 하면 제대로 감정도 해줄 테고, 일단 이 명품이 어둠 속으로 사라질 가능성은 사라진다. 하지만 그곳 역시 박물관이라는 공적 기관과 접해 있다는 점에 거부감이 들었다. 공무원들의 탐욕은 익히 아는 바였다. 비밀리에 접촉하면 어느샌가 몰래 누군가의 뒷주머니로 들어갈 수도 있다. 아니, 그럴 바에는 지금이라도 늦지 않았다. 조리한 이구아나 안에 들어 있었다고 언론에 공표하면 된다. 재료 손질을 위해 따로 빼놓았는데, 나중에 열어봤더니 이런 게 들어 있었다고 솔직하게 설명하면 된다.

그러면 건달들이 그를 건드리는 일도 없어질 테고, 누군가가 자기 것이라 주장하더라도 나쁠 건 없다. 일단 세상의 이목을 모으면 박물관도 정식으로 감정할 수밖에 없을 테고, 빼돌려질 일 없이 박물관에 소장될 것이다. 그게 가장 원만하고, 성가시지 않으면서, 왕에게 안전한 수단이었다. 게다가 훌륭한 '옥'이 조리 중에 식재료의 위장에서 발견되었다는 건, 길운의 상징이라 화제를 불러일으킬 것이다. 그러면 레스토랑 홍보에도 상당히 도움이 되겠지.

최종적으로 선택해야 할 것은 바로 이 계획이군.

결심을 굳히기는 했지만, 일말의 망설임 때문에 왕은 바로 행동에 옮기지 못했다. 이유 중 하나는 역시 이 '옥'이 명품이라는 점이었다. 웬만한 미술품은 성에도 차지 않는 왕인지라, 한눈에 반해버린 명품을 곧바로 떠나보내기 아쉬운 마음은 부정할 수 없었다.

그리고 또 하나. 슬그머니 욕심이 났다.

우연히 굴러 들어온 이 '옥'을 돈으로 바꿀 수는 없을까? 왕의 머릿속에 떠오른 건 큰딸의 존재였다. 갓 중학생이 된 아이였지만 부모가 봐도 무척 총명하고 우수한 아이였다. 대대로 이어온 요리인 일족으로서 원래는 딸에게 가업을 잇게 하려 했지만, 한 자녀 정책이 완화되어서 최근 왕은 아들을 낳았다. 그러니 가업은 둘째에게 잇게 하고 큰딸은 유학을 보내고 싶었다.

공산당 간부의 해외 부정 축재는 익히 알고 있었고, 너나 할 것 없이 자녀들을 서구로 유학 보내 이중국적을 취득한 것도 알고 있었다. 이 나라에서는 무슨 일이 일어날지 모르니 자녀들에게 해외에 발판을 마련해주려는 부모의 심정은 이해가 갔다. 미국 기업에 투자하면, 주에 따라서는 돈으로 그린카드(영주권)를 살 수 있다는 사실도 안다. 그렇다면 딸아이에게도…… 이 '옥'이 있으면 가능한 일이다. 그런 생각을 지난 몇 시간 동안 어렴풋이 생각하기 시작했다. 결단을 내려야 한다. 가급적 빨리.

만일 언론에 공개할 거면 하루 이틀 안에 실행해야 한다. 그보다 늦어지면 손질한 식재료에서 발견했다는 이야기는 부자연스럽게 들릴 것이다. 어떻게 하지? 왕은 머리가 핑핑 돌도록 생각하고 또 생각했다. 불현듯 한 노인의 얼굴이 떠올랐다. 무릎을 탁 쳤다.

그래, 그 어르신이 있었지.

할아버지나 아버지와도 교분이 있던 고미술상이다. 평범한 학예사는 상대도 되지 않을 만큼의 감식안을 가졌고, 입이 무거우며, 각계각층에 '연줄'이 있다는 이야기를 들은 기억이 났다. 그 어르신이라면 이야기를 들어주지 않을까. 남몰래 처분하는 방법을 가르쳐줄지도 모르고, 만일 최종적으로 언론에 발표한다는 안전책을 택하더라도 왕이 상의했다는 사실을 외부에 누설하지는 않으리라.

좋아, 서둘러야겠군.

왕은 휴대전화를 꺼내 고미술상의 연락처를 알아내기 위해 아버지의 번호를 눌렀다.

"아가씨, 다친 데는 없습니까?"

"정말 위험할 뻔했는데 도와줘서 고맙습니다."

"젊은 아가씨가 어쩌면 저렇게 용감하지?"

"유도 선수인가?"

호텔 종업원들을 비롯해 여기저기서 사람들이 몰려들어 말을 걸어와서, 유코는 당혹스러웠다. 중국에서는 무슨 일이 있으면 사람들이 웅성거리며 몰려든다고 들었는데, 호텔 안이라고 예외는 아닌 모양이다. 말은 안 통했지만 자신을 칭찬하고 있다는 건 알 수 있었다.

"하아, 아니, 해야 할 일을 했을 뿐인데요. 무사도, 무사도." 유코는 손사래를 쳤다.

돌아가신 할아버지 생각이 나서 그랬다고는 차마 말할 수 없었다. 주변을 둘러보던 유코는 비상구 쪽을 보았다.

"그 사람, 도망쳤죠. 죄송합니다, 제가 방심했어요. 붙잡아두었어야 했는데."

"괜찮습니다."

"지금 경비원이 쫓고 있습니다."

가즈미의 소흥주를 어느샌가 마셔버린 유코였지만, 상황이 상황이니만큼 단번에 술이 깼다.

어머, 내가 왜 이러지. 꼭…… 술이 깬 느낌인데? 이상하네, 맥주 한 잔밖에 안 마셨는데.

저도 모르게 손을 움직였다. 순간적으로 기술을 건 것까지는 기억이 나는데. 놓쳐버렸다니 한심하네. 철야하고 상하이로 날아와서 피곤했나? 고개를 갸웃하는 유코였다.

"마오쩌산 선생님, 괜찮으십니까?"

안도한 나머지 다리에 힘이 풀려버린 마오쩌산은 종업원의 부축을 받으며 겸연쩍게 허리를 폈다.

"난 괜찮네. 그만 가봐야겠어."

"또 무슨 일이라도 생기면 큰일이니 차로 이동하시는 게 좋을 것 같습니다."

"괜찮아, 괜찮을 거야." 마오쩌산의 머리에는 한시라도 빨리 이 호텔을 떠나야겠다는 생각밖에 없었다.

"아가씨, 이건 호텔에서 드리는 성의 표시입니다."

종업원 한 사람이 종이봉투를 내밀자 유코는 황급히 손사래를 쳤다.

"아뇨, 괜찮아요. 선생님도 별일 없으셨고, 저는 그냥 지나가던 것뿐인걸요."

"사양하지 말고 받아주십시오. 저희 호텔이 자신 있게 준비한, 곧 출시를 앞둔 신작 월병입니다."

"월병?"

중국어 단어는 거의 몰랐지만, 신기하게도 '월병'이라는 단어만큼은 알아들었다. 디저트 마니아의 본능일까. 그러고 보니 가토 선배가 이 호텔은 요리뿐 아니라 디저트도 맛있다고 했었지.

"그런가요? 그럼 감사히 받겠습니다." 유코는 활짝 웃으며 종이봉투를 받았다.

"네, 네. 일행분 것도 준비했습니다."

"와, 이렇게 받아도 되는지 모르겠네요."

차례차례 내미는 종이봉투를 받아 들었다. 봉투 안을 보니 고운 천에 싼 기다란 과자들이 담겨 있었다.

와, 세련됐다. 딱 봐서 월병처럼은 보이지 않네. 월병보다는 꼭 인감 케이스 같아. 먹기 좋게 스틱 타입으로 만들었구나. 흐음, 일본 중화요리점에서도 작은 월병이 유행하던데, 여기도 그런가.

"어라? 선생님?"

"가셨나 봐요."

"차를 불러드리려고 했는데."

여전히 복도는 시끌시끌 북적거렸다.

"아." 유코는 복도에 떨어져 있는 봉투 하나를 발견했다. "월병이네."

그러고 보니 그 할아버지도 호텔 기념품 봉투를 들고 있었지. 순간적으로 봉투를 주운 유코는 재빨리 제 봉투에 넣었다. 주변을 둘러봤지만 아무도 그 사실을 알아채지 못한 것 같았다.

에헤헤, 월병 하나 더 챙겼다. 유코는 주먹을 쥐고 팔을 올렸다. 할아버지는 가셨으니까 내가 가져도 되겠지? 모처럼 받은 월병인데 아깝잖아.

디저트라면 얼마든지 먹을 수 있는 유코는 내심 미소를 지었다.

"그럼 전 이만 가보겠습니다. 과자 잘 먹겠습니다."

"감사했습니다. 그럼 편안한 시간 보내십시오."

드디어 몰려든 사람들이 삼삼오오 흩어졌다. 유코는 의기양양하게 레스토랑으로 돌아왔다.

"왜 이렇게 오래 걸렸어?"

"혹시 속이 안 좋았어?"

가즈미와 에리코가 동시에 물었다.

"아뇨, 곤란한 사람을 좀 돕느라."

"사람을 도왔다고?"

"네. 사례로 과자도 받았어요."

"뭐?"

입을 떡 벌린 두 사람에게 유코는 종이봉투를 내밀었다. 물론 복도에서 주운 천주머니가 든 종이봉투는 잊지 않고 제 몫으로 챙겨두었다.

35

퇴근 시간이 지나서인지 반대편 차선은 비교적 한산해서, 막힘없이 번화가까지 돌아올 수 있었다. 퇴근길에 오른 사람들의 이동도 피크가 지났는지, 도심도 청룡반점 주변도 조금씩 안정감을 되찾고 있었다.

"그럼 호텔 주방에서 죽은 건가?"

"네, 그렇습니다."

일행은 소형 버스에서 내려 황급히 호텔로 들어갔다.

허공에 둥둥 떠서 그들을 따라가는 파충류의 모습을 바라보며, 강강은 한동안 버스 지붕 위에서 가만히 숨죽이고 있었다.

여긴 대체 어디지.

강강은 혼란스러웠다.

일단 도심에서 멀어졌다고 생각했는데, 다시 이렇게 사람 많은 곳으로 되돌아오다니. 밤이라 그나마 다행이었지만 여전히 사람은 많았다. 언뜻 봐서는 몸을 감출 만한 곳은 없는 것 같았다. 어쩌지. 내려야 하나. 아니면 이대로 대기해야 하나. 강강은 머리를 쥐어짰다. 으음.

블루 시트 아래로 주변을 한 바퀴 둘러보았다. 버스가 정차해 있는 건 호텔 뒤편의, 비교적 사람들의 눈에 띄지 않는 주차장이었다. 호텔에서 나오는 다른 차 천장에 올라타는 건 어떨까. 강강은 주의 깊게 주변을 관찰했다. 가능하다면 장거리 트럭이 좋겠어. 지붕 위에 있어도 여간해서는 들키지 않고, 도심을 떠날 수 있는 차량이 있으면 좋은데.

지금으로서는 주변에 그런 대형 차량은 보이지 않았다. 한동안 기다려봤지만 그 비슷한 차량도 나타나지 않았다. 계속 지붕 위에 납작 엎드려 있어서인지, 가만히 있기가 점점 힘들어졌다.

젠장. 이렇게 된 이상 들킬 각오를 하고 내려가 도주해야 하나.

자포자기에 가까운 기분이었지만, 그런 짓을 하면 한바탕 소동이 일어날 것임을 강강도 모르지 않았다. 인간들이 떼로 몰려와 포위할 테고, 도망치지도 못하고 즉시 붙잡히겠지.

웨이잉더의 깔깔거리는 웃음소리가 들리는 것 같았다. 고개를 부르르 저었다. 아니, 역시 그런 무모한 행동은 할 수 없지. 동물원이라는 이름의 감옥에는 다시는 돌아가고 싶지 않았다. 강강은 굳게 결심했다. 하지만 이 상황을 대체 어떻게 타파해야 할까.

그때였다. 커다란 트럭이 천천히 미끄러지듯 주차장으로 진입했다. 오! 강강은 차량에 주목했다.

트럭은 조용히 정차했다. 호텔에서 직원으로 보이는 이들이 종종걸음으로 나왔다. 차에서 내린 남자들이 트럭 뒷문을 열었다. 안에서 모습을 드러낸 건 거대한 '성'이었다.

강강은 말문이 막혔다. 아니, 저건 엄밀히 따지면 '사이塞'라 불리는, 중국 고대에 만들어진 성곽도시를 본뜬 스티로폼 재질의 거대한 모형이었다.

"듣던 것보다 훨씬 큰데?"

"반입구로 들어가야 할까요?"

수군거리며 속삭이는 소리.

"그보다 이거 엘리베이터에 들어갈까요?"

"안 들어가면 계단으로 운반하는 수밖에."

"연회장 문은 통과할 수 있고요?"

"음, 해봐야 알겠지."

남자들은 '성'을 올려다보며 반입 방법을 상의하기 시작했다.

"빨리 시작해. 내일 행사의 메인 작품이니까."

날카로운 눈빛으로 팔을 저으며 작업을 독촉하는 건 아트페어를 주관하는 맥스 창이었다.

그렇다. 이것은 호텔 청룡반점에서 개최하는 행사, 아트페어 2일 차에 선보일 현대 예술 작가의 설치미술 작품이었다. 젊은 아티스트가 상하이 교외의 아틀리에에서 특별 주문한 거대 스티로폼의 덩어리를 자르고, 성벽 하나하나의 돌을 세심하게 조각한 뒤 채색한, 놀랍게도 7개월의 제작 기간을 거쳐 태어난 대작이었다. 물론 강강이 그런 사실을 알 리 없었다. 그가 주목한 것은 그 크기였다.

호텔 반입구는 지하에 있었다. 완만한 경사가 진 지하 1층 부분의 거대한 문이 열려 있는 모습이 강강의 눈에 들어왔다. 저곳으로 거대한 모형을 반입한다면, 반드시 강강이 있는 버스 옆을 지나갈 터였다. 그렇다면 저 '성' 위로 이동할 수 있지 않을까. 저만큼 큰 성이니, 위에 올라타면 운반하는 사람도 알아채지 못할 것이다. 강강은 슬그머니 몸을 움직였다. 예상대로 거대한 밀차에 실린 '성'은 반입구를 향해 움직이기 시작했다.

"어디 부딪치면 안 돼."

"누가 앞에 좀 가봐."

네 명이 달라붙어 천천히 모형을 옮겼다.

강강은 블루 시트를 뒤집어쓴 채 몸을 뻗어 신중하면서도 재빨리 '성' 위로 이동했다. '성' 위를 사각으로 에워싼 지붕 부분은 정밀하게 만들어져 있었지만, 내부는 그냥 하얀 스티로폼이었다.

조용히 이동하려고 최대한 조심하기는 했다. 하지만 스티로폼 쿠션은 놀랍게도 140킬로그램의 체중을 받아냈다. 하지만 역시 급격히 무거워졌기 때문인지, "어?" "뭐지?" 하고 목소리가 터져 나왔다.

"뭐야? 갑자기 무거워졌는데?"

"바퀴에 문제가 있는 거 아냐?"

"스티로폼이 왜 이렇게 무거워."

의아해하는 목소리가 이어졌지만 강강은 가만히 지붕 위에 납작 엎드려 있었다.

심두멸각이라. 나는 지금 공기다. 공기가 되었다.

그렇게 되뇌며 세뇌를 하고 '성' 위에 올라타 있었지만, 아무리 그래도 140킬로그램이다. 끼익끼익, 둔탁한 소리를 내며 스티로폼 속의 강강은 가라앉기 시작했다.

음. 체중을 분산하기 위해 손발을 모두 펼쳐봤지만 역시 가라앉고 있었다. 젠장. 제발 버텨줘. 강강은 필사적으로 기도했다.

호텔로 들어가 긴 통로로 들어선 '성'은 간신히 업무용 엘리베이터에 들어갈 수 있었고, 한숨 돌린 인부들은 잡담을 시작했다.

"그나저나 이런 걸 사는 사람이 있나?"

"그러게. 원래는 스티로폼이잖아."

"애초에 이걸 어디다 놓겠다는 거지?"

"듣자하니 최근에는 이런 게 눈 튀어나오는 가격에 팔린다는군."

"부자들 머릿속을 누가 알겠어."

엘리베이터가 연회장이 자리한 층에 도착했다. '성'은 다시 조용히 이동하기 시작했다. 이미 손님들은 다 내보내고 텅 빈 연회장에서는 스태프들이 한창 뒷정리를 하고 있었다.

"이쪽이야." 맥스 창이 손을 흔들었다.

연회장 안쪽 썰렁한 공간이 '성'의 자리였다.

"천천히 내려."

"음, 진짜 왜 이렇게 무겁지."

"스티로폼이 의외로 무거운 물건이었군."

고생하며 내린 '성' 위에서 강강은 대체 자신이 어디로 운반된 건지 알아보느라 여념이 없었다. 실내. 상당히 넓은 공간이라는 것밖에 알 수 없었다.

젠장. 이 위로 이동한 게 옳은 판단이었나?

초조해하며 기다리고 있는데 잠시 후 인간들이 떠나갔다. 불이 팍 꺼지더니 문 닫히는 소리가 났다. 그리고 주변이 조용해졌다. 강강은 조금 더 기다렸다. 아무도 돌아오지 않는 걸 확인하고 나서야 조용히 몸을 일으켰다.

이런, 이제야 조용해졌군.

그렇게 생각한 순간 우지끈, 하는 소리가 났다. 몸을 일으킨 탓에 체중이 실리는 면적이 적어져서 스티로폼이 가라앉고 있는 것이었다.

젠장, 성가시군. 다시 몸을 눕힌 뒤, 강강은 앞으로 어떻게 할지 생각에 잠겼다. 일단은 여기서 나가야 한다. 어떻게 나가면 되지?

한참 뒤 강강은 차라리 스티로폼을 뚫고 내려가 밑에다 구멍을 뚫고 내려가면 되겠다고 생각했다.

좋아, 해보자.

강강은 뒷다리로 일어서려 했다. 그러자 즉시 발 부분부터 내려앉으며 점점 몸이 가라앉았다. 보아하니 이제 밑을 향해 구멍을 뚫기만 하면 될 것 같았다. 체중을 실어 온몸을 흔들자 더욱더 다리가 스티로폼을 파고 들어갔다.

좋았어.

발밑의 균열에 앞발을 쑤셔 넣고 파기 시작했다. 하얀 파편들이 허공에 흩날려서 성가셨지만, 곧 바닥에 닿는다 생각하니 구멍을 파는 데 열중할 수 있었다. 드디어 앞다리가 카펫에 닿았다. 동작에 속도를 실어 몸이 빠져나갈 수 있을 만큼 커다란 구멍을 파서 바닥에 내려앉으며 단번에 주변의 벽을 밀어 올렸다. 쿵, 하는 무딘 소리를 내며 '성'이 쓰러졌다.

됐다!

어두운 실내에서 오랜만에 두 다리로 선 강강은 잠시 자유를 느끼며 천천히 심호흡을 했다. 하지만 다음 순간. 그는 이 어두컴컴한 실내에 있는 게 자신만이 아니라는 사실을 깨달았다.

36

대체 어떻게 된 일이지? 무슨 일이 일어난 거지?

드디어 짧은 휴식 시간을 얻은 매기는 눈에 띄지 않게 밖으로 나왔다. 담배를 꺼내 피우는 시늉을 하며 주변을 살폈다. 보고 있다. 누가 이 가게를…… 나를 감시하고 있다.

바깥은 이미 어두워졌지만, 거리를 오가는 사람들은 여전히 많아서 활기찬 분위기는 여전했다. 오가는 관광객. 가족들. 지역 주민들. 지나가는 얼굴들을 가만히 관찰했지만 딱히 그녀에게 주의를 기울이는 사람은 없었다. 물론 누군가가 자신을 보고 있다는 건 알고 있었다. 자신의 위치를 확인하는 동료는 늘 존재했다.

필사적으로 평정을 가장하며 멍하니 휴식을 취하는 척했다. 하지만 이번 상대는 그게 아니다.

매기는 험악한 눈빛으로 주변을 둘러봤다.

내 정체를 아는 자. 내 진짜 직업을 어느 정도 파악한 자.

식은땀이 흘렀다. 언제부터?

혼란에 빠질 것 같아서 매기는 황급히 고개를 저었다.

생각해. 생각해야 한다. 내 정체를 알아챈 녀석이 있다는 말이 조직에 내 존재가 알려졌다는 뜻은 아니다. 아직 조직 내부에서의 임무는 계속되고 있다. 침착해. 지금까지 했던 것처럼 행동하면 된다. 매기는 담배에 불을 붙였다. 딱히 피우고 싶은 건 아니었지만, 마음을 진정시키기 위해서였다.

어디서? 어디서 나를 보고 있는 거지?

애써 천천히 시선을 움직였다. 가게 내부가 보이는 곳. 상대방은 나를 볼 수 있지만, 나는 상대방을 볼 수 없는 곳.

도로를 낀 맞은편에는 관광객들이 자주 찾는 커다란 기념품 가게가 있었고, 그 옆으로는 입구 폭이 좁은 음식점이 있었다. 두 건물 다 복잡하게 얽힌 구조라 시야가 트여 있지 않아서, 매기가 있는 모비딕 커피를 감시하기에는 적절하지 않았다.

불현듯 매기는 고개를 들었다. 2층은 어떻지?

바로 정면은 아니었지만, 조금 떨어진 빌딩 2층이 통유리로 된 음식점이었다. 카페인지, 레스토랑인지는 알 수 없었지만, 창가 자리에 앉아 있는 손님들이 보였다. 한마디로 저쪽에서도 이쪽이 보일 터였다.

매기는 무의식적으로 달리고 있었다. 도로를 건너, 좁은 계단을 올라가 유리문을 열었다. 기름 냄새. 그곳은 작은 양차 가게였다. 굳이 따지자면 찻집에 가까웠다. 식사를 하는 손님보다 커피를 마시는 손님이 많은 것 같았다. 점원이 모비딕 커피 유니폼을 입은 매기를 신기한 듯 보았지만, 매기는 아랑곳하지 않고 가게 안으로 들어갔다. 창가로 다가가자 모비딕 커피 매장이 한눈에 내려다보였다.

여기다. 여기서 보고 있던 게 틀림없다. 그렇게 확신하고 가게 내부를 둘러보았다.

손님들을 한 명씩 살펴봤지만 아는 얼굴은 없었고, 모두 평범한 사람처럼 보였다. 아마도 이미 이곳을 떴겠지. 매기는 그렇게 짐작하고 들어왔을 때처럼 빠른 걸음으로 가게에서 나가려고 했다.

그 순간, 바닥에 떨어진 뭔가가 반짝거리는 게 눈에 들어왔다. 걸음을 멈추고 떨어진 물건을 주운 건, 그것을 어딘가에서 본 것 같았기 때문이었다.

핀배지. 붉은 번개 모양의 배지였다.

매기는 고개를 갸웃했다. 이걸 어디서 봤지? 왜 낯이 익지?

그렇게 생각했을 때, 문을 열고 힘차게 들어오는 인물이 있었다. 자연스럽게 그쪽을 향해 눈을 돌린 순간, 그 인물이 흠칫하며 얼어붙듯 멈춰 서는 게 아닌가.

왜 저러지?

매기는 그의 얼굴을 보았다.

아이였다. 남자아이.

어?

매기가 자세히 얼굴을 보려 하니, 소년은 당황한 듯 고개를 돌리고 밖으로 나가버렸다.

응? 뭐지, 저렇게 당황해서는. 꼭 내 얼굴을 보고 도망친 것처럼.

그렇게 생각한 순간 뇌리에 번득이는 장면이 있었다.

가게에 찾아온 아까 그 소년이다.

깨닫고는 퍼뜩 고개를 들었다.

그 애다. 지금은 모자도 썼고, 겉옷도 다른 걸 입었지만 틀림없었다. 무엇보다 내 얼굴을 보자마자 줄행랑을 친 게 그 증거다.

"거기 서!" 매기는 소리 지르며 냅다 뛰었다.

문을 열자 이미 소년은 계단 아래까지 내려가 밖으로 뛰어나가는 참이었다.

맞아, 이 핀배지. 매기는 소년의 모습을 떠올렸다. 가게에 왔을 때, 겉옷 칼라에 달려 있던 배지야. 그래서 낯이 익었던 거야. 거기까지 생각하자 이해가 갔다. 그래, 저 애는 이 가게에 와서 핀배지를 흘린 거야. 그 사실을 알아채고 돌아온 거지. 아마 이곳에서 겉옷을 갈아입었겠지. 그때 흘린 거고.

머릿속에서 순식간에 모든 정황이 하나로 연결됐다.

한마디로 소년은 한패였다. 이곳에서 나를 감시하던 녀석이 시켜서 매장으로 찾아온 거야. 그렇다면 역시 그 USB는…….

"기다려! 그 애 좀 잡아줘요!" 매기는 인파에 섞여 도망치려는 소년을 쫓았다.

행인들이 무슨 일인가 하고 그녀를 바라보고 있었다.

"아이를 찾았어." 무선을 향해 속삭였다. "하얀 니트 모자를 쓴 남자애야. 근처에 있는 사람은 지원 부탁해."

소년은 행인들 사이로 모습을 감추려 했지만, 좀처럼 성공하지 못했다. 매기가 소리를 질러대고 있어서, 다들 무슨 일인가 하고 돌아보며, 달려오는 소년을 보고는 반사적으로 피했다.

소년은 도망치며 힐끗 이쪽을 보았다.

틀림없이 아까 그 애다. '들켰다'는 감정이 역력한 저 얄미운 표정은 아까와는 딴판이었다. 젠장. 놓칠 줄 알고.

어느샌가 대로가 보였다. 자동차 경적 소리가 곳곳에서 울려 퍼졌고, 행인들은 아까보다 더 늘어났다. 뭔가 소동이 일어난 것 같았다.

무슨 일이지? 평소보다 더 시끄러운데. 매기는 주변을 둘러봤다. 그러고 보니 오늘은 뭔가 축제를 한다고 들었는데, 그 때문인가?

사람들이 곳곳에 멈춰 서 있어서 지나갈 수가 없었다. 소년도 이 혼잡한 인파에 당황해하는 눈치였다. 사람들을 헤집고 이동하려 했지만, 좀처럼 나아가지 못하는 것 같았다.

좋았어, 지금이 기회다.

결심하기는 했지만 매기도 사람들을 헤치고 지나갈 수 없었다. 이대로 가다간 소년을 놓칠 것 같았다. 행인 사이로 끼어들려 하면 혀 차는 소리와 고함 소리가 날아들었다.

주변은 더욱더 혼잡스러워졌고, 이내 한 걸음도 내디딜 수 없는 상태가 되었다.

"비켜."

"좀 지나가요."

"밀지 마!"

곳곳에서 비명과 고함 소리가 울려 퍼졌다.

매기는 조금이라도 앞으로 나아가려 했지만 도무지 꼼짝도 할 수 없었다. 큰일이다. 놓치겠어.

허리를 펴고 소년 쪽을 봤지만 니트 모자가 간신히 눈에 들어올 뿐이었다. 이윽고 그 모습조차 시야에서 사라졌다.

"저게 뭐지?"

"뭔가 날아가는데?"

그러던 중 의아스러운 목소리가 터져 나왔다.

다들 뭔가에 정신이 팔린 듯 소리를 지르며 손가락질을 해댔다. 그쪽으로 눈을 돌리니 뭔가 커다란 것이 허공을 날고 있었다.

핑크색 소? 매기는 눈을 끔뻑거렸다.

거기에 둥, 하고 소가 떨어졌고, 사람들의 머리에 부딪혀 다시 어딘가로 날아갔다.

소 인형?

매기는 날아간 인형을 보았다. 보아하니 곳곳에서 허공을 날고 있는 건 거대한 곰이나 돼지 등 동물 인형인 것 같았다.

"내 거야!"

"그것 좀 잡아줘!"

곳곳에서 터져 나온 소리들은 인형을 주우려는 사람들의 목소리인 듯했다.

왜?

매기는 소년을 찾는 걸 순간 잊고, 어이없는 표정으로 허공을 나는 인형을 올려다보았다.

37

어둠 속에 또 한 사람.

숨을 죽이고 주변 기척을 살피는 남자가 있었다.

아무도 없는 줄 알았던 연회장.

마오쩌산의 조각상에서 빠져나와 헤드램프를 켜고 물색하던 찰나에 누군가가 다가오는 기척이 났다. 램프를 끄고 황급히 조각상으로 돌아가 무슨 일인가 하고 귀를 기울이니, 추가로 미술품이 반입된 모양이었다.

조각상의 눈 부분을 통해 바깥을 내다볼 수 있는 구조라, 가만히 눈을 대고 바깥 상황을 관찰했다. 거대한 스티로폼 소재의 '성'이 연회장 안쪽에 놓였다. 크기가 거대했다. 한순간에 연회장이 좁아진 것 같았다. 아트페어 개최 직전까지 제작하고 있었든지, 아니면 행사의 주목 상품으로 일부러 느지막이 공개하는 건지도 모른다.

이내 반입한 스태프들도 떠나자, 다시 연회장은 어둠에 휩싸였다. 한동안 상황을 살피던 남자는 살며시 조각상에서 빠져나왔다. 어둠에 눈이 익숙해지자 조각상에서 조용히 가방을 꺼냈다. 설마 또 미술품을 반입하지는 않겠지만, 조심해서 나쁠 건 없었다.

남자는 나갈 때 입으려고 챙겨뒀던 호텔 종업원 유니폼을 먼저 입기로 했다. 이러면 혹시라도 들켰을 때, 손님이 두고 간 물건을 찾고 있었다는 등 임시방편으로 둘러댈 수 있겠지.

헤드램프를 켜고 연회장을 향해 살며시 걸음을 내디뎠다. 남자는 연회장에 있는 미술품들을 하나씩 확인했다. 그가 찾는 건 '거래 완료' 스티커였다. 거래가 완료된 미술품을 찾으면 사이즈를 쟀다.

쳇. 다 큰 것뿐이잖아.

남자는 어둠 속에서 내심 혀를 찼다.

마오쩌산이 특별 주문을 받아 제작한 조각상은 안이 비어 있었다. 받침대도 마찬가지였다. 그 안에 거래 완료된 미술품을 최대한 수납해가지고 나가기로 되어 있었다.

일단 판매된 미술품이 사라진다면, 화랑 측에서는 어떻게 해서든 되찾고 싶겠지. 돌려주는 대가로 몸값을 요구하는 게 목적이었다. 그래도 마오쩌산의 도박 빚을 청산하기에는 부족하지만.

남자는 받침대에 들어갈 것 같은 거대한 그림을 힐끗 보았다. 이런 그림을 비싼 돈 주고 사는 녀석들의 머릿속을 이해할 수 없군. 하지만 마오쩌산은 그런 녀석들 덕을 보겠지.

만일 내일 미술품이 도난당한 사실이 밝혀져도, 설마 마오의 조각과 받침대 안에 들어 있으리라 생각하지는 못하리라. 내용물은 행사가 끝난 뒤 천천히 회수하면 된다.

남자는 조각상 안에 미술품을 넣은 뒤 호텔 종업원 차림으로 가뿐하게 이곳을 나가기만 하면 된다. 그가 노리는 건 자그마한 조각이나 도자기 같은 품목이었다. 간단하게 포장한 뒤에 남자는 하나씩 미술품을 조각상 안에 넣었다. 남자가 숨어 있던 조각상 내부는 선반을 설치할 수 있도록 나뉘어 있었는데, 남자는 그곳에 선반을 걸고 미술품을 놓았다. 그 작업에 정신이 팔린 나머지 알아채는 게 늦어진 걸까.

뭔가 기묘한 소리가 난다고는 생각했다. 의식 어딘가에서 감지하고는 있었지만, 이런 컴컴한 실내에 자신이 아닌 다른 누군가가 있을 거란 생각을 못 한 것이다.

남자의 움직임이 뚝 멎었다. 갑자기 몸이 다른 존재를 인식한 것이다. 남자는 반사적으로 헤드램프를 끄고 벽에 착 달라붙은 뒤, 몸을 낮추어 쭈그리고 앉았다.

누구냐. 순간 그렇게 외치고 싶었지만 꾹 참고 귀를 기울였다.

단단한 뭔가가 우지끈거리며 부서지는 둔탁한 소리.

틀림없다. 누군가가 가까이서 뭔가를 하고 있었다. 하지만 대체 무슨 소리지?

뭔가를 파괴하는 듯한. 뭔가 커다란 물체 안에서 난동을 피우는 듯한. 굳이 말하자면 어떤 물체의 밖으로 나오려는 듯한. 남자는 귀를 기울이고 무슨 일이 일어나는지를 필사적으로 알아내려 했다. 식은땀이 축축하게 배어나왔다.

뭐지, 이 비정상적인 소리는. 그것은 기묘한 소리였다. 뭔가 신음을 연상케 하는 소리도 울려 퍼졌지만, 그것은 분명히 인간의 소리가 아니었다. 퍽. 한층 더 큰 소리가 나더니 하아아아, 한숨 같은 숨소리가 바닥을 타고 전해졌다.

남자는 공포에 휩싸여 꼼짝도 할 수 없었다.

이게 뭐지? 무슨 소리지?

주로 고가의 물건을 훔치는 걸 생업으로 삼은 남자는 경비원을 상대하는 데는 익숙했다. 만일의 상황이 발생하면 기절시키든 뭐든 어떻게든 수를 써서 도망치는 것도 주저하지 않았다. 하지만 지금 같은 공간을 공유하는 존재는 지금까지 상대해온 자들과 전혀 달랐다. 괴물? 그런 비과학적인 생각이 머릿속에 떠올랐다.

설마. 설마 그럴 리가. 이런 대도시 상하이의 고급 호텔 최상층 연회장에 괴물이 출현한다는 건 말이 안 된다. 머리로는 부정했지만, 몸은 그와 반대로 잔뜩 긴장해 겁에 질려 있었다.

대체 뭐지? 남자는 한층 몸을 움츠리며 슬며시 움직이려 했다.

하지만 몸이 좀처럼 말을 듣지 않았다. 이렇게 긴장한 건 처음이었다. 간신히 몸을 움직여 출구 방향을 찾았다. 좌우지간 일단 마오쩌산의 조각상을 단단히 봉인했다.

갑자기 조용해졌다. 따가운 침묵이 어둠 속에 드리웠다. 남자는 바닥에 몸을 붙이고 '그 녀석'의 존재를 확인했다.

있다. 상대방도 나도 알아챘다. 그렇게 직감했다.

뭔가가 어둠 속에 있다. 상당한 크기의 존재가. 그리고 아마도 사납고 흉포하며, 의지를 가진 것. 그 녀석은 내 존재를 알아챘다. 그래서 상대방도 내 위치를 파악하려는 것이다.

소름이 끼쳤다. 등골이 오싹해지더니 다시 식은땀이 흘러내렸다.

어쩌지? 남자는 필사적으로 생각했다. 뭔가 심상치 않은 일이 벌어지고 있는 건 분명했고, 본능은 이 자리에서 도망쳐야 한다고 아우성을 치고 있었다. 대체 뭐가 있는 거지?

남자는 헤드램프를 켜고 녀석의 모습을 확인하고 싶은 욕구와 이대로 아무것도 못 본 척 부리나케 이 자리를 뜨고 싶은 욕구를 동시에 느꼈다. 불현듯 아까 반입된 거대한 '성'이 뇌리에 떠올랐다.

그거다. 녀석은 그 안에서 나온 것이다. 그렇게 확신했다.

아까의 우지직거리는 둔탁한 소리가 스티로폼을 부수는 소리였다면 수긍이 간다.

'성'에서 나온 것. 남자는 다시금 오한을 느꼈다. 뭐지. 멸망한 왕조의 망령인가. 혹은 봉인되어 있던 귀신이나 악령일까. 저런 데서 나온 것이 사악하지 않을 리 없다. 그 뭔가가 같은 공간에 있다. 무방비하기 짝이 없는, 훤히 노출된 공간에 함께. 공포에 빠진 남자는 현기증을 느꼈다.

연회장 평면도를 떠올렸다. 출구까지 50미터는 된다. 소리를 내지 않고 빠른 걸음으로 이동하면 출구까지 가는 데 그리 오랜 시간은 걸리지 않을 것이다. 감사하게도 녀석은 연회장 안쪽에 있으니 거치적거리는 방해물은 없을 것이다.

문제는 문을 여는 순간이었다. 문에는 잠금장치가 달려 있으니, 그걸 여는 순간이 제일 위험하다. 하지만 거기로 나가는 수밖에 없다. 남자는 조심스레 이동하기 시작했다. 출구를 향해.

그 짧은 거리와 시간이 영원처럼 느껴졌다. 그래도 착실하게 출구를 향해 다가갔다. 조금만 더. 도망칠 수 있다는 희망을 느끼며 남자는 무의식적으로 뒤를 돌아봤다. 어둠에 익숙해진 눈은 5미터쯤 떨어진 곳에 있는, 거대한 검은 그림자를 포착했다.

"히익." 저도 모르게 비명을 내질렀다.

어느새 여기까지. 녀석은 기척을 지우고 남자의 배후까지 다가와 있던 것이다.

"으악!"

머릿속이 새하얘진 남자는 냅다 달음박질했다. 문으로 달려가 잠금장치를 열려 했다. 단순한 장치인데 손가락이 꼬여서 열리지 않았다.

남자는 혼란에 빠졌다. 금방이라도 붙잡힐 것 같았다. 곧 이빨이, 손톱이 그의 등을 파고들 것이다. 자신의 피가 사방으로 튀는 장면이 순간 눈앞에 어른거렸다.

문이 열렸다. 그다지 밝지도 않은 조명이 형언할 수 없이 눈부시게 보였다. 남자는 펄쩍 뛰어 공중제비를 돌듯 나가떨어졌다. 일단 바닥에 손이 닿았지만 바로 일어나 줄행랑쳤다.

찰나의 순간, 돌아본 어둠 속.

그곳에는 형형하게 빛나는 한 쌍의 붉은 눈동자와 무시무시하게 벌어진 입이 보였다. 어둠 속에서 가느다란 실처럼 늘어진 침.

"으아악!"

남자는 뒤도 안 돌아보고 복도를 빠져나갔다. 더는 돌아보지 않는다. 어디를 어떻게 달렸는지는 모르겠지만, 머릿속에는 저곳에서 벗어나야 한다는 생각밖에 없었다.

녀석은 남자를 쫓지 않았다. 어둠 속에서 그르르, 하고 낮게 으르렁거릴 뿐이었다. 녀석은 어둠 속으로 돌아갔다.

멀어지는 기척.

연회장 문이 천천히 움직이더니 달칵, 닫혔다.

38

잉더는 전에 없이 심기 불편한 얼굴을 하고 있었다.

감기에 걸렸기 때문이기도 하지만, 지금 그의 얼굴은 흙빛이라고 할까, 뭐라 형언하기 어려운 빛깔을 띠고 있었다. 충격, 분노, 초조, 절망, 불안. 갖가지 감정들이 뇌리를 스쳐 지나가는지 몇 분마다 얼굴이 붉으락푸르락 신호등처럼 바뀌었다. 그 주변에는 창백한 낯의 젊은 사육사들이 여럿 있었다. 그리고 동물원 경영진들이 더욱 심각한 얼굴로 그 주변을 에워싸고 있었는데, 흡사 장례식장 같은 분위기였다.

"대체 왜." 잉더가 혼잣말처럼 중얼거렸다.

젊은 사육사, 특히 마지막으로 강강을 목격한 예차이궈가 흠칫하며 온몸을 떨었다.

"왜 아직 못 찾는 거냐고. 그 큰 덩치를."

잉더는 생각에 잠겨 있었다.

주변 스태프들의 얼굴에 희미하게 안도한 기운이 돌았다. 눈 뜨고 앉아 강강을 놓친 책임을 추궁하는 게 아니라, 잉더의 관심이 강강의 행방에 집중되어 있다는 사실을 깨달았기 때문이었다. 강강의 탈주 사실이 밝혀진 뒤로 이미 몇 시간이 지났다. 누구나 한눈에 알아볼 수 있는, 튀는 흑백 컬러에 거대한 덩치의 판다가 말 그대로 홀연히 자취를 감춘 것이다. 당초 탈주를 알아챘을 때는 설마 그리 멀리까지는 가지 못했으리라 생각했다. 그래서 직원들이 총출동해 동물원 내부와 주변부를 수색했지만, 강강을 찾지 못했다. 커다란 소와 하마 인형을 발견하기는 했지만, 상관이 있는지는 알 수 없었다.

잉더는 일단 동물원으로 돌아와 직원들을 소집했다. '왜지?'라는 대사가 나온 건 그 자리에서였다. 잉더는 혼란스러웠다. 당혹스러웠다. 어쩌다 이렇게 된 거지? 어떻게 도주에 성공했지?

다시 한번 현장을 살펴보기 위해 거주동으로 돌아가 강강이 어떻게 빠져나갔는지를 살펴봤다. 먼저 CCTV 영상을 확인했다. 놀랍게도 카메라에는 거의 아무것도 찍혀 있지 않았다.

곳곳에 어슴푸레한 그림자가 지나갈 뿐, 강강이 도망쳤다는 사실을 몰랐다면 그림자의 존재조차 알아채지 못했으리라. 여느 때처럼 기계적으로 카메라 영상을 보았다면 아마 몰랐을 것이다. 잉더는 식은땀이 흐르는 걸 느꼈다. 복도 전구가 나가 있던 탓에 중요한 장면이 잘 보이지 않는 데다, 강강은 명확하게 카메라의 사각을 노리고 이동하고 있었다.

설마 이렇게까지 할 줄이야.

잉더는 반복해서 영상을 보며 황망함을 느꼈다. 잔꾀를 부리는 녀석이라는 건 알았지만, 강강의 지능은 상상했던 것보다 훨씬 높아서 인간의 행동을 훤히 꿰고 있었던 것이다. 잉더는 저도 모르게 탄식하며 머리를 긁적였다. 주변은 차들이 달리는 간선도로라 몸을 숨길 만한 곳은 전무했다. 퇴근 시간대라 나름대로 행인도 많았을 테니, 그처럼 덩치 큰 판다가 어슬렁거렸다면 분명히 목격자가 있을 텐데. 잉더는 짜증스레, 그야말로 우리 속 판다처럼 모니터 앞에서 왔다 갔다 했다.

인도. 잉더의 머릿속에 불현듯 그 단어가 되살아났다. 아무리 강강이라도 사람들이 지나다니는 곳으로 나가지는 않았을 것이다. 자신이 얼마나 희귀하고 대접받는 동물인지는 잘 알고 있을 것이다. 지난번 탈주 소동도 기억하고 있을 테고.

혹시 강강은 시간차로 나간 게 아닐까? 우리가 총출동해 수색을 나가는 장면을 어딘가에서 지켜보고 있다가, 그 뒤에 조용히……

잉더는 다시 한번 원내로 뛰쳐나갔다. 차이궈를 비롯한 젊은 사육사들이 황급히 뒤를 따랐다.

이제 감기 기운은 어딘가로 사라지고 없었다. 그의 감각을 흔드는 건 그와는 별개의 오한뿐이었다. 판다를 놓친 동물원이라는, 전대미문의 불명예스러운 칭호가 눈앞에 어른거리고 있었다.

손전등으로 다시 한번 원내를 돌아본 잉더는 불현듯 머리 위를 올려다봤다. 무성한 가지를 자랑하는 나무들이 손전등 불빛을 받아 모습을 드러냈다.

혹시……. 잉더는 동물원을 에워싼 높은 담장 옆에 자리한 나무들을 살펴봤다. 부자연스러운 형태로 뚝 부러진 커다란 가지가 눈에 들어왔다.

"이거다."

잉더의 중얼거림에 다른 사육사가 "설마요……" 하고 고개를 저었다.

"아니, 녀석은 여기 있었어. 나무 위로 올라가 수색을 피하고, 우리가 나간 뒤 밖으로 나간 거야."

담장 너머로 나가봤다. 떨어진 나뭇잎들이 흩어져 있었지만, 이제는 아무 흔적도 찾아볼 수 없었다.

"여기로 나갔다면, 트럭 같은 대형 차량에 탑승했을 가능성도 있겠네요." 이제야 침착함을 되찾은 차이궈가 도로를 오가는 트럭을 보며 말했다.

그녀의 말대로 담장과 같은 높이의 트럭들이 끊임없이 지나고 있었다. 저 위로 훌쩍 뛰면 이동도 가능해진다.

"하지만 인도가 있습니다. 아무리 그래도 이 인도를 뛰어넘어 차도의 트럭까지 이동하는 건 어려울 것 같은데요." 다른 사육사가 고개를 갸웃했다.

그 말도 일리가 있었다. 5미터 폭의 인도를 뛰어넘어 담장 위에서 트럭 위로 이동하는 건 어려울 것 같았다. 게다가 교차로에서 떨어져 있어서, 차량이 속도를 줄이지도 않았을 터였다. 아마 교통 정체가 심각한 상황이 아닌 이상 트럭 위로 뛰어서 이동하는 건 불가능할 것이다. 하지만 이 일대는 그다지 길이 막히지 않았고, 무슨 사고라도 나지 않는 한 늘 차량 이동은 원활했다.

"하지만 이렇게까지 우리 허를 찌른 녀석이야. 무슨 짓을 했더라도 이상할 건 없지. 이 일대에서 발견되지 않은 이상, 녀석이 트럭 짐칸이나 뭔가에 올라타 이곳을 떠났다고 봐야겠지.”

“차를 타고…….”

모두가 불안한 표정으로 서로를 마주 보았다.

대체 어디까지 가버린 걸까? 지금쯤 어디에 있는 걸까?

“어쩌죠. 이렇게 됐으니 차라리 탈출한 사실을 공표해 목격 정보를 제보받는 게 낫지 않을까요?”

“WWF 쪽은 어떻게 대처할까요?” 차이궈가 잉더를 힐끗 보았다.

잉더가 컨디션 난조를 이유로 WWF와의 회의 자리를 뜬 뒤로 꽤 시간이 흘렀다. 지금쯤 원장의 속이 타들어가고 있을 것이다.

“그건 냅둬. 원장님이 알아서 하겠지. 좌우지간 일단 안으로 들어가지.”

사육사들은 주거동으로 돌아왔다.

“판다에게 발신기를 붙여놓았더라면…….” 스태프가 한숨을 내쉬었다.

판다는 덩치가 크고 수도 적어서 개체식별표는 부착하지 않는다. GPS로 위치를 확인할 수 없는 것이다.

“어디로 갔을까요?” 차이궈가 혼잣말처럼 중얼거렸다. “역시 고향일까요.”

“거기가 어디라고.”

“본능으로 방향을 아는 걸까.”

"날씨는 괜찮을까요." 불안한 표정을 짓는 차이궈였다. "실온으로 관리되는 거주동과 전시동에서 살던 강강이 밖으로 나갔으니, 감기라도 걸릴까 걱정이네요."

잉더는 다른 판다라면 몰라도 강강은 그럴 일 없다고 생각했지만, 아직 초봄이라 밤에는 쌀쌀했다. 강강이 길에 쓰러져 있는 모습을 상상하고 잉더는 섬뜩해졌다.

주변을 에워싼 군중들이 괴로운 표정으로 숨이 끊어진 강강을 손가락질하고 있다. '동물원은 대체 뭘 하고 있었던 거냐'는 비난의 목소리가 터져 나온다. 모두가 스마트폰을 들고 강강의 사진을 찍어대고, 그것이 전 세계로 확산된다. 각국의 동물보호단체가 동물원을 규탄한다.

판다를 놓친 것도 모자라 그런 사태까지 벌어진다면…… 뒤늦게 사태의 중대함을 깨닫고 전율했다.

"텔레비전 좀 틀어줘. 일기예보를 봐야겠어."

"아, 네."

차이궈가 리모컨을 들고 모니터 룸 구석에 있는 텔레비전을 켰다. 난동을 부리는 군중들이 화면을 가득 채웠다. 뭐라고 시끄럽게 떠들고 있었다.

"무슨 일이 있었나?"

"사고?"

하지만 화면에 비친 군중들은 흥분해서 얼굴이 상기되어 있었고,

웃음을 터뜨리는 사람도 많았다. 사고 분위기는 아니었다.

"플라워 페스티벌에서 진기한 풍경이 펼쳐졌습니다." 마이크를 든 젊은 여자가 큰 소리로 외치고 있었다.

"아, 그렇구나. 오늘 무슨 축제가 있다고 했어요." 스태프가 고개를 끄덕였다.

서로 밀고 밀리는 군중들. 마이크를 든 리포터는 그 틈바구니에서 허공을 가리켰다.

"이유는 알 수 없지만 대량의 인형들이 허공에서 떨어졌고, 시민들은 앞다투어 인형을 주우려 하고 있습니다."

리포터의 말대로 커다란 인형들이 허공을 날고 있었다. 얼빠진 얼굴의 덩치 큰 인형들이었다. 누가 이런 기괴한 짓을 저지른 걸까. 모두가 멍하니 밤하늘을 나는 인형들을 바라보고 있었다.

핑크색 소.

노란 곰.

갈색 고릴라.

그리고 판다.

"……응?" 잉더는 숨을 삼키며 동작을 멈췄다. "방금 그거 봤어?"

"네?"

"판다가 날고 있었잖아."

"네? 아, 인형이요."

"아냐, 아니었어. 되감아봐."

"웨이 선배, 텔레비전은 되감을 수 없어요." 차이궈가 황급히 고개를 저었다.

"있었어."

"있었다니 뭐가요?"

"녀석이. 강강을 봤어."

모두가 기가 찬 표정으로 서로를 마주 봤다.

대체 이 남자는 무슨 소리를 하는 거지, 혹시 강강이 탈출한 충격으로 정신이 어떻게 된 걸까? 혹은 고열로 헛소리를 하는 걸까. 그런 표정이었다.

하지만 잉더는 답답하다는 듯 고개를 저었다. "틀림없어. 녀석이 거기 있었어."

잉더의 뛰어난 동체 시력은 순간 허공을 가로지른 물체가 인형이 아니라 육중한 육체를 가진 생물이라는 사실을 꿰뚫어 본 것이다. 그리고 그는 동물원 담장 근처에 굴러다니던 소와 하마 인형의 의미를 깨달았다. 저 인형 대신 어딘가로 숨어든 것이 오랜 악연으로 이어진 강강이라는 것을.

잉더는 사육사들을 둘러보며 선언했다. "저기로 간다."

"네?"

"플라워 페스티벌은 어디서 하지? 방금 뉴스 촬영 위치는? 방송국에 전화해서 확인해."

"진심이세요?"

"진심이야. 분명 녀석은 저기 있어. 무슨 일이 있어도 포획한다."

눈을 부릅뜨고 노려보는 잉더의 모습에, 사육사들은 부르르 몸을 떨며 다시 한번 하얗게 질린 낯으로 서로를 마주 보았다. 일단 잉더 가 저렇게 선언했으면 목표를 반드시 완수하고야 만다는 것은 누구 나 잘 아는 사실이었지만, 과연 지금 그가 제정신인지 아닌지 판단 하기 어려웠기 때문이었다.

39

시끌벅적하게 호텔 복도를 지나는 범상치 않은 일행.

제일 선두에 선 기묘한 차림새의 남자의 얼굴은 정중앙을 기준 으로 절반씩 각기 다른 색으로 칠해져 있었다. 그 뒤를 따르는 덩치 큰 백인 남자는 심기가 불편한지 얼굴이 시뻘겋고, 조금 떨어진 곳 에 있는 호리호리한 백인 남자는 백지장같이 초췌한 낯이었다.

통통한 백인 남자는 곤혹스러워하는 표정이었고, 보통 체격의 동 양인 남성도 마찬가지로 당혹스러운 얼굴이었으며, 그 옆에서 걸어 가는 동양인 여성은 시종일관 무표정이었다. 시끄럽게 말다툼을 하 는 두 남자가 그 뒤에서 따라오고 있었다.

면면만 봐도 각양각색이었지만, 전체적으로는 무척 수상쩍은 일 행이었다. 스쳐 지나가는 손님들과 호텔 직원들은 보고도 못 본 척을 하거나, 외면하면서도 대체 그들의 정체가 무엇일지 서로 숙덕거렸다.

벌써 저녁 시간도 한참 지난 시각이다. 식사를 마치고 방으로 돌아가는 손님들의 모습도 군데군데 보였다.

"그러고 보니 배가 고프네."

"초밥은 어떻게 됐지?"

뒤에서 소곤거리는 소리가 들려왔을 때, 통통한 백인 남자의 휴대전화가 울렸다.

남자는 황급히 전화를 받았다. "네. 아, 죄송합니다. 네, 지금 호텔로 돌아왔는데요. 역시 이쪽으로 다시 배달해주시겠습니까? 아, 저희 때문에 배달이 늦어졌으니 음식값은 당연히 드리겠습니다."

존은 전화를 향해 고개를 숙였다.

"혹시 초밥?" 구미코가 존의 얼굴을 들여다봤다.

"응. 우리를 쫓아오다가 교통 정체에 걸린 모양이야."

"다시 호텔로 와준대요?" 다다시가 물었다.

"응. 원래는 한 시간 안에 배달하지 못하면 음식값을 할인해준다는 모양인데, 우리 잘못이니까. 뭔가 위압감이 장난 아니던데. 정중한 말투지만 뭔가 위협하는 것 같달까. 박력 있었어. 화가 났나?" 존은 겁에 질린 얼굴로 휴대전화를 보았다.

창싱은 호텔의 꽃인 중화 레스토랑으로 다가갔다.

"다리오가 죽은 곳으로 가고 있는 거죠?"

"그런 것 같아."

다다시와 구미코는 소곤거리며 대화를 나눴다.

그때 구미코가 다시 허공을 바라보는 걸 보고 다다시는 흠칫했다. 아까부터 풍수사와 구미코가 뭔가 같은 것을 보고 있는 듯해서 무서웠다. 다다시는 가급적 그들의 시선이 멎은 곳을 보지 않으려 애썼다.

보면 큰일이다. 나는 이 사람들하고 달라. 내 눈에는 안 보인다고. 그렇게 필사적으로 되뇌었다.

"오즈누 씨 눈에도 보이지?" 구미코가 나지막이 중얼거렸다.

"안 보입니다!" 다다시는 즉시 부정했다.

말은 그렇게 했지만 실은 그 역시 허공을 떠도는 '무언가'의 기척은 느끼고 있었다.

웃기지 마. 절대 보지 않을 거다. 나는 선조의 굴레에서 벗어나 현대인으로 살 거라고.

전방에서 여자 셋이 걸어왔다.

아, 맛있었어, 역시 가도 신배는 안목 있나니까요. 대화를 들어보니 일본인인 것 같았다. 각자 작은 종이봉투를 들고 있었다. 기념품이라도 구입한 것일까?

일행은 다다시 일행을 보고 순간적으로 눈이 휘둥그레졌다. 하지만 이내 아무렇지도 않은 척 스쳐 지나갔다.

"뭐하는 사람들일까요? 플라워 페스티벌 행사에 출연했나?"

"그렇다고 하기에는 분위기가 좀 어둡지 않았어?"

"피곤하겠죠. 그런 행사는 내내 사람들 시선에 노출돼서 긴장되니까, 피로가 몰려왔겠죠."

"자기도 긴장하고 그래?"

"당연하죠. 포즈를 잘 취했는지 아닌지."

"뭔가 어디서 본 것 같은데, 전에 만난 적 없나?"

"네? 여긴 상하이인데요?"

목소리를 죽였지만 똑똑히 들렸다.

"음. 나도 저 세 사람, 어디서 본 것 같아." 구미코가 고개를 갸웃거렸다.

"그래요? 일본에서?"

"아마 그렇겠지. 오래전인 것 같은데."

"신기하네요."

앞에서 걷던 필립 크레이븐이 갑자기 걸음을 멈추는 바람에, 뒤따르던 존은 그의 등에 정통으로 부딪혔다.

"필, 무슨 일이야?"

존이 말을 건넸지만 필립은 와들와들 몸을 떨기 시작했다.

"난 못해. 더 이상 가까이 못 가겠어."

"필."

존, 다다시, 구미코가 필립을 에워쌌다. 그는 진땀을 흘리며, 마치 귀신의 집 입구에서 주저하는 호러영화 등장인물처럼 공포에 찬 표정으로 떨고 있었다.

중화 레스토랑에 가까이 가면 갈수록 다리오의 마지막 모습이 플래시백처럼 되살아나는 모양이었다. 앞서가던 창싱과 팀이 뒷사람들이 멈춰 선 걸 알아채고 뒤돌아봤다.

"거기서 뭐하는 거지. 공양을 올려야 한다고."

"이 파티를 시작한 건 너야. 끝까지 책임져."

두 사람의 얼굴은 괴물 영화처럼 무시무시했다. 창싱은 분장 때문이었고, 팀은 이보다 더 기분 나쁠 수 없는 표정으로 도끼눈을 뜨고 있었다. 히익, 다다시가 뒷걸음질 쳤다.

"못 가겠어. 아아, 너무나도 끔찍했어. 그 순간, 그 충격이……." 필립 크레이븐은 그 자리에 무너져 내리듯 힘없이 무릎을 꿇었다.

"필."

또다시 흐느끼는 필립을 보고 복도를 오가던 사람들이 "뭐야, 무슨 일이야" 하고 수군거렸다.

"그럼 됐어. 거기서 기다려." 창싱이 손사래를 치며 성큼성큼 걸음을 옮겼다.

존이 남아서 감독을 위로했다.

괜찮나, 어디 아픈가, 하고 중년 남성들이 필립의 곁으로 모여들었다.

사실 소중한 사람을 잃어서요. 존이 진지하게 해설했다. 과묵하지만 사랑스럽고 착한 아이였는데.

그렇구먼, 가엾게도. 모두가 고개를 끄덕이며 듣고 있었다.

"……틀린 말은 아닌데."

"이구아나라고 말해주지그래?"

다다시와 구미코는 마주 보며 중얼거린 뒤 황급히 창싱의 뒤를 쫓았다.

"음, 이쪽이다."

창싱은 순간 레스토랑 입구에서 멈춰 섰지만 이내 방향을 틀어 똑바로 복도를 따라 걸어갔다. 물론 그것은 허공에 뜬 '그것'이 그쪽으로 향했기 때문이었다. 보아하니 직접 주방으로 가려는 것 같았다.

구미코는 고개를 들어 허공을 올려다봤다. 역시 저건 다리오의 영혼이다. 몸속에서 빛나는 저 작고 길쭉한 건 뭐지?

저것은 다리오가 죽었을 때 몸 안에 들어 있던 물건이며, 아직 이 근처에 있을 것이다. 다리오는 저 물건에 집착, 아니 마음에 걸리는 모양이다. 필립 크레이븐이 '수출'할 때 넣은 건가? 마취약? 그렇다고 하기에는 너무 큰데.

반짝반짝 빛나는 스테인리스의 여닫이문이 보인다.

안에서 부산스러운 기척이 났다. 빠르게 오가는 말들.

창싱은 주저하지 않고 문을 두 손으로 힘껏 열어젖혔다.

김과 갖가지 냄새와 소리가 단번에 밖으로 쏟아졌다.

환하고 넓은 주방. 계속해서 손을 움직이는 이도 있었지만, 대부분의 사람들은 일제히 이쪽을 돌아봤다. 그 눈이 겁에 질린 듯 휘둥 그레졌다.

"뭐, 뭐지?"

"핼러윈 분장?"

"구정은 이미 지났는데?"

의아스러운 목소리가 흘러나왔다.

창싱은 주방 안으로 들어가 한 곳에서 걸음을 멈췄다. 모두 덩달아 동작을 멈췄다. 창싱은 귀를 기울이듯 가만히 서서 찬찬히 주변을 둘러보았다. 모두 덩달아 숨을 죽였다.

"흐음."

창싱은 천장을 올려다보더니 다시 한번 주변을 둘러보았다. 커다란 쓰레기통을 보더니 성큼성큼 걸어가 그 안을 들여다봤다. 쓰레기통은 일정한 간격으로 여러 개 놓여 있었다. 창싱은 그것을 차례대로 살펴봤다.

모두 뭐하는 건가 싶어서 창싱을 눈으로 좇았다.

"뭐하는 걸까요?"

"쉿, 아마 다리오 안에 있던 것을 찾고 있는 거야."

"다리오 안에 있던 거라니…… 너무 무서워요."

다다시와 구미코가 속닥거렸다.

창싱은 다시 천장을 올려다보았다. 물론 허공에는 '그것'이 있었다. 둥둥 떠 있는 다리오는 도리질을 하듯 고개를 저었다.

"그래, 여기엔 없군. 널 죽인 녀석이."

창싱의 중얼거림에 주변이 술렁거렸다. 죽였다고? 누구를? 누가? 요리사들은 서로 마주 보며 의아해했다.

"여기엔 없다. 그리고 네 안의 그것도 없다는 거군."

창싱은 나지막이 중얼거리더니 이번에는 요리사들의 얼굴을 순서대로 바라보았다. 모두 흠칫 놀라며 주춤했다.

"요리장은? 며칠 전에 이곳에서 희귀한 이구아나를 조리한 요리장이 있을 텐데?"

"왕 요리장님은 지금 자리에 안 계십니다." 구석에 있던 스태프가 쭈뼛거리며 대답했다.

"어디 있지?"

"아까까지 호텔 위층의 행사 연회장에 계셨는데, 지금은 사무실에 계실 겁니다."

이번에는 스태프들이 서로를 마주 봤다.

"사무실? 그게 어디지?" 창싱의 눈빛이 번뜩였다.

"반대편 복도 끝입니다."

"좋아, 가자."

창싱은 곧바로 걸음을 옮겼고, 나머지 다섯 명도 황급히 뒤를 따랐다. 뭐지, 대체 뭐야? 경찰? FBI? 다시 조리를 시작하는 소리와 수군거리는 목소리를 뒤로하고 여섯 명은 주방을 나섰다.

"저게 뭐죠?" 구미코는 창싱에게 물었다.

"모르지." 걸음을 늦추지 않고 창싱이 대답했다. "왕이란 녀석이 가지고 있다는 건 분명하지만."

여섯 명을 이끌듯 허공에 떠서 나아가는 다리오.

저도 모르게 허공을 올려다본 다다시는 반사적으로 성호를 긋고 있었다. 큰일이다, 저게 보여. 다다시는 눈을 내리깔았다. 신이시여, 마물에게서 저를 지켜주소서. 제발 제 눈에 저런 게 보이지 않도록 인도하소서. 시선을 떨구고 최대한 바닥 쪽을 보며 앞으로 나아갔다.

우리 집안은 기독교와 아무 관계도 없지만.

힐끗 레스토랑 입구 쪽을 보니 사람들이 몰려 있었다. 존과 필립을 에워싼 손님도 어느샌가 늘어 있었다. 아무래도 슬픈 이야기는 호평을 받으며 계속해서 이어지는 것 같았다. 필립을 따라 우는 사람까지 있었다.

그 이야기의 주인공이 이구아나라는 걸 아는지 모르겠네. 다다시가 중얼거렸다.

40

그 전화가 걸려왔을 때, 동웨이위안은 마침 교통 정체에 걸려 도로 한복판에서 옴짝달싹 못하고 있었다. 상하이의 교통체증은 어제

오늘 일이 아니었지만, 오늘은 유난히 정도가 심했다.

아까부터 전혀 움직이지 않는 걸 보면, 아무래도 사고가 일어난 모양이다. 곳곳에서 귀를 찌르는 경적 소리가 끊임없이 울려 퍼졌고, 멀리서는 경찰차의 사이렌 소리가 울려댔다.

연신 쯧쯧 혀를 차며 구시렁거리던 운전기사도 이제는 체념한 표정으로 운전대 위에 팔을 올리고 턱을 괴고 있었다. 웨이위안도 자신의 실책을 자각하고 있었다.

정말이지 이 시간에 차를 타다니, 생각이 짧았다. 이동시간을 가늠할 수 없는 걸 몰랐던 것도 아닐 텐데.

스스로는 여느 때와 다름없다고 생각했지만, 마지막을 장식할 큰 건이라는 자각이 조바심을 불러일으킨 걸까. 웨이위안은 팔짱을 끼고 가만히 생각에 잠겨 있었다.

손자인 둥웨이췬의 준비는 이미 끝났다. 남은 건 주변이 어떻게 나올지에 달렸다.

운전기사는 룸미러를 통해 심사숙고하는 노인의 모습을 의아한 듯 바라보았다. 마치 주변의 경적 소리가 하나도 들리지 않는다는 양, 그곳만 정적에 휩싸인 듯한 모습에 뭔가 범상치 않은 것을 느꼈는지도 모른다.

웨이위안은 저우에게 전화를 걸었다. 먼저 전화를 거는 일은 거의 없었지만, 이것은 '거의 없는' 기회다. 잠시 통화연결음이 들리더니 다시 짜증이 가득한 저우의 목소리가 들렸다.

"나야. 어떻게 되어가고 있지?" 웨이위안은 간략하게 물었다.

"아직이야." 돌아온 답도 짧았다. "예상이 빗나간 일이 좀 생겨서, 회수에 시간이 좀 걸릴 것 같군."

예상이 빗나가다. 이 남자에게서 그런 말을 들을 줄이야. '거의 없는' 기회가 왔다고 봐야 할 것 같았다.

"잘 알겠지만, 슬슬 처리해주지 않으면 이쪽도 곤란해." 웨이위안은 조용히 말했다.

"알고말고. 조금만 더 기다려줘." 더욱 짜증스러운 목소리가 돌아왔다.

저우의 불퉁한 얼굴이 눈앞에 보이는 것 같았다. 하지만 짜증이 나는 건 웨이위안 역시 마찬가지였다.

"부탁하네." 웨이위안은 그렇게 말하고서는 대답도 듣지 않고 전화를 끊었다.

아직 회수되지 않았다. 그 사실만 확인하면 더 볼일은 없었다. 정말이지, 뭘 그렇게 애를 먹고 있는 건지. 주변에서 '냉정 그 자체' '당황한 얼굴을 본 석이 없다'는 소리를 듣는 웨이위안이었지만, 상황이 이러니 속이 타들어가는 걸 느꼈다.

오늘 밤 안으로 일을 마무리 지어야 하는데. 역시 직접 움직이기를 잘했군. 휴대전화 화면에 표시된 시간을 보았다. 벌써 이런 시간이군. 나야말로 예상이 빗나갔어. 웨이위안은 짜증스러운 표정으로 휴대전화를 주머니에 넣었다.

"손님, 역시 사고가 난 모양입니다." 운전기사가 휴대전화 화면을 보며 중얼거렸다.

"교통사고인가?"

"아뇨. 보니까 플라워 페스티벌인지 뭔지 행사가 있었는데, 도로로 사람들이 쏟아져 내려왔다는군요."

"플라워 페스티벌."

그러고 보니 오늘 뭔가 행사가 있다고 했다. 젠장. 그 사실도 까맣게 잊고 있었다. 택시는 괜히 타가지고는. 스스로를 꾸짖고 싶은 심정이었다. 이제 나도 총기가 떨어졌나.

그때 휴대전화 벨소리가 울렸다. 운전기사는 자기 것인 줄 알았는지 황급히 휴대전화를 보았지만, 뒤에서 노인이 휴대전화를 보는 걸 보고 아니라는 걸 깨달았다.

화면에는 이름 없이 전화번호만 표시되어 있었다. 웨이위안은 이상하다 생각했다. 누구지? 등록되지 않은 번호로 전화가 오는 일은 거의 없는데. 이 번호를 알고 있다니.

"여보세요." 신중하면서도 자연스러운 태도로 전화를 받았다.

"여보세요." 상대방도 그에 지지 않을 만큼 조심스러웠다. "동웨이위안 선생님의 번호 맞습니까?"

조용하고 차분한 목소리.

"어디시지요?" 웨이위안도 조용히 되물었다.

"저는 왕탕훼이의 아들인 왕탕위안이라 합니다. 아버지께 번호를 여쭈어 이렇게 전화를 드렸습니다."

반사적으로 웨이위안의 머릿속에 '박쥐'가 떠올랐다.

왕탕훼이. 중국 굴지의 실력파 요리사 집안인 왕가의 역대 가주들은, 미술품에도 조예가 깊은 수집가였다. 웨이위안은 자신이 취급한 물건은 모두 세세하게 기억하고 있었다. 지금까지 거래한 수집가 중에서도, 왕씨 집안의 수집품은 걸출한 축에 속했다. 뛰어난 청자와 희귀한 당삼채 등, 그들의 수집품에 더해진 미술품들이 차례차례 뇌리에 떠올랐다.

웨이위안은 찰나의 회상에서 깨어나 정신을 차렸다. 왕탕위안이 먼저 연락해올 볼일이라면, 분명…….

"동웨이위안입니다. 조부님, 아버님께는 신세 많이 졌습니다. 무슨 일로 연락을 주셨습니까?" 그제야 웨이위안은 이름을 댔다.

"실은 은밀히 보여드리고 싶은 물건이 있습니다."

"은밀히? 저한테요?" 웨이위안은 흥분을 감추며 물었다.

"네. 동 선생님과는 조부님 대부터 미술품 거래를 해왔다고 들었습니다. 감식안이 아주 뛰어나시다고요." 왕은 시종일관 공손한 어조로 말했다.

"조부님이야말로 뛰어난 심미안을 가진 분이셨죠." 웨이위안은 애써 침착하게 대답했다.

"실은…….'"

순간 공백이 생겼다. 웨이위안은 상대가 말을 잇기를 기다렸다.

"동 선생님께 감정을 부탁드리고 싶습니다. 우연한 계기로 제가 입수하게 된 물건입니다만……."

"호오." 웨이위안은 저도 모르게 고개를 쭉 빼고 있었다.

이런 행운이 다 있나. 하늘이 주신 기회다.

불현듯 운전기사가 귀를 쫑긋 세우고 있다는 사실을 깨닫고 자연스레 입가를 가리며 나지막이 속삭였다.

"어떤 물건입니까?"

수화기 너머로 작게 헛기침을 하는 소리가 들렸다.

"그게, 전화로는 좀 말씀드리기가 어려운데, 제가 입수하게 된 경위가 좀 특수해서요. 아주 작은 물건입니다."

특수한 경위. 작은 물건.

역시 그것이다. 틀림없다.

"왕씨 집안의 분이 관심을 가지고 저에게 직접 감정을 의뢰할 정도니, 보통 물건은 아니겠군요."

"네. 아주…… 흥미로운 물건입니다." 왕은 신중한 목소리로 동의를 표했다.

왕의 안목은 틀림없다. 그만한 명품을 놓칠 리 없겠지.

"그렇다면 감정한 뒤에 저에게 거래까지 맡겨주신다고 생각해도 되겠습니까?"

흥분을 감추며 웨이위안은 한 걸음 더 나아갔다. 수화기 너머로 숨을 삼키는 기척이 느껴졌다.

"……네. 가능하다면요." 순간의 망설임 끝에 나지막한 대답이 돌아왔다.

웨이위안은 애써 차분한 목소리로 말했다. "그럼 한번 보도록 하죠. 시간은 언제가 좋을까요?"

며칠 있다가 보자고 하면 어쩌지. 웨이위안은 왕이 금방 만나자는 말을 꺼내게 하기 위해서는 뭐라 말해야 좋을지 생각에 잠겼다.

"죄송하지만." 왕의 목소리에 다시금 망설임이 섞였다. "실은 상황이 여의치 않아서 제가 좀 급합니다. 가급적이면 오늘 밤 안에 봐주셨으면 좋겠는데 괜찮으시겠습니까? 선생님이 바쁘신 분인 건 잘 알고, 영업시간도 이미 끝났겠지만……."

오오, 바라지도 않았던 대답이었다. 웨이위안은 쾌재를 부르고 싶은 걸 참으며 말했다. "괜찮습니다. 마침 집으로 돌아가던 길이었는데 제가 그쪽으로 갈까요? 청룡반점에서 근무하시는 게 맞지요?"

웨이위안은 그곳으로 가는 길이었다는 걸 상대가 알아채지 못하도록 침착함을 유지했다.

"네." 왕의 목소리에 안도가 섞였다. "제가 찾아뵙는 게 도리인데, 와주신다니 너무 송구하고 감사합니다. 아직 일터를 떠날 수가 없어서요."

"아닙니다. 저도 집에 가는 길이었는데요. 그럼 지금 찾아뵙겠습니다. 로비에 도착하면 제가 전화를 드리죠. 지금 거신 번호로 연락드리면 되겠습니까?"

"네. 부탁드립니다." 왕의 안도감은 더욱 깊어진 모양이었다. "동 선생님, 갑작스레 부탁을 드렸는데도 흔쾌히 들어주셔서 정말 감사 합니다. 기다리고 있겠습니다."

"그럼 이따가 뵙겠습니다."

전화를 끊고 나서도 웨이위안은 한동안 휴대전화 화면을 물끄러미 바라보고 있었다.

천우신조로군.

조금 전까지의 짜증은 온데간데없이 사라졌다. 웨이위안은 묘한 고양감을 느꼈다. 되찾아야 한다. 한시라도 빨리. 그렇게 생각하며 고개를 든 순간, 택시가 느릿느릿 움직이기 시작했다.

"기사 양반, 좀 서둘러줄 수 있겠나?"

"네?"

운전기사가 의아한 표정으로 룸미러 너머 웨이위안을 보았다.

"내 팁은 두둑이 얹어줌세."

"알겠습니다."

갑자기 기분이 좋아진 손님에게 궁금한 게 많은 눈치였지만, 운 전기사는 일단 고개를 끄덕였다. 조금씩 주변 차들이 나아가고 있 었다.

웨이위안의 귀에는 집요하게 울려 퍼지는 경적 소리도 더 이상 들리지 않았다.

41

결국 매기는 소년을 찾는 걸 단념했다.

무슨 사고라도 났는지 와이탄은 전에 없이 붐볐다. 이 인파 사이로 달아난 아이를 찾는 건 아무리 생각해도 무리였다. 이제는 아이를 찾는 게 문제가 아니라, 마음대로 움직일 수도 없어서 모비딕 커피 매장까지 돌아가는 데도 한참 시간이 걸릴 것 같았다.

진정해라. 생각을 해.

필사적으로 되뇌었지만, 그 소년이 누군가와 한패였다면 USB의 내용물은 그 누군가에게 전달되었다고 보아야 한다. 매기는 등골이 서늘해지는 걸 느꼈다. 큰일이다. 혹시라도 사정을 아는 사람이 본다면. 그녀의 귀에는 주변의 소음도 들어오지 않았다. 또 하나. 계속 생각하지 않으려 했지만 더 중대한 문제가 있었다.

이대로라면 거래가 불발된다.

저도 모르게 시계를 보았다.

오늘 내로 낙찰되지 못하면…….

하염없이 시간은 흘러가고 있었다.

지금까지 거래가 성립되지 않았던 예는 듣지 못했다. 무엇보다 낙찰가가 정해지지 않으면 몸값 금액도 정해지지 않는다. GK는 범죄자이지만 '공정'하다고 알려져 있다. 상당한 감식안을 가진 듯 '유괴'하는 건 모두 명품뿐이었다. 반대로 GK가 '유괴'하는 것이 물건의 급을 말해주는 증거가 될 정도였다. 당연히 원하는 사람도 많으니, 입찰 가격은 올라갔다.

그리고 '부모'가 최고 입찰가를 적어내면 '아이'는 '부모' 곁으로 돌아간다. 건강 상태, 즉 보존 상태도 좋고, 예전보다 '건강'해지기도 한다. 어설픈 미술관에 맡기는 것보다 잘 관리한다는 평이 돌기까지 했다.

유괴범에게 '신뢰할 수 있다'고 하는 것도 이상한 이야기지만, 그렇지 않으면 거래는 성립되지 않는다. GK 역시 어디까지나 금전이 목적이니, 몸값을 제대로 치르고 멀쩡하게 돌려보내고 싶다. 미술품은 유지 관리에 돈과 품이 든다. 보관 장소도 중요하다. 오래 가지고 있으면 사고가 터질 수도 있고, 꼬리가 잡힐 위험도 커진다. 이러니 GK 입장에서는 너무 오래 보관하기 싫은 것이다. 가급적 받을 건 받고 보내버리고 싶다는 게 속내였다. 하지만 거래가 성립되지 않으면 그대로 '아이'는 어둠 속으로 사라진다.

그 생각을 떠올린 매기는 다시금 오싹해졌다. 그리고 이번 입찰이 지금까지와 전혀 다른 양상을 보이고 있다는 사실을 떠올렸다. 이번 '아이'의 희소가치나 유래, 그리고 그 아름다움으로 보아 어마어마한 금액이 책정되리라는 건 쉬이 짐작할 수 있었기에, GK가

'승부수를 띄웠다'는 느낌이었다.

하지만 막상 뚜껑을 열어보니 첫 입찰은 무산됐다. 어째서인지 '손님'들은 소심하게 비슷한 금액으로 입찰한 것이다. '손님'끼리 견제하는 건가? 아니면 담합? 이번 입찰이 무산되면 GK는 어떻게 될까? 매기는 계속해서 생각했다.

사실 '승부수를 띄운' 것은 매기를 비롯한 홍콩경찰도 마찬가지였다. 이번 거래가 성립하면 '호텔'을 일제히 덮쳐 '아이' 현물을 찾아낼 준비를 하고 있었던 것이다. 하지만 거래가 성립하지 않았을 경우에 어떻게 대처할지는 생각하지 않았다. 지금까지 그런 적은 없었기 때문이었다.

매기는 아까부터 계속 등골이 서늘했다. 아무래도 불길한 예감이 든다. 나를 감시하고 있었다면. 이대로 튀려는 건가?

"매기, 지금 어디야?"

매장 근처까지 와서야 동료의 목소리가 귓속으로 들어왔다.

"미안, 놓쳤어. 지금 막 매장으로 돌아왔고."

"아까 여자는 못 찾았어."

"알았어. 일단 거래에 집중하자."

"……좀 걸리는 일이 있어. 분위기가 심상치 않아." 그 목소리에는 곤혹스러운 빛이 역력했다.

"무슨 일이야?" 매기는 저도 모르게 귀를 눌렀다.

42

통화를 마친 왕은 나지막이 한숨을 내쉬었다. 약속을 잡아버렸다. 이제 돌이킬 수 없다. 저도 모르게 꾹 가슴 주머니를 눌렀다. 신중해야 한다. 그 사람이라면 괜찮을 거다. 다시 한번 그 옥을 봐야겠다고 생각한 순간, 쿵쿵쿵 거세게 문을 두드리는 소리가 들려서 흠칫했다.

"네."

이런 시간에 누구지? 문이 쾅 열리더니, 생각지도 못한 사람들이 우르르 실내로 들어왔다. 그 모습에 놀란 왕은 저도 모르게 자리에서 일어났다.

"당신들 누구야?" 왕은 눈을 부릅떴다.

그도 그럴 게, 선두에 선 사람은 얼굴을 반씩 다른 빛깔로 칠한 기괴한 풍모의 남자였다. 그 뒤로는 시뻘건 얼굴의 거한. 그 옆에는 성실해 보이는 동양인 남녀. 거기에 편안한 복장의 동양인 남자 둘.

"죄송합니다, 이분들이 꼭 요리장님과 할 이야기가 있다고 하셔서……." 부하가 일행의 맨 끝에서 조심스레 고개를 내밀며 말했다.

"대체 무슨 볼일이지? 그것도 이렇게 한꺼번에." 왕은 홱 손님들을 돌아봤다.

"실례하겠소. 이쪽에 계신다고 얘기를 들어서." 선두에 선 기괴한 풍모의 남자가 말문을 열었다.

왕은 그 남자를 머리에서 발끝까지 훑어보며 고개를 갸웃했다. "어디 소수민족이지? 내륙 자치구인가? 아니면 종교인인가? 고기는 뭘 먹지? 술은 백주?"

"그런 게 아니라." 남자는 지친 듯 고개를 저었다. "난 풍수사네."

"내가 아는 풍수사와는 유파가 다른 모양이군."

"그것도 아니고. 설명할 시간이 없으니 단도직입적으로 묻겠네. 당신이 그 동물을 조리했나?"

"그 동물?" 왕은 황당한 듯 되물었다.

"큰 도마뱀 말일세. 레스토랑에서 조리했잖아."

"아, 그거 말이군." 왕은 생각이 났는지 고개를 끄덕였다. "모처럼 좋은 재료가 들어왔는데 손님들은 손도 안 댔지. 자신 있게 선보인 요리였는데 참으로 유감이었어."

풍수사의 뒤에 있는 사람들이 복잡한 표정으로 서로의 얼굴을 마주 보았다.

"그 동물은 미국인 영화감독의 반려동물이었어."

"그런 모양이더군. 주방 바닥을 돌아다니고 있길래, 나는 새 식재료인 줄 알았지. 꽤 흥미로운 식재료였어. 기회가 있으면 다음에는 단식초로 조리해보고 싶군."

미안한 기색이라고는 추호도 보이지 않는 왕을 보고 모두 힘없이 웃었다.

"그런데 그게 어쨌다는 거지?"

"성불을 못 했어요." 갑자기 뒤에 있던 젊은 동양인 여자가 말했다. "감독님이 다리오를 공양해주고 싶다는데, 주방에서 떠나지 못하나 봐요."

"뭐라고?" 왕은 의아스러운 표정으로 일행을 빤히 바라봤다. "당신들 대체 무슨 얘기를 하는 거지?"

"촬영 진행이 안 된다고!" 거구의 남자가 갑자기 버럭 소리쳤다. "하루에 10만 달러가 날아가고 있어! 뭐든 상관없으니 이 사람들 따라가서 그 괴물을 처리해달라고! 젠장, 왜 이런 짓까지 해야 하는 거냐고!"

남자는 머리를 엉망으로 헝클어뜨렸다.

"그래요, 이제 연습만 하는 것도 질렸다고요. 하루빨리 촬영하고 싶어요."

"다음 주에는 저기압이 통과한다니 이번 주에 찍어야 해."

동양인 남자 둘도 외쳤다.

"죄송하지만 좀 도와주실 수 있겠습니까? 조리한 본인이 아니면 안 된다는군요." 동양인 여성이 한숨을 내쉬었다.

왕은 눈을 끔뻑거렸다. "혹시…… 방송국에서 나온 건가? 미국 방송국이야?"

"좌우지간 그 동물이 숨을 거둔 곳으로 와주게." 풍수사가 왕을 재촉했다.

귀신에게 홀린 얼굴의 왕탕위안을 데리고 일행은 줄줄이 복도로 나왔다.

"아니, 손님과 만날 약속이 있는데." 왕은 시계를 보며 말했다.

"금방 끝나요." 성실해 보이는 동양인 남자가 머리를 조아렸다.

"대체 무슨 상황이야, 이게."

정체를 알 수 없는 집단에 에워싸여 왕은 혼란스러운 표정으로 복도를 따라 걸었다.

43

와이탄. 플라워 페스티벌 회장.

텔레비전 뉴스 영상으로 보도된 대혼란이 거의 수습되자, 다시 여느 때의 북적거리는 분위기가 돌아왔다. 어슬렁어슬렁 걸어가는 사람들. 들뜬 가족 단위 나들이객들과 젊은이들.

튼튼해 보이는 트럭이 조용히 정차하며 작업복 차림의 남녀 여럿이 차에서 내렸다. 긴장한 낯의 웨이잉더를 비롯한 상하이 동물 공원의 직원들이었다. 비통한 낯으로 주변을 둘러보는 면면들.

잉더는 가만히 주변 상황을 살폈다. 주변에는 이미 평온한 공기만 감돌 뿐, 뭔가 이상한 일이 일어난 기척은 느껴지지 않았다. 만일 강강이 누군가의 눈에 띄었다면 한바탕 난리가 벌어졌을 테니, 아직 강강은 어딘가에 숨어 있는 게 분명했다.

"어때? 찬찬?"

잉더가 들고 있는 목줄 끝에는 미니어처 닥스훈트가 코를 쿵쿵거리며 돌아다니고 있었다. 그가 바로 잉더의 비밀병기, 상하이 동물공원에서 키우는 찬찬(3)이었다.

몸집은 작아도 예민한 후각을 가진 찬찬은 지난번 강강이 탈주했을 때에도 그 특성을 발휘하여 신속한 포획에 공헌했다. 근처에 강강이 있으면 반드시 찬찬의 후각이 찾아낼 것이다.

잉더는 한동안 찬찬을 마음대로 걸어 다니게 두었다.

찬찬은 주변의 소음에도 아랑곳하지 않고 도로에 코를 대고 쿵쿵거렸다. 한눈팔지 않고 집중하는 모습이 믿음직스럽기 그지없었다. 정말이지, 아무리 강강이 교활하다 해도 그렇게 멍청하게 놓쳐버리다니.

잉더는 주머니 속 마취총을 꾹 쥐었다. 텅 빈 우리를 보았을 때의 충격이 아직도 가시지 않았다. 아까까지 그렇게 컨디션이 안 좋았는데 지금은 아무렇지도 않다.

젠장. 잉더는 으드득 이를 갈았다. 역시 나도 해이해져 있었어. 감기에 걸렸다는 것 자체가 정신이 해이해졌다는 증거다. 제 딴에는 강강의 일거수일투족을 경계하고 있다고 생각했지만, 마음 한구석에서는 다시는 탈출하지 못할 거라 보고 경계심이 약해져 있었던 거다. 처음부터 긴장감을 가지고 일했다면, 지금 여기서 이러고 있지도 않았을 텐데. 다시 생각해도 분하고 후회스러워서, 잉더는 패배감을 곱씹었다. 아니, 아직 만회할 수 있다. 일이 커지기 전에 신속하게 붙잡아 녀석을 데려오면 된다.

다른 직원들도 마른침을 삼키며 찬찬의 행동을 지켜보고 있었다.

그때, 갑자기 찬찬이 퍼뜩 고개를 들었다. 으르렁 소리를 내더니 냅다 달리기 시작했다.

"와!"

"찾은 건가?"

흥분한 직원들이 술렁거렸다.

잉더는 찬찬을 마음대로 달리게 두었다. 목줄이 점점 늘어났다. 인파를 헤치고 달려간 찬찬은 이내 큰길가의 가로수 밑으로 가서 우렁차게 짖었다.

역시 나무 위인가?

잉더와 직원들은 나무 둥치에 모였다. 큰 나무였지만 위에 아무도 없는 건 분명했다. 하지만 위쪽의 가지가 뚝 꺾여 있는 모습이 눈에 들어왔다.

그래, 역시 나무를 이용했군.

잉더는 찌릿 나무를 올려다보았다. 텔레비전 화면 속, 날아가던 강강은 저 나무에 착지한 것이다. 그 옆의 차들이 오가는 도로를 보았다. 여기에서 다시 뭔가, 아마도 제법 큰 차량 위로 이동했다고 봐야겠지. 그래서 아무도 목격하지 못한 것이다.

찬찬은 한동안 나무 둥치를 빙글빙글 돌았지만, 그 이후의 경로는 찾지 못한 것 같았다. 킁킁거리며 당황한 듯 우왕좌왕했다.

"아……."

"여기까지인가."

다른 직원들이 아쉬워하며 한숨을 흘렸다.

"아니, 잠깐."

잉더는 찬찬의 행동을 가만히 바라보고 있었다. 찬찬은 성격이 상당히 끈질겼다. 계속 주변을 킁킁거리며 두리번거렸다.

"잘하고 있어, 찬찬. 네 후각이라면 차도 추적할 수 있을 거다."

더구나 아까의 소란으로 도로는 엄청나게 정체됐을 것이다. 차 위에 달라붙어 있어도 차는 지렁이처럼 기어갔겠지. 그만한 덩치를 가졌으니 냄새가 남아 있지 않을까. 모두가 기도하는 마음으로 찬찬을 지켜보았다. 그 모습이 기묘하게 비쳤는지, 길 가던 사람들이 신기한 듯 그들을 보고 있었다.

"강아지 산책?"

"그렇다고 하기에는 분위기가 너무 어두운데. 사람도 많고."

수군거리는 소리가 들렸다.

그때, 찬찬이 다시 고개를 꼿꼿이 들고 전방을 살폈다. 동작에 생기가 돌며 부산스럽게 앞으로 나아갔다.

"오오."

"발견한 모양이야."

"다행이다!"

환호성을 내지르며 개를 쫓는 어른들의 뒷모습을 행인들은 신기한 표정으로 바라보았다.

44

"나 참, 생각지도 못한 데서 시간을 뺏겼군." 가오칭제는 제복 깃을 다시 세우며 작게 한숨을 쉬었다.

참 나, 당신이 홍보 활동에 정신이 팔려서잖아. 화롄은 핼쑥해진 얼굴로 동료와 마주 보았다.

원래는 폭주 바이크를 현행범으로 체포하러 가는 길이었지만, 도로는 더없이 혼잡했다. 엎친 데 덮친 격으로 플라워 페스티벌에서 터진 사고 혼란을 수습해야 했을뿐더러, 어째서인지 현장에 있던 일본 취재진에게 취재까지 받게 되었다. 내내 위를 향해 반사판을 들고 있었던 화롄은 어깨와 팔뚝이 저려서 견딜 수가 없었다. 거기에 가오가 그 하얀 이를 빛내며 미소를 날리는 등 불필요한 팬서비스를 하는 바람에, 상당한 시간 동안 인터뷰에 대답해야 했다.

카메라 앵글 너무 신경 쓴다니까. 일본 취재진도 속으로는 놀랐겠지. 저기, 혹시 일일 경찰서장 이벤트인가요? 통역사가 그런 질문을 했던 게 기억났다. 그러고 보니 일본 경찰에서는 시민들에게 친근하게 다가서기 위해 아이돌이나 스포츠 선수가 '일일 경찰서장'

이라는 걸 수행한다고 들은 적이 있다. 사실 상하이경찰 내부에서도 그런 이야기가 나온 적이 있었지만, '우리에겐 가오 서장님이 계시니까'라는 알 수 없는 이유로 무산됐다.

교통정리하기를 30분. 간신히 교통 흐름이 정상으로 돌아온 걸 확인하고(그래도 정체는 여전히 심각했지만) 그들은 서로 돌아온 것이다. 하지만 가오의 눈빛이 또다시 날카로워졌다. 홍보 모드에서 업무 모드로 돌아온 모양이다.

"시내 CCTV 영상 확인해."

요즈음 상하이에서는 어마어마한 속도로 CCTV가 늘어나는 추세였다. 곳곳에 카메라가 설치되어 있기 때문에, 그때 고막을 찢는 폭음을 날리며 가오 일행의 앞을 질주한 바이크의 경로를 추적하는 것도 가능했다. 하지만 엄청난 속도였기 때문에 영상을 짜깁기해 추적하기는 어려울 줄 알았는데, 조금 전에도 감탄했듯이 가오의 초인적인 동체 시력이 여기서도 위력을 발휘했다. 모니터를 정면으로 응시하며, 가오는 차례차례 영상을 바꾸며 즉시 폭주 바이크를 찾아냈다.

음, 역시 대단하네. 이 능력은. 화렌을 비롯한 경찰들도 혀를 내둘렀다. 하지만 영상으로 정체를 알아냈다 해도 속도위반은 현행범 체포가 원칙이다. 가오는 어쩌려는 걸까.

"서장님, 바이크를 특정해도 이제 와서 체포할 수는 없는데요." 같은 생각을 했는지 누군가가 조심스레 말했다.

"그건 아네." 가오는 짤막하게 대답하며 끄덕였다. "하지만 난 결심했어. 오늘은 반드시 녀석들을 붙잡겠다고. 하필이면 우리 앞을 보란 듯이 지나가다니. 이래서는 시민들에게 위신이 안 서."

"그래도……."

누군가가 의문을 표하려 했지만 가오는 손사래를 쳤다.

"기다려. 곧 알게 될 테니. 흠, 흠, 여기를 이렇게 지나서." 가오는 머릿속에서 지도를 펼쳐놓고 있는 것 같았다. "그러면 행선지는 이 근처인가."

찰칵찰칵 바뀌는 영상. 가오가 너무 엄청난 속도로 영상을 바꾸는 탓에 이런 광경에 익숙한 경찰들조차 따라갈 수 없었다.

"호오, 혹시 배달하려는 곳이……."

가오가 흡족한 표정으로 끄덕이더니 짠, 하고 영상을 재생했다.

"청룡반점인가."

길모퉁이의 영상. 호텔 입구가 찍혀 있었다. 괴물같이 거대한 바이크가 서 있었고, 운전자는 어딘가로 전화를 걸고 있었다.

"호텔로 배달한 걸까요?"

"흐음."

하지만 잠시 뒤, 남자는 후다닥 다시 바이크를 타고 달리기 시작했다.

"어? 배달은 어쩌고?"

"이상하네."

모두 제각기 중얼거렸다.

가오는 영상을 정지했다. "어찌 되었든 녀석들은 또 속도위반을 저지를 거다."

탁탁 소리를 내며 모니터의 바이크를 두드리는 가오.

"이 거대한 개조 바이크는 분명 점장인 이치하시의 애차다. 요즘은 녀석이 직접 배달을 나가는 일은 거의 없던데, 오늘 밤은 직접 납신 모양이군. 녀석이 얌전히 돌아갈 리 없어. 분명 한바탕 또 소란을 일으킬 거다. 그러니 감시해야지."

"감시한다고요?"

"녀석이 갈 만한 곳을 감시하다가 덮친다. 이번에야말로 현행범으로 체포해주마. 이번에는 빠져나갈 틈을 주지 않을 거야." 가오는 이글거리는 눈으로 일어났다. "차가운 맛을 보여주마."

파이팅 포즈를 취하더니 다시 하얀 이를 빛냈다.

"차가운 맛?"

어이없다는 표정의 사람들을 보고 가오는 고개를 갸웃했다.

"어? 차가운 맛을 보여준다고 하는 거 아니었어?"

"서장님, 차가운 맛이 아니라 뜨거운 맛이에요." 화렌이 조심스레 정정했다.

"뜨거운 맛? 그래?"

의아한 표정을 짓는 가오를 보고 화렌은 소리 없이 한숨을 내쉬었다. 음, 역시 이 사람, 어떤 사람인지 잘 모르겠어.

45

"역시 곤경에 처한 사람은 돕고 보는 건가 봐요." 유코는 희희낙락한 표정이었다.

"무슨 일 있었어?" 가즈미가 의아스러운 표정으로 물었다.

"괴한의 습격을 받은 노인을 도왔어요."

"뭐?"

에리코와 가즈미는 마주 보며 인상을 썼다.

"누구 때렸어?"

"헉, 절 뭘로 보시는 거예요. 살짝 손봐준 것뿐이라고요."

유코의 괴력을 아는 두 사람이었기에 '살짝'이 어느 정도를 뜻하는 것인지 불안한 마음이 들기도 했지만, 사례로 선물을 받아온 걸 보면 도움을 받은 사람이 있는 건 분명했기에 더 이상 추궁하지는 않았다. 맛있는 중화요리를 음미한 세 사람은 호텔 1층에 있는 바로 이동하고 있었다.

"음, 느긋하게 술 마시고 나서 방으로 올라가 자면 되는 일정이라니, 너무 좋다."

소파에 몸을 묻고 흡족하게 중얼거리는 가즈미를 보고 에리코가 웃었다.

"호조 선배는 여전히 술이 세네요."

"아냐, 요새 약해졌어. 술 마신 다음 날 아침에 국민체조를 하면 비틀거린다니까. 어, 어젯밤 마신 술이 아직 안 깼나, 하는 생각이 자주 들어."

"그게 인간적인 반응이죠." 유코가 장난스레 말했다.

"자기, 아까 차인 줄 알고 내 소흥주 마셨지?"

"네? 그게 그런 거였어요? 그래서 취한 것 같았구나."

"유코는 취하면 흉악해지니까."

"너무해요, 흉악이라니." 유코는 입을 삐죽이더니 종이봉투를 뚫어져라 보았다. "이 과자, 세련되게 잘 만든 것 같아요. 스틱 타입 월병이라니."

"호오."

가즈미와 에리코도 유코의 과자를 들여다보았다.

"흐음, 이거 신제품이네. 이 호텔에 몇 번 과자 사러 왔는데, 이 제품은 처음 봐."

"오호, 신제품을 선보이는 자리였구나. 맛보고 싶다."

"여기서 먹지 마."

"안 먹어요."

아쉬운 듯 월병을 바라보는 유코를 보고 '이 녀석, 실은 먹을 생각이었군' 하고 가즈미는 생각했다.

"어?"

"왜?"

"이거, 월병이 아닌 것 같은데요." 유코는 종이봉투에서 천주머니를 꺼냈다. "월병하고 비슷하긴 한데 과자가 아니에요."

가늘고 긴 막대기 모양의 물건. 분명히 겉모습은 무척 비슷했지만 천의 무늬가 달랐다.

"뭐지?"

유코는 주머니에 든 물건을 꺼냈다. 고운 녹빛을 띤, 네모난 기둥 형태의 돌.

"도장 아냐?" 가즈미는 돌을 들고 요리조리 살펴봤다. "응, 도장 맞네. 사용한 흔적은 없지만."

평소 계약서의 도장을 확인하는 업무를 하는 가즈미의 눈빛이 날카로워졌다.

"어, 도장은…… 물론 중국에서도 도장은 중요한 물건이죠?" 유코는 하얗게 질려서 허리를 꼿꼿하게 폈다. 단번에 취기가 달아난 모양이었다. "어쩌죠. 당연히 같은 월병이겠거니 생각하고 가져왔어요. 분명 그 할아버지가 흘린 물건일 거예요."

"어디서 주운 거야?"

"복도에서요. 괴한을 제압하고 할아버지와 헤어진 곳에서요."

"그때부터 시간이 얼마나 지났을까?" 가즈미는 시계를 보았다.

"꽤 시간이 흘렀네. 호텔 직원에게 맡겨두면 되지 않을까? 그 사람도 잃어버린 걸 알아챘으면 호텔에 문의하겠지."

에리코가 위로하듯 말했지만, 유코는 여전히 핏기 없는 얼굴로 고개를 저었다.

"그래도…… 그래도 곤란해하고 있을지 모르잖아요." 유코는 엉거주춤 자리에서 일어났다. "좀 찾아보고 올게요. 어쩌면 아직 호텔에 있을지도 모르니까요. 거기 있던 직원이 그 할아버지를 아는 것 같았어요. 물어보면 누구인지 가르쳐줄 수도 있고요."

"나도 같이 갈게." 에리코가 고개를 끄덕였다.

유코가 황급히 손을 흔들었다. "아니에요, 가토 선배는 됐어요. 여기서 호조 선배하고 계세요."

"그래도 통역이 있어야지."

"못 살아……." 가즈미가 한숨을 내쉬며 유리잔에 남은 칵테일을 다 마셨다. "부하직원의 실수는 상사도 책임을 져야지. 나도 갈게."

46

주방은 정적에 휩싸여 있었다. 영업시간이 끝나 뒷정리를 하는 직원들은 한가운데에 자리를 잡은 범상치 않은 분위기의 집단을 피해 조용히 작업하고 있었다.

장례식을 방불케 하는 분위기의, 혼합 국적의 집단.

모두 힐끗거리며 그들을 바라봤지만, 기묘한 화장을 한 루창싱이 찌릿 노려보면 황급히 시선을 피했다. 왕은 이 기묘한 집단이 당혹스러울 따름이었다.

이 인간들은 대체 뭐지?

왕은 풍수사와 긴 머리 여자가 아까부터 허공을 올려다보는 게 신경이 쓰였다. 그래, 그들은 왕의 머리 위를 뚫어져라 바라보고 있었다. 마치 그곳에 뭔가가 있는 것처럼.

"어때?"

"글쎄요."

창싱과 구미코는 그곳에 있는 다리오를 바라보고 있었다.

허공에 둥둥 떠서 왕의 머리 위를 빙글빙글 도는 다리오는 왕과 마찬가지로 곤혹스러운 표정으로 뭔가 말하고 싶은 양 입을 벌리고 있었다.

"사죄의 말을 전했으면 하는데." 창싱이 왕에게 말했다.

"사죄?"

"그래. 당신이 조리한 이구아나에게 미안했다고 말해줘."

"뭐라고?" 왕의 얼굴이 심각하게 굳었다. "당신들은 왜 내 머리 위를 보고 있지?"

창싱과 구미코는 시선을 허공에 고정한 채 동시에 대답했다.

"거기 있으니까."

왕은 무심코 머리 위를 올려다보았다. 물론 그의 눈에는 아무것도 보이지 않았다.

"뭐가?"

"그, 성불하지 못한 이구아나가."

오즈누 다다시는 애써 시선을 바닥에 두고 있었지만, 참지 못하고 살며시 천장을 올려다봤다. 그의 눈에도 보였다. 빙글빙글 도는 이구아나가. 왕의 머리 위로 똑똑히. 다다시는 나지막이 비명을 지르며 황급히 다시 시선을 내렸다.

보면 안 된다. 보면 안 된다. 기분 탓이다. 기분 탓이다.

"그쯤 하고 이제 인정하는 게 어때?"

안쓰러운 듯 속삭이는 구미코의 목소리에 다다시는 흠칫했다.

"무, 무슨 말씀이시죠?"

"본인의 뿌리는 소중히 해야 해."

왕은 찌푸린 얼굴로 창싱을 보았다. "지금 다 같이 짜고 이러는 건가?"

"아니, 우리는 아주 진지해."

"부탁이에요, 사람 하나 살리는 셈 치고 사죄해주세요."

무시무시한 얼굴로 노려보는 창싱과 구미코의 모습에 왕은 주눅이 들었다.

나 원 참. 왜 이런 어처구니없는 일에 말려든 거지. 하지만 녀석들은 진심인 모양이었다. 이대로는 계속 귀찮게 굴겠군. 하는 수 없지. 그냥 장단을 맞춰줘야지.

왕은 코웃음을 치더니 아무것도 보이지 않는 제 머리 위를 올려다봤다. 팔짱을 끼고 허공을 노려본다.

"미안했다. 반려동물인 줄 몰랐어. 다음에는 단식초로 조리해줄 테니 용서해라."

"이게 사죄하는 자세인가요?"

"사죄가 아니라 화를 내는 것 같은데."

구미코와 창싱이 소곤거렸다.

다리오의 영혼은 뚫어져라 왕을 바라보더니, 이내 다시 빙글빙글 돌기 시작했다.

"별로 마음에 안 들었나 본데요."

"음."

"역시 그게 마음에 걸리는 걸까요."

또다시 소곤거리는 구미코와 창싱.

이 사람들, 너무 무서워. 다다시는 쓴웃음을 지었다.

"이 녀석을 조리할 때, 안에 뭔가 들어 있지 않았나?"

창싱의 물음에 왕의 낯빛이 달라졌다.

"무, 무슨 얘기인지."

왕은 반사적으로 가슴을 감싸더니, 아차 하는 표정으로 황급히 손을 내렸다.

"이 녀석은 그게 마음에 걸리는 모양이야. 뭐가 들어 있었지?"

창싱이 못을 박듯 연이어 묻자 왕은 뒷걸음질 쳤다.

잠깐의 침묵. 왕의 얼굴에서 당황한 빛이 사라지고 생각에 잠긴 표정이 떠올랐다. 이내 그는 알겠다는 양 고개를 끄덕였다.

"아하, 역시 그거군. 건달을 보내서 안 되니까 이런 황당무계한

술수까지 동원한 거군."

"뭐?"

당황한 창싱과 구미코가 서로를 마주 보았다.

왕은 고개를 쓱 들어 일행을 둘러보았다. "몰라. 그런 건 없었어. 나는 이구아나를 조리했어. 그뿐이다. 그 감독이 맛을 봤어야 하는데. 그랬다면 녀석도 분명 바로 성불했겠지. 자, 삼류 연극은 집어치우고 그만 돌아가. 난 아무것도 모르니까."

왕은 두 팔을 벌려 일행을 주방에서 몰아냈다.

"무슨 소리를 하는 거지?" 이번에는 창싱이 곤혹스러운 표정으로 왕에게 되물었다.

왕은 쓴웃음을 지으며 고개를 저었다. "시치미 떼지 마. 정말이지, 이렇게까지 공을 들여 쇼를 하다니. 하마터면 걸려들 뻔했어. 자, 그만 돌아가. 계획은 실패했다고 전해."

"공들인 쇼?"

"계획 실패?"

창싱과 구미코는 황당하다는 듯 중얼거렸다.

"그만 가봐야겠어. 다 들통났으니 적당히 하고 사라져."

그 말을 남기고, 왕은 얼빠진 표정의 일행을 남겨둔 채 낭랑한 발소리와 함께 그 자리를 떠났다.

"방금 그건 뭐였지?"

"뭔가 착각하는 것 같은데."

남겨진 일행과 부유하는 다리오의 영혼은, 화가 난 듯한 왕의 뒷모습을 멍하니 바라볼 뿐이었다.

47

어둠 속에 홀로 남겨진 강강은 한동안 주변 상황을 살폈다. 생각지도 못한 선객에 놀랐지만, 지금은 정말 아무도 없는 것 같다.

정말이지. 사람(동물 or 판다?) 놀라게 하긴. 섬세한 내 심장이 쿵쾅거린다고. 강강은 호흡을 가다듬으며 천천히 기지개를 켰다. 좋아, 이 방을 탐색해야겠군.

판다는 제법 밤눈이 밝다. 넓은 연회장을 살금살금 돌아보았다. 보아하니 인간들이 제작한 그림이며 조각 등이 장식되어 있는 듯했다. 출입구는 모두 세 곳이었는데, 두 곳은 잠겨 있었다. 그러니 이곳에서 나가려면 아까 그 남자가 나간 문을 통하는 수밖에 없었다.

이제 어쩌지. 이런 도심의 호텔로 실려올 줄은 상상도 못 했다. 설마 그 버스가 유턴을 할 줄이야. 게다가 이곳은 호텔의 최상층인 듯했다. 지상까지 인간이 그득하겠군.

지금쯤 내 탈출을 알아챈 웨이잉더가 핏발 선 눈으로 나를 찾고 있을 것이다.

강강은 부르르 몸을 떨었다. 말 그대로 핏발 선 웨이의 시선을 느긴 것이다. 젠장, 모처럼 시간을 벌었는데 이런 데서.

웨이의 얼굴을 떠올린 순간 어째서인지 한기를 느꼈다.

윽, 이건. 또 하나의 얄미운 얼굴이 떠올랐다. 꼬리를 흔드는 까만 눈동자의 작은 악마. 강강의 뇌리에 떠오른 건 미니어처 닥스훈트 찬찬이었다. 그 잽싸고 촐랑거리는 갈색 동물.

찬찬에게 당한 게 한두 번이 아니었다. 녀석만 없었다면 지난번 탈출은 성공했을 터였다. 내 10분지 1도 안 되는 몸무게를 가진 놈이 후각은 무섭도록 뛰어나다. 게다가 웨이에게 뒤지지 않을 만큼 끈질기다 해야 할까, 집요하다 해야 할까. 처음 나타났을 때는 신경 쓸 거리도 안 되는, 엉덩이를 씰룩거리며 걷는 쪼그만 녀석이라고 얕봤지만, 녀석은 내 냄새를 감지하고 어디까지고 쫓아왔다.

이번에도 녀석이 나섰다. 지금도 날 쫓고 있다. 야성의 감이 강강에게 경고하고 있었다.

젠장, 인간의 개 같으니(←말 그대로의 의미다).

강강은 초조한 나머지 이리저리 배회할 뻔했지만, 체력을 온존해 둬야 한다는 생각에 간신히 충동을 자제하고 그 자리에 앉아 편안한 포즈를 취했다. 여기서 더 불필요하게 움직이면 안 된다. 하지만 여기서부터 얼마나 더 걸릴까. 머나먼 귀향길을 생각하니 순간 정신이 아득해지며 의욕이 위축됐다.

안 돼. 이제 와서 마음이 약해지면 어쩌자는 거야. 여기까지 왔으니 이제 돌이킬 수 없다. 생각해. 생각하라고. 뭔가 방법이 있을 거다. 강강은 자신을 질타하고 용기를 북돋았다. 그러던 와중에 문득 조각상이 눈에 들어왔다.

인간 형태의 거대한 조각상.

연회장 한가운데의 벽 쪽으로 조각상 여러 점이 놓여 있었다. 고통에 몸부림치는 모습을 형상화한 것 같았다.

그 녀석…… 뭔가 이 근처에서 도둑놈처럼 움직이고 있었지.

어쩐지 감이 왔다.

천천히 그 조각상으로 다가갔다. 뒤집어져라 놀라기는 했지만, 남자는 작업을 끝까지 마친 모양이었다. 겉보기에는 평범한 조각상이었다. 강강은 조각상 주변을 돌며 남자가 문을 열었던 곳을 찾았다. 뭔가 장치가 있다는 걸 알았기에 찾아낼 수 있었지, 만일 아무것도 모르는 상태였다면 그런 데 문이 달려 있다고는 상상도 못 하겠지. 게다가 문은 조각상의 선을 따라 교묘하게 감춰져 있었다. 손톱을 넣는 데 고생하기는 했지만, 간신히 문을 여는 데 성공했다.

안에는 선반 여러 개가 설치되어 있었고, 그곳에 회화와 공예품들이 수납되어 있었다.

아하. 도둑이었군.

강강은 어둠 속에서 끄덕였다. 이 안에 장물을 넣어 밖으로 빼내는 수법이다. 아마 그 남자는 원래 이곳에 몸을 숨기고 있다가, 밤이 되면 나와 물건을 훔치는 계획이었겠지. 머리 좀 썼군.

그리고 강강은 자신의 감이 무엇을 말하고 있는지를 깨달았다.

거대한 조각상.

폭이 상당한.

안에 강강이 들어갈 수 있을 만큼.

강강은 쾌재를 불렀다.

좋았어! 하늘이 아직 나를 버리지 않았군!

강강은 서둘러 작업에 착수했다. 남자가 넣어둔 회화와 공예품을
꺼내 바닥에 늘어놓았다. 안에 설치된 선반도 모두 빼냈다. 강강은
두근거리는 가슴을 안고 제 몸을 조각상 안으로 쑤셔 넣었다. 다소
비좁은 감이 있지만, 그래도 몸이 완전히 들어가는 것이 아닌가!

이 무슨 기이한 행운이란 말인가! 이러면 아무에게도 들키지 않
고 여기서 나갈 수 있다!

기대하지도 않았던 행운에 강강은 파안대소했다. 원래 처져 있던
판다의 눈이 한층 더 내려갔다. 이런, 정신 차려. 마무리가 중요하다
고. 강강은 마음을 다잡고 조각상 밖으로 나왔다.

문제는 이 물품들이다. 바닥에 늘어놓은 미술품을 보았다. 이걸
어딘가에 숨겨놔야 하는데.

실내를 둘러보던 강강의 눈에, 제가 구멍을 파고 빠져나온 그
'성', 한가운데에 강강의 모양으로 구멍이 뚫려 옆으로 쓰러진 스티
로폼 '성'이 들어왔다.

음, 저것밖에 방법이 없겠군.

강강은 미술품을 구멍에 넣기 시작했다. 큼직한 회화와 공예품을

운반하느라 고생하기는 했지만, 티 나지 않게 모든 물품을 구멍에 집어넣는 데 성공했다.

후. 이제 됐다.

강강은 남은 물품이 없는지 확인하고 나서, 끝으로 선반을 넣은 뒤 쓰러져 있던 '성'을 원래대로 일으켜 세웠다. 자잘한 스티로폼 부스러기가 허공에 흩날린 뒤, 거대한 '성'은 원래 상태로 설치되었다. 꼭대기는 보이지 않았다. 설마 이 안에 커다란 구멍이 뚫려 있고, 그 안에 미술품이 들어 있을 줄은 아무도 모르겠지.

강강은 제 꾀에 만족하며 다시 한번 '성'을 힐끗 본 뒤 조각상 안으로 들어갔다. 문제는 이 문이 멀쩡하게 닫히느냐, 인데.

강강은 문 안쪽에 작은 손잡이가 달려 있는 걸 발견했다. 하긴, 나보다 앞서 들어온 녀석도 문을 닫으려면 이런 게 필요했겠지. 문에는 걸쇠 형태의 간단한 잠금장치도 달려 있었다.

좋았어.

강강은 손톱으로 걸쇠를 당겨 문을 잠갔다. 문을 잠그고 나자 그제야 안도의 한숨이 흘러나왔다. 동시에 묵직한 피로가 밀려들었다.

그때였다. 발밑에 종이봉투가 있는 걸 발견했다. 맛있는 냄새가 났다. 열어보니 대나무 잎으로 싼 떡이었다. 여기 있던 남자가 먹다 남긴 게 분명했다. 오랜 시간 이곳에 있어야 하니, 허기를 달래기 위해 준비한 것이겠지.

강강의 덩치에 비하면 눈곱만 한 떡이었지만, 공복을 채울 수만 있다면 무엇이든 고마웠다.

떡을 한입에 꿀꺽하자 위장을 따라 찹쌀떡이 내려가는 게 느껴졌다. 일단 한숨 돌렸다. 이제 인간들에게 들킬 위험은 사라졌다. 그렇게 생각한 순간 강렬한 잠기운이 강강의 온몸을 덮쳤다. 스릴과 서스펜스가 연이어 터지니, 아무리 나라도 버틸 재간이 있나.

작게 웃은 뒤 강강은 순식간에 잠들었다.

48

추격자의 시선을 느낀 건 이치하시 겐지도 마찬가지였다.

교통 정체에 걸려 속을 태우는 동안에도 그는 분노에 불타는 가오칭제의 두 눈동자를 줄곧 느끼고 있었던 것이다. 겐지와 그 동료들은 간신히 청룡반점 근처로 되돌아온 상황이었다. 그들이 모는 대형 바이크가 차들이 꽉꽉 들어찬 상하이의 도로에서 빠져나오는 건 거의 불가능했기 때문이다.

정말이지. 배달 시간이 이미 지나버렸잖아. 정말 귀찮기 짝이 없는 손님이군. 여기저기 이동하다니, 배달하는 사람 생각은 안 하고. 겐지는 부아가 치밀었지만 여기서 감정 소모하면 지는 거다, 하고 스스로를 달랬다. 그리고 부르르 몸을 떨었다. 젠장. 녀석이 온다. 가오칭제가. 분명히 나를 노리며 달려오고 있다.

생각해보면 가오칭제와는 질긴 인연이었다. 갓 부임한 그를 처음 보았을 때는 이만 하얗, 경박한 홍보용 서장이라고 얕보고 덤볐다. 미국 유학파라 경박한 구석이 있는 건 사실이었지만, 상하이경찰 조직의 분위기를 파악하지 못하는 녀석인 듯, 경찰관들도 서장의 예상치 못한 행동에 혼란스러워하는 것 같았다. 게다가 직무에는 한없이 진지하게 임했다. 더 놀라운 건 가오의 뛰어난 정보처리 능력이었다. 어느샌가 겐지를 요주의 인물로 찍어놓고 수많은 교통위반 건수까지 파악하고 있었다.

젠장. 경찰의 개 같으니(←이건 비유적인 의미다).

히가시야마 영감이 얼마나 인정 넘치는, 고마운 경찰이었는지 새삼 실감했다. 정신 차려. 이런 데서 가오칭제에게 붙잡히면 히가시야마 영감을 볼 면목이 없잖아.

겐지는 운전대를 다시 꾹 잡았다. 다음 순간, 매서운 한기를 느꼈다. 뭐지? 겐지는 반사적으로 주변을 둘러보았다. 여느 때와 다름없는 소음. 북적거리는 상하이 번화가의 밤. 오가는 사람들.

"보스, 왜 그러십니까?"

겐지의 긴장을 알아챘는지 옆에 있던 부하가 넌지시 물었다.

"잠깐, 아직 호텔 부지로 진입하지 마. 골목에서 일단 대기한다."

"알겠습니다."

겐지의 지시는 절대적이었다.

속도를 줄이고 호텔 전체가 한눈에 들어오는 빌딩 숲 사이에 오토바이를 세웠다. 겐지는 신중하게 호텔 주변을 살폈다.

"설마 가오칭제가?"

목소리를 낮추고 묻는 부하를 향해 겐지는 말없이 끄덕였다.

있다. 분명히, 이 근처에 녀석이 있다. 우리를 감시하고 있다. 겐지는 오랫동안 지바 현 경시청과 공방을 벌이며 갈고닦은 육감으로 경찰의 존재를 감지했다.

"아마 녀석들이 지켜보고 있을 거야. 어쩌면 근처에 위장 경찰차가 대기하고 있을지도 모르지."

부하가 숨을 삼키며 주위를 두리번거렸다. 주변에는 정차된 차가 여러 대 있었는데, 작정하고 보니 어느 하나 수상하지 않은 차가 없었다.

"어쩌죠?"

"일단 초밥 배달은 마쳐야지."

겐지는 오토바이에서 내려 헬멧을 벗었다.

"보스, 제가 갈까요?"

부하가 나섰지만 겐지는 손사래를 쳤다.

"내가 배달하기로 한 건이야. 내가 다녀오겠다."

"하지만 보스는 얼굴이 알려져 있는데……."

"괜찮아. 대비책은 생각해뒀으니까."

겐지는 입고 있던 라이더 재킷을 재빨리 벗었다. 짐칸을 열고 안에서 얇은 커버에 넣어 개어둔 푸른 블레이저를 꺼냈다. 블레이저를 입고 주머니에 넣어둔 검은 테 안경을 썼다.

"오오, 보스. 보스처럼 안 보입니다." 부하가 감탄사를 뱉었다.

"그럼 배달하고 오마. 망 잘 보고 있어라."

안경 너머로 부하들에게 눈짓하고 나서, 겐지는 초밥 용기를 들고 종종걸음으로 호텔을 향했다.

49

동웨이위안은 결국 호텔과 꽤 떨어진 곳에서 내렸다.

팁에 낚인 운전기사가 제법 분발했지만, 역시 심각한 교통 정체를 이길 수는 없었다.

호텔까지 거리는 있었지만, 발걸음은 가볍고 기분도 고양되어 있었다. 주변의 잡다한 소음도 전에 없이 선명하게 들렸다. 이번에는 변수가 많아서 여느 때처럼 일이 진행되지 않았고, 불안도 느꼈지만 드디어 운이 제 편이 되었다. 웨이위안은 조급한 마음을 다잡으며 슬렁슬렁 행인들 사이로 지나갔다.

길 안쪽으로 호텔 청룡반점이 보이기 시작했다. 오늘 밤은 세련된 조명이 반짝거리는 모습이 마치 보석 같았다. 말 그대로 '보석'을 가지러 가는 길이기는 하지.

웨이위안은 혼자 조용히 웃었다.

호텔 정면 현관이 눈에 들어왔다. 그 순간, 뭔가가 그의 몸속에 쳐놓은 경계의 실을 팅, 하고 건드렸다. 음? 웨이위안은 뚝 걸음을 멈췄다.

자연스럽게 휴대전화를 꺼내 길가로 붙었다. 만일 옆에서 누군가가 그의 행동을 보고 있었다면, 전화를 받으러 멈춰 섰다고 생각하겠지. 웨이위안은 "여보세요" 하고 전화를 받는 척하며 귀에 전화를 대고 유심히 주변을 살폈다.

뭐지? 뭐가 걸린 거지?

술렁거리며 오가는 사람들. 느릿느릿 기어가는 차량들. 곳곳에서 울려 퍼지는 경적 소리. 어딘가에서 경찰차 사이렌 소리도 들렸다. 혹시나 해서 조심스레 후방도 확인했다.

미행은 없었다. 그건 분명했다.

웨이위안은 휴대전화를 귀에 댄 채 주변의 기척에 온 신경을 곤두세웠다. 그의 몸속에는 늘 여러 종류의 실이 가로지르고 있다. 굵은 실, 얇은 실, 더 섬세한 실 등, 무엇에 반응하는지는 저마다 다르다. 몸을 압박하는 물리적인 살기, 타인이 발하는 불온한 적의, 또는 그 자리의 분위기에 대한 위화감. 지금 반응한 건, 그 세 종류가 모두 뒤섞인, 억제된 긴장감 같은 것에 대해서였다.

의식을 집중하기를 몇 분. 이내 멀찍이 떨어져 호텔 현관을 주시하고 있는 자들이 있다는 사실을 깨달았다. 저기도 있다. 여기도. 세 곳이다.

웨이위안은 뚫어져라 시선을 집중했다. 눈에 띄지 않게 조심하고는 있지만, 잠복하는 자들이 있는 장소는 그곳만 어둡게 가라앉은 것처럼 보인다. 그리고 그곳에만 뭔가 불온한 에너지가 고여 있는게 느껴진다. 누군지는 모르지만 체포해야 할 인물이 있는 모양이다. 호텔 투숙객이나, 아니면 호텔 방문객이거나. 나와 뭔가 상관이 있나? 웨이위안은 생각에 잠겼다.

아니, 아마 상관은 없을 것이다. 별건이다. 하지만 뭔가 사건에 말려들어 긁어 부스럼을 만들기는 싫었다. 경찰에게 목격되어 기억에 남아도 곤란하다. 어찌해야 하나. 바로 호텔에 들어갈까, 아니면 잠시 기다렸다 체포극이 끝나면 들어갈까. 웨이위안은 전화를 끊는 척 화면을 내려다보았다. 방금 마친 통화 내용을 생각하는 시늉이었다. 실제로 그는 화면에 시선을 떨군 채 엄청난 속도로 머리를 굴리고 있었다.

갈까? 기다릴까?

50

"어디 있었는데?"

"음, 저 근처예요. 저기 복도."

"직원들은 평소에 어디 있지?"

가즈미 일행은 다시 중화 레스토랑 근처로 돌아왔다.

유코가 노인을 구했다는 넓은 복도로 와봤지만, 물론 지금은 그때의 흔적이라고는 전혀 찾아볼 수 없었고, 휴대전화로 시끄럽게 통화하는 남자가 있을 뿐 다른 사람은 없었다.

에리코는 팔짱을 꼈다. "프런트나 컨시어지 부서에 가보는 게 좋을 것 같네요. 컨시어지에 말하면 직원에게 전달될 테고."

"아, 좀 일찍 알아챘으면 얼마나 좋아." 유코는 머리를 헝클어뜨렸다.

"하는 수 없지. 봉투가 엄청 비슷하긴 해."

가즈미는 유코의 손에 들린 도장이 든 봉투를 보았다. 사이즈도, 봉투의 무늬도 무척 비슷했다.

"제가 과자에 정신이 팔려서……." 깊이 반성하는 유코. 웬일로 기운이 없었다.

"괜찮아, 분명 찾을 수 있을 거야. 같은 플로어에 지배인실이 없을까? 저 안쪽까지는 가본 적이 없어서……."

에리코가 복도 안쪽을 보았다.

"기운 내. 그 직원 얼굴하고 할아버지 얼굴 아는 건 자기뿐이잖아." 가즈미가 유코의 어깨를 툭 두드렸다.

"그건 그래요, 빨리 찾아내야지."

유코는 기운을 북돋듯 고개를 들고 성큼성큼 걸음을 내디뎠다.

왕탕위안은 씩씩거리며 빠른 걸음으로 복도를 걷고 있었다.

정말이지, 단체로 날이라도 잡았나. 별의별 인간들이 떼로 몰려오는 밤이었다. 무의식적으로 가슴에 손을 올렸다. 그 모든 건 이것 때문이다. 불현듯 차가운 돌 같은 불안이 가슴속에 툭 떨어졌다. 그만큼 위험한 물건이라는 건가.

갑자기 불안해진 왕은 가슴 포켓에 넣어둔 도장을 꺼냈다. 복도의 부드러운 조명을 받은 도장은 전보다 푸르고 아름다웠다. 그러고 보니 동웨이위안은 아직 도착하지 않았나? 아까 통화할 때 봐서는 그리 오래 안 걸릴 것 같더니.

보면 볼수록 빠져들었다. 작은 도장인데도 손바닥에서 튀어나올 것처럼 큼지막하게 보였고, 보고 있으면 빨려 들어갈 것 같았다. 하지만 그와 동시에 불안도 깊어졌다.

과연 내 판단이 옳았나? 당국에 신고하지 않고 동웨이위안에게 이 물건을 팔아도 되는 건가?

그 순간, 왕은 자신이 큰 기로에 서 있다는 사실을 자각했다.

가게의 후계자. 딸의 유학. 그린카드.

다양한 미래와 과거가 왕의 내면에서 격렬하게 길항했다. 하지만 왕은 눈을 꾹 감고 그 잡념들을 떨쳐냈다. 됐어, 이미 정했어. 동에게 이야기했으니 이제 돌이킬 수 없다.

설령 이제 와서 교섭을 취소하더라도, 비밀리에 도장을 그에게 팔아넘기려 했던 사실은 지워지지 않는다. 동은 이 사실을 언제까지고 잊지 않으리라. 그것이 무엇을 의미하는지 모를 왕이 아니었다. 사무실로 돌아가 동을 기다리자.

왕은 다시 걸음을 재촉하며 복도 모퉁이를 돌았다.

그것은 실로 훌륭한, 그림으로 그린 듯한 충돌이었다.

어느 정도 연배가 있는 성인이라면, 1970년대 소녀만화나 텔레비전 학원 드라마 첫 회의 오프닝 장면 같다고 표현할지도 모른다. 무엇보다 양쪽 다 마음이 급해서 다른 데 정신이 팔린 채 빠르게 걷고 있었다.

유코는 뒤따르는 일행과 이야기하고 있었다.

왕은 웨이위안과의 약속에 온 정신이 팔려 있었다.

만나자마자 충돌. 그것은 무척 위험한 일이다. 차량이라면 중대한 사고다. 인간이라면 상대에 따라서는 싸움으로 발전하거나, 사랑에 빠지기도 한다. 교차로에서는 일시 정지. 인간들에게도 그 규칙을 적용해야 한다.

하지만 이때 일시 정지하라고 경고하는 자는 없었다. 인적 드문 호텔 복도에서 설마 만나자마자 누군가와 충돌하리라고는, 이 자리에 있는 누구도 생각지 못했던 것이다.

머리에 강한 충격을 받은 유코는 순간 눈앞이 새카매졌다.

그 순간, 그녀가 느낀 건 '방심'이라는 두 글자였다. 순간적으로 다리에 힘을 주고 버티려 했지만, 충격이 커서 바닥에 나동그라질 것이 확실했다. 그래서 낙법 자세를 취하고 몸을 웅크려 바닥을 굴렀다. 팡, 손바닥으로 바닥을 치며 확 몸을 일으켰다.

아, 도장이 떨어졌네.

손바닥으로 바닥을 치는 순간에 떨어진 모양이다.

어딨지? 한숨 쉬고 주변을 둘러보았다. 아, 저기 있다.

유코는 눈앞에 떨어진 작은 주머니를 주웠다.

"유코, 괜찮아?"

가즈미와 에리코가 황급히 달려왔다.

"네, 괜찮아요."

일어나려는데 갑자기 머리가 뜨거워졌다.

"저기, 그게……."

유코는 머리를 잡고 고개를 들어 앞을 보았다.

턱에 격렬한 충격을 받은 왕은 순간 눈앞이 새카매졌다.

누군가의 머리와 부딪친 것까지는 기억이 났다. 서로 빠르게 걷고 있었기 때문인지 숨이 멎는 듯한 통증이 턱을 때렸다. 그 순간, 그의 머리에 떠오른 건 또 누군가가 자신을 덮치기 위해 매복하고 있었다는 생각이었다.

낭패다, 저항해야 해. 반사적으로 칼을 찾느라 도장 주머니를 툭 떨어뜨렸다. 순간적으로 버텼지만, 역시 상당한 기세로 부딪쳤기 때문인지 결국 비틀거리다 바닥에 손을 짚고 쓰러졌다.

"아야야……."

잠시 뒤 통증이 밀려들었다. 턱이 부은 것처럼 뜨겁고 뼈까지 저리는 것 같았다.

도장은? 고통에 잠시 정신을 놓고 있었던 왕은 숨을 삼키며 주변을 둘러봤다. 조금 떨어진 곳에 작은 주머니가 떨어져 있었다. 큰일 날 뻔했군. 황급히 주머니를 주워 다시 가슴 포켓에 넣었다. 그러고 나서야 복도 모퉁이에 무릎을 꿇고 있는 젊은 여성이 눈에 들어왔다.

"아앗, 손님, 괜찮으십니까?"

"죄송합니다!"

왕탕위안과 유코는 중국어와 일본어로 동시에 외치며 서로에게 달려갔다.

"죄송합니다, 제가 앞을 제대로 보지 않아서. 아프셨죠, 제가 돌머리라……."

"다치신 데는 없습니까? 죄송합니다."

두 사람은 동시에 계속 말을 이었다.

"이분, 청룡반점의 요리장이에요."

에리코가 눈을 동그랗게 뜨며 말하자 가즈미와 유코는 "네?" 하고 다시 왕을 보았다. 아닌 게 아니라 잡지에서 본 적 있는 얼굴이었다.

두 여자는 눈을 반짝이며 서로 마주 보더니 외쳤다.

"와, 아까 거기서 식사했어요. 맛있었어요."

"정말 맛있게 잘 먹었습니다."

힘차게 손을 잡고 흔드는 두 여자.

"셋이서 호텔 레스토랑에서 식사를 하고 돌아가는 길이에요. 멋진 요리였습니다."

에리코가 옆에서 통역해주었고, 왕은 눈을 끔뻑이며 아픔도 잊고 "감사합니다"라고 웃으며 답했다. 왕과 유코 일행은 인사를 하고 헤어졌다.

"아, 깜짝 놀랐네."

"타이밍 한번 기가 막히다."

"유코, 많이 아팠지?"

"아니, 분명 저랑 부딪친 분이 더 아팠을 거예요. 앞 좀 잘 보고 다닐걸."

멀어지는 목소리를 들으며 왕도 내심 가슴을 쓸어내리고 있었다.

놀랐다. 또 자객이 나타난 줄 알았는데, 전혀 상관없는 손님이라 다행이었다. 이런, 둥웨이위안에게 너무 신경을 쓴 모양이다. 침착해져야지.

다시 걸음을 옮기자마자 부딪친 일은 까맣게 잊어버린 두 남녀는, 물론 작은 도장이 든 주머니가 복도 모퉁이에서 뒤바뀐 사실도 전혀 알아채지 못했다.

51

찬찬의 끈기는 옆에서 보아도 놀라울 정도였다. 행인들로 북적거리는 거리에서 실로 집요하게 강강의 냄새를 추적했다. 훈련받은 개의 후각은 몇 년 전의 냄새도 알아낼 수 있다는 이야기를 듣기는 했지만, 잉더는 새삼스레 그 뛰어난 잠재 능력에 감탄했다.

상하이 동물공원의 직원들은 끈질기게 찬찬의 뒤를 따라갔다. 진지한 표정으로 개를 따라가는 사람들의 모습을 의아한 시선으로 힐끔거리는 이도 있었지만, 대부분의 사람들은 그들의 존재는 알아채지 못한 채 상하이의 밤을 만끽하고 있었다. 하지만 도중에 일단 냄새가 끊긴 듯, 찬찬은 교차로 앞에서 빙글빙글 돌더니 망설이는 기색을 보였다. 아무래도 여기서부터 강강을 태운 차는 속도를 올려 교외로 나간 모양이었다. 직원들의 초조한 기색이 짙어졌다.

여기까지인가. 잉더는 어금니를 꽉 깨물었다. '판다를 제대로 관리하지 못한 동물원'이라는 불명예스러운 칭호가 드디어 현실에 가까워지고 있었다. 젠장. 그렇게 커다란 동물이 설마 들키지 않고 도망칠 줄이야. 방심했다. 분하기 그지없다. 경계한다고 했는데 허를 찔렸다.

그렇게 하늘을 올려다본 순간이었다.

찬찬이 날카롭게 고개를 치켜들었다. 기분 탓인지 그 눈이 '반짝' 빛난 것 같았다. 그때까지 우물쭈물하던 모습은 온데간데없이 사라지고 힘차게 걸음을 내딛기 시작했다. 일사불란하게 바닥을 쿵쿵거리며 똑바로 나아가는 찬찬.

"오오."

직원들 사이에서 안도의 술렁거림이 일었다. 찬찬은 주저 없이 도로를 건너 다시 도심 쪽으로 향했다.

어떻게 된 거지? 잉더는 찬찬의 움직임을 가만히 눈으로 좇았다.

강강을 태운 차는 일단 교외로 향했다. 하지만 찬찬은 확실히 다시 한번 강강의 냄새를 포착했다. 요컨대 강강을 태운 차는 다시 도심으로 돌아왔다는 건가? 대체 무슨 차를 탄 거지?

"힘내, 찬찬."

"찬찬 만세."

직원들은 기도하듯 목소리를 높여 찬찬을 응원했다.

"그나저나 선배님……." 예차이궈가 의아스러운 얼굴로 잉더를 돌아봤다. "정말 이런 도심에 강강이 있을까요? 그렇게 눈에 띄는 판다가 아무한테도 들키지 않고 이동한다는 게 가능한지 믿기지가 않네요."

"음, 그건 나도 그래."

그 점은 잉더도 불안하게 생각하고 있었다.

혹시 또 강강에게 뒤통수를 맞는다면? 어쩌면 자기 냄새를 묻혀놓은 뭔가를 차에 매달아 우리를 혼란에 빠뜨리려는 게 아닐까? 머리가 비상한 녀석이다. 어떤 수작질을 했을지 모른다.

"하지만 찬찬은 녀석의 냄새를 추적하고 있잖아. 지금은 찬찬의 후각을 믿어보는 수밖에 없지."

차이궈는 작게 고개를 끄덕였다.

그들의 불안을 아는지 모르는지, 찬찬은 자신에 찬 걸음걸이로 나아가고 있었다.

그나저나 인파가 엄청났다. 인구밀도가 너무 높다. 동물원이라면 동물 학대 소리를 들을 상황이다. 거의 도심에 나오지 않는 잉더라, 상하이 중심부가 이럴 줄은 몰랐다. 평소에는 동물들만 보고 사는 터라 이렇게 많은 사람들을 보는 건 오랜만이었다.

찬찬은 북적거리는 번화가로 들어섰다.

음식점의 눈부신 네온사인에 에워싸인 잉더 일행은 완전히 주변과 동떨어져 있었다. 하지만 찬찬은 걸음을 멈추지 않았다. 화사한 복장의 남녀가 오가는 번화가를 잉더 일행은 쭈뼛거리며 지나갔다. 불안은 더욱더 깊어졌다.

이런 번화가에 판다가? 역시 강강에게 속은 건가?

잉더의 머릿속이 시꺼면 의구심으로 가득 찼을 즈음, 찬찬이 뚝 걸음을 멈추더니 "멍!" 하고 의기양양하게 짖었다. 잉더 일행은 고개를 들어 찬찬의 시선이 멎은 곳에 있는 건물을 보았다.

따스한 오렌짓빛 조명이 희미하게 비추는 건물.

밤하늘을 향해 우뚝 솟은 석조 호텔.

청룽반점이었다.

잉더 일행은 서로를 마주 봤다.

"저기라고?"

"저런 고급 호텔에?"

찬찬은 눈을 빛내며 다시 한번 짖었다.

"아무래도 맞는 것 같은데."

잉더는 다시 찬찬을 보았지만, 찬찬은 빨리 가자는 양 잉더의 주변을 빙글빙글 돌았다.

"대체 저 호텔 어디에 강강이 있다는 거지?"

반신반의한 표정으로 모두가 호텔과 찬찬을 번갈아 바라보았다.

52

결국 동웨이위안은 왕에게 연락을 넣고 나서, 모자를 최대한 깊이 눌러쓰고 정면 현관으로 들어가기로 했다. 뒷문으로 들어갈까도 생각했지만, 혹시라도 나중에 방범 카메라 영상을 통해 신원이 밝혀질 것 같아서 그만두었다.

단체 손님이 들어가는 타이밍을 봐서 일행인 척 슬쩍 끼어들어, 자신보다 키가 큰 남자 뒤를 따라간다. 이 방법이라면 정면 현관의 방범 카메라에도 거의 찍히지 않을 것이다.

웨이위안은 자신과 마찬가지로, 단체 손님에 섞여든 커다란 꾸러미를 든 블레이저 차림의 남자가 슬쩍 옆에 서는 걸 깨달았다. 검은 테 안경을 낀 남자의 몸에 희미하게 살기가 감도는 걸 느낀 것 같았지만, 기분 탓이겠거니 했다.

엘리베이터에도 방범 카메라가 설치되어 있다. 웨이위안은 계단을 따라 왕이 가르쳐준 그의 사무실로 올라가기로 했다.

그때, 커다란 꾸러미를 든 남자 역시 웨이위안을 따라 계단을 올라가는 걸 보고 '어라' 했다. 남자는 태연한 얼굴로 가볍게 계단을 뛰어 올라오더니 금세 웨이위안을 추월했다.

뭔가 신경 쓰이는 사내로군.

잠시 그 뒷모습을 바라보던 웨이위안은 금세 그의 존재를 잊고 왕의 사무실 문을 두드렸다.

"네, 들어오십시오." 안에서 대답이 돌아왔다.

웨이위안은 자신이 답지 않게 흥분했다는 사실을 깨달았다. 드디어 진품을 보는군. 이제 곧 그 물건이 손에 들어온다. 그렇게 생각하니 유난히 길었던 오늘 하루, 아침부터 계속된 마음고생이 보상받는 것 같았다. 세련된 실내로 들어서자 왕이 정중하게 서 있었다.

"동 선생님, 오랜만에 뵙습니다. 오늘은 여기까지 어려운 걸음 해주셔서 정말 감사드립니다."

공손하게 고개를 숙이며 인사를 했다.

관록이 붙었군. 웨이위안은 왕을 관찰했다. 빈틈이라고는 찾아볼 수 없었고 신중해 보였다. 직접 만나는 건 오랜만이었지만, 예전 얼굴이 남아 있었다.

"아버님은 무탈하시지요?"

"네, 별일 없으십니다. 지금은 후진 양성에 힘을 쏟고 계시고요."

"왕 요리장님 활약상은 언론을 통해서도 잘 보고 있습니다. 가족 분들도 아주 자랑스러우시겠습니다."

"동 선생님은 하나도 안 변하셨습니다. 제 기억 속 모습 그대로시 네요."

그런 인사치레를 할 줄 알게 된 걸 보니 역시 어른이 되었군. 웨이위안은 속으로 그런 생각을 했다.

"차 드시죠."

미리 준비를 해놓았는지 향이 좋은 차가 나왔다. 역시 좋은 찻잎을 쓰는군. 웨이위안은 느긋하게 그 향을 음미했다.

"그간 쌓인 이야기도 많지만, 선생님, 우선은 본론부터 말씀드려도 되겠습니까."

왕은 작게 헛기침을 했다. 바라던 바였다.

"저한테 맡기고 싶은 물건이 있다고요?"

"네. 우연히 제가 입수하게 되었습니다. 선생님이라면 이미 알아채셨겠지만, 정식 루트로 들어온 물건이 아닙니다. 아마도 밀수품인 것 같습니다."

왕은 다소 긴장한 눈치였다. 무리도 아니다. 그만한 명품을 알아채지 못했을 왕이 아니었다.

그때 왕이 얼굴을 찌푸렸다. 윽 하고 턱을 잡는다.

"어디 몸이 안 좋으십니까?"

"아뇨, 아까 좀 부딪치는 바람에 타박상이 생겼나 봅니다."

왕은 턱을 문질렀다. 잘 보니 검푸르게 멍이 들어 있었다.

"괜찮습니까? 파스라도 붙여야 하지 않겠습니까?"

"괜찮습니다."

고개를 젓기는 했지만 꽤 아파 보였다.

"동 선생님이시라면 좋은 가격에 매수해줄 사람을 찾아주실 것 같아서 부탁드리고 싶습니다. 솔직히 말씀드리자면 최대한 비싸게 사줄 사람이면 좋겠습니다."

왕은 똑바로 웨이위안을 보았다.

흐음…… 역시, 배짱은 있군. 이 거래가 발각되면 일이 복잡해지리라는 걸 아는 것이다.

"저와 왕씨 집안의 친분은 오래되었지요." 웨이위안은 조용히 말문을 열었다. "조부님도, 아버님도 모두 잘 아는 분들이죠. 저를 믿고 맡겨주신다면 최선을 다하겠습니다. 반드시 기대에 부응하도록 하지요."

"감사할 따름입니다." 왕은 다시 깍듯하게 인사했다.

"좌우지간 실물을 보고 자세히 말씀드리겠습니다." 웨이위안은 조급한 마음을 억누르며 가급적 냉정하게, 자연스럽게 들리도록 나지막이 말했다.

"네, 옳으신 말씀입니다." 왕은 겸연쩍게 웃으며 가슴 포켓에서 작은 주머니를 꺼냈다. "이것입니다."

안에서 나온 건 녹색 도장이었다.

"음?"

아마 왕과 웨이위안은 동시에 위화감을 느꼈을 것이 분명했다. 왕은 의아한 표정으로 손안의 도장을 들여다보았다.

"어?" 왕의 얼굴에 또렷이 경악의 표정이 떠올랐다. "아냐, 이게 아닌데."

"아니라니요?" 마찬가지로 위화감을 느끼던 웨이위안이 왕에게 되물었다.

"이게 아닙니다. 제가 가지고 있던 도장은."

"좀 보겠습니다."

웨이위안은 왕에게 그 초록색 도장을 건네받았다. 언뜻 보기에는 잘 만들어진 것 같았지만. 다음 순간 그는 숨이 멎을 만큼 놀랐다. 뚫어져라 도장을 바라보았다. 온몸에서 핏기가 빠져나가는 게 느껴졌다.

이건 내가 준비한 '박쥐'의 모조품 중 하나잖아. 어째서 이게 여기에?

"뭐지? 이건 어디에서 나온 물건이지? 언제 바꿔치기 된 거야?"

왕은 머리를 싸안으며 말했다.

거짓말이겠지. 동웨이위안은 자신의 생각을 입 밖으로 꺼내지 않았다.

"무슨 일이 일어난 겁니까?"

그렇게 물었지만 둘 다 서로의 얼굴을 멍하니 바라볼 뿐이었다. 한동안 불편한 침묵이 실내를 지배했다.

53

어떻게 됐지? 따돌렸나?

동웨이췬은 아직 확신할 수 없었다.

할아버지의 지시대로 도장집에 들른 그는 청룡반점에서 마오쩌산과 접촉한 뒤 거리를 정처 없이 방황했다. 적을 따돌리지 않고 미행하게 놔둔다는 약속을 지켰으니 이번에는 추적자를 따돌리려 한 것인데, 적은 제법 끈질겼다. 상대는 프로였고, 제일 큰 불안 요소는 상대가 모두 몇 명인지 파악하지 못했다는 점이었다. 두 명까지는 파악했는데, 어쩌면 더 있을지도 모른다. 팀을 짜서 미행하고 있다면 알아채지 못했을 가능성도 있다.

상대도 그가 미행을 따돌리려고 한다는 사실은 알아챘을 터였다. 처음에는 바로 따돌릴 수 있을 줄 알았는데, 예상했던 것보다 훨씬 집요해서 결국 할아버지가 일러준 수를 쓰게 되었다.

할아버지가 아는 레스토랑에 들어가 면을 먹은 뒤, 화장실에 가는 척하며 뒷문으로 빠져나온 전략은 성공했다. 둥웨이췬이 사라졌다는 사실을 깨닫기까지 다소 시간이 걸렸으리라.

추적자의 기척이 사라진 지 한참 시간이 지났다. 길모퉁이에 멈춰 서거나, 자연스럽게 휴대전화를 확인하는 척하며 주변 상황을 살폈지만 역시 기척은 느껴지지 않았다.

그제야 후, 안도의 한숨을 내쉬었다. 이런, 생각보다 훨씬 시간이 지체됐군.

저녁 식사를 마치고 2차를 가려는 사람들로 거리는 북적거렸다.

할아버지는 지금 어쩌고 있을까. 둥웨이췬이 모르는 곳에서 움직이고 있을 게 분명했다. 둥웨이췬은 퇴각하기로 했다. 다시 가게로 돌아가야 하나. 그에 관한 지시는 받은 바 없었다. 시키는 일은 다 했으니 이대로 집으로 돌아가도 좋겠지.

둥웨이췬은 걸음을 옮겼다. 하지만 뭔가가 그의 신경을 건드렸다. 사라진 추적자의 기척. 조심스레 뒤를 돌아봤다.

가게로 들어가 뒷문으로 빠져나오는 건, 미행을 따돌리는 수법 중에서도 고전적인 축에 속한다. 프로인 그들이 과연 그 사실을 알아채지 못했을까?

정체 모를 불안이 솟아올랐다.

내가 녀석들을 따돌린 게 아니라, 녀석들이 자발적으로 물러선

거라면? 이제 나를 쫓을 필요가 없어져서 다른 곳으로 향한 거라면. 묘하게 가슴이 술렁거렸다. 영문은 모르겠지만 가게로 돌아가야 한다는 예감이 들었다.

동웨이췬은 걸음을 재촉했다. 뭐지, 이 술렁거림은.

할아버지가 했던 말이 떠올랐다. 직감은 중요하다. 오랫동안 긴장감을 가지고 살다 보면 감이 발달하게 된다. 감이 도와줄 거다.

이걸 말하는 건가? 이 술렁거림이 나를 돕는다는 건가?

걸음은 더욱더 빨라졌고, 종국에는 거의 달리고 있었다. 동웨이췬은 숨을 헐떡이며 가게에 도착했다. 영업 종료의 팻말이 내걸린 가게는 어두웠지만 딱히 이상한 점은 없었다.

어깨를 들썩이며 동웨이췬은 가게 앞에 섰다.

뭐지, 기분 탓인가. 순간 온몸에서 식은땀이 흘러내렸다.

그래도 동웨이췬은 일단 가게로 들어가보기로 했다. 이상이 없는 것만 확인하면 아파트로 돌아가자. 잠긴 문을 열고 안으로 들어가 실내 조명을 켰다.

역시 달라진 점은 없었다. 아까 나갔을 때 그대로다.

한 바퀴 가게 안을 둘러보고 이상이 없는 걸 확인한 동웨이췬은 사무실로 들어가 냉장고 속 생수를 꺼내 한 모금 마셨다. 그때, 얼빠진 소리를 내며 손님이 찾아왔음을 알리는 벨이 높게 울려 퍼졌다.

동웨이췬은 흠칫했다. 이런 시간에 누구지?

잠시 생각하다 조용히 사무실을 나섰다.

"네? 누구시죠?"

문 너머로 다부진 체구의 남자 여럿이 서 있었다. 그리고 둥웨이
췬은 그중에서 낯익은 얼굴을 발견했다. 그를 미행하던 남자 중 한
명이다.

"홍콩경찰입니다. 문 좀 열어보시죠."

그들은 유리문 너머에서 신분증명서와, 그 옆으로 뭔가 다른 용
지를 들이대고 있었다.

수색영장. 둥웨이췬은 머릿속이 새하얘졌다.

54

다리오는 정처 없이 허공을 떠돌고 있었다.

이 모습이 되어버린 지 얼마나 되었을까.

다리오에게 시간 감각이 있는지 없는지는 알 수 없었지만, 이 모
습에 익숙해진 건 분명했다. 이제 이승에 미련은 없었고, 아픔도 없
었으며, 그리운 주인 곁으로 돌아갈 수 없다는 건 알고 있었다. 왕
의 얼굴을 보아도 아무 감흥도 없었다. 아아, 드디어 그는 천 개의
바람이 되어가고 있는 것인가.

하지만 다리오는 자신에게 아직 뭔가 할 일이 남아 있는 것 같은

기분이 들어서 이곳을 떠날 수가 없었다. 어렴풋한 응어리였지만, 아직은 이곳에 있어야 한다. 뭔가 마음에 걸렸다. 뭔가를 해야만 한다. 그런 사념의 잔상이 그를 이 자리에 붙잡아두고 있던 것이다.

그리고 그런 그를 올려다보는 세 사람.

풍수사와, 젊은 여자와, 젊은 남자.

"성불한…… 건 아니죠?" 오즈누 다다시는 쭈뼛거리며 두 사람의 얼굴을 보았다.

"드디어 인정했군. 이게 본연의 모습이지. 선조님도 기뻐하시겠어." 아베 구미코는 흡족한 표정으로 고개를 끄덕였다.

"아니, 그게 말이죠……." 다다시는 힘없이 웃었다. "이제 포기했다고 할까, 지쳤다고 할까, 될 대로 되라는 거랄까. 하지만 보이는 건 보이는 거니 어쩔 수 없죠."

"경사로군."

창싱과 구미코는 작게 박수를 쳤다.

하지만 창싱은 다리오를 올려다보며 고개를 갸웃했다. "일단 그를 해친 본인이 사죄했으니, 받아줘도 좋을 것 같은데."

"하지만 그걸 사과라고 할 수는 없었잖아요."

"사과하고 끝날 줄 알았는데, 기대가 빗나갔군."

"역시 사과 태도가 마음에 들지 않았던 걸까요."

창싱과 구미코는 소곤거렸다.

"저기, 후학을 위해 여쭤보고 싶은데, 대체 어떤 상태여야 성불했다고 보는 겁니까? 애초에 성불은 불교 용어인데, 두 분은 신도와 풍수잖아요."

다다시가 조심스레 묻자 두 사람의 표정이 떫어졌다.

"으음."

"아픈 데를 찌르네."

"적절한 말이 없어."

"그렇죠."

"풍수는 애초에 조상이나 지령을 숭배하는 데서 시작한 터라, 동물령에 대한 언급은 없지."

"신도도 원래 국가를 수호하기 위해 생긴 종교니까요."

창싱과 구미코는 견제하듯 서로의 얼굴을 힐끗거렸다. 또다시 다다시는 두 사람 사이에 파란 불꽃이 튀는 것을 본 것 같았다.

"아뇨. 그게, 그런 건 아무래도 상관없고요. 도를 아십니까라 부를지 다단계 피라미드라 부를지 자기계발 세미나라고 부를지의 차이 아닌가요. 우리는 슈겐도고요. 사람마다 다르다는 거죠."

의도치 않게 두 사상의 본질에 관련된 문제를 건드렸다는 사실에 당황한 나머지, 다다시는 그다지 적절하지 않은 비유를 들었다. 말하고 나서 아차 싶었지만, 두 사람이 딱히 신경 쓰지 않는 것 같아서 가슴을 쓸어내렸다.

"그나저나, 녀석의 배 속에 있는 건 뭐지. 저 물건에 집착하는 것 같은데."

"요리장의 태도도 이상했죠. 흠칫하며 새하얗게 질리더니 갑자기 화를 내고."

"뭔가 짚이는 게 있는 모양이야. 하지만 우리에게 가르쳐줄 생각은 없는 것 같고."

"주인한테는 이제 별로 관심을 보이지 않죠? 딱히 주인에게 미련이 있는 것도 아닌 모양이에요."

"그런 의미에서는 성불하는 중이라고 봐도 되겠군."

구미코는 여전히 복도에서 슬픈 이야기를 계속하는 존 실버를 힐끗 보았다. 팀이 그쪽을 향해 뭐라고 잔소리를 하고 있었다.

그때 다리오가 천장에 콩 부딪히는 모습이 보였다. 그때까지 유동적인 움직임과 달리 직선적인 움직임이었다.

"어?"

다다시는 다리오가 뭔가 이상하다는 사실을 깨달았다.

뭐지. 천장을 향해 반응을 보이는 것 같은데. 연신 위쪽을 보네, 꼭 머리 위에 뭔가 있다는 것처럼.

창싱과 구미코도 그 사실을 깨달았다.

"뭐지."

"천장을 신경 쓰는 것 같은데요."

그래, 다리오는 그때 범상치 않은 기척에 반응하고 있었다.

수많은 사람들과 함께 소란스럽게 주방으로 오는 길에는 알아채지 못했지만, 머리 위로 뭔가 흉포하면서도 불길한 기척이 느껴졌다. 다리오는 천장에 몇 번이나 부딪히며 그 기척이 어디에서 왔는지 감지하려 했다. 자신처럼 동물계에 속한 자의 존재.

이 기척, 어렴풋이 기억이 난다. 아까 주인 일행과 함께 버스에 타고 있을 때, 머리 위에서 느껴지던 기척이다. 가늠할 수 없을 만큼 거대한 그 기척. 그 기척이 이번에도 가까이 있다. 그리고 다리오는 거기에 끌려 들어가고 있었다. 어째서일까. 그곳으로 가야만 한다.

다리오는 비틀거리며 복도를 이동했다. 몇 번이나 천장에 부딪히며, 영혼이라 해도 벽을 통과하는 편리한 수법은 쓸 수 없다는 사실을 깨달았던 것이다. 복도 천장을 따라 헤엄치듯 나아갔다.

"아, 움직이는데?"

"어디로 가려는 거지?"

"왕 요리장에게 가나?"

다리오의 뒤를 인간 셋이 따랐다.

주인님과 주인님을 괴롭히는 남자와 주인님을 달래는 남자 위를 지나, 비탄에 잠긴 주인의 뒷모습을 힐끗 내려다보았지만, 그래도 마음이 급해서 절로 몸이 움직였다.

위로. 서둘러야 한다. 아아, 뭐지, 이 기분은.

다리오는 계단을 향해, 뭔가에 이끌리듯 위층으로 올라갔다.

"위로 올라가는 것 같네요." 다다시가 가리켰다. "어디로 가려는 걸까요?"

"모르지. 하지만 아까보다 움직임이 빨라. 뭔가 목적이 있는 것 같군. 어쨌든 따라가보자고."

세 사람은 막힘없이 위로 올라가는 다리오를 쫓았다.

55

"감사합니다. 이리저리 이동해서 미안했습니다. 약소하지만 받아 줘요."

통통한 백인 남자가 안도한 표정으로 상당한 액수의 팁을 건넨 건, 진심으로 미안했기 때문이기도 했지만 초밥을 배달한 이치하시 겐지가 말수는 적어도 무척 무서운 얼굴을 하고 있었기 때문이다. 게다가 그것은 그의 착각이 아니었다.

"저야말로 죄송합니다. 예정 시간보다 훨씬 늦어졌으니 원래대로 라면 음식값을 다 받으면 안 되는데."

"당치도 않습니다."

겐지가 정중하게 고개를 숙이자 남자는 하얗게 질린 얼굴로 손 사래를 쳤다.

간신히 청룡반점에 들어온 겐지는 처음에 배달을 요청한 방을 찾았지만, 초인종을 눌러도 반응이 없었다. 문 앞에서 주문한 존에게 전화를 걸었다.

그러자 그는 호텔 레스토랑 앞 복도에 있다고 했다.

"오오, 오셨습니까. 지금 방으로 가겠습니다."

울먹거리는 목소리와 함께 나타난 건 한눈에도 통곡했음을 알 수 있는, 벌건 눈의 남자를 거의 질질 끌다시피 데려온 통통한 백인 남자와, 그 뒤에 성난 얼굴로 서 있는 백인 거한까지 모두 셋이었다. 끌려와 방으로 들어간 이 남자가 부하가 말한 영화감독인가. 그러고 보니 어디선가 본 것 같기도 하고. 겐지는 기억을 더듬었지만, 아무튼 5인분의 초밥을 건네고 음식값을 받는 게 먼저였다.

"들어오시죠. 거기 두시면 됩니다."

통통한 남자는 자기보다 큰 남자를 껴안듯 소파에 앉혔다. 스위트룸인지, 방은 무척이나 넓었다. 응접실 테이블에 초밥을 내려놓았다.

그런데 이 방은 뭐지?

겐지는 무례하게 보이지 않으려 애쓰며 방을 둘러보았다.

피어오르는 향냄새. 정면에는 사진과(인간이 아닌 것 같았다) 꽃이 놓여 있었고(과자 같은 것도), 양초가 줄줄이 늘어서 있었다. 심지가 검은 걸 보면 조금 전까지 양초에 불이 켜져 있었는지 희미하게 연기 냄새가 났다. 호텔인데 저렇게 양초를 켜둬도 되는 건가? 화재 감지기가 반응해 스프링클러가 작동해도 이상하지 않을 것 같았다. 겐지는 무심코 천장을 올려다봤지만 감지기는 보이지 않았다.

뭐지, 이 녀석들은. 미국인 같은데. 도교 같은 토착 종교의 신도인가? (이곳에 루창싱이 있었다면 그의 감상은 달라졌을지도 모른다.) 겐지는 다소 꺼림칙한 기분으로 눈앞의 세 남자를 보았다. 어딜 봐도 평범한 미국인인데.

"필, 기쁜 소식이다. 엑소시스트기 그 짐승을 조리한 요리사를 구마해서 짐승은 무사히 승천했다는군. 그러니 너는 촬영을 재개해. 그래야 짐승도 천국에서 기뻐할 테니."

거한은 엄청난 힘으로 벌건 눈 남자의 어깨를 두드렸다.

엑소시스트? 겐지는 다시 양초를 보았다. 아하, 그쪽이었군, 이건 (←물론 오해다).

"승천……." 통통한 남자가 숨을 삼키며 고개를 들었다. "그 풍수사는 어디 있죠?"

"글쎄, 일이 끝났으니 돌아간 거 아닐까?"

"그리고 다다시와 구미코는?"

"이상하네. 먼저 방에 올라간 줄 알았는데."

세 남자는 생각난 듯 실내를 둘러보았다.

"……저기, 말씀 중에 죄송합니다만, 결제를 부탁드려도 되겠습니까?"

겐지가 험악한 목소리로 말하자, 통통한 남자가 황급히 일어나 아까의 대화가 이루어진 것이다. 그리고 음식 대금과 영수증을 교환한 그 순간이었다.

겐지의 이어폰에 부하의 나직한 목소리가 울려 퍼졌다.

"보스, 죄송합니다! 녀석들이 우리가 도착한 걸 눈치챘습니다. 지금 보스를 찾아 그쪽으로 가고 있습니다!"

56

"······이게 어떻게 된 일입니까?" 동웨이위안은 애써 태연한 목소리로 말했다.

맞은편에 앉은 왕도 처음 충격에서 벗어났는지, 고개를 들고 냉정한 표정으로 생각에 잠겨 있었다.

"이건 말씀하신 물건과는 다른 거죠?"

웨이위안이 다시 묻자 왕은 고개를 끄덕였다.

"물론입니다. 언뜻 봐서는 같은 물건처럼 보이지만, 이것과는 전혀 다릅니다. 그건 틀림없는 '옥'이었습니다. 무엇보다 비할 데 없이 고운 빛깔이었죠." 왕은 검붉어진 턱을 문질렀다. "아무리 생각해도 아까 부딪쳤을 때 바뀐 것 같군요. 그것 말고는 없습니다."

"바뀌었다고요?"

"복도 모퉁이를 돌다 젊은 여자와 부딪쳤습니다. 일행이 둘 있더군요. 생각해보니 그 여자분도 바닥에 떨어진 뭔가를 줍는 장면을 언뜻 봤습니다." 왕은 기억을 더듬으며 말했다.

"젊은 여자?" 웨이위안은 혼란에 빠졌다.

왜 젊은 여자가 이걸 가지고 있었지? 마오쩌산에게 전달하라고 동웨이췬에게 지시한 물건인데?

왕은 허공을 바라보며 계속해서 기억을 더듬고 있었다. "그러고 보니 그 여자분은 우리 호텔의 종이봉투를 들고 있었습니다. 그것도 보니 우리 호텔 최상층에서 열린 행사의 기념품으로 준비한 봉투입니다. 맞습니다. 이번 행사를 위해 제작한 종이봉투라 잘못 봤을 리 없습니다."

골똘히 생각에 잠겨 있던 왕은 자리에서 일어나 자기 책상으로 갔다.

"짚이는 데가 있습니다." 왕이 커다란 서랍을 열어 작은 종이봉투를 꺼내며 말했다. "이번에 신작 과자를 만들었습니다. 스틱 타입 월병이었죠. 그 샘플을 만들어 특별히 주머니에 넣어 행사에 참석한 손님들에게 드렸습니다."

왕이 샘플을 보여주자, 웨이위안은 한눈에 이해했다. 가늘고 기다란 천주머니.

"그렇군요, 겉보기에 무척 비슷합니다."

"네. 그 여자분은 행사에서 그걸 받은 겁니다." 왕은 팔짱을 끼며 다시 턱을 쓸었다. "그런데 거기 왜 이런 게 들어 있지? 그 '옥'과 비슷한 도장이?"

웨이위안은 필사적으로 생각했다. 여기서 쓸데없는 소리를 해서는 안 된다. 이 도장의 출처가 자신이라는 건 절대로.

"그 행사라는 게……."

"아트페어입니다." 왕은 다소 경멸 어린 어조로 말했다. "우리는 다소 이해하기 힘든 현대 미술이라는 거죠. 하지만 요즈음은 그런 게 잘 팔리는 모양이더군요. 깜짝 놀랄 만한 가격이 매겨진다는데, 그래서 호텔 측에서도 공을 들이고 있습니다. 실제로 이번에도 잘 팔린 모양이고요."

"그렇군요." 웨이위안은 이제야 상황을 파악할 수 있었다.

마오쩌산이 청룽반점의 아트페어에 참석한다는 이야기를 듣고 둥웨이췬을 보냈다. 그 행사에서 이 과자를 나눠줬다면, 그 젊은 여자가 녀석과 접촉했을 기회가 있었어도 이상할 건 없었다.

대체 어떤 여자지?

웨이위안은 물었다. "그분을 다시 만나면 알아보시겠습니까?"

"네. 저희 레스토랑에서 식사를 했다고 했습니다."

웨이위안의 뇌리에 카페의 젊은 여자가 떠올랐다. 설마 그 여자도 홍콩경찰의 끄나풀인 건가? 등골이 오싹해졌다.

"동양인이었습니까? 혹시 홍콩인?"

왕은 고개를 저었다. "아뇨, '스미마셍'이라고 말한 걸 보면 일본인인 것 같습니다."

웨이위안은 다소 안도했다.

"짐이 많지 않았던 걸 보면, 우리 호텔 투숙객일지도 모르겠군요." 왕은 용수철처럼 벌떡 일어났다. "좌우지간 저는 그분을 찾아보겠습니다. 선생님은 여기서 기다리십시오."

"저도 같이 가지요." 웨이위안도 자리에서 일어났다.

여기까지 와서 '박쥐'를 놓칠 수는 없다.

사실 이번 '손님'들에게 몰래 연락을 돌려, 거래가 이뤄지지 않도록 일을 꾸민 건 바로 웨이위안이었다. 저렴한 가격에 '박쥐'를 구입하게 해주겠다고 개별적으로 접촉한 건, 지금까지 'GK' 활동으로 얻은 신뢰가 있었기에 가능했다. 처음이자 마지막으로 벌인 큰 도박이었다.

57

"개는 곤란합니다, 개는."

찬찬을 데리고 청룡반점으로 들어가려던 상하이 동물공원의 일행을 도어맨이 황급히 제지했다.

"저기도 개가 있잖아." 잉더는 복도에서 개를 안고 걸어가는 소녀를 가리켰다.

새하얀 포메라니안은 찬찬을 향해 으르렁거렸다. 찬찬도 대꾸하듯 나직하게 으르렁거렸다.

"그러니까 이동장에 넣어주세요."

도어맨은 소녀 쪽을 보았다. 소녀는 한 손에 핑크색 이동장을 들고 있었는데, 옆에 있던 어머니가 시선을 알아챘는지 황급히 개를 이동장에 넣었다.

포메라니안에게 관심이 사라졌는지 연신 주변을 킁킁거리는 미니어처 닥스훈트를 내려다보며 도어맨이 물었다. "이 개는 보조견이나 안내견이 아니죠?"

"찬찬은 중요한 수사관이다. 요컨대 나를 보조하는 개라고 할 수 있지."

도어맨과 웨이잉더는 서로를 쏘아보았다.

"그리고 이동장에 넣으면 찬찬의 뛰어난 후각을 활용할 수 없어."

"안 되는 건 안 되는 겁니다. 이동장에 넣어주세요."

"지금 일각을 다투는 상황이다. 이 호텔에 우리가 찾는 중요 인물(사람은 아니지만)이 있다는 첩보가 들어왔다고."

"중요 인물?"

"국빈급 인물이다."

그때 찬찬이 갑자기 냅다 달리기 시작했다.

"이런, 손이 미끄러졌군."

잉더는 노골적으로 목줄을 놓았다. 그 즉시 찬찬은 호텔 안으로 뛰어 들어갔다.

"앗, 이러시면 정말 곤란합니다."

"미안하군. 워낙 활발한 녀석이라서. 찬찬이 없으면 살아갈 수 없는 몸이라, 일단 쫓아가야겠군."

잉더 일행은 찬찬을 따라 호텔 안으로 우르르 달려갔다.

"누구 없습니까, 개가 호텔로 들어갔어요."

도어맨의 비명에 호텔 직원들이 달려왔다. 그때, 다른 집단이 질풍과 같이 나타났다.

"뭐지?"

도어맨과 직원들은 저도 모르게 걸음을 멈추고 험악한 표정의 남자들을 보았다.

저건 또 뭐야? 특히 앞장서 달려오는 훤칠한 남자의 표정은 무시무시했는데, 그 와중에서도 하얀 이가 반짝거리는 게 눈에 들어왔다. 말할 것도 없이 가오칭제와 부하들이었다.

"서둘러. 녀석은 이미 안으로 들어갔다."

"어느 틈에……."

"현행범으로 체포해!"

"초밥을 주문한 건 누구지?"

"저명한 영화감독이라는군. 가게에 확인했어."

저마다 큰 소리로 외치며 남자들이 우르르 달려갔다.

"이러시면 곤란하다니까요!"

도어맨과 직원은 이구동성으로 외치며 힘없이 남자들의 뒷모습을 바라볼 뿐이었다.

58

"마오쩌산 선생님이요? 아, 바로 돌아가셨는데요."

매니저의 대답에 유코는 "그렇군요" 하고 어깨를 떨궜다. 마오쩌산을 덮친 남자를 쫓아버린 유코를 똑똑히 기억하고 있던 매니저는 유코가 누구를 찾는지 바로 알아본 것 같았다.

"선생님은 여기 자주 오시나요?" 에리코가 물었다.

"음……." 매니저는 생각에 잠겼다. "오늘은 마침 저희 호텔에서 행사가 열려서 오신 거지, 자주 찾으시는 편은 아닙니다."

"그렇구나……." 유코의 어깨가 더욱더 내려갔다.

"하지만 행사가 내일까지니, 내일도 오실 겁니다."

에리코의 통역을 들은 유코의 얼굴이 단번에 환해졌다.

"아, 정말요? 무슨 행사예요?"

"호텔 제일 위층에서 열리는 아트페어입니다."

"아트페어."

세 여자는 서로 마주 보았다.

"선생님이 예술가신가요?" 유코가 물었다.

"네. 대형 입체작품으로 유명하신 분입니다."

"오……."

"오늘도 선생님이 직접 작품을 가지고 오신 겁니다." 매니저는 그렇게 덧붙였다.

"그럼 혹시 선생님을 다시 뵙거든, 저한테 연락 달라고 말씀 전해 주실 수 있을까요? 선생님이 흘리신 물건을 가지고 있다고요." 에리코는 명함을 내밀었다.

"알겠습니다." 매니저는 고개를 끄덕이며 명함을 건넨 뒤 자리를 떴다.

"어, 가토 선배, 이름이 한자 표기네요?" 유코가 에리코의 명함을 들여다보며 물었다.

간체자로 '이치하시 에리코市橋惠利子'라고 적혀 있었다.

"응. 여기는 히라가나가 없으니까, 히라가나 이름은 전부 한자로 바꾸거든."

"그렇구나."

가즈미와 유코가 동시에 고개를 끄덕였다.

"그렇구나. 일본에서도 외국인이 한자를 써서 이름을 표기하기도 하니까."

"왜 이 한자를 택한 거예요?"

"상하이는 상업 도시니까, 돈복이 있을 것 같은 한자로 했어."

"아하."

"그나저나 어쩌죠. 역시 그 할아버지는 못 찾았네요." 유코가 한숨을 내쉬었다.

"내 연락처를 남겼으니, 그 도장은 내가 가지고 있을게." 에리코가 손을 내밀었다.

유코는 잠시 생각하다 고개를 저었다. "아뇨. 일단 상하이에 머무는 동안엔 제가 가지고 있을게요. 내일 만날지도 모르니까요. 상하이를 떠날 때까지 못 만나면 그때는 가토 선배가 좀 맡아주세요."

"응, 알았어." 에리코는 수긍했다.

"그 할아버지, 예술가셨구나."

"꽤 유명한 사람일걸요. 이름 들어본 적이 있어요."

"맞다. 죄송한데 그 회장에 좀 들러도 될까요?" 유코가 걸음을 멈췄다.

"행사 연회장?"

두 사람이 돌아보자 유코는 고개를 끄덕이며 손목시계를 보았다.

"네. 어쩌면 안내나 뒷정리를 하는 직원이 아직 있을지도 모르잖아요. 혹시 만나면 그 할아버지가 내일 오셨을 때 연락 달라고 부탁하려고요."

"아, 좋은 생각이네."

"그럼 갈까요?"

세 여자는 엘리베이터로 걸어갔다.

59

격한 초인종 소리와 함께 세차게 문 두드리는 소리가 났다.

눈이 벌건 남자들이 문 앞에 모여 있었다.

"네."

문이 열렸다. 통통한 백인 남자가 눈앞의 집단을 보고 눈을 휘둥그레 떴다.

선두에 선 가오칭제가 영업용 미소를 지으며 말했다. "상하이경찰입니다."

반짝 빛나는 하얀 이가 눈부셨는지 남자는 눈을 끔뻑거렸다.

"여기 초밥 배달이 왔었다고 들었습니다만."

"아, 네, 아까 왔습니다." 백인 남자는 실내를 돌아보며 말했다.

"잠시 실례하겠습니다." 가오는 방 안으로 성큼 들어갔다.

"앗."

방 안에서는 거한과 눈이 퉁퉁 부은 남자가 나란히 초밥을 먹고 있었다.

눈이 부은 남자는 계란초밥.

거한은 참치.

저마다 초밥을 집어 입에 넣으려던 찰나였다.

"무슨 일이지?" 거한이 눈알을 굴리며 물었다.

"초밥을 배달한 남자는 어디 있습니까?"

"진작 돌아갔지. 뭔가 서두르는 것 같던데."

거한은 참치 초밥을 입에 넣고 우물거렸다.

수사관들은 방 안의 분위기에 당혹해하는 눈치였다.

향과 양초.

"이게 뭡니까?" 가오는 실내를 한 바퀴 돌아보며 물었다.

통통한 남자가 진지한 표정으로 대답했다. "고인의 영혼을 달래고 있습니다."

"메모리얼 데이에 정찬으로 초밥을 딜리버리했습니다."

"아하."

그런 거였군.

미국 생활을 오래한 가오는 바로 이해했다.

"그 남자가 돌아간 게 언제입니까?"

"글쎄요, 한 10분 됐나."

"10분." 가오는 고급 손목시계를 보았다. "젠장, 아직 그리 멀리 가진 못했을 거다. 녀석의 오토바이를 찾아. 오토바이와 함께 현장을 급습한다."

"네!"

"실례했습니다."

가오는 다시 하얀 이를 빛내며 부산스럽게 떠났다. 쾅 소리와 함께 문이 닫혔다. 통통한 남자와 거한이 서로를 마주 봤다.

"톰 크루즈 급의 미백 치아에 3만 달러짜리 롤렉스시계라. 상하이경찰이 꽤 벌이가 짭짤한 모양이야." 팀이 중얼거리며 뒤를 힐끗 돌아봤다.

"이봐, 이제 나와도 된다."

"감사합니다." 소파 뒤에 숨어 있던 이치하시 겐지가 얼굴을 쑥 내밀며 공손히 고개를 숙였다. "감사합니다. 덕분에 살았습니다."

"이 정도로 뭘. 나도 짭새하고 공무원이라면 질색이니까." 팀은 불퉁하게 말하더니 가리비 초밥으로 손을 뻗었다. "그나저나 이 초밥 맛있네. 나도 위험부담도 크고 촬영도 지연되는 영화 같은 거 때려치우고 견실한 외식 업계로 진출해볼까."

초밥을 우물거리며 팀은 옆자리의 남자를 노려봤다.

필립 크레이븐은 어깨를 움츠릴 기운도 없는 모양이었다. 대신 존이 어깨를 으쓱했다.

"장사는 잘되나?" 팀은 소파 뒤에서 나온 겐지를 올려다보며 물었다.

"그냥저냥 유지하는 수준입니다. 초기 투자비가 많이 들었는데 아직 다 회수는 못한 상황이고, 경쟁 업체도 많고요. 저희는 맛과 품질에 자신이 있어서, 아직까지는 가격 경쟁에 휘말리지는 않았습니다만."

"어느 업계나 힘들군." 팀은 겐지가 내민 명함을 보았다. "저 롤렉스 남자한테 왜 쫓기는 건가?"

"경쟁이 치열하고 교통 정체가 극심한 상하이에서 한 시간 안에 배달하기 위해서는 배달 차량을 업그레이드해서 속도를 올리는 게 필요했거든요."

팀이 이해했다는 듯 고개를 끄덕이며 말했다. "그렇군. 앞으로 어떻게 할 건가? 녀석한테 개조 오토바이를 압수당하면 빠져나가지 못할 텐데."

"네. 그러니까 어떻게든 제 오토바이가 있는 곳까지 가야겠죠."

겐지는 곰곰이 생각에 잠겼다.

60

호텔로 힘차게 뛰어든 찬찬이었지만, 잉더 일행이 따라잡았을 때는 어째서인지 복도를 지나 다시 밖으로 나가고 있었다.

"어어?"

"왜 나가는 거지?"

"여기엔 없는 건가?"

사육사들은 숨을 헐떡이며 찬찬을 따라 밖으로 나갔다. 밤의 소음이 온몸을 에워쌌다. 사방팔방에서 경적 소리가 울려 퍼졌다. 어느샌가 밤이 깊었다.

"어디로 갔지?"

"아, 저쪽이다."

어둑한 호텔 뒤쪽 정원에 지면을 쿵쿵거리며 걸어가는 찬찬이 보였다.

"젠장, 이러다 놓치겠어. 목줄을 잡아야 해."

잉더가 선두에 서서 쫓아갔지만 민첩하게 움직이는 찬찬의 다리는 멈추지 않았다. 이내 찬찬은 업무용 출입구 쪽으로 다가갔다.

"아, 그렇게 된 거군." 잉더는 고개를 끄덕였다.

강강이 타려면 그만큼 큰 차여야 한다. 아마도 승합차보다는 크고 트럭보다는 작은. 아마 업무용 차였겠지. 그 차를 타고 여기까지 온 것이 분명했다. 찬찬은 엄청난 기세로 주변을 킁킁거리더니, 폴짝 계단 위로 올라가 열려 있는 출입구를 통해 다시 호텔 안으로 들어갔다.

"안으로 들어갔어."

잉더 일행은 그저 기도하는 마음으로 찬찬의 뒤를 쫓을 따름이었다.

"뭐야, 이 강아지는."

"어디서 나타난 개지?"

밀차를 밀며 지나가던 호텔 직원들이 어리둥절해하는 가운데, 찬찬은 재빨리 넓은 통로를 지나 업무용 엘리베이터 앞에서 우렁차게 짖었다. 상당히 큰 엘리베이터였다.

"죄송합니다, 지나가겠습니다."

달려온 사육사들이 찬찬을 에워쌌다. 잉더는 간신히 목줄 손잡이를 잡고 호흡을 가다듬었다.

"아무래도 이 엘리베이터를 탄 모양이군."

엘리베이터는 1층에 서 있었다. 잉더 일행은 엘리베이터 안으로 들어갔다.

찬찬은 바닥에 코를 박고 킁킁대더니 낑 소리를 냈다. 강강의 냄새를 찾았는지 잉더 일행을 올려다보며 날카롭게 왈왈 짖었다.

"이 안에 있던 건 분명한 것 같은데, 몇 층에 내렸지?"

잉더 일행은 서로 마주 보며 층수 표시를 보았다. 어디서 내렸는지 짐작도 가지 않았다.

한 사람이 제안했다. "일단 꼭대기 층까지 가서 위에서부터 차례대로 둘러보는 게 어떨까요? 올라가는 것보단 효율적일 것 같은데."

"그게 좋겠군."

잉더가 최상층 버튼을 누르자 순간 덜컹거리더니 엘리베이터가 올라가기 시작했다. 덜컹거리는 소리가 왠지 음산했다. 모두의 시선은 천천히 바뀌는 엘리베이터의 층수 표시에 집중되어 있었다. 찬찬은 차분한 모습으로 문 앞에 가만히 서 있었다.

정말 있을까?

이 호텔에 그 강강이?

모두가 반신반의했지만 찬찬만은 확신을 가진 눈치였다.

업무용 엘리베이터는 답답할 정도로 느린 속도로 올라갔다. 이 호텔은 건물 자체가 오래되어서, 최근의 고층 호텔과 달리 12층까지밖에 없었다. 이내 덜컹 하고 엘리베이터가 흔들리더니 땡 하는 맥 빠지는 소리와 함께 최상층의 문이 천천히 열렸다.

61

"대체 어디까지 올라가려는 거죠?" 오즈누 다다시가 숨을 헐떡이 며 중얼거렸다.

"객실이 아닌 것 같은데." 숨이 찬 기색은 조금도 보이지 않는 구 미코가 고개를 갸웃거렸다.

"주인이 있는 방으로 가려는 것 같지는 않고." 역시 태연한 표정 의 루창싱이 계단의 층계참을 둘러보았다.

다리오(의 영혼)는 여전히 세 사람의 대각선 위쪽, 천장 부근에 둥둥 떠서 올라가고 있었다. 불안해 보이는 움직임이었지만, 아까 부터 한 번도 멈추지 않았다. 그저 헤매는 게 아니라, 목적지를 향 해 가는 것 같았다.

"음, 녀석의 행동을 이해할 수 없군." 창싱이 고개를 저었다.

계단을 꽤 올라왔다. 앞으로 2층만 더 오르면 최상층이다.

"두 분은…… 무척 다리가 튼튼하시네요."

멈춰 선 다다시가 무릎에 손을 올리고 앞서가는 구미코와 창싱 을 원망스러운 듯 올려다봤다. 두 사람도 멈춰 서서 다다시를 내려 다보았다.

"오즈누 씨는 아직 젊은데 왜 그래? 야마부시의 후손이면서."

"수행이 부족하군."

두 사람은 싸늘한 시선을 보냈다.

"그러니까 저는 수행 같은 건 안 했다니까요." 다다시는 손사래를 치며 비틀거리는 걸음으로 다시 계단을 오르기 시작했다.

"곧 객실 층은 끝이네요. 이 위로는 음, 연회장과 라운지밖에 없어요." 구미코는 어느 틈에 입수했는지 호텔의 팸플릿과 광고지를 들고 있었다. "오늘과 내일은 아트페어를 개최하는 모양이에요."

"아트페어?"

"현대미술 작품들을 판매한대요."

"왜 그런 데 가려는 거지? 녀석은 연회장에는 안 갔을 텐데. 숨이 끊어진 곳은 아까 그 주방과 레스토랑이잖아."

수군거리는 소리가 들려왔지만, 다리오 자신도 알 수 없었다.

자신이 어디로 향하는지. 왜 이렇게 이끌리듯 가는 것인지.

다리오는 그저 충동에 몸을 맡기고 움직이고 있었다. 좌우지간 위에 뭔가가 있다. 빨려 들어가듯 거대하고 사나운 존재가. 이제 금방이다. 곧 그곳에.

삐리리, 피리 소리가 계단에 울려 퍼졌다.

"네, 여보세요." 구미코가 전화를 받았다.

그녀의 휴대전화 벨소리인 〈음양사〉의 테마 곡이었다. 다다시는 쓴웃음을 지었다. 구미코의 담담한 목소리가 울려 퍼졌다.

"응? 응, 아직 다리오였던 것을 쫓고 있어."

"아니, 아직. 아직 성불했다고는 말할 수 없는 단계야."

"초밥? 아니, 일이 해결되면 먹을게."

"지금 어디냐고? 음, 계단을 올라가는 중인데, 10층과 11층 사이. 웅, 그럼 이따가."

전화를 끊었다.

"누구죠?"

다다시의 물음에 구미코는 휴대전화를 주머니에 넣었다.

"존 씨야. 주문한 초밥이 왔으니까 먹으러 오라고."

"아, 초밥. 드디어 왔구나. 필은 좀 먹었으려나."

다다시는 안도하는 동시에 허기를 느꼈다. 아까부터 계속 이동하느라 아무것도 먹지 못했다.

"저기, 두 분은 배 안 고프신가요? 우리, 좀 돌아가서 쉬는 건 어떨까요?"

그렇게 말을 건넸지만 두 사람은 멈춰 서려 하지 않았다.

"놓칠 수 없지."

젠장, 난 야마부시가 아니라니까. 다다시는 현기증을 느끼면서도 두 사람의 뒤를 쫓아 힘없이 계단을 올라갔다.

62

고풍스러운 디자인의 엘리베이터 안에서 유코 일행은 에리코가 로비에서 발견한 광고지를 열심히 들여다보고 있었다.

"연회장이면 꼭대기 층인가?"

"광고지에는 그렇게 적혀 있네요."

"이 엘리베이터, 왜 이렇게 느리지?"

유코는 안달이 난 표정으로 층수 표시를 올려다보았다.

"낡은 건물이라서 그런 거 아닐까?"

"앤티크라고도 표현할 수 있겠지?"

"남아 있는 사람이 있으면 좋겠네요."

덜컹거리며 의욕 없이 위로 올라가는 엘리베이터.

도중에 각 층마다 서서 손님들이 타고 내리는 바람에 최상층까지 올라가는 데 상당히 시간이 걸렸다. 9층에서 손님이 내리자 그제야 엘리베이터에 세 사람만 남았다.

"차라리 계단으로 올라가는 게 더 빨랐겠네요."

유코가 중얼거리자 가즈미가 고개를 절레절레 저었다.

"난 느려도 엘리베이터가 나아. 자기 훈련에 동참하고 싶진 않으니까."

"네? 회사에서도 총무부에서 건강을 위해 계단 이용을 권장했잖아요. 저는 늘 계단만 이용해요."

"왜 휴가를 보내러 온 상하이 호텔에서 계단을 이용해야 하는데."

덜컹.

순간 뜸을 들이듯 엘리베이터가 흔들리더니 땡, 하고 한 박자 늦게 벨이 울렸다.

"어휴, 겨우 다 왔네."

천천히 문이 열리자 세 사람은 밖으로 나왔다.

63

"동웨이위안은 어디 있지?"

머릿속이 새하얘진 동웨이췬은 한동안 무슨 말을 들었는지도 이해하지 못했다.

"저기…… 할아버지는…… 모르겠습니다. 저기, 일정은 못 들었습니다. 낮에 헤어진 뒤로 못 만나서……." 더듬거리며 대답하는 게 고작이었다.

미행당한다는 건 알고 있었지만, 그 사실과 실제로 수사관이 눈앞에서 자신을 추궁하고 있다는 사실이 전혀 연결되지 않았다. 할아버지와 나는 어떻게 되는 거지? 홍콩경찰과 상하이경찰은 수사상 어떤 관계지? 홍콩경찰에 수사권이 있나? 체포도 할 수 있나?

머릿속에서 갖가지 생각들이 빙글빙글 소용돌이쳤다.

천하의 할아버지도 여기까지는 예상치 못했던 건가. 이런 경우에 어떻게 하라고는 말해주지 않았으니. 다른 수사관이 허락도 구하지 않고 안쪽 사무소로 들어갔다. 눈짓을 하며 곳곳을 요령 좋게 뒤지기 시작했다.

동웨이쵠은 소름이 돋았다. 동작에 전혀 군더더기가 없었다. 그들은 마치 어디에 뭐가 있는지 파악하고 있는 것 같았다. 예전에 발자국을 남긴 건 이 녀석들이었나. 지금은 딱히 들켜서 위험한 물건은 없었다.

동웨이쵠은 머릿속으로 생각했다. 훔친 물건은 이곳에 두지 않았다. 애초에 우리는 '재고'를 두지 않는 가게다. 굳이 따지자면 '박쥐'의 모조품은 있지만, 그것도 모두 내가 곳곳에 뿌리고 왔으니 지금은 없다. 하지만 동웨이쵠이 가만히 도장이 든 캐비닛으로 시선을 옮기자, 그의 시선을 주시하고 있던 남자가 곧바로 캐비닛을 열었다.

동웨이쵠은 당황했다. 이런 초보적인 실수를 저지르다니. 뭔가 돌발 상황이 발생하면 중요한 것이 있는 곳으로 절로 눈이 가는 인간의 본능은 지금까지 수도 없이 봐왔고, 할아버지도 그 점에 유의하라고 당부했는데. 내심 혀를 찼지만, 이미 벌어진 일이다. 애초에 별다른 건 없으니 살펴봐도 별문제는 없겠지.

도장을 넣어둔 금속 케이스를 열고 수사관들은 안에 든 도장을 하나씩 꺼냈다. 꼼꼼하게 확인하는 모습을 보니 틀림없었다. 그들은 '박쥐'를 찾고 있는 것이다. 빠른 목소리로 통화하는 수사관의 이야기를 엿들었다. 아무래도 그를 미행하던 수사관이 동웨이쵠이 들른 노점도 동시에 검거한 모양이었다.

"없다고? 확실한가? 알았어."

말없이 고개를 끄덕이는 걸 보아하니, 그쪽 노점에서도 상품을 철저하게 검사한 모양이었다.

어쩌지. 조금씩 마음이 차분해지자 동웨이췬은 그제야 앞으로 어떻게 할지 생각할 여유를 되찾았다. 생각해. 할아버지라면 어떻게 할까?

64

호텔의 지하 1층.

출입이 적어진 복도에서 호텔 유니폼을 입은 남자 둘이 커다란 밀차를 가지고 업무용 엘리베이터가 도착하기를 다소 긴장한 낯으로 기다리고 있었다. 둘 중 젊은 남자는 두리번거리며 주변을 둘러보는 눈매가 수상쩍었다.

하지만 이미 주변에는 인적이 없었고, 이따금 지나가는 사람들도 호텔 유니폼 차림의 두 남자를 딱히 이상하게 여기지는 않았다.

"이봐, 그만 두리번거려." 나이 많은 쪽이 엘리베이터를 올려다보며 낮은 목소리로 질타했다.

"죄송합니다. 갑자기 불려 나와서."

"일정이 하루 앞당겨진 것뿐이야. 평소처럼 해."

두 남자는 엘리베이터의 층수 표시를 보았다.

원래는 내일 아트페어가 끝나면 운반할 예정이었지만, 준비를 담당한 동료에게 '연회장이 위험하니 빨리 운반하라'는 연락을 받았다. 뭐가 위험하다는 거지? 그렇게 몇 번이고 물었지만 말을 흐리기만 할 뿐 대답하지 않은 게 마음에 걸렸다. 그건 그렇고, 억 단위의 가치가 있는 미술품을 몰래 넣어놓은 조각이다. 한시라도 빨리 회수하는 게 낫다. 거사가 앞당겨진 바람에 스케줄이 엉망이 됐지만, 상부의 지시는 절대적이다.

마오쩌산의 조각은 아직 팔리지 않았다고 했다. 도박 빚 변제를 위해 가격을 상당히 올려놨으니, 아무리 녀석이 인기 작가에 구매층이 두텁다 해도 그렇게 선뜻 구입할 수 있는 작품은 아니었다.

마오쩌산의 조각 중 하나에 장치를 해놓은 건 물론 그도 알고 있었다. 애초에 녀석의 협조가 없으면 그런 장치를 설치하는 건 불가능했다. 그것을 무엇에 쓰는지 알아채지 못할 정도로 멍청하지는 않겠지. 자신도 공범인 셈이니 녀석이 비밀을 누설할 걱정은 없었다. 이 아트페어는 판매된 작품은 저마다 화상이 관리하고 있으니, 그 조각이 '팔렸다'면 사라졌다 해도 수상쩍게 여길 사람은 없을 것이다. 언젠가는 알아챌지도 모르지만, 한동안은 문제없겠지.

엘리베이터가 뭐 이렇게 느려.

나이 많은 남자는 짜증을 참으며 속으로 볼멘소리를 했다.

땡, 맥 빠지는 소리와 함께 엘리베이터가 도착하자 천천히 문이 열렸다.

"가자."

밀차를 엘리베이터 안에 밀어 넣고 '닫힘' 버튼을 눌렀다. 다시 천천히 문이 닫히고, 엘리베이터가 움직이기 시작했다.

65

강강은 꿈을 꾸고 있었다.

푸른 하늘, 하얀 구름. 심산유곡의 그리운 풍경.

어디까지고 펼쳐진 준험한 산맥.

오오, 드디어 난 꿈에서도 보던 고향으로 돌아온 것이다. 도회지의 구석 비좁은 우리 속에서 구경거리로 살던 굴욕적인 생활에서 해방되어, 자유로운 방랑 생활로 돌아왔다.

고향의 공기는 변함없이 풀 내음까지 향기로웠다.

짐승들이 다니는 길. 동포의 냄새가 났다.

이쪽 비탈을 오르면 우리 일족의 구역이다. 철들었을 무렵부터 천방지축 방랑자였던 몸이지만, 고향 땅은 역시 그리운 법이군.

안에서 뭔가가 보글보글 끓고 있었다. 저건 뭐지.

이쪽을 등진 남자가 기다란 젓가락을 냄비에 넣고 있었다. 뭔가를 집어서 건지는 게 보였다.

강강은 흠칫했다. 곰 발바닥. 저건 푹 끓인 곰 발바닥이 아닌가! 온몸에 소름이 돋았다. 녀석들이 곰을 먹는 건 알았지만, 나와는 다른 종류의 곰일 터다. 하지만 아무리 봐도 저건 나와 같은 판다 발바닥이다. 다른 재료도 끓이고 있는 게 보인다. 저것도 잘못 볼 리 없는 블랙 앤 화이트의 투톤 컬러잖아. 대체 누가 당한 거지? 공포가 온몸을 스멀스멀 기어갔다.

그때 냄비 앞에 있던 남자가 휙 돌아봤다.

강강은 이번에야말로 소스라치게 놀랐다.

이럴 수가, 뒤돌아본 남자는 웨이잉더였다!

녀석한테서 도망쳐왔는데. 이런 곳까지 쫓아온 건가! 대체 어떻게 이곳을 알아낸 거지? 선수를 쳐서 온 건가? 숨어 있었는데도 웨이는 순식간에 강강이 숲속에 숨어 있다는 사실을 간파했다.

큰일이다.

씨익, 입이 찢어져라 미소 짓는 웨이잉더.

도망쳐야 한다. 숲속에서 발길을 돌리던 순간이었다.

"강강, 기다렸다. 놓칠 줄 알고. 질리지도 않고 또 도망쳐서 내 체면을 구겼겠다. 오늘은 기필코 네놈을 판다 탕으로 만들어주마!"

뒤에서 들려오는 소리와 함께 뭔가가 덮치는 기척이 났다.

헉, 숨을 삼키며 눈을 뜬 강강은 자신이 어둡고 비좁은 곳에 갇혀 있다는 사실을 깨달았다.

이런, 붙잡힌 건가? 순간 혼란스러웠지만, 제 발로 거대한 조각에 잠입한 사실이 떠올랐다. 그랬다, 그랬지. 깜빡하고 야단법석을 떨

뻔했군.

강강은 조각 안에서 꼬물거리며 자세를 바꿨다.

젠장, 여기저기 쑤시는군. 이런 이상한 공간에서 졸았기 때문이다. 다음 순간, 강강은 흠칫하며 동작을 멈췄다.

누군가가 가까이 다가왔다. 그의 본능은 그렇게 경고하고 있었다. 아마 그 때문에 눈뜬 것이다. 강강은 숨을 삼키며 가만히 귀를 기울였다.

이야기 소리가 가까워졌다. 인간의 목소리. 그것도 젊은 여자였다. 여럿이다.

"역시 뒷정리도 다 끝났네요."

"아쉽네요, 일부러 여기까지 왔는데."

"어? 문이 열려 있어."

문이 열리는 소리가 났다.

"문단속을 안 했나?"

"어머, 컴컴해."

"기왕 열었으니 좀 둘러볼까? 전기 스위치는 어디 있지?"

"입구 근처에 있지 않을까요?"

"아, 여기 있네, 찾았어."

팟, 불이 켜지더니 조각의 미세한 틈으로 빛이 새어 들었다.

강강은 반사적으로 몸을 움츠렸다. 물론, 밖에서 보일 리는 없었지만 아까 꾼 꿈 때문인지 신경이 곤두섰다. 나직한 이야기 소리.

"와, 그림이 이렇게 많네."

"거의 커다란 그림이네."

"역시 '데쓰오의 방'에 걸린 그림과는 다르네요."

"그런가요? 제 눈에는 다 비슷하게 보이는데."

"이 조각은 좀 무섭네요."

"엄청 크다."

"아, 아마 이 조각이 마오쩌산 선생님의 작품일 거예요. 왠지 작풍이 낯이 익네요."

"흐음, 마오 선생님은 이런 작품을 만드시는구나. 생각했던 느낌하고 다르네요."

"뭘 상상했는데?"

"조금 더 메마른 이미지라고 할까, 중후한 느낌일 줄 알았는데 의외로 파워풀하네요. 본인하고 다른 느낌으로."

이 인간들은 뭐야, 빨리 사라지라고.

느닷없이 눈앞의 부분을 콩콩 두드리는 소리에 강강은 흠칫했다.

"어머, 이거 속이 비었네."

"그런가요?"

"응. 하긴 그렇겠지. 채워놓으면 무거울 테고 재료비도 더 들 테니까."

"그럼 내일 다시 와봐요. 그만 돌아가죠."

"그러자."

"왠지 잠이 와요."

발소리와 목소리가 서서히 멀어져갔다.

좋았어. 얼른 가버리라고. 강강은 조각 속에서 고개를 끄덕였다.

"어?"

걸음을 멈추는 기척.

"누가 왔는데요?"

뭐라고?

강강은 숨을 멈추고 판다 특유의 처진 눈을 세모꼴로 떴다.

66

처음에 왕은 아까 여자와 부딪친 곳으로 갔다.

어쩌면 상대방도 물건이 바뀐 걸 알고 돌아왔을지도 모른다고 생각했던 까닭이다.

웨이위안은 눈에 띄지 않게 그림자처럼 왕의 뒤를 따랐다. 주변을 살피는 것도 잊지 않았다. 어디에 누가 있을지 모를 일이었다.

"여기서 부딪쳤는데⋯⋯." 왕은 복도 모퉁이의 바닥을 둘러보며 말했다.

물론 바닥에는 아무것도 없었지만, 이곳에서 물건이 뒤바뀐 건 분명했다. 왕은 복도 안쪽을 보았다. 여성들은 저쪽으로 걸어갔다.

레스토랑 쪽으로. 레스토랑에 가보자. 마감 준비를 하는 레스토랑의 여직원에게 젊은 일본인 여성 손님 삼인조를 못 봤느냐고 물었다. 그러자 기억하는 듯 "아, 그……" 하고 고개를 끄덕였다.

"그 엄청 센 손님이죠?"

"엄청 센 손님?" 왕은 당황한 나머지 앵무새처럼 중얼거렸다.

"네. 마오쩌산 선생님이 계단에서 괴한에게 습격을 받았는데, 마침 지나가던 그 손님이 도와줬어요. 겉보기에는 자그마해 보이던데 힘이 엄청 세더라고요."

"마오쩌산?" 이번에는 웨이위안이 반응을 보였다.

"네. 매니저님이 감명을 받았는지 사례로 우리 신제품 월병을 드렸어요."

그렇게 된 일이군. 웨이위안은 수긍했다.

그 여자는 마오쩌산과 접촉했던 건가. 그때 녀석이 갖고 있던 도장과 뒤바뀐 거다. 이제야 어떻게 된 일인지 머릿속에 그려졌다.

"우리 호텔 투숙객이야?"

"그런 것 같았습니다. 식사 요금을 나중에 숙박 요금하고 같이 결제할 수 있느냐고 물어봤거든요."

"몇 호실인지 알아?"

"아뇨, 일행이 상의하더니 결국 식사 요금은 여기서 정산했어요."

"그렇군."

"아, 그러고 보니 그 손님들, 조금 전에 매니저하고 이야기하는 걸 봤어요. 누구를 찾는 것 같던데."

"매니저하고?"

"네. 방금 전에요. 그러고 나서 어딘가로 사라졌지만요."

"매니저는 어디 있지?"

"레스토랑에요."

직원은 레스토랑 안쪽을 보았다. 왕과 웨이위안은 그대로 성큼성큼 레스토랑 안쪽으로 들어갔다. 매니저는 사다리를 탄 직원과 함께 천장의 에어컨을 올려다보고 있었다.

"무슨 문제라도?"

왕의 물음에 매니저는 놀란 듯 뒤돌아봤다.

"손님이 이상한 소리가 난다고 해서요. 어때?"

"음, 모르겠네요. 딱히 이상한 소리는 안 나는 것 같은데."

"그건 그렇고, 마오쩌산 선생님을 도와준 젊은 일본인 손님이 아까 여기 들렀다던데."

"아, 엄청 센 손님 말이죠." 매니저는 고개를 끄덕였다.

대체 얼마나 강한 거지? 웨이위안은 혼자 중얼거렸다. 대체 누구길래, 어디 조직원인가? 설마 일본 야쿠자?

"마오쩌산 선생님을 찾던 것 같던데, 돌아가셨다고 했더니 알겠다고 하더라고요."

역시나.

웨이위안은 내심 고개를 끄덕였다. 분명 물건이 뒤바뀐 걸 알아챈 것이다.

"그러고 나서 어디로 갔지?"

"글쎄요. 엘리베이터 쪽으로 가는 것 같던데요. 내일 아트페어에 오실지는 모르겠다고 했는데, 마오쩌산 선생님을 만나면 전해달라고 이걸 줬습니다."

매니저가 상의 안주머니에서 명함 케이스를 꺼내자 왕과 웨이위안은 매니저가 내민 명함을 들여다봤다.

이치하시 에리코

"흐음."

왕은 명함 속 이름과 휴대전화 번호를 머릿속에 새겨 넣었다. 그의 기억력으로 전화번호 하나쯤 외우는 건 일도 아니었다.

"전화할 겁니까?"

웨이위안의 물음에 왕은 생각에 잠긴 표정을 지었다.

"아뇨, 잠시만요. 엘리베이터 쪽으로 갔다고 했죠. 마오쩌산 선생님을 찾다가 포기하고 객실로 돌아간 걸까요, 아니면……."

"아니면?"

왕은 위를 올려다보면서 말했다. "아트페어 연회장에 갔을 수도 있죠."

67

자.

호텔 청룡반점의 밤이 한창 깊어가고 있었다.

그 최상층, 뒷정리를 마친 아트페어 연회장. 무슨 운명의 장난인지, 이런 시간에 이런 곳에서 이날 처음으로 많은 사람들이(플러스 두 마리, 아니, 세 마리인가) 맞닥뜨리게 되었다. 다가미 유코가 "누가 왔는데요?"라고 했던 건 분명 틀린 말이 아니었다. 하지만 그것이 이토록 다양성 넘치는 면면이 될 줄은 누구도 예상치 못했을 것이다.

호조 가즈미, 다가미 유코, 이치하시 에리코, 그리고 먼저 도착해 있던 강강이 조각상 너머로 조우했던 그 순간. 먼저 나타난 건 부유하는 다리오를 선두로(물론 유코 일행의 눈에는 보이지 않았지만), 루창싱, 아베 구미코, 오즈누 다다시였다.

일본인 여성 삼인조는 갑자기 나타난 창싱의 의상과 분장에 흠칫했다. 그러고 보니 아까 호텔 복도에서 스쳐 지나간 것 같기도 했다. 그리고 왜인지 모르겠지만 그 얼굴에서 그리움과, 신기한 끌림을 느낀 것은 그의 얼굴이 거의 좌우대칭이기 때문……이라는 설명은 생략하겠다.

역시 아베 구미코의 얼굴을 본 적이 있는 것도 같았지만(그것은 몇 년 전의 도쿄역에서였지만), 아마 기분 탓이겠지.

하지만 창싱 일행은 여전히 허공에서 부유하는 다리오에게 정신이 팔려, 계속 허공의 한 곳에 시선이 붙박이 되어 있던 탓에 일본인 삼인조의 의혹을 샀다. 다리오는 강강이 숨은 조각으로 다가가 그 위를 빙글빙글 돌았다.

"뭐지?"

"뭘까요?"

"이 조각에 뭔가 있는 건가?"

세 사람은 그렇게 말하며 번민에 찬 사람의 거대 채색 조각상을 올려다봤다.

"저기, 이 조각상이 무슨 문제라도 있나요?" 에리코가 세 사람에게 중국어로 물었다.

"아뇨, 저희도 잘 모르겠는데요."

다다시가 외국 억양이 느껴지는 중국어로 대답하자, 가즈미가 일본어로 물었다.

"혹시 일본분이세요?"

"아, 저하고 이쪽 여성분은 일본인입니다. 여러분도?" 다다시는 눈을 끔뻑거렸다.

"네. 이 조각을 만든 분에게 볼일이 있었는데, 집에 가신 것 같아서요."

"아, 그러시군요. 굉장한 조각이네요. 엄청 커요." 다다시는 조각을 콩콩 주먹으로 누드렸다. "아, 속은 비었네."

"그런 것 같죠?"

조각 안에서는 강강이 또다시 반사적으로 몸을 움츠리고 있었다.

젠장. 인간이 늘어났어. 애써 숨을 죽이며 기척을 지우려 애썼다.

마음에 걸리는 건 위쪽에서 어슬렁거리는 누군가의 존재였다. 뭔가 이상한 게 머리 위에 있다. 녀석은 뭐지. 왜 내 주변을 어슬렁거리는 거냐. 강강은 보이지 않는 다리오를 노려보았다.

허공에 뜬 다리오는 강강의 시선을 느꼈는지 움찔 몸을 떨며 조각 주변을 빙글빙글 돌았다.

"아, 뭔가 반응을 보이는 것 같은데요."

"역시 이 조각이 목적인가? 이유가 뭐지?"

구미코와 창싱은 고개를 갸웃했다.

"안에 뭔가 들어 있는 걸까요?"

구미코의 목소리에 강강은 흠칫했다.

설마 열어보려는 건 아니겠지? 저도 모르게 등골이 서늘해졌다.

아니, 괜찮아. 안쪽에서 문도 잠갔고, 밖에서 대충 봐서는 여기에 문이 있다는 사실은 알아채지 못할 테니까. 괜찮아.

필사적으로 그렇게 스스로를 달랬다.

심두멸각! 나는 이곳에 없다!

순간, 덜컹거리는 소리와 함께 또 누군가가 들어왔다. 모두가 일제히 소리가 난 쪽을 보았다. 그러자 밀차를 밀며 나타난 두 남자도, 연회장에 사람들이 모여 있는 걸 보고 멈칫하며 걸음을 멈췄다. 유니폼으로 봐서 호텔 직원인 것 같았다.

"아, 저기, 여러분은 왜 여기에 계시죠?" 한 남자가 머뭇거리며 물었다.

"마오쩌산 선생님을 찾고 있어요."

에리코의 대답에 남자들은 놀란 듯 부르르 떨었다. 하지만 금세 미소를 지으며 "왜 여기서 마오쩌산 선생님을? 선생님은 이미 가셨는데요"라고 대답했다.

에리코는 간략하게 통역했다.

"역시."

유코 일행은 서로를 마주 봤다.

"내일은 오실까요?"

"글쎄요, 모르겠네요. 저희는 그 작품이 판매되었으니 오늘 밤 안에 운반하라는 지시를 받았을 뿐이라."

"어머, 이 작품 팔렸나요?"

"잘됐네요."

"네. 죄송합니다, 잠시 실례하겠습니다."

두 남자는 사람들을 헤치듯 조각 쪽으로 다가갔다. 가만히 조각을 올려다보는 창싱 일행을 의아스레 돌아봤다.

"저기, 여러분은 여기서 뭐하시는 거죠?"

"우리도 모르네. 다리오를 따라온 것뿐이라."

"다리오? 그게 누굽니까?"

"저기 안 보이나?"

창싱의 시선 끝을 좇았지만, 사람들의 표정은 더욱 미심쩍어질 뿐이었다. 그때였다. 에리코의 휴대전화가 울렸다. 벨소리는 퀸의 〈Another One Bites the Dust(또 한 놈이 흙으로 돌아가네)〉였다.

"여보세요?" 순간적으로 일본어로 대답한 에리코는 바로 중국어로 바꿔 말했다. "아, 왕 요리장님. 아까는 만나 뵈어서 반가웠습니다. 네? 네, 같이 있는데요. 지금 호텔 최상층입니다. 네, 아트페어 연회장입니다. 네, 그럼 기다리겠습니다."

전화를 끊은 에리코는 유코를 돌아봤다.

"아까 부딪친 왕 요리장이 자기한테 볼일이 있다고, 지금 갈 테니까 기다려달라는데?"

"저한테요? 무슨 일이지?" 유코는 고개를 갸웃거렸다.

"또 모르지. 자기 돌머리에 부딪쳐 크게 다쳤다고, 치료비를 요구할지도." 가즈미가 농담 반 진담 반으로 말했다.

"네? 어쩌지." 유코는 진담으로 받아들인 듯했다.

"왕 요리장이 여기로?"

창싱이 구미코 일행과 마주 보았다.

"왜 온다는 거지?" 창싱이 에리코에게 물었다.

"이유는 못 들었어요."

고개를 젓는 에리코 일행의 옆에는 호텔 유니폼 차림의 두 남자가 조각을 밀차에 실으려 분투하고 있었다.

"젠장, 왜 이렇게 무거워. 꿈쩍도 안 하네."

"조심해."

조각상 속 강강은 안달복달하고 있었다. 두 남자는 이 조각을 밖으로 운반하려는 것 같았다. 미술품으로 꽉꽉 채워져 있었으니 조만간 이런 상황이 닥칠 줄은 알았지만, 그때가 이토록 빨리 올 줄이야. 어떻게 보면 이곳에서 떠날 수 있으니 환영할 일이었지만, 조각을 기울이려는지 곳곳에서 삐거덕거리는 소리가 나서 안에 자신이 있다는 사실이 들통나는 게 아닌가 싶어서 조마조마했다.

"사이즈가 크다고 듣긴 했지만 이렇게 울퉁불퉁한 줄은 몰랐네."

"옆으로 눕히는 수밖에 없겠어."

남자들은 일단 떨어져 조각상을 올려다봤다.

"좋았어, 천천히 눕혀보자고."

"도와드릴까요?" 보다 못한 다다시가 나섰다.

"괜찮습니다. 천천히 밀 테니까 자네가 잘 받치라고."

조각상이 신중하게 기울기 시작했다. 모두가 그 모습을 지켜보고 있었다. 조각상 안에서는 강강이 숨을 죽이고 기울어가는 몸의 무게를 견디고 있었다. 조금씩 기울어가는 조각상.

심두멸각. 다시금 속으로 심두멸각을 외치는 강강이었다.

그때 갑자기 왈왈 하고 날카로운 개 짖는 소리가 울려 퍼졌다.

"엇?"

모두가 동시에 소리가 난 곳을 보았다.

강강은 눈을 부릅떴다. 저 소리는.

그 순간, 그의 마음속에서는 분노와 절망이 격렬하게 교차했다.

어찌 잊을 수 있겠나. 숙적 찬찬의 목소리였다. 저 소리가 들렸다는 건 녀석과 함께……

그렇다, 그 자리에 뛰어든 건 미니어처 닥스훈트 찬찬과 목줄을 쥔 웨이잉더, 그리고 상하이 동물공원의 사육사들이었다.

68

찬찬이 기세를 몰아 호텔의 큰 홀로 뛰어 들어갔을 때, 잉더는 그곳이 어떠한 곳이며, 실내가 어떠한지에 대해 전혀 예측하지 못했다. 좌우지간 강강이 어디 있는지 알아내 데리고 돌아가야 한다. 그의 머릿속은 그 생각으로 가득 차 있었던 까닭에 절대적으로 신뢰하는 찬찬을 따를 뿐이었다. 하지만 도착한 곳은 전혀 생각지도 못한 곳이었다.

찬찬, 그리고 잉더가 뛰어든 순간, 실내에 있던 사람들이 일제히 그들을 돌아봤다.

그 다양한 표정. 응? 뭐지, 여기는?

처음에 눈에 들어온 건 강렬한 색채였다.

벽을 가득 메운 거대한 그림들. 보아하니 미술전 비슷한 행사를 하는 모양이었다.

그리고 거대한 조각상을 운반하려는 남자 둘.

그 모습을 지켜보는 젊은 여자 셋.

그와 별개로 젊은 여자와 젊은 남자, 그리고 수수께끼의 분장을 한 날카로운 눈매의 남자.

모두가 이쪽을 보고 있었다.

경악, 호기심, 낭패.

저마다 표정은 달랐다.

허를 찔린 나머지 잉더는 그 자리에 우두커니 멈춰 섰다. 그와 동시에 손에서 힘이 빠진 찰나, 목줄을 놓치고 말았다. 그때까지 잉더를 잡아끌며 재촉하듯 전력으로 질주하던 찬찬은 해방되자마자 기다렸다는 듯 펄쩍 뛰어올랐다. 찬찬이 향한 곳은 막 밀차 위에 눕혀지려는 조각상이었다. 조각상을 들고 있던 두 남자의 얼굴이 새하얘지며 눈이 휘둥그레졌다.

평소에 동물과 같이 생활하기 때문인지 잉더의 동체 시력도 가오칭제에 뒤지지 않을 만큼 뛰어났지만, 그런 그의 눈에 이 순간은 훗날에도 정확히 떠올릴 수 있을 만큼 또렷하게, 게다가 슬로모션으로 비쳤다.

아, 하고 외치는 제 목소리가 들린다. 허공으로 날아오른 찬찬, 눈을 부릅뜬 두 남자, 그 모습을 바라보는 주변 사람들의 동작이 천천히 잡아 늘리듯 보였다.

그리고 잉더는 제 뒤에서 터져 나온 날카로운 목소리를 들었다.

"거기 당신들, 여기서 뭐하는 건가!"

69

찬찬이 뛰어오른 순간을 목격한 건, 뒤이어 나타난 왕과 웨이위안도 마찬가지였다.

왕은 경악했다.

이유는 알 수 없었지만 아트페어 연회장에 사람들이 몰려 있었다. 이미 연회장은 닫은 지 오래인데, 문이 활짝 열려 있고 안에 불도 켜져 있는 게 아닌가. 그 사실을 추궁할 틈도 없이, 왕과 웨이위안은 연회장에 모여든 사람들과 지금 상황에 시선을 빼앗겼다. 두 사람 또한 잉더 일행과 마찬가지로 그 자리에 굳어버렸다. 먼저 눈에 들어온 건, 왕과 웨이위안이 찾던 여성 삼인조였다.

아, 다행이다. 역시 여기에 있었군. 이제 도장을 되찾을 수 있겠어. 그런 안도감이 왕과 웨이위안이 느낀 첫 소감이었다.

다음으로 아까 왕을 속이려 했던(이라고 왕은 믿고 있었다) 기묘한 차림새의 풍수사를 앞세운 남녀 삼인조.

왜 이런 데 있지? 게다가 왜 아직 여기에 있지? 또 뭔가 속임수를 쓰려는 건가? 그런 의구심이 솟아올랐다. 그리고 거대한 조각상을 밀차에 눕혀 실으려는 두 남자.

왜 연회장에 불이 켜져 있는지, 왕은 그 의문의 답을 찾은 것 같았다. 두 남자는 호텔 직원인 척 조각상을 운반하려 하고 있었지만, 왕의 눈은 그 표정과 거동을 통해 그들이 가짜임을 순식간에 간파해냈다. 거의 모든 직원의 얼굴과 경력을 기억하는 왕은, 어딘가 불량해 보이는 생김새를 보고 아까 계단에서 자신을 덮친 녀석들과 같은 부류임을 간파한 것이다.

녀석들은 도둑이다. 왕은 그렇게 단정을 내렸다.

가장 알 수 없는 건 왕 앞에 있는 작업복 차림의 집단이었다. 선두에 선 남자는 개까지 데리고 있었고, 그 개도 목청이 찢어져라 짖어대고 있었다.

개? 개가 왜 여기에 있지? 이것만큼은 도무지 이해할 수가 없었다. 호텔 안에서는 동물은 이동장에 넣어 데리고 다녀야 하는 게 아니었던가? 하지만 저 개는 반려동물이 아니다. 아무리 봐도 수색견이라고 할까, 경찰견 같은데. 하지만 개를 데리고 있는 녀석들은 경찰관이 아니었다.

대체 무슨 일이 일어나고 있는 거지?

왕은 성큼성큼 연회장으로 들어가 조각상을 옮기는 남자들을 향해 외쳤다. "거기 당신들, 여기서 뭐하는 건가!"

70

이때, 어렴풋이나마 돌아가는 상황을 파악하고 있던 유일한 존재는 조각상 위에 둥둥 떠 있던 다리오뿐이었을지도 모른다. 다리오는 자신의 마음을 사로잡아 자석처럼 끌어당긴 존재가 그곳에 있음을 직감했다. 정확히 말하면 바닥에 눕혀지려 하는 조각상 안에.

그 사실을 알아챈 것은 다리오뿐만이 아니었다. 방금 안으로 뛰어 들어온 갈색 미니어처 닥스훈트가 역시 그 조각에 달려들려 하고 있었다.

그때 귀에 익은 남자의 목소리가 들렸다. 주인을 비탄에 잠기게 한 원인을 제공한 그 남자.

"거기 당신들, 여기서 뭐하는 건가!"

다리오는 반사적으로 흠칫하며 천장까지 뛰어올랐다. 역시 마음 한구석에 트라우마로 남아 있던 것일까. 콩, 천장에 부딪힌 다리오는 그 날카로운 목소리가 다음 순간 불러일으킨 일을, 새삼 '신의 시점'(이라고 하기에는 조금 낮을지도 모르지만)에서 목격하게 되었다.

천장에 부딪힌 다리오를 '아' 하는 입 모양으로 올려다보는 세 남녀의 얼굴.

그중 젊은 남자는 아까까지 계속 다리오를 보려고도 하지 않더니, 지금은 손가락질하며 똑똑히 시야에 담고 있었다.

뭐야, 역시 보이는 거였어. 다리오는 계속 그를 보던 남녀를 대신해 그렇게 중얼거렸다.

그리고 조각상을 운반하려던 두 남자의 얼굴이 왕의 목소리가 울려 퍼진 순간 흉악하게 일그러지는 걸 보았다. 그때까지 숨겨두고 있던 본능이 드러난 것일까. 인간이란 이토록 폭력적인 감정을 내포하고 있는 것인가. 주인의 영화를 통해 폭력에 익숙해져 있던 다리오조차 마음이 서늘해지는 광경이었다.

"이 자식이."

두 사람은 반사적으로 조각에서 손을 떼고 바지 주머니에서 재빨리 칼을 꺼내 들었다. 누가 봐도 몸에 밴 반응이었고, 계단에서 왕을 공격한 괴한과는 차원이 다른 실력이었다. 일상적으로 칼을 쓰는지, 잘 손질된 칼날이 즉시 조명을 받아 번뜩였다. 그 칼을 본 사람들이 동요한 듯 침음을 흘렸다.

하지만 미니어처 닥스훈트는 그에 개의치 않고, 두 남자에게는 눈길조차 주지 않은 채 일직선으로 조각상을 향해 달려들었다.

그런데 칼을 꺼내든 두 남자가 직전까지 하고 있던 일을 기억하는가? 그렇다, 그들은 밀차에 마오쩌산의 조각상을 싣고 운반하려 했다. 석고로 만든 거대한 인물상. 도박 빚에 괴로워하는 마오쩌산(을 본뜬 것인지는 확실하지 않지만)이 몸부림치는 투박한 조각상을 신중하게 눕히려 하고 있었다.

하지만 두 사람이 동시에 손을 놓아버리는 바람에, 조각상은 말 그대로 허공에 내던져졌다. 그렇지 않아도 비스듬히 불안정한 상태에 있던 조각상은 밀차 위로 떨어지지 않고, 모서리와 부딪히는 모양새로 서서히 바닥을 향해 쓰러졌다.

물론 안에 있는 강강도 함께.

아무리 다리오라 해도 거기까지는 보이지 않았지만, 조각상 속 강강은 혼란에 빠져 있었다.

쓰러진다.

이거, 쓰러지고 있는 거 맞지?

나도 같이 쓰러지고 있네.

강강은 이제 충격에 견딜 준비를 하는 수밖에 없었다. 조각상 안에 갇힌 몸이었기에 강강 자신은 어찌할 도리가 없었다. 그렇다면 최대한 낙법을 펼치는 수밖에. 하지만 문제는 그 충격을 이 조각상이 버틸 수 있느냐다.

잘 쓰러지면 다행이지만, 어쩌면…….

대개 이럴 때는 불길한 예감이 적중하게 마련이다.

쿵, 하는 둔탁한 충격이 퍼졌다. 밀차 모서리에 부딪혀 튀어 오른 조각상은 반회전하듯 일단 허공에 떴다가 다음 순간 가파른 각도로 바닥에 내동댕이쳐졌다.

픽.

그 순간, 맑고 낭랑한 소리가 실내 전체에 울려 퍼졌다.

모두 순간 눈을 감고 고개를 돌렸지만, 그래도 하얀 뭔가가 폭발하는 모습을 누구나가 목격했다. 다리오는 그 순간을 천장에서 내려다보고 있었다. 크고 작은 석고 파편이 허공에 흩날리더니, 하얀 연기와 함께 사방으로 튀는 모습을.

조각상이 쓰러진 쪽에는 젊은 여성 삼인조가 있었다. 직접 부딪치지는 않았지만, 조각상을 피하려던 여자가 셋 중 가장 덩치 작은 여자와 부딪쳤고, 여자는 순간적으로 바닥에 쓰러지며 낙법을 펼쳤다. 바닥을 내리치는 '콩' 하는 소리가 울려 퍼졌고, 그 순간 그녀는 손안에 있던 뭔가를 놓쳤다.

자수를 놓은 자그마한 주머니.

그 작은 주머니는 허공에 떠올라 빙글빙글 돌았다.

석고 조각상과 정면으로 부딪친 건 그때 조각상을 향해 달려들던 갈색 개였다. 커다란 파편에 맞아 '깽' 하고 비명을 지르며 자그마한 미니어처 닥스훈트가 허공을 날았다. 개를 안전하게 받기 위해 작업복 차림의 남자가 눈을 부릅뜨고 두 팔을 펼쳐 몸을 구부렸다.

모두가 부서진 조각상에서 눈을 돌렸지만, 다음 순간에는 의아한 표정, 경악한 표정으로 다시 조각상을 보았다.

조각상 속에 또 조각이?

석고 파편의 하얀 연기가 피어오르는 가운데 무언가가 나타났기 때문이었다.

하얗고, 거대하며, 흉포하고 위험한 느낌을 풍기는 무언가가.

하얀 연기 속에서 웅크리고 있던 녀석은 재빨리 일어나 포효했다. 이번에야말로 모두가 비명을 지르며 뒷걸음질 쳤다. 대체 무엇이 나타난 건가? 마치 SF 호러영화에서 미지의 괴수와 조우하는 한 장면 같기도 했다.

다리오는 안타까운 마음을 금할 수 없었다. 여기 주인님이 있었다면 반드시 이 장면을 다음 영화에 넣었을 텐데.

"강강!"

물론 제일 먼저 그 정체를 간파한 건 웨이잉더였다.

제 눈을 믿을 수가 없었다. 설마 이런 곳에 정말 강강이 있을 줄이야.

새하얀 먼지를 뒤집어쓴 찬찬이 코를 박고 깽깽거리며 잉더의 발치를 빙글빙글 돌고 있었다.

그때 왕의 시선은 다른 데 고정되어 있었다. 아까 부딪친 젊은 여자가 쓰러지며 놓친 자수가 수놓인 주머니. 왕은 무의식적으로 그쪽으로 달려가 주머니를 잡으려 했지만, 거리가 먼 탓에 주머니는 허공에 붕 떠 있었다.

저거다.

왕은 숨도 쉬지 않고 주머니의 행방을 좇았다.

그의 눈에도 슬로모션처럼 허공을 나는 주머니가 보였다. 그리고 그 주머니는 하얀 연기 속으로 날아갔다. 더 정확히 말하자면, 조각상 안에서 뛰쳐나온 괴수(석고 조각으로 투톤 컬러의 털이 하얗게 되어버린 강강) 쪽으로. 요컨대 허공을 향해 사납게 포효하는 판다의 입속을 향해 일직선으로 날아간 것이다.

"안 돼!"

왕의 입에서 터져 나온 비명에 판다는 순간 흠칫하더니 반사적으로 입을 닫았다. 다음 순간, 꿀꺽, 하고 주머니를 삼키는 소리를 아마 웨이위안도 들었을 것이다. 그리고 하얀 연기가 서서히 가라앉음과 동시에, 기묘하면서도 불온한 침묵이 주변을 뒤덮었다.

71

여기서.

시간을 조금 거슬러 올라가보자.

독자들은 이미 잊었을지도 모르고, 당사자인 잉더조차 잊고 있었기에(신경 쓸 상황이 아니었다) 어쩔 수 없지만, 상하이 동물공원에서는 동물원의 직원과 WWF 직원과의 열띤 논의가 한창 이어지고 있었다.

WWF의 주요 활동 중 하나는 야생동물 보호이다. 야생동물의 보호는 곧 그 서식지인 자연을 보호하고 유지하는 것이기도 하다. 그 목적은 최근 전 세계적으로 종의 유전자를 보존하고 번식에 힘을 쏟는 동물원과도 일치했다. 논의의 중심이 된 건 WWF의 로고 마크이자 중국을 대표하는 야생동물이기도 한 판다였다(상하이 동물공원의 판다 사육사들이 모두 자리를 비운 상황에 의문이 들지 않았던 것일까? 신기한 일이다).

판다를 둘러싼 상황은 어떠한가.

판다의 개체수를 늘리기 위해서는 어떻게 해야 하는가.

판다의 서식지를 지키기 위해서는 무엇이 필요한가.

활발한 논의와 함께 몇몇 제안이 나왔고, 그 실현을 위해 합의를 도출하고 있었다. 그것이 자신들에게 큰 영향을 미치게 되리라고는 잉더도, 강강도, 지금은 아직 알지 못했다.

72

"녀석들에게 들키지는 않았겠지?" 겐지는 가만히 호텔 복도를 들여다보며 무선으로 부하에게 속삭였다.

조용한 복도에는 아무도 없었다. 경찰들은 바깥으로 나간 모양이었다.

"네, 무사합니다. 하지만 녀석들이 아까 엄청난 기세로 달려가는 걸 봤습니다. 사방으로 흩어져 수색하는 모양입니다. 여기도 곧 들이닥칠지도 모르겠네요." 상대도 소곤거리며 대답했다.

"그럼 너희는 각자 흩어져서 멀리 돌아가라. 조용히 말이야."

겐지는 다시 방으로 돌아왔다.

"보스는 어쩌시려고요?"

"좀 시간이 지난 뒤에 나가야지."

"차는 어떻게 할까요?"

"커버 있나?"

"있습니다. 늘 가지고 다니라고 하시지 않았습니까."

그들의 애차는 눈에 띄기에 종종 위장 공작을 펼쳐야 할 상황이 생긴다. 그에 대비해 커버는 늘 갖고 다니도록 철저하게 교육했다.

"잘했어. 커버를 씌워놔."

"알겠습니다."

"그럼 나중에 다시 연락하겠다."

"조심하십시오."

무선을 끊자 거한과 통통한 남자가 함께 겐지를 보았다. 통화 내용을 엿듣고 있던 모양이었다.

"괜찮나?" 거한이 물었다.

"괜찮을 것 같습니다. 숨겨주셔서 감사했습니다." 겐지는 꾸벅 고개를 숙였다.

"미국 서해안에 진출할 때는 나한테 연락해. 알았지, 꼭이야."

거한의 진지한 표정에 통통한 남자가 쓴웃음을 지었다.

"그때는 잘 부탁드립니다."

겐지는 그렇게 대답하고 조용히 방을 나왔다.

73

매기 리 로버트슨은 온몸에서 피가 빠져나가는 기분을 느꼈다.

"······무슨 소리야?"

"둥웨이위안이 달아났어."

"뭐라고?"

식은땀이 배어났다. 입찰도 안 끝났는데?

"사무소 금고는 텅 비었고, 서류도 사라졌어. 오래전부터 준비한 모양이야."

이어폰 너머에서 들려오는 목소리도 바싹 마른 걸 보아하니, 매기와 마찬가지로 피가 마르는 모양이었다. 배후에서 복수의 수사관들이 돌아다니는 기척이 났다.

"한마디로 이번 거래는······."

"아마 처음부터 엎어버리려던 게 아니었을까. '박쥐'를 가지고 자취를 감춘 거지."

매기는 아연실색했다. 주변의 소음이 멀어지며 순간적으로 소리가 모두 사라진 듯한 착각을 느꼈다.

그 어중간한 가격. 지금까지 나왔던 물건들과는 격이 다른 작품인데. 무엇보다 '옥'이었다. 처음부터 미심쩍기는 했다. 몸값도 보통이 아니리라 생각했는데, 상황은 원활하게 돌아가지 않았고 고객들도 영 미적지근한 태도를 보였다. 그것이 전부 시간 벌기였다면. 돌려줄 생각은 처음부터 없었고, 일단 입찰하는 시늉만 했을 뿐이라면.

"손자를 여기저기 심부름 보낸 건 눈속임이었어. '박쥐'와 비슷한 도장을 여러 개 의미심장하게 뿌려놓고 눈속임에 이용한 것이겠지.

우린 동웨이위안 손에서 놀아난 셈이지."

감정이 깃든 목소리에 매기는 숨을 삼켰다. 그래, 손자가 있었지.

"손자는? 손자는 거기 있지?" 매기는 힘주어 물었다.

"그래." 떨떠름한 대답이 돌아왔다. "보아하니 단순한 심부름꾼이
야. 중요한 건 아무것도 알려주지 않았어. 아마 할아버지가 혼자 들
고 튈 작정이었다는 것도 모를걸."

"찾아봐." 매기는 중얼거렸다.

"뭐라고?" 무선 너머에서 되묻는 소리가 났다.

"웨이위안을 찾으라고."

아까 그 어린애를 이용해 매기를 감시했던 건 웨이위안이다. 아
까 전까지 웨이위안은 그 가게 2층에 있었다.

"아직 그리 멀리 못 갔을 거야. 웨이위안이 '박쥐'를 갖고 있어.
분명히 몸에 지니고 있을 거야. 도망치게 둘 수는 없어. 동료들에게
연락해서 찾아야 해!"

매기의 눈이 번뜩였다.

74

이리하여 주요 인물의 절반이 한자리에 모인 이 현장에서, 일단
은 허공에 뜬 다리오에게 일어난 사건을 기록해야겠다.

강강의 출현을 주인에게 보여주지 못한 걸 아쉬워하던 다리오는 다음 순간, 뭔가가 자신을 강하게 잡아끄는 감각을 느꼈다.

사실 이때, 석고상이 부서지며 산산조각 난 커다란 파편이 다리오와 마찬가지로 허공에 떠 있던 미니어처 닥스훈트의 코를 때렸을 때, 그 충격으로 찬찬은 순간적으로 정신을 잃었다.

그때 찰나이기는 했지만 뻥 하고 공백이 생겼다. 의식이 없는 찬찬이라는 개의 몸속에 말이다. 그 공백이 다리오를 끌어당긴 것이다. 우연인지, 자연의 섭리인지, 때마침 다리오의 무의식적인 바람이 그 기회를 포착했기 때문인지는 모른다.

어찌되었든 그 사건은 일어났다. 다음 순간, 다리오의 의식은 찬찬 속에 스윽 들어가 딱 들어맞은 것이다. 그보다 조금 늦게 찬찬도 의식을 되찾았지만, 그 의식은 다리오에게 밀려 구석에 쪼그라들고 말았다. 바닥에 나동그라져 깽깽대던 찬찬의 비명은 고통을 호소하는 것임에 동시에, 한 몸에 두 의식이 담긴 것에 따른 당혹감과 혼란의 표출이었다.

다리오는 다리오대로 갑자기 시점이 바닥 근처로 돌아와(그것은 무척 그리운 감각이었다), 당황하기는 했지만 자신에게 일어난 사건을 어렴풋이 파악했다.

자신의 빙의에 놀란 개가 깽깽거리는 소리가 들리기는 했지만, 이 기회에 해야 할 일이 있다는 것도 자각했다. 다리오는 자신이 눈앞에 서 있는 하얀 괴물에 이끌려 이곳에 온 건, 이 순간을 바라고 있었기 때문이라는 걸 알아챘다.

실체를 손에 넣은 지금, 그는 곧바로 그 행운을 최대한 이용하기 위해 찬찬의 저항에도 아랑곳하지 않고 재빨리 방을 뛰쳐나갔다.

75

모든 사람이 서로 눈치만 보다가 옴짝달싹 못하게 되어버린 상황에서 제일 먼저 방을 뛰쳐나온 건 다리오(찬찬)였지만, 그것을 신호로 다양한 일들이 연속해서 일어났다.

칼을 든 두 명의 괴한은 자기들 뒤에 하얀 괴물이 서 있는 걸 보고 대경실색해 황급히 펄쩍 뛰어 자리를 벗어났다. 그중 한 남자가 이동한 곳에는 유코가 바닥에 손을 짚은 채 낙법 자세를 취하고 있었다.

괴한은 이때 반사적으로 유코의 등 뒤에 쭈그리고 앉아, 그녀를 껴안고는 목에 버터플라이 나이프를 들이댔다.

가즈미와 에리코가 숨을 삼켰고, 왕과 웨이위안이 "앗" 하고 소리쳤다. 천하의 유코도 허를 찔렸는지 상대의 멱살을 잡지도 못하고 당황한 표정을 지었다.

이게 무슨 상황이지? 유괴? 납치? 아, 혹시 인질? 나 지금 난생처음으로 인질이 된 건가?

　작업복 주머니에서 마취총을 꺼내들었던 웨이잉더는 괴한이 눈앞의 젊은 여성의 목에 나이프를 들이댄 걸 보고 동요했고, 게다가 아직 석고 분진이 주변에 흩날리고 있어서 강강의 모습을 포착하는 게 늦어졌다.

　하지만 강강은 숙적인 잉더가 눈앞에 나타난 것을 알아챘고, 마취총도 인식했다.

　저걸 쏘는 순간 끝이다.

　위기감을 느낀 순간, 잉더의 시선이 흔들리며 마취총을 겨누는 게 늦어진 사실도 간파했다. 그리고 강강 또한 반사적으로 다음 행동에 나섰다.

　유코를 붙잡고 그 목에 칼을 들이대는 남자가 바로 눈앞에 있었다. 강강은 그 뒤로 이동해 남자의 옷 목덜미를 덥석 물어 들어 올렸다.

　"헉."

　유코와 마찬가지로, 이번에는 괴한이 허를 찔린 표정을 지었다.

　요컨대 정면에서 보면 가장 앞에 쭈그리고 있는 유코, 그 뒤에 엉거주춤하게 서 있는 괴한, 그 뒤에 강강의 거대한 몸이 도미노처럼 늘어선 구도였다. 그때 어째서인지 오즈누 다다시의 머릿속에는 '브레멘 음악대'라는 단어가 떠올랐다. 그 이야기에 등장하는 동물들이 피라미드처럼 작은 동물이 큰 동물 위에 올라탄 모습을 연상한 것이다.

다다시는 힐끗 옆의 루창싱과 아베 구미코를 보고 그 모습에 흠칫했다. 둘 다 엄청난 충격을 받은 표정이었다. 그야말로 얼어붙은 것처럼 꿈쩍도 하지 않고, 얼굴은 하얗게 질려 있었으며(창싱은 원래 분장을 하고 있었기에 잘 알아볼 수는 없었지만), 눈을 부릅뜨고 있었다.

뭘 보는 거지?

두 사람의 시선이 멎은 곳을 본 다다시 역시 숨을 삼켰다.

저, 저건 대체.

"강강! 놔줘!" 잉더는 새하얗게 질린 얼굴로 손을 흔들었다.

물론 강강은 듣는 시늉도 하지 않았고, 으르렁하고 불온한 소리를 내며 오른쪽 앞다리를 남자의 머리 옆에서 붕붕 흔들었다. 누가 봐도 위협 행위였다. 저 다리로 남자의 뺨이라도 한 대 치면, 남자가 붙잡은 여성도 같이 날아갈 터였다. 게다가 그러다 남자가 손을 잘못 놀려서 칼이 여성의 목을 파고들기라도 한다면. 잉더는 숨이 멎을 것 같았다.

"유코!" 가즈미가 외쳤다.

"경비원을 불러."

"아니, 경찰을."

동물공원의 직원들이 저마다 외치며 밖으로 뛰쳐나갔다.

경찰을 부른다는 소리에 동웨이위안이 흠칫하며 반응한 걸 왕은 놓치지 않았다. 애초에 경찰이 달갑지 않은 건 왕도 마찬가지였다. 그나저나 일이 성가시게 됐다. 두 사람은 몰래 서로를 마주 봤다. 저 맹수의 몸속에 도장이 있다.

76

사실 유코와 괴한이 이중의 인질 상태가 된 충격적인 사건이 발생한 이 현장에서, 가장 충격을 받고 동요한 건 창싱과 구미코, 그리고 조금 늦게 합류한 오즈누 다다시였을지도 모른다.

지금 그들을 정면에서 본다면 거의 뭉크의 '절규'를 셋이서 재현하고 있는 모양새이리라.

이 세 사람은 저마다 강력한 조상신에게 보살핌을 받고 있었다. 오래도록 이어지는 가문, 나름대로 이름난 가문의 후예로서 자부심과 자각을 가지고 있었다. 다다시의 각성이 다소 늦기는 했지만, 지난 반나절 동안 완전히 각성했다고 해도 좋으리라.

하지만 이 세 사람이 단결해 덤벼도 대적할 수 없는 존재가 지금 눈앞에 나타났다. 정확히는 새하얀 분진 속 하얀 판다의 너머로.

"저건……."

"저게 대체……."

"뭐지?"

세 사람은 동시에 중얼거리며 슬쩍 서로를 보았다. 말 그대로 주박에 걸린 것처럼 꼼짝도 할 수 없었던 것이다. 마찬가지로 세 사람의 뒤에서 나타난 조상신들도 동요했는지, 작은 천둥이며 뇌운 같은 게 우르릉거리며 공명하고 있었다.

하얀 판다의 뒤로 어른거리는 거대한 그림자. 그것은 너무나 거대해서 그 전모를 파악할 수 없을 정도였다. 거무스름한 보라색과 노란색 그림자가 꿈틀거리며 흔들리더니, 소용돌이치듯 빙글빙글 돌았다. 뭔가 불길한 것 같기도 하면서 고귀한 것 같기도 한, 어마어마한 요기와 존재감을 내뿜고 있었다.

"용……?"

"옥황상제?"

"울트라Q?"

세 사람은 저마다 중얼거렸다. 물론 마지막은 오즈누 다다시가 한 말이었다.

"뭔지는 모르겠지만." 창싱은 식은땀이 등줄기를 타고 흘러내리는 걸 느꼈다. 이런 살 떨리는 경험을 한 건 난생처음이었다. "저런 걸 데리고 있는 녀석을 상하이에 둘 수는 없어. 어딘가 아주 멀리 보내버려야 해."

"울분과 원한의 냄새가 지독하네요. 그게 쌓이고 쌓여, 저런 걸 불러들인 거겠죠."

"도망치죠, 아무리 봐도 소라고둥 마왕을 퇴치했다는 전설이 있는, 야마부시의 상징 좀 분다고 물러날 것 같지는 않은데요."

그렇게 말하면서도 세 사람은 모두 그 자리에서 꼼짝하지 않은 채 그 거대한 그림자에서 눈을 떼지 못했다.

77

필립 크레이븐은 뒤늦게 허기를 느끼고 허겁지겁 초밥을 먹고 있었다. 차를 마시고 한숨 돌리자 그제야 꿈에서 깨어난 것 같은 기분이 들었다.

지난 며칠간 일어난 사건은 마치 흑백 무성영화를 보는 것 같았다. 어디 멀리에서 달칵거리며 필름이 돌아가고 있고, 이곳은 자신과 상관없는 세계처럼 느껴졌지만 배가 차자 서서히 세계에 빛깔이 돌아왔다.

"필, 괜찮아?"

"현세로 돌아오고 있는 모양이군."

존과 팀의 목소리도 똑똑히 들렸다.

"그런 것 같아."

오랜만에 자기 목소리로 이야기하는 실감이 솟아올랐다.

그때 왈왈왈왈 짖는 소리가 들렸다. 셋은 문 쪽을 보았다.

"개?"

"그런 것 같은데."

"소형견 같아."

"복도에 있는 건가?"

세 남자는 귀를 기울였다. 개 짖는 소리는 계속 이어졌고, 문을 발톱으로 긁는 소리도 났다.

"왜 호텔에 개가 있지?"

자리에서 일어나 방문으로 간 존이 문을 살며시 열었다. 그러자 갈색 그림자가 쌩하고 뛰어 들어와 일직선으로 필립 크레이븐을 향해 달려갔다.

"앗."

미니어처 닥스훈트가 그의 다리에 달려들어 몸을 비볐다.

"누구 개지?"

"목줄을 하고 있는데."

"주인이 잃어버렸나?"

"그런데 왜 이 방으로 온 거지?"

필립 크레이븐은 숨을 삼키며 개를 바라보더니 눈을 부릅떴다.

이 움직임. 천천히 양 뺨을 번갈아 몇 번이고 비비며, 신발에 손을 올리고 한숨 돌리는 모습.

그리고 힐끗 필립을 올려다보며 꼬리를 마는 모습은……

"다리오!"

"잉?"

존과 팀이 동시에 얼빠진 소리를 냈다.

"다리오야! 이 아이는 다리오라고!"

금방이라도 울음을 터뜨릴 것처럼 개를 안아 들고 뺨을 비비는 필립.

"필, 그게 무슨 소리야."

"칫, 간신히 현세로 돌아왔나 했더니 또 다른 방향으로 가버리려는 건가."

두 사람은 황급히 필립에게 달려왔다.

필립은 세차게 고개를 저었다. "아니, 이 애는 다리오야. 난 알아. 다리오는 이 개의 모습을 빌려 나에게 돌아온 거야. 그렇지 않으면 이 방을 어떻게 알았겠어. 무엇보다 봐, 난 동물 털 알레르기가 있는데 증상이 하나도 안 나타나잖아! 미안해, 다리오. 그렇게 험한 꼴을 당하게 해서."

개는 또다시 울음을 터뜨리려는 필립의 얼굴을 올려다보더니 몸을 빼려 했다. 필립이 흠칫하며 손을 떼자, 개는 필립이 애용하는 핸디카메라 쪽으로 쪼르르 달려가 빙글빙글 돌았다.

"다리오, 왜 그래?"

필립은 카메라 앞에 쭈그리고 앉았다. 한동안 손대지 않고 방치했던 카메라였다. 개가 꼬리로 카메라를 말려는 걸 보고 필립은 또다시 눈을 부릅뜨고 빤히 개를 뜯어보았다.

아, 이 동작은. 내가 슬럼프에 빠지거나 카메라를 건드리기도 싫어서 손을 놓고 있을 때 다리오가 하던 동작이다. 생각해보면 늘 다리오를 촬영장에 데려갔던 건 다리오가 항상 영감을 주었고 카메라를 들 계기를 만들어주었기 때문이 아니었던가.

"알았어, 다리오." 필립은 가만히 카메라를 들었다.

개는 카메라를 든 필립을 잠시 올려다보더니, 이내 문을 향해 냅다 뛰었다.

"어디 가는 거야, 다리오."

필립은 황급히 개를 뒤따랐다. 얼른 열라는 양 발톱으로 문을 긁는 개. 필립은 의아한 표정으로 개를 내려다봤지만, 개는 반짝이는 눈동자로 그를 올려다볼 따름이었다.

"가고 싶은 곳이 있구나."

단념하고 문을 열자 또다시 개는 냅다 뛰었다.

"다리오!"

"필!"

필립은 등 뒤로 터져 나온 존의 목소리를 들으며 개를 쫓아 넓은 복도로 뛰쳐나왔다.

78

"청룡반점에서 신고 접수."

"최상층 연회장에서 폭발음이 났답니다."

"청룡반점에서 신고 접수."

"호텔 청룡반점에 상하이 동물공원에서 탈출한 맹수가 잠입한 모양입니다."

"맹수? 맹수가 어떻게 호텔에……."

"청룡반점에서 신고 접수."

"호텔 연회장에서 칼을 든 괴한이 난동을 부린다고 합니다."

"괴한은 둘입니다."

"인질을 잡고 농성하는 중."

"청룡반점에서 신고 접수."

"다수의 미술품이 도난당했답니다. 물품 손괴도 발생했습니다."

"청룡반점에서 신고 접수."

"맹수가 인질을 잡았다고…… 어?"

"인질을 잡은 건 괴한 아냐?"

"아니, 하지만 그와 별개로 맹수가 인질을 잡았다는데."

"그게 무슨 소리야."

"청룡반점에서 신고 접수."

"이번에는 또 뭐야."

"수색견이 사라졌답니다. 실종됐다고."

"……대체 청룡반점에서 무슨 일이 벌어지고 있는 거야."

79

상하이경찰이 다수의 신고로 혼란에 빠져 있는 동안에도 사태는 조금씩 움직이고 있었다. 또다시 옴짝달싹 못하는 상태에 빠져 있던 연회장의 일동 중에서, 이 자리에서 다음 움직임을 보인 건 강강이었다.

강강이 순간적으로 남자의 옷 목덜미를 문 건 단순히 웨이잉더의 마취총에서 도망치고자 남자를 방패로 삼으려 했던 것이지만, 그 행동이 의도치 않게 모든 인간들을 제어하고 있다는 사실을 강강은 알아챘다.

아무도 강강에게 접근하지 않는다.

연회장 입구에서는 경비원과 직원들이 모여서 상황을 살피고 있었다.

아하, 내가 물고 있는 이 남자와 이 남자가 붙잡고 있는 여자에게 위해가 가해지면 곤란하고, 각자가 위해를 가할 가능성이 있다. 인간들은 그렇게 보는 거군. 그것이 이 균형 상태를 만들어낸 것이다. 그렇다면 이 상태를 유지하면 내 목적도 달성할 수 있을지도 모른다. 그러려면 일단 이 장소에서 탈출해야 한다. 침착함을 되찾은 강강은 그제야 주변 인간들의 표정을 관찰할 여유가 생겼다.

그때, 뭐라고 강렬한 사념을 보내는 세 남녀가 눈에 들어왔다.

이것들은 뭐야.

강강은 세 인간을 주시했다.

한가운데에 선 기묘한 차림새의 남자.

얼굴에는 괴기스러운 분장. 뭐지, 이 남자의 얼굴에서 느껴지는 기묘한 술렁임은(그것은…… 이하 설명 생략).

그 옆의 긴 머리 여자. 창백한 얼굴로 기도하듯 손을 모으고 이쪽을 똑바로 바라보고 있었다.

반대편의 젊은 남자. 그 역시 손을 모으고 있었지만, 여자와 달리 집게손가락만 세운 채 모으고 뭐라 중얼중얼 되뇌고 있었다.

그 세 사람에게서는 범상치 않은 기운이 느껴졌다. 왠지 뭔가를 강강에게 전하려는 것 같았다.

그때, 한가운데의 남자가 손을 흔들며 연회장 입구 쪽을 가리켰다. 그 핏발 선 눈으로 이쪽을 보며 연신 고개를 끄덕였다.

저 사인은 뭐지?

그러자 옆에 있는 여자 역시 고개를 끄덕이더니 남자와 같은 방향을 가리키는 것이 아닌가.

"역시 방향은 저쪽이죠."

"음, 처음으로 의견이 일치했군."

"귀문鬼門 말이죠?"

세 사람이 수군덕거리는 소리를 알아들을 수는 없었지만, 강강은 그들이 하려는 말을 이해했다. 저 방향으로 가라는 건가.

인간들이 하는 말이기는 했지만, 강강은 본능적으로 그 방향이 옳다는 걸 깨달았다. 녀석들이 아군인지는 아직 판단할 수 없었지만, 어찌된 영문인지 강강을 여기서 도망치도록 도우려는 것 같았다. 강강은 아까부터 옹송그린 자세로 그저 칼을 쥐고 있을 뿐인 또다른 괴한을 힐끗 보았다. 으르렁거리자 남자의 몸이 한층 더 움츠러들었다.

녀석과 눈을 맞춘 채 강강은 조용히 움직였다. 목덜미가 잡힌 괴한이 흠칫한 표정을 지었지만, 강강이 잡아당기니 같이 움직이는 수밖에 없었다. 한마디로 괴한에게 붙잡힌 유코 역시 반 박자 늦게 움직이기 시작했다.

강강은 괴한들이 반입한 밀차에 올라탔다. 남자와 유코도 그를 따랐다. 두 사람과 한 마리를 태운 밀차는 삐거덕거리는 소리를 냈다.

강강은 괴한을 보던 시선을 밀차의 손잡이로 이동했다.

괴한은 '?' 하는 표정이었지만, 사인을 보내온 세 남녀도 괴한을 보며 손잡이를 가리켰다. 괴한은 그제야 무슨 뜻인지 알아챘는지 황급히 칼을 집어넣고 밀차 손잡이를 잡았다. 그러고는 조용히 밀차를 밀어 연회장에서 밖으로 나갔다.

주변 공기가 움직이는 게 느껴졌다. 소리 없는 웅성거림이 터져 나왔고, 입구에 모인 사람들이 자리를 옮겨 밀차가 지나갈 수 있도록 길을 터줬다.

밀차 위에는 사나운 눈매의 판다가 앉아 앞다리를 남자의 어깨에 올려놓고 있었다. 그 남자 앞에는 목에 칼이 들어온 채 눈을 동그랗게 뜬 젊은 여자. 어째서인지 그들을 삼면에서 에워싸듯, 보는 사람에 따라서는 수호하듯 세 남녀가 밀차를 따르고 있었다.

"뭐야, 저 녀석들은. 역시 한패였나." 왕이 나지막하게 혼잣말을 중얼거렸다.

"아는 사이입니까?" 웨이위안이 놓치지 않고 물었다.

"아까 저한테 이상한 소리를 했던 녀석들입니다. 옥에 대해서 아는 것 같았습니다."

"뭐라고요?" 웨이위안의 표정이 험악해졌다.

저들은 조직원도, 경찰도 아니다. 그밖에도 옥을 가로채려는 녀석들이 존재하는 건가?

"이대로 도망치게 둘 순 없지."

"물론입니다."

두 사람은 고개를 끄덕인 뒤 밀차를 눈으로 좇으며 슬금슬금 움직였다.

정적에 휩싸인 복도에 삐거덕거리는 소리를 내며 밀차가 굴러갔다. 모두 5미터쯤 떨어진 곳에서 밀차 위 두 사람과 한 마리를 보고 있었다. 밀차는 업무용 엘리베이터 앞까지 나아갔다. 밀차를 밀던 남자가 엘리베이터 버튼을 누르자, 이 층에 서 있었는지 바로 문이 열렸다.

엘리베이터 안으로 들어가는 밀차. 함께 들어가는 기괴한 차림새의 남자와 여자.

문이 천천히 닫혔다. 그러자 나머지 사람들이 앗, 하고 일제히 엘리베이터로 달려갔다.

"내려가는데."

"지하인가."

"차에 타려는 거야."

"경비원, 1층으로 내려가."

저마다 흩어지는 사람들. 소란스러운 분위기 속에서 모두가 움직이기 시작했다.

"어쩌지."

가즈미와 에리코는 서로를 마주 봤다. 아까까지만 해도 즐겁게 중화요리를 먹고 있었는데 어쩌다 이런 데서 이런 일을 당하게 된 걸까.

"죄송해요, 제가 같이 있었는데."

고개를 숙이는 에리코를 보고 가즈미가 고개를 저었다.

"무슨 소리야, 자기 잘못도 아닌데. 그나저나 유코가 누군가를 납치하면 몰라도, 설마 납치당하는 쪽이 되다니."

"뒤쫓아가죠."

"당연하지."

두 사람은 다른 사람들처럼 계단을 뛰어 내려갔다.

80

"어때, 찾았어?"

"아니, 그쪽은?"

"젠장, 놓쳤나."

무선이 오가는 가운데, 가오칭제는 초조한 기색을 숨기지 못했다. 오늘이야말로 '스시 구이네이' 녀석들을 현행범으로 체포해, 본보기로 삼겠다 다짐했는데. 바이크도 못 찾았고, 녀석들은 거미 새끼들이 흩어지듯 내뺐다. 정말이지 도망치는 건 빠르군.

멀리서 울려 퍼지는 귀에 익은 사이렌 소리.

"음?"

가오칭제가 뭔가 심상치 않은 기운을 느낀 건, 그 사이렌 소리가 점점 늘어났기 때문이었다.

"뭐지?"

"뭐가 이렇게 많아?"

수사관들이 걸음을 멈추고 서로를 바라보았다.

한두 대가 아니었다. 사이렌은 사방에서 들려오고 있었고, 소리는 모두 이쪽을 향해 다가오고 있었다. 순식간에 회전등의 불빛이 한데 뒤엉켜 모여들었다.

"누가 지원 요청했어?"

"이쪽으로 오는데."

그런 이야기 소리조차 지워질 정도로 대량의 사이렌이 부근의 빌딩가에 울려 퍼졌다.

그때 가오칭제의 휴대전화가 울렸고, 그는 바로 전화를 받았다.

"나야. 뭐? 그래, 지금 청룡반점 근처야. 이 소란은 뭐야? 상하이 시내를 순찰하던 경찰차가 모두 집결한 줄 알았네." 가오칭제는 귀를 막고 언성을 높였다. "뭐라고?"

한동안 설명을 듣던 그는 아연실색한 표정을 지었다.

"호텔에 탈주한 맹수가 들어왔고 도둑이 인질을 잡고 위협하고 미술품이 도난당해 파손된 데다 맹수도 인질을 잡고 개가 행방불명 됐다고? 그 모든 일이 지금 청룡반점에서 일어나고 있단 말이야?"

가오칭제는 자신도 모르게 네온사인이 빛나는 호텔을 올려다보았다.

81

엘리베이터 문이 느리게 열렸다.

탔을 때와 같은 상태로 말 없는 여섯 명 플러스 한 마리가 밖으로 나왔다. 업무용 엘리베이터 속도는 느린 편이었지만, 그래도 위층에서 허겁지겁 내려온 직원들은 문이 열리기 전에 도착하지 못했다.

인기척 없는 복도는 고요했다. 범상치 않은 분위기의 일행이 조용한 복도를 지나는 광경은 실로 기묘하기 짝이 없었다. 유코는 아직도 자신이 처한 상황을 파악할 수 없었지만, 왠지 오소나에모치_{동그란 찰떡으로, 눈사람처럼 겹쳐놓는 공물}가 된 기분이었다. 목에 들이댄 칼의 존재감이 느껴졌고 그녀를 붙잡은 남자도, 그리고 그 뒤에 버티고 있는 판다의 기척도 느껴졌지만 조금씩 침착함을 되찾고 있었다.

음, 이 녀석을 어떡하지. 관절기를 걸어버리고 싶은데. 유코는 손이 근질근질했다.

아니, 잠깐만. 섣불리 움직이면 안 돼. 이 남자는 칼을 다루는 게 능숙해 보이고 아까도 주저 없이 나한테 칼을 들이댔으니, 여차하면 바로 베어버릴 것 같다. 그나마 희망을 걸어보자면 내가 유도 유단자인 걸 모른다는 점일까. 틈을 노려 허를 찌를 수 있으면 좋은데. 유코는 살며시 눈을 굴려 양옆에서 걸어가는 남녀를 보았다. 이 사람들은 무슨 생각이지? 이 남자들의 동료인가?

곧게 뻗은 복도에는 모퉁이도 없어서 허를 찔러 기습할 만한 곳은 보이지 않았다. 게다가 문제는 이 남자 뒤에 사나운 판다가 있다는 것이었다. 저 판다, 어쩐지 낯이 익은 것 같은데. 기분 탓인가. 뭐, 판다는 겉보기에 모두 비슷하니까 그런 걸지도 모르겠지만. 남자보다 판다가 더 위험하다. 저 판다가 남자에게 위해를 가하면, 남자의 손이 삐끗해 칼이 내 목에…… 그렇게 되면 어쩌지?

유코는 본능적으로 등골이 오싹해지며 식은땀이 났다.

아아, 스트레칭하고 싶다. 움직이지 못하는 게 이렇게 괴로운 일이구나. 몸 곳곳이 결렸다. 호조 선배와 가토 선배는 어쩌고 있을까? 모처럼 푹 쉬려고 낸 휴가가 엉망이 되어버렸네.

다음 순간, 유코는 숨을 삼키며 제 손을 보았다. 그러고 보니 아까 내가 갖고 있던 도장은 어디 간 거지? 내 정신 봐, 중요한 도장을 잊고 있었네. 하지만 이 상황에서 도장이 문제가 아니지.

밀차는 막힘없이 출입구에 도착했다. 그대로 차내로 진입할 수 있도록 바닥을 높게 만들어두었다. 그곳에는 이미 커다란 회색 봉고차가 서 있었다. 밀차를 밀던 남자가 재빨리 운전석으로 들어가더니, 다시 나와 트렁크를 열었다.

유코 일행은 밀차와 함께 트렁크에 실렸고, 좌우에 일본인 남녀가 앉았다. 얼굴을 반씩 다르게 칠한 남자는 조수석에 앉았다.

"어, 어디로 가면 되지?" 운전석에 앉은 남자는 힐끗 뒤쪽을 보며 물었다.

"저쪽."

세 남녀가 동시에 같은 방향을 가리켰다. 으르렁 소리를 내는 걸 보니 판다도 동의한 것 같았다.

"저쪽이라니……." 운전석의 남자는 난감한 표정을 지었다.

조수석에 앉은 기괴한 차림새의 남자가 말했다. "일단 출발해. 상하이 교외로 가. 가면서 지시할 테니."

대체 뭐가 어떻게 돌아가는 거지? 우리를 어디로 데려가려고? 천하의 유코도 상황이 이러니 불안해질 수밖에 없었다. 이런 비좁은 차에서 난투극이라도 벌어지면 큰일인데. 어쩌지. 어쩌면 좋지.

왈왈왈, 개 짖는 소리가 들렸다. 판다가 흠칫했다. 개를 싫어하는 모양이었다.

"찾았다, 저기다!"

"벌써 차에 탔어!"

우르르 달려오는 발소리를 뒤로하고 차는 조용히 출발했다.

82

휴대전화 벨소리에 에리코는 화면을 보았다. 겐지의 전화였다.

"무슨 일이야?"

"지금 어딥니까?"

숨죽인 목소리. 무슨 일이 있는 건가.

겐지는 폭주족 시절의 오랜 습관 때문인지, 통화할 때는 지금도 에리코에게 존댓말을 썼다.

"아직 청룡반점이야. 좀 문제가 생겨서."

"나도 청룡반점입니다."

"어머, 그래? 배달이야?"

"네. 짭새들이 주변에 진을 치고 있어서 움직일 수가 없네요."

그렇게 된 일이군. 에리코는 곧바로 사정을 파악했다. 부자연스러울 정도로 이가 하얗고 열정 넘치는 가오칭제의 이야기는 익히 들어 알고 있었다. 그렇다면.

"그럼 당신 차는 이 근처에 있는 거야?"

"네. 스페어 키 갖고 있죠?"

"물론이지. 늘 가지고 다니잖아."

"나 대신 데리고 와줄래요? 커버로 덮어서 근처에 세워뒀습니다." 겐지는 주차한 위치를 설명했다.

"마침 잘됐네. 장거리 좀 뛰어야겠어."

"지금부터? 어디로?"

"좀 볼일이 있어서. 오늘 밤 안으로는 돌아갈 거야."

"네?"

혼란에 빠진 겐지의 목소리를 무시하고 에리코는 전화를 끊었다. 그러곤 앞서가는 가즈미를 향해 말했다.

"호조 선배. 저, 바이크 좀 가져올게요."

"바이크? 어디 있는데?"

"근처에요."

에리코는 계단을 뛰어 내려갔다.

83

다리오(=찬찬)와 필립 크레이븐 일행은 다른 직원들보다 한발 앞서 아래층에 도착했다.

"저, 저게 뭐야."

봉고차로 들어가는 밀차를 목격한 그들은 순간적으로 그 자리에 멈춰 섰다. 팀이 믿을 수 없다는 듯 연신 눈을 비볐다.

"내가 헛것을 본 건가? 내 눈에는 진짜 판다로 보이는데."

"나도."

존도 말문이 막힌 듯했다.

"그 풍수사도 같이 있었어."

"엄청난 비주얼이군."

필립 크레이븐이 한 손에 카메라를 들고 눈을 반짝였다. 실로 오랜만에 창작 의욕이 솟아올랐다. 판다와 풍수사. 이 투 숏, 영화에 딱이야.

"녀석들은 어디로 가는 거지? 여자 목에 칼을 들이댔던데."

"텔레비전 드라마 촬영인가?"

뒤에서 사람들이 우르르 달려왔다.

다리오와 찬찬 중 누구의 의식인지는 알 수 없었지만, 뭔가의 충동에 휩싸인 듯 개는 왈왈왈 짖으며 뛰어갔다.

"찾았다, 저기야!"

"벌써 차에 탔어!"

쾅, 차 문이 닫히는 소리가 났다.

커다란 회색 봉고차를 향해 사납게 짖어대는 다리오(=찬찬)를 본 필립 크레이븐이 외쳤다.

"우리 차를 가져와! 저 차를 쫓아야 해!"

84

매기 리 로버트슨은 달리고 있었다.

뭔가 동분서주하는 날이다. 하지만 오늘 승패가 결정 난다. 여기서 쓰러질 수는 없었다. 동웨이위안을 붙잡을 수만 있다면 심장이 터지더라도 얼마든지 달려주지.

방금 전, 지원반의 요원이 청룡반점으로 들어가는 동웨이위안의 모습이 찍힌 영상을 발견했다. 본인은 호텔에 들어갈 때 자연스럽게 얼굴을 가렸다고 생각하겠지만, 요즈음 안면 인식 소프트웨어의 정밀도는 상상을 초월한다(상하이 번화가에 설치된 방범 카메라의 수도 어마어마하지만). 보아하니 호텔 주변 도로에 설치된 카메라는 알아채지 못한 모양이었다. 벌써 한 시간 전의 일이던데, 아직 호텔에 있을까. 적어도 그가 호텔에서 나오는 영상은 아직 없는 것 같았다.

매기는 조급하게 주차장에 세워놓은 통근용 바이크에 올라탔다. 교통 정체가 심한 상하이 시내에서 자동차로 이동하는 건 어리석은 짓이다. 바이크로 청룡반점까지 가서 다른 동료들과 합류할 작정이었다. 호텔에 가까워질수록 정체는 더욱더 심해졌다.

웅성거리는 소리가 들리고 곳곳에 사람들이 몰려 있었다.

음? 저 경찰차는 뭐지?

마치 호텔을 포위하듯 수많은 경찰차가 서 있었다.

사고?

바이크를 세운 매기는 몸을 쭉 뻗어 청룡반점 쪽을 살폈다.

85

자, 날짜가 바뀌어 심야 1시 반을 지났을 즈음.

밤이 깊었는데 상하이 교외의 간선도로는 기이하리만치 환했다. 대부분이 무수한 경찰차의 램프가 발하는 빛이었다. 기이한 건 그

뿐만이 아니었다.

거대한 간선도로의 편도 4차선은 텅 비어 있었다. 심야에도 나름 대로 붐비는 반대 차선과는 대조적이었다. 텅 빈 도로를 외로이 달리고 있는 건 커다란 회색 봉고차뿐이었다.

그 봉고차의 50미터 후방에는 30대는 됨 직한 대량의 경찰차가 따라오고 있었다. 사이렌은 켜지 않았다. 이만한 수의 경찰차가 전부 사이렌을 울리면, 다른 소리는 아무것도 들리지 않을 테니까. 물론 경찰차 제일 앞줄에서 달리는 건 가오칭제가 탄 차였다.

가오칭제는 이치하시 겐지를 현행범으로 체포하지 못해 분통이 터졌지만, 곧바로 우선순위를 이 흉악사건으로 변경했다. 무엇보다 상하이 시민의 안전이 최우선이었다.

상공에서는 헬리콥터가 선회하는 다다다다 소리가 울려 퍼졌다.

그래, 눈치 빠른 언론이 인질을 잡고 도망친 흉악범과 맹수가 탄 봉고차의 동향을 생중계로 보도하고 있던 것이다. 심야임에도 시청하는 사람이 많은지 SNS와 동영상 사이트에 코멘트가 쇄도하고 있었다.

보아하니 내 얼굴도 방송을 타겠군. 가오칭제는 자연스럽게 거울을 꺼내 이를 점검했다. 음, 잘 반짝이고 있군. 그 속내를 알아챈 부하들은 역시 반사판을 준비해둬야 하는지 고민했다.

경찰차 뒤쪽으로 수많은 차들이 따라오고 있었다. 경찰차와 조금 거리를 두기는 했지만, 차에 탄 사람들의 얼굴은 모두 진지함 그 자체였다.

먼저 카메라를 들고 무릎에 다리오(=찬찬)를 올려놓은 필립 크레이븐 일행. 존이 운전하고 뒷좌석에 인왕처럼 험상궂은 얼굴로 팀이 앉아 있었다. 안무가와 액션 감독도 동행한 건, 우연히 차에 탔을 때 두 사람이 차 안에서 지금까지 찍은 장면을 모니터로 체크하고 있던 탓이었다. 갑자기 들이닥친 세 사람과 한 마리가 사정도 설명하지 않고 바로 차를 출발시켰기 때문에 둘 다 왜 이런 한밤중에 이런 곳을 달리고 있는지 제대로 파악하지 못한 듯했다.

옆 차선에서 달리고 있는 건 잉더를 비롯한 상하이 동물공원의 직원들이었다. 그들은 찬찬(=다리오)이 옆 차선을 달리는 버스에 타고 있는 줄은 상상조차 못 했다. 행방불명된 찬찬도 마음에 걸렸지만 지금은 강강을 포획해야만 했다. 이미 전국에 강강의 탈주가 알려지고 말았지만, 잉더는 그 사실에 대해서는 깊이 생각하지 않기로 했다.

이미 들킨 건 어쩔 수 없다. 어쩌면 WWF 녀석들도 이 생중계 영상을 보고 있을까.

잉더가 지금 무엇보다 두려워하는 건 강강이 인간에게 위해를 가하는 것이었다. 그 앞다리로 후려치면 성인 남자라도 무사하지는 못할 것이다. 만일 그런 사태가 발생하면 강강은 어떻게 되는 것일까. 어느 동물원에서 셀카를 찍기 위해서였는지, 인스타에 올리기 위해서인지는 모르지만 사진을 찍으려고 우리 안에 들어간 관람객을 호랑이가 해친 사건이 있었다. 아마 그 호랑이는 사살되었을 것이다.

잉더는 부르르 몸을 떨었다. 강강은 분명 행실이 바른 판다는 아니었지만, 그렇다고 죽어도 되는 건 아니다. 서로에게 질긴 인연이었고 함께한 시간도 길었기에 잉더에게 강강은 전우 같은 존재였다. 사살만은 어떻게든 막고 싶었다. 아아, 아까 마취 총을 쐈더라면. 그 자리에서 강강을 포획했더라면. 잉더는 남몰래 이를 악물었다.

그 옆에서 달리는 작은 봉고차는 왕과 웨이위안이 탄 차였다. 레스토랑에서 쓰는 식재료 운반용 봉고차를 몰고 눈에 띄지 않도록 조심스레 뒤따르고 있었다. 두 사람은 말이 없었다.

설마 이렇게 일이 커질 줄이야. 텔레비전으로 중계되어, 수많은 사람들이 주시하는 가운데 어떻게 저 판다의 위에 든 '박쥐'를 되찾을 수 있을까? 정말이지 이게 무슨 일이란 말인가!

"어쩌면……." 불현듯 왕이 중얼거렸다. "저 판다, 사살될지도 모르겠군요."

웨이위안은 힐끗 왕을 보았다. "그렇게 되기를 바라야 할지 말아야 할지 실로 고민스럽군요."

그들이 탄 차와 조금 거리를 두고 뒤따르는 검은 그림자.

자세히 보면 그것이 제법 큰, 아니, 상당히 큰 오토바이임을 알아챌 것이다. 게다가 그 오토바이에 타고 있는 건 그다지 아웃도어에 적합하지 않은 차림새의 두 여성이었다. 물론 핸들을 잡은 건 이치하시 에리코였고, 뒤에 탄 건 호조 가즈미였다. 두 사람은 헬멧을 꼭 눌러쓰고 있었다. 가즈미는 겐지의 헬멧을 썼고, 에리코가 쓴 헬멧은…… 세상에는 모르는 게 나은 일도 있는 법이다.

"우리 예전에도 이런 적 있었지?" 가즈미가 에리코의 귓가에 소리쳤다.

"네, 옛날 생각이 나네요."

문득 에리코는 다른 오토바이의 엔진 소리가 후방 대각선 방향에서 들려오는 걸 알아챘다.

백미러를 보자 매끈한 차체의 오토바이가 뒤따라오는 게 보였다. 헬멧 아래로 나부끼는 검은 머리카락. 가냘픈 몸. 아무리 봐도 젊은 여성이었다.

왠지 그 몸 선이 눈에 익었지만, 어디서 보았는지는 기억나지 않았다.

86

"저기, 대체 어디로 가는 거죠?" 인내심의 한계에 달한 유코가 물었다.

"저쪽입니다."

"저쪽이다."

"저쪽이에요."

또다시 세 사람은 동시에 한 방향을 가리켰고, 뒤에서 판다가 동의하듯 으르렁거렸다.

아까부터 계속 '저쪽'이라고만 하고 있지 않나?

유코는 한숨을 내쉬었다. 완전히 주도권이 이 세 사람과 한 마리에게 넘어간 상황이라, 남자도 시키는 대로 운전하고 있었다. 힐끗 룸미러를 올려다보니 뒤쪽 멀리에서 난생처음 보는 숫자의 경찰차들이 나란히 따라오고 있었다. 장관이다. 태어나 이렇게 많은 경찰차를 보는 건 분명 처음이자 마지막이리라. 할아버지도 이 장면을 봤어야 하는데. 아, 그건 아닌가. 주변은 컴컴해서 도로 좌우에 공간이 펼쳐져 있다는 것밖에 알 수 없었다. 이 끝에 무엇이 기다리고 있을까. 앞으로 어떻게 되는 걸까.

극심한 피로 끝에 졸음이 몰려왔다. 뒤에 있는 남자도 상황은 비슷하겠지. 유코의 목을 위협하던 칼날이 조금씩 아래로 내려가는 것 같았다.

오, 기회인가? 그렇게 생각한 순간, 느닷없이 세 사람과 판다가 흠칫하는 게 느껴졌다. 나머지 사람들도 덩달아 숨을 삼켰다.

"저기다."

"저기네."

"저기네요."

"으르렁."

무심코 고개를 들어 세 사람의 시선 끝을 보았다. 어째서인지 그들의 시선이 멎은 곳은 어둠 속에서도 어렴풋이 환했다. 조명? 아니, 그런 건 안 보이는데.

"저 속으로 들어가."

얼굴을 반반 다른 색으로 칠한 남자가 확신에 찬 목소리로 지시를 내렸다. 그의 말대로 차는 간선도로에서 벗어나 어느 부지로 들어갔다. 거대한 기둥에 적힌 '전영'電影 중국에서 '영화'를 이르는 말이라는 글자를 본 것 같았지만, 순식간에 지나쳐서 확실하지는 않았다.

87

"어?" 가장 먼저 알아챈 건 존이었다. "저기, 우리 촬영장 아냐?"

"우리 촬영장 맞네."

"경찰차도 들어가는데?"

"왜 하필……."

필립 크레이븐은 갑자기 하얗게 질리더니 몸을 부들부들 떨기 시작했다.

"묘……." 그러곤 혼잣말처럼 중얼거렸다. "여기에는 다리오의 묘가 있잖아."

88

그곳은 바로 필립 크레이븐이 현재 메가폰을 잡은, 절찬 촬영 중단 중인 〈영환호성의 사투, 강시 대 좀비〉의 거대한 촬영 세트가 펼쳐진 공간이었다. 비상등밖에 켜놓지 않았는데 주변은 의외로 밝았다. 끝없이 펼쳐진 성벽에 에워싸인 성 한가운데에는 계단 형태의 광장이 이어져 있어서, 세트 같지 않은 웅장하고 장엄한 광경을 연출하고 있었다.

가장 상단의 광장에는 육중한 중국풍 문이 자리했고, 그 앞으로는 사각 연못이 보였다. 아무래도 중앙에는 분수가 있고, 그곳에서 흘러내린 물이 좌우의 수로를 따라 밑으로 떨어지는 구조인 듯했다. 분수 바닥과 수로에는 비취와 비슷한 에메랄드그린의 네모난 색유리를 깔아놓았다. 물이 흐르면 반짝반짝 아름답게 빛나겠지.

"호오." 루창싱은 세트를 올려다보며 힘주어 고개를 끄덕였다. "이거군. 당신들이 말했던 영화 세트장이라는 게."

"네. 설마 이곳으로 돌아오다니." 오즈누 다다시가 아연한 표정으로 중얼거렸다.

아베 구미코가 고개를 끄덕였다. "이렇게 보니 풍수적으로는 흥미로운 곳이네요."

"환자가 많다고 했지. 그럴 법도 하군. 역시 이 세트의 방향이 치명적으로 좋지 않아. 용맥을 완전히 막고 있어. 특히 저 문의 위치가 문제야. 저 문은 안쪽으로 열게 되어 있는데, 그때마다 나쁜 기운을 불러들이지. 차라리 문을 제거해. 아니면 미닫이식으로 바꾸든지. 아니, 차라리 저걸 이용할 수는 없을까." 루창싱은 침음을 흘리며 말했다.

그때 계단 아래에서 으르렁거리는 소리가 들렸다. 차에서 내린 판다는 상당히 신경이 곤두서 있는 것 같았다. 입에 문 남자를 연신 이리저리 휘두르며 굵직한 목소리로 주문을 외듯 으르렁거렸다. 목덜미가 붙잡힌 남자는 새하얗게 질려 비명을 질렀다. 남자가 붙잡고 있는 여자도 목을 위협하는 칼날에 같이 비명을 질렀다.

"위험한 짓은 그만둬, 네 소원을 들어줄 테니까." 창싱은 황급히 판다를 향해 손을 내저었다. "그래, 이해해. 지금 엄청난 존재가 네 몸에 들어가 있으니까. 저 문으로 가거라. 편하게 해줄 테니."

판다와 괴한, 그리고 여자가 고개를 끄덕였다.

89

차례차례 경찰차가 세트장으로 진입해 부채꼴 모양으로 늘어섰다. 눈부신 헤드라이트를 받아 거대한 세트장은 대낮처럼 환해졌다. 달칵거리며 차 문 열리는 소리가 울려 퍼지더니, 권총을 든 경찰들이 하나둘 내렸다. 그리고 확성기를 든 가오칭제가 등장했다.

끼잉, 하는 노이즈에 이어 한밤과 어울리지 않는 상쾌한 목소리가
사방으로 퍼져 나갔다.

"쓸데없는 저항은 그만두고 무기를 버려라!"

가오의 발치에서 부하 경관이 중얼거렸다. "반사판은 필요 없겠
는데?"

"그러게. 여기에서 반사판을 쓰면 아래부터 밝아져서 귀신처럼
보이겠어."

"그런데 대체 누구한테 하는 말이야?"

가오칭제 역시 같은 의문을 품은 모양이었다. 확성기를 내리며
위쪽 광장을 자세히 올려다봤다.

"대체 녀석들은 뭘 하려는 거지?"

90

"저기, 이 방법이 효과 있을까요?"

불안한 듯 중얼거리는 다다시를 향해서 구미코가 날카롭게 대답
했다.

"쉿, 지금은 그저 저마다의 방법으로 기도할 때야."

창싱은 창싱대로 뭐라 중얼거리며 몸을 흔들고 있었다.

"저희는 술식도 방향성도 모두 다른 것 같은데요."

"나라가 달라도 기원하는 마음은 같아. 정성껏 빌면 진심은 통한다고."

"그럴까요?"

하지만 무슨 일인가가 일어나고 있다는 건 분명했다.

판다는 흰자를 까뒤집더니 정신을 잃은 듯 으르렁거리며 입에 문 남자를 좌우로 세차게 흔들어댔다. 남자가 붙잡은 여성도 같이 흔들렸다. 둘 다 공포와 긴장으로 눈이 움푹 꺼지고 얼굴이 흙빛이었다.

"저 여자, 이제 한계네요."

"남자 쪽도. 서둘러."

91

"유코 어떡해. 그사이에 얼굴이 반쪽이 됐네. 차마 못 보겠어." 가즈미가 나지막이 외쳤다.

"호조 선배는 여기서 내리세요. 여기서부터는 저 혼자 갈게요."

"혼자 가다니."

에리코는 작게 손을 흔들더니 혼자 조용히 경찰차에서 멀어지듯 오토바이를 밀며 멀리 돌아갔다. 용케 저런 육중한 바이크를 밀고 가네. 가즈미는 내심 감탄했다.

그때 역시 경찰들을 피해 멀찍이 걸어가는 그림자가 보였다.

어두운 빛깔의 코트를 입은 자그마한 노인이 소리 없이 걸어갔다. 누구지. 저 할아버지는. 어, 아까 호텔 최상층에서 보지 않았던가? 분명 레스토랑의 요리장과 같이 있었던 것 같은데.

92

마취총을 든 잉더 역시 경관들 옆에 자세를 낮추고 대기하고 있었다. 이번에야말로. 이번에야말로 실패는 용납되지 않는다.

권총을 든 경관들을 보고 있으려니 가슴이 조마조마해서 죽을 것 같았다. 저 총구가 금방이라도 불을 뿜으며 강강의 몸에 구멍을 내는 것이 아닐까. 그런 생각을 하니 온몸이 오그라드는 것 같았다.

침착해. 침착해. 여기 있는 사람 중에 강강을 제일 잘 아는 건 나다. 나 말고 강강을 구할 수 있는 사람은 없어. 내가 하는 수밖에 없다.

잉더의 조금 뒤에 바이크를 세우고 헬멧을 벗은 매기 리 로버트슨이 있었다. 그녀 역시 허리를 낮추고 조심스레 이동하고 있었다.

멀찍이 떨어진 곳에 그녀와 마찬가지로 자세를 낮추고 있는 남자가 보였다.

매기는 순간적으로 몸이 뻣뻣하게 굳었다. 동웨이위안. 드디어 찾았다. 뭘 하고 있는 거지? 저런 필사적이고 날카로운 시선으로.

동웨이위안이 '박쥐'를 가지고 있는 게 아니었나? 이런 밤중에 이런 곳까지 온 걸 보면…….

매기는 정면을 보았다. 저 중의 누군가가 '박쥐'를 가지고 있는 건가?

93

"잠깐만, 이 조명, 괜찮지 않아?"

"흠, 풋라이트만으로 이렇게 밝고 장엄한 분위기가 나다니."

"좋아, 좋아. 그 광장에서 춤추는 장면에 이 조명을 써야겠어."

"예술은 빼고."

"정말, 꼭 한마디를 더 해요."

안무가와 액션 감독이 속삭이는 소리를 들으며 필립 크레이븐 역시 홀린 듯 눈앞의 광경을 바라보며 영화의 한 장면을 떠올리고 있었다. 기도하는 풍수사들. 미쳐 날뛰는 판다. 그들을 에워싼 강시와 좀비. 최고의 클라이맥스였다.

발밑에서 다리오(=찬찬)가 뺨을 비비는 게 느껴졌다.

그래, 다리오. 언제나 넌 내 영감의 원천이었어. 늘 내 곁에서 기운을 북돋아주었지. 네가 없으면 불안해서 견딜 수 없었어. 하지만 이제 너는 없어. 그런데도 제 앞가림도 못하는 내가 걱정돼서 이렇게 잠시 돌아와준 거구나.

발밑을 내려다보니 다리오가 그를 올려다보고 있었다. 옛 모습 그대로의 다리오, 그 사랑스러운 이구아나 다리오가.

고마워, 다리오. 미안했어, 다리오.

눈물로 다리오의 얼굴이 시야에서 사라졌다.

94

그로부터의 일들은 불과 수십 초 사이에 일어났다.

갑작스레 쾅, 하고 벼락이 내리치는 듯한 굉음에 그 자리에 있던 모두가 소스라치게 놀랐다. 실제로 번쩍이는 벼락 같은 것을 봤다는 사람도 있었다. 보라색과 노란색의 소용돌이가 판다의 몸에서 튀어나와 문 사이를 빠져나가는 걸 봤다는 사람도 있었다.

그것이 문을 빠져나간 순간, 얼굴을 반씩 다른 빛깔로 칠한 남자가 빛의 속도로 문을 쾅 닫아버렸다고도 했다. 그보다 더욱 사람들의 간담을 서늘하게 한 건, 그 소용돌이가 빠져나간 순간 두 다리로 위풍당당하게 선 판다의 용맹스러운 포효였다.

그때까지 판다에게 목덜미가 물려 휘둘리던 남자는 거의 기절한 상태였지만, 갑자기 해방되자 황급히 온몸의 균형을 잡으려고 칼을 쥔 손을 휘둘렀다. 그와 마찬가지로 의식이 몽롱해져 반쯤 기절해 있던 유코는 승부사 기질을 발휘하여, 남자의 손이 멀어진 순간을 놓치지 않았다. 순식간에 팔의 급소를 찌르고, 비명이 터져 나오기도 전에 칼을 떨어뜨린 뒤에 멀리 차버렸다.

다음 순간, 일직선으로 달려온 다리오(=찬찬)가 강강에게 달려들었다. 아니, 이때 이미 다리오의 의식은 찬찬에게서 빠져나가 한 발 먼저 문을 빠져나간 옥황상제(?)의 영을 뒤따르고 있었기에, 순수하게 찬찬이 강강에게 달려든 건지도 모른다.

불현듯 의식을 되찾은 강강은 자신을 향해 달려드는 숙적 찬찬의 존재를 알아챘다. 조금만 더 버텼으면 고향에 돌아갈 수 있었을지도 모르는데, 이 녀석이 훼방을 놓는 바람에…… 격렬한 분노를 느낀 강강은 앞다리를 휘두르기 위해 몸에 힘을 주었다. 그 모습을 본 유코는 반사적으로 자세를 낮춰 강강의 옆으로 이동했다.

(아니, 잠깐, 어디를 잡아야 하는지도 모르겠고, 판다의 골격은 어떤 구조지? 중심은 어디야? 이런 중량급의 상대에 기술을 걸 수나 있나?)

그런 우려가 순식간에 머릿속을 스쳐 지나갔지만, 오랜 경험과 감으로 앞다리를 휘두르려는 판다의 힘을 역이용해 그대로 크게 호를 그리듯 멋지게 업어치기를 성공시켰다. 찬찬은 내던져진 강강과 부딪쳐 역시 맥없이 바닥으로 떨어졌다.

강강은 '이 여자, 제법이군'이라 생각하며 낙법을 펼쳤지만 충격은 상당했다. 윽, 하고 숨을 내뱉은 순간, 위장에서 단단하고 기다란 무언가가 든 주머니가 역류해 팍 튀어나왔다.

　재빨리 정신을 되찾은 강강이 다시 전투 자세를 취하며 유코를 향해 앞다리를 휘두르려는 순간, 잉더가 뛰어들어 재빨리 강강의 배에 마취총을 쏘았다. 쏜 순간 몸을 피한 잉더는 바닥에서 깽깽거리는 찬찬을 안아들었다. 마취 효과가 바로 나타나는 건 아니다. 강강이 휘두른 앞다리가 그리는 커브 끝에 유코의 머리가 있었다.

　가격한다! 누구나가 그렇게 생각한 순간, 유코의 머리는, 아니 유코의 온몸이 허공에 떴고, 강강의 앞다리는 유코의 얼굴과 몇 센티미터 떨어진 곳을 덧없이 내리쳤다. 어느 틈에 나타났는지 거대한 오토바이를 탄 젊은 여성이 계단 가장자리를 올라와 허공으로 솟구쳤고, 유코의 팔을 붙잡아 끌어당긴 것이다.

　"오오."

　환호성과 박수가 터져 나오는 가운데 에리코는 멋지게 유코를 안고 착지해 그대로 달려갔다.

　"우리 스턴트맨이 되지 않겠어!"

　"경찰 오토바이대에 들어와!"

　사람들 사이에서 이런 말들이 나왔다고 한다.

　남자는 한 박자 늦게 나타난 경찰들에 에워싸여 곧바로 체포되었다. 그리고 드디어 마취가 돌기 시작했는지 강강도 힘없이 바닥에 쓰러졌다. 경관들이 권총을 들고 강강을 포위한 그 순간이었다.

95

젠장, 나도 여기까지인가. 끝내 고향의 바람 내음을 맡지 못하고 여기서 끝나는 건가.

강강은 원통한 심정으로 생각했다.

사람이 돌아가는 건 기러기 내려앉은 뒤려니
꽃 피기 전부터 고향 생각나네

그 순간, 엄청난 속도로 달려와서 강강 앞을 막아선 그림자가 있었다.

"그만둬. 쏘지 마, 쏘지 말라고, 곧 완전히 마취가 될 거야. 이제 위험하지 않아. 제발 쏘지 마." 웨이잉더였다. "녀석은 잘못 없어. 다 내 잘못이야, 녀석에게 도망칠 틈을 준 내 잘못이라고, 판다 사육장 책임자인 나를 탓해."

그 목소리는 필사적이었다.

"원래 이 녀석은 야생 판다였어. 억지로 포획해서 동물원으로 데려왔지. 다른 판다들처럼 태어났을 때부터 사람 손에 키워진 녀석이 아니라고. 그런 녀석을 우리가 비좁은 동물원에 넣었어. 당연히 도망치고 싶었겠지. 녀석은 잘못 없어. 다 우리 때문이야."

웨이잉더. 설마, 웨이가 이런 소리를 할 줄이야. 녀석이 나를 감싸

다니. 복잡한 기분에 빠진 강강의 귀에 느긋한 목소리가 들려왔다.

"저기요, 잠깐 드릴 말씀이 있는데요."

느긋한 목소리에 독기가 빠진 경찰과 사람들은 모두 돌아봤다.
옆쪽에서 여섯 명의 남녀가 줄줄이 걸어왔다. 개중에는 서양인도
있었다.

"WWF입니다. 그 건으로 드릴 말씀이 있습니다."

"네?"

잉더도, 강강도 퍼뜩 고개를 들었다.

"실은 올해부터 판다의 야생화 프로젝트를 시작하게 됐습니다."

"야생화 프로젝트."

"네. 말씀대로 지금 판다들은 대부분 인공 사육됐습니다. 자립해
서 살아가기는 어렵죠. 하지만 그건 너무나도 부자연스럽지 않을
까요. 어떻게든 차츰 서식지로 돌려보내 자연 속에서 살아가게 하
고 싶습니다. 그러기 위해서는 일정 수 이상의 개체를 자연에 방사
해야 합니다. 프로젝트 제1호로 자생 능력이 강한 강강을 추천하고
싶습니다."

"강강을."

"어떠십니까. 강강을 고향으로 돌려보내주는 게."

잉더와 강강은 순간적으로 서로를 마주 보았다.

서로의 눈동자 속에서, 이 제안에 적극 찬성하는 마음과 더불어 일말의 아쉬움을 발견한 건 기분 탓이었을까.

96

결국 모든 사람들이 완전히 철수했을 즈음에는 동이 터오르고 있었다. 어렴풋한 여명 속에서 줄지어 상하이 시내로 돌아가는 사람들. 에리코와 가즈미는 개조한 바이크가 눈에 띄지 않도록, 유코를 구출한 뒤에 바로 줄행랑쳤지만.

유코는 일단 경찰차로 병원에 이송되어 진찰을 받았다. 경찰차 안에서 곯아떨어진 유코는 병원에서도 숙면을 취했다. 일어난 뒤에 조사를 받았는데, "어릴 때부터 곰 아저씨와 씨름하는 게 꿈이었는데 이루어져서 기뻐요"라는 코멘트가 농담인지 진담인지 경찰 내부에서도 화제가 되었다고 한다.

어젯밤은 그렇게 난리였는데, 판다와 괴한이 무사히 붙잡히자 눈 깜짝할 사이에 세상은 어젯밤의 사건을 잊어버렸다. 유코는 이튿날에도 청룡반점의 아트페어에 가서 마오쩌산을 찾았다.

뒤바뀐 도상을 분실했다고 털어놓고 사과하자, 신이 난 얼굴로 그런 싸구려 도장은 신경 쓸 거 없다, 그보다 어제는 구해줘서 고맙다고 했다. 도난당한 미술품은 어찌된 영문인지 연회장 안쪽에 있던 조각 안에서 발견되어 무사했지만, 마오쩌산의 조각은 산산조각이 났다고 했다. 그래도 거액의 보험을 들어놔서 상당액의 빚을 변제했다는 소문이 돌았다.

이날도 맛있는 중화요리를 배불리 먹고, 유코와 가즈미의 짧은 재충전 휴가는 막을 내렸다.

97

필립 크레이븐의 영화는 무사히 촬영을 재개했고, 팀과 존은 안도의 한숨을 내쉬었다.

이전보다 파워업했다는 평판이었고, 특히 뮤지컬 장면은 참신하다고 화제를 불러 모았다. 무엇보다 얼굴을 절반씩 다른 색으로 칠한 풍수사의 춤에서 눈을 뗄 수 없다, 이유는 모르겠지만 계속 눈길이 가서 언제까지나 기억에 남는다고 입소문이 돌았다(그 이유는 바로…… 상상에 맡기겠다).

그렇다, 결국 창싱은 강제로 영화에 출연한 것이다.

강강과 관련해, 유괴에 협조했다는 이유로 창싱과 구미코, 다다시는 엄중한 주의를 받았다. 체포되었어도 이상할 것 없었지만, 그들 덕분에 아무도 다치지 않고 사태가 수습되었다는 의견도 나와서 흐지부지 종결되었다는 게 맞겠다.

창싱은 풍수사로서의 능력을 더욱 평가받아 몸값도 용솟음쳤고, 영화 출연까지 맞물려 의뢰가 밀려들었다. 그야말로 홍콩의 동생이 부러워할 정도의 '셀럽'이 된 것이다. 애초에 본인은 '셀럽'을 그다지 좋아하지 않았기에, 영화 분장을 해달라는 사람들의 부탁에도 굳게 입을 다물고 있다고 한다.

98

판다 야생화 프로젝트 제1호로 강강은 당당하게 고향에 돌아올 수 있었다.

WWF와 상하이 동물공원의 판다 사육장 직원 일동이 눈물을 훔치며 산속으로 돌아가는 강강을 배웅하는 사진은 전국지의 일면을 장식했다. 이러쿵저러쿵하긴 했지만 강강도 아쉬운 듯 몇 번이고 그들을 돌아보았다고 한다.

99

하지만 채 반년도 지나지 않아 잉더는 눈물을 훔치며 강강을 배웅한 산에 씩씩거리며 돌아오게 되었다. 강강이 현지의 야생 판다들을 조직화해 계획적으로 인간 마을에 침입해 먹이를 강탈했기 때문이었다. 자신들의 서식지에 인간들의 출입이 엄하게 제한된 것을 기회 삼아, 몰래 먹이를 훔쳐낸 후 바로 저희 구역으로 돌아간다고 했다.

너무나도 영악하다, 닭을 훔쳐갔다, 우리 창고 자물쇠를 망가뜨려놨다, 전기도 훔쳐다 쓴다, 마을 사람들은 이구동성으로 호소했다. 역시 내가 물렀다. 녀석은 역시 내 숙적이다. 잉더는 강강을 다시 포획하리라 굳게 다짐했다고 한다.

100

이미 강강 일행이 벌인 사건은 상하이 사람들과 일본으로 돌아간 유코 일행의 기억에서 잊혔을 것이다. 나날이 새로운 사건이 일어나고 있었고, 새로운 것을 좋아하는 상하이나 도쿄에는 늘 '현재'밖에 존재하지 않으니까.

하지만 그때 강강의 위에서 튀어나온 '옥'이, 그 '박쥐'가 어떻게 됐는지는 설명해야 하겠지.

그 순간 바이크로 유코를 구하기 위해 허공으로 날아오른 에리코의 눈은 강강이 토해낸 '박쥐'를 똑똑히 포착했다. 사실 그녀는 청룡반점의 최상층에서 그 도장이 강강의 입에 들어간 순간도 놓치지 않았고, 그 장면을 본 왕과 웨이위안의 얼굴에 낭패한 기색이 역력한 것도 알아챘었다. 아마 그 도장이 상당히 귀하고 값비싼 물건이라는 사실도 어렴풋이 눈치채고 있었으리라.

그 도장이 카페의 직원, 분명 경찰임이 분명한 그녀와 관련되었다는 사실을 간선도로를 달리던 때까지만 해도 에리코는 알아채지 못했다. 뒤에서 따라오는 늘씬한 바이크의 운전자가 누구인지. 하지만 그 촬영장에서 헬멧을 벗고 다가오는 여성을 보고 모비딕 커피의 직원 매기라는 사실을 깨달았다. 그리고 그녀가 주시하는 건 왕과 함께 있던 노인이었다. 요컨대 두 사람은 같은 것을 쫓고 있는 것이다. 노인이 주시하는 건 계단 위의 다섯 사람과 한 마리. 그렇다면 두 사람의 목적은 분명했다.

에리코는 강강의 위에서 튀어나온 주머니를 탁 쳐서 날려 보냈다. 근처에 숨어 있던 매기를 향해. '박쥐'는 일직선으로 날아갔고, 매기는 멋지게 받아냈다. 그러고 나서 에리코는 유코를 낚아챈 것이다.

시야 한구석에는 놀라움과 기쁨에 찬 매기의 얼굴이 보였다. 아마 매기는 웨이위안을 체포하고 싶었겠지만 증거가 없었다. 하지만 웨이위안을 체포하지 못하더라도 '그것'을 입수한다면, 일단 체면을 차릴 수 있는 게 아닐까.

에리코는 그렇게 생각한 것이다.

놀라움과 기쁨이 한차례 지나간 뒤, 매기는 의아스레 에리코를 보았다. 왜 이렇게까지 해주는 거지? 그런 눈빛으로 에리코를 보고 있었다. 에리코는 헬멧을 쓴 채 속도를 줄여 매기 곁을 지나치며 속삭였다.

귀걸이가 참 멋지네요, 매기.

매기는 숨을 헉 삼키며 퍼뜩 고개를 들더니 휘둥그레진 눈동자로 에리코를 보았지만, 이미 에리코는 지나친 뒤였다.

대충 이렇게 된 것이었다.

매기가 그 후 홍콩으로 금의환향했는지는 모른다. 왜냐하면 에리코가 매기에게 '박쥐'를 날려 보낸 건 왕도, 웨이위안도 모두 목격했고, '박쥐'를 노리는 자들은 그밖에도 많을 것이기 때문이다.

매기는 무사할까? 매기는 '박쥐'를 무사히 주인에게 돌려줬을까?

힘내라, 매기.

동웨이위안은 무섭고 집요한 인물이다. 왕탕위안도 딸의 유학 비용을 그리 쉽게 포기하지는 못하겠지. 'GK'도 언젠가 다시 부활할지 모른다. '박쥐'는 누구의 손에 넘어갈 것인가.

그것은 또 다른 도미노의 이야기이며, 앞으로 쓰러질지도 모르는 다른 한 조각에 지나지 않는다.

상하이에서 한층 더 커진 도미노 스케일

온다 리쿠가 2001년 발표한《도미노》는 영화 〈매그놀리아〉에서 아이디어를 얻어, 복잡하기로 유명한 도쿄역을 배경으로 스물일곱 명과 한 마리의 소동을 그린 엔터테인먼트 작품이다. 개성 강한 등장인물들의 군상극을 속도감 있는 전개로 유쾌하게 그려낸 이 작품은 작가의 많은 작품 중에서도 특히 인상에 남았는데, 근 20년 만에 속편이 등장했다. 연재 자체는 2008년부터 시작됐지만 단행본이 나온 건 그로부터 12년 뒤인 2020년이다. 완결까지 오랜 시간이 걸렸지만 기다린 만큼 이야기는 더욱 스케일을 키워 돌아왔다.

이번 '도미노'에서는 중국 대륙, 그중에서도 굴지의 대도시인 상하이를 무대로 스물다섯 명과 세 마리의 군상극이 펼쳐진다. 무슨 일이 일어나도 이상하지 않을 것 같은 거대 도시를 배경으로 하고 있어서일까. 인간을 쥐락펴락하며 동물원을 탈출하는 판다 강강, 그 뒤를 쫓는 동물원의 마스코트 강아지 찬찬, 전작의 결정적 장면을 연출했던 사랑스러운 이구아나 다리오의 유령(이국에서 비운의 죽음을 맞이한 다리오의 명복을 빈다), 거기에 강강의 숙명의 라이벌 사육사 웨이잉더, 다리오를 죽인 왕탕위안, 다리오를 성불시키려는 일본과 중국의 영능력자들, 미술품 절도 조직 GK의 조직원과 그를 쫓는 수사관들. 전작에 등장했던 개성 강한 보험회사 직원들, 해외로 진출한 전직 폭주족, 상습 속도위반범을 쫓는 나르시시스트 경찰서장과 고생하는 부하들 등등.

이처럼 전작과 비슷한 듯하면서 사뭇 다른 비현실적인 인물들과 요소들이 연쇄적으로 화학반응을 일으키며 생각지도 못했던 하나의 큰 그림을 그려낸다. 제각기 독립된 것처럼 보이는 작은 소동들이 어딘가에서 연결되어 마치 허리케인처럼 세력을 키워 상하이 곳곳을 강타하는 군상극으로 그려내는 솜씨는 한층 업그레이드된 듯하다. 한시를 읊는 판다나 방황하는 이구아나의 유령 등은 다소 당황스럽지만, 온다 리쿠는 작품 곳곳에서 서술자의 개입, 즉 인물에 대해 직접적으로 평하거나, 서술을 생략하는 등 의도적으로 서술자의 목소리를 드러냄으로써 작품이 어디까지나 허구임을 일깨운다. 때문에 현실성이 없다고 비판하기보다는 안심하고 픽션으로 즐길 수 있었던 것 같다. 또한 작중에서 작금의 사회현실에 대한 날카로운 촌평을 곳곳에 배치함으로써 현실과 허구의 균형을 맞추고 있다. 타고난 이야기꾼인 온다 리쿠의 노련함이 엿보이는 대목이 아닐 수 없다.

2020년 4월, 출간 기념으로 이루어진 인터뷰에서 작가는 마음대로 외출할 수 없는 지금, 이 작품을 통해 상상의 여행을 즐길 수 있으면 좋겠다고 말한 바 있다. 작가의 말처럼, 이 작품을 읽는 동안이나마 복잡한 생각에서 벗어나 즐거움과 해방감을 느끼셨으면 한다.

최고은

옮긴이 **최고은**

현재 도쿄대학교 대학원 총합문화연구과에서 일본문학을 연구하며 전문 번역가로 활동하고 있다. 옮긴 책으로는 온다 리쿠의 《도미노》, 기리노 나쓰오의 《천사에게 버림받은 밤》, 노리즈키 린타로의 《잘린 머리에게 물어봐》, 마리 유키코의 《골든애플》, 요코야마 히데오의 《64》, 무라타 사야카의 《소멸세계》 등 다수가 있다.

도미노 in 상하이

1판 1쇄 인쇄 2023년 3월 15일 **1판 1쇄 발행** 2023년 3월 22일

지은이 온다 리쿠 **옮긴이** 최고은
펴낸이 고세규
편집 정혜경 백경현 **디자인** 윤석진
마케팅 이헌영 **홍보** 이태린 반재서

발행처 김영사
주소 경기도 파주시 문발로 197(문발동) 우편번호 10881
등록 1979년 5월 17일 (제406-2003-036호)
구입 문의 전화 031)955-3100 **팩스** 031)955-3111
편집부 전화 02)3668-3292 **팩스** 02)745-4827 **전자우편** literature@gimmyoung.com
비채 블로그 blog.naver.com/viche_books
인스타그램 @drviche **트위터** @vichebook
ISBN 978-89-349-4374-7 03830 책값은 뒤표지에 있습니다.

비채는 김영사의 문학 브랜드입니다.